ROWOHLT
BERLIN

BORA ĆOSIĆ

BEL TEMPO

Jahrhundertroman

Rowohlt · Berlin

Aus dem Serbischen
von Irena Vrkljan und
Benno Meyer-Wehlack

Die Originalausgabe erschien 1982
unter dem Titel «Bel tempo» bei Nolit, Beograd.
Die Übersetzung wurde gefördert vom
Literarischen Colloquium Berlin mit Mitteln
des Auswärtigen Amtes und der Senatsverwaltung
für Wissenschaft, Forschung und Kultur Berlin.

1. Auflage Juli 1998

Die deutsche Ausgabe wurde vom Autor durchgesehen.

Umschlaggestaltung Walter Hellmann
(Illustration: Juro Grau)
Satz Bembo PostScript (QuarkXPress 3.32)
Gesamtherstellung Clausen & Bosse, Leck
Printed in Germany
ISBN 3 87134 268 8

BEL TEMPO

Ach komm jetzt nicht mit dem Tee, siehst doch, wie ich mich enerviere, weil der Detektiv durch den Wolkenkratzer rast und wer zum Schluß am Leben bleibt und wer nicht. Ich möchte nur sehen, welche er umbringt, die Blonde oder die Schwarzhaarige, dann habe ich Ruhe. Zum Teufel mit deiner Jause, Danica, ich will wissen, wer schuld ist und wen der Richter um Kopf und Kragen bringt. Jetzt ist ein neuer Notar reingeplatzt, der vorher überhaupt nicht da war, und justament jetzt mußt du die Wäsche in den vermaledeiten Schrank räumen. Könntest du dich nicht wenigstens einen Moment still hersetzen und das prächtige Paar anschauen, wie es aus der Kirche kommt und in die Karosse steigt, statt daß du den lieben langen Tag die Dielen wienerst, du wirst als erste drauf ausrutschen. Wünsch dir was, Darling. Hab ich schon. Die dunklen Konturen der Berge riefen eine echt paradiesische Stimmung hervor. Das ist alles unser, Darling. Alles? So weit dein Auge reicht. Das uralte Land meines Schwagers, blutrünstigen Rothäuten entrissen, die nie mehr zurückkommen werden. Oh, oh, oh, Darling. Und wenn doch, hier ist mein treuer Colt, den zieh ich schneller als sonstwer im ganzen Wilden Westen. Die Sonne ging unter. Und wie, bittschön, hätte sie ihn abweisen sollen, wo er so geschniegelt daherkam, in spitzen gelben Schuhen. Recht hat sie. Das Leben ist kurz, keiner lebt zweimal, und was vorbei ist, ist vorbei. Sollte sie denn diese Gelegenheit verspielen, sie, die einfache

Strumpfverkäuferin? Sie muß endlich an sich denken, nicht nur an ihre ewig kranke Mutter, die sowieso nicht zu retten ist. Plus die drei Kinder vom Bruder, geschieden und obendrein in Merika. Ich würde sie nie verurteilen, und wäre er hundertmal verheiratet. Nimmt er alles in Kauf, was soll sie sich den Kopf zerbrechen. Akzeptier ich völlig. Soll er denn an den Galgen, so jung, nur weil er mit dem Schüreisel das Kind erschlagen hat, unausgeschlafen, wie er war? Auch so einer braucht seinen Schlaf, schuftet in dem verfluchten Bergwerk, das Balg hätte den kranken Vater respektieren sollen, immerhin Bergmann. Die Mutter dreht sich nur zur Wand, solls doch brüllen. Ich bin auf seiner Seite, obwohl es schrecklich ist, so was Kleines und der Schädel gespalten. Ein Elend. Aber was hilfts. Eines Tages wird es auch denen besser gehen, ich liebe die Enttäuschung und die Verzweiflung, das gucke ich jedesmal gern. Einer rauft sich die Haare, weint wie ein Kind, schlägt sich an die Brust: Entweder hat er das Portemonnaie verloren mit dem Los vom Hauptgewinn, oder sein Mädel ist getürmt, ein Flittchen, nur wußte er es nicht. Ein anderer läuft wie ein Irrer auf der Straße herum, singt, der ist entweder verrückt oder glücklich, sicher hat er ein Vermögen geerbt, und es ist ihm egal, daß er dabei seinen einzigen Vater verloren hat, einen Notar. Meinetwegen kann einer der größte Mörder sein, nur soll er das gleich sagen, mich nicht erst herumraten lassen. Gnädige Frau Soundso, entschuldigen Sie recht sehr, aber ich muß Sie um die Ecke bringen, ich brauche unbedingt Ihre versteckten Brillanten, hab sieben hungrige Mäuler daheim und eine schwindsüchtige Frau, die mich noch dazu betrügt. Schrecklich so was, aber ich will es wissen, nicht nur in

Worten, ich muß das fürchterliche Gesicht sehen und das Messer, das er ruck zuck gezogen hat. Wie im Theater, wo du gleich verstehen mußt, wer was ist, statt dir vier Akte lang den Kopf zu zerbrechen, und erst dann kommt einer, der bis dato in der Ecke hockte und vor sich hin gebrummt hat, geht an die Rampe, zieht den Revolver und erschießt sich. Aussichtslos, sich später erinnern zu wollen, was der eingangs sagte, als du noch deinen Platz suchtest und zwei, drei Dummköpfen in deiner Reihe, die nicht aufstehen wollten, auf die Füße getreten bist. Geht der Vorhang auf, sollte jeder nach vorne kommen und sagen, ich bin ein Unglücklicher und ich eine Verzweifelte, mir ist der Onkel gestorben, und ich bin ein Sitzenbleiber, aber am Schluß werde ich Minister. Danach hörst du in Ruhe zu, wie sie reden, auf Vögelchen schießen und Tee trinken, du kennst ja den Schluß. Und bloß keine Überraschungen, das finde ich am schlimmsten. Geliebte, glaub mir, deinetwegen wollte ich ins Wasser, es war nur zu kalt. Gnädiger Herr Richter, sprechen Sie doch sofort Ihr wertes Urteil, nicht dreieinhalb Stunden dieses Hin und Her, und erst dann verhaften Sie den Wilderer, der längst gestanden hat. Woran sehe ich im Film, der eine ist gut, der andere nicht? Erstens, der Gute ist schöner, er braucht dich nur ansehen mit seinen blauen Augen, schon verstehst du, wer er ist. Aber der Böse, erstens zwinkert er, als wäre er kurzsichtig, aber die Brille will er nicht. Außerdem spricht er mit sich selbst, ist unordentlich, unrasiert, und vorne fehlt mindestens ein Zahn. Was hat so einer im Bett dieser Schönheit zu suchen, er ist da fehl am Platz, sie hat nichts mit ihm am Hut. Keine würde sich mit so einem hinlegen, die Allerverworfenste nicht, aber mit dem Schönen, o ja, auch die Bravste. Und wenn der verdammte Russe vor ihr auf die Knie fällt, ihr den Saum küßt, obzwar sie nur ein Dienstmädchen ist und er ein Großfürst, dann bin ich ganz hin vom Weinen. Wäre es wenigstens im Zimmer, aber nein, auf der Wiese, bei Sonnenuntergang, nicht auszuhalten. Kakaja preljest. Du bist mein, ti maja, und so weiter. Wer kann das ertragen. Ach, ach, ach. Wie hält ein Schauspieler dieses Nervenaufwühlende nur aus, es geht ja gar nicht um ihn, man hat ihn nur auf Trab gebracht. Und auch sie zittert wie Espenlaub. Das Schlimmste ist, sie bedeuten einander rein gar nichts. Zum Glück kommt dieser Lehrer dazu und schwafelt von Birnen und Äpfeln. Sofort steht der Fürst auf, klopft sich die Knie ab. Was es nicht alles gibt in diesem Liebesreigen, schon interessant, überhaupt. Jede Menge Gefühle, wenn sie am Fluß spazierengehen, Blödsinn reden und an ganz was anderes denken. Er küßt sie, stammelt von ewiger Treue, und erst zu Hause denkt er, ob das richtig war und was daraus werden soll. Er setzt sich hin, schreibt ihr, und dann rumort es in ihm, so schön ist sie ja gar nicht, interessiert ihn auch nicht, und dann rumort es wieder, wenn nun der Kollege von der Universität bei ihr landen wollte, das wäre ja noch schlimmer, und so kommt eins zum andern, er schreibt ihr einen ganzen Briefbogen voll, einen parfümierten, lichtblauen, und schmilzt dahin vor Wonne. Sie ihrerseits antwortet, ihr gehe es genauso, doch tatsächlich bedränge sie jener Kollege, möchte mit ihr ins Kino, sie nicht, aber es ist ihr Lieblingsfilm und ihr Lieblingsschauspieler. Dann macht er sich wieder ans Schreiben, wen sie denn nun liebe, den Schauspieler, den Kollegen oder ihn. Und ohne den Zufall oder eine Einladung zum

Tee wäre beinahe alles zum Teufel gegangen. So aber treffen sie sich wieder, gehen wieder am Fluß spazieren, und nichts ist mit dem Schauspieler und nichts mit dem Kollegen, sondern aufs neue nur er und tausendmal und für alle Zeiten nur er. Meine Danica, die Unglückliche, ist ständig um mich herum, wegen jeder Tasse Kaffee und jedem Glas Wasser, wirklich brav, für jeden würde sie sich in Stücke reißen lassen, obwohl niemand von einem was hätte, nur von allen zusammen. Ich bin nicht halb so gut, auch sonst nicht, nicht halb so fleißig, eben halb, halb lustig und halb vernünftig und närrisch. Damit bin ich gut gefahren. Nicht aufgefallen, nicht vorgedrängelt, aber auch nie die letzte gewesen. Was macht es schon, wenn einer ein grausiges Gesicht hat und das eine Bein einen halben Meter kürzer. Als er klein war, muß ihm aufs andere eine Stange und beim Montieren ein ganzer Lift draufgefallen sein. Der Unglückliche hat sich wohl das Gesicht verbrüht, als er in der Münze arbeitete. Geld ist eben auch nicht alles, wie man sieht. Ich werde nie von diesem Monster träumen, weder vom Golem noch von Herrn Dracula, dem Blutsauger an unschuldigen Mädchen. Was hat der mit mir zu tun, Danica, und tausendmal hab ich dir gesagt, das sind doch nur Bilder. Denn vorher schon wird abgemacht, wer grausig und wer schön wie ein Gott sein soll. Und hättest du das Glück, ihn hinterher zu sehen, wenn er sich für den Heimweg umzieht, du würdest kapieren, daß unter der Maske, der Fratze, ein noch schönerer Schauspieler steckt als der bis dato angeblich schönste. Sie wird aus einer Klebemasse gemacht, man drückt sie aufs Gesicht und nimmt sie später ab, fachmännisch, sonst bleibt sie für immer dran – ein unverzeihlicher

Fehler. Schau, wie er Grimassen schneidet und absichtlich dumpf wie aus einem Topf spricht, dabei hat er die Stimme einer Nachtigall. Ich würde nicht gern die Mutter von so jemand sein. Auch wenn ich weiß, das ist ja nur eine Maske. Wie bei manchen hohen Tieren, die gar keine sind, sie nur spielen. Und wie kann er sich einbilden, heute ein Mörder und morgen Wohltäter der Menschheit zu sein als Erfinder der Eismaschine. Wozu muß er am höchsten Haus rumklettern, die Außenwände hoch an nur einem Strick. Am schönsten ist es, wenn alles am selben Ort passiert, zum Beispiel **IM WUNDERBAREN GRAND HOTEL**, statt daß sie in den Straßen herumlaufen, wo kein gescheiter Mensch was zu suchen hat. Ein großes Hotel birgt viele Geheimnisse. In einem Zimmer die verarmte Schönheit, im andern der dicke Bankier, der glaubt, mit seinem dreckigen Geld kann er alles kaufen. Aber an der Rezeption steht ein Mensch, der will nicht die Zimmernummer der Unglücklichen verraten, obwohl sie, wenn es sein müßte, die Feuerleiter runterklettern würde. Verflucht, gerade in dem Hotel findet ein Maskenball statt und die Sitzung der Millionäre und das Ganoventreffen. Das Problem bei den ersten ist, wie sich in ein Kamel verwandeln, bei den zweiten, viel Geld zu verdienen, und bei den dritten, wie dieses Geld auf dem Maskenball stehlen. Das alles führt zu Komplikationen, aus denen gottlob nur das unschuldige Mädchen heil herausfindet. Aber ehe es dazu kommt, kostet es Nerven, denn du weißt nicht, wer für wen ist. Ich weiß nicht, ob echte Cowboys die Kühe stehlen, oder machen sie es nur für den Film. So auch mit den Kindern. Sind das echte oder Zwerge, die sich verstellen? Die unglückliche Dolores del Rio und ihr prächtiges Kleid. Mußte es denn zerreißen mitten beim Ball, unter den verwunderten Augen des Prinzen? Die Situation retten Dick und Doof, sie lenken die Aufmerksamkeit auf sich, bis sie ein anderes Kleid anhat. Und wenn wir dann beim King Kong sind, bin ich vom Schrecken schon so abgestumpft, daß er mich kaltläßt. Soll er nur brüllen, seine Kehle strapazieren, der schauerliche Riese, ich weiß ja, er ist klein wie eine Fliege, sie haben ihn nur unter ein Vergrößerungsglas getan. Und was finden nur alle an Errol Flynn, dem Muskelpaket, ich kann ihn kaum ansehen, viel lieber ist mir der zarte Jan Kiepura, sein Singen kann Tote zum Leben erwecken. Das ist ihre Kunst. Erst langsam, langsam, dann aber auf einmal ein höllisches Gerenne, Gebrülle, Gewühle, du kriegst gar nicht mehr mit, wer wer ist und wo was. Danach der reine Kontrast, nur weißt du nicht, bist du noch in diesem Stück, das auf der Entbindungsstation angefangen hat, oder läuft schon etwas ganz anderes zum Thema Krieg. Ich weiß, es ist nicht leicht, ein Fenster zu öffnen und aus dem dritten Stock zu springen, aber er hat die Rolle gewählt, dann muß er. Soll er sonst den Briefträger spielen, der kommt nur, gibt den Brief ab und ist raus aus dem Film. Aber er will ja der Allerwichtigste im Liebesdrama sein, nur umbringen will er sich nicht. Für alles muß man bezahlen. Und sieht man, wie widerwärtig er umsprang mit der unglücklichen Verkäuferin, hat er auch nichts anderes verdient. Ihr ein Kind anhängen, dann die Straße runtergehen, pfeifen, ihr nicht mal mehr guten Tag sagen, das ist unmöglich. Ich kenne tausend ähnliche Fälle, doch jeder von diesen Männern war ein Herr, hat alles zugegeben und Unterhalt gezahlt. So ja, aber nicht abwechselnd mal ja, mal nein, er weiß doch, er muß zahlen. Warum machen sie nicht den Film, den ich am liebsten sehen würde, einen ohne Lüge und Zankerei. Schon gut, ich bin ein Schuft, ließ mich ein mit Ihnen, einer Jungfrau, obwohl ich vier Kinder habe, sie stehen zu Hause wie die Orgelpfeifen. Hören Sie, ärgern Sie sich nicht, ich werde für den Schaden aufkommen, hundertfach. Das gleiche dann daheim. Mein liebstes Frauchen, ich hab mich an dir und den Kindern versündigt, aber so ist es nun mal, ich ließ mich ein mit der Tochter des Pedells, war tatsächlich verrückt an dem Abend, wußte nicht, was ich tat, und jetzt reut es mich und ich bitte um Verzeihung, möchte die Angelegenheit regeln, wenn möglich. Genauso ehrlich auf der Polizei, der Vorsteher zerfloß, heulte vor allen Ordnungshütern, und manche heulten mit, unglaublich. Guter Mann, so der Vorsteher, wem sagen Sie das. Auch ich habe meine Jugend verpatzt, darum widmete ich mich ja der Verbrechensbekämpfung und der Kriminalität auf Schritt und Tritt. Hören Sie, haben Sie am Sonntag Zeit, kommen Sie mit Ihrer lieben Familie und der Unglückseligen selbst, auch mit ihrem Anhang, falls sie welchen hat, ich möchte Sie gern mit meiner Familie bekannt machen, feiern wir das, trinken wir darauf. Nur keine Tränen am Ende, das halte ich nicht aus. Ständig sinniere ich, was sein könnte und was nicht, damit Zufriedenheit herrscht und nicht einer umgebracht, zwei im Knast und die Kinder mutterseelenallein auf der Straße. Das wäre nicht schön, und ich dulde es nicht in meinem eigenen Fernseher. Wenn ich schon wählen kann, dann bin ich für die mit leeren Händen, die nichts haben, aber so tun, als hätten sie ein Glas, eine Flasche, Hut und Schirm. Die sind wirklich so bescheiden in ihrem Spiel und ohne Habgier, und nicht pausenlos: ich will die schönste Krone oder Tasche, und nicht: die da ist keine Dame und der erst recht kein König, denn er ist nur der letzte Provinzschauspieler. Ich sehe am liebsten einen mit leeren Händen spielen, der herumfuchtelt und uns vormachen will, er trinkt hervorragenden Wein, ißt ein feines Schnitzel, dabei hat er nichts. Er glänzt vor Genuß, ist ganz rot vom angeblichen Wein, später sogar angetrunken, taumelt auf die Bühne, und womöglich hat er drei Tage nichts gegessen und getrunken. Wenn Sie wirklich unsere aufmerksamen Zuschauer sind, so werden Sie auch auf alle Rätsel eine Antwort finden, und wenn nicht, wissen auch wir nicht weiter. Sie müssen nur treu unsere Handlungen verfolgen, die alle darauf abzielen, Ihre Schwierigkeiten zu lösen. Sehen Sie, hören Sie nur die Auswahl unserer Themen, die Vielfalt unserer guten Absichten. Für groß und klein und die dazwischen. Auch für die Alten, die nichts mehr wollen außer unserem Programm. Sehen Sie nur die Vielseitigkeit unserer Interessen, unsere Phantasie, für jeden etwas, jeder darf sich was aussuchen. Das ist der Impuls, der uns antreibt, dafür leben wir. Würde uns das nicht gelingen, müßten wir sofort die Profession wechseln, Straßenfeger werden, auch das ist ein Beruf. Doch solange Sie uns unterstützen, nehmen wir keinen Besen in die Hand, setzen nicht die schreckliche numerierte Mütze auf, sondern machen weiter nach bestem Wissen und Gewissen. Wir zeigen Ihnen die ganze Familie, Vater und Mutter betrachten alte Photos im schönen Album, die ältere Tochter, unverheiratet weil gehbehindert, bedient, obwohl sie hinfallen könnte, und der Kaffee ist verschüttet, der Kuchen auf dem Boden; die zweite, Glücklichere, hält ihren lieben Verlobten an der behandschuhten Hand, und er zeigt ihr durchs offene Fenster den Frühling; die kleineren Kinder, fünf, sechs Jahre alt, spielen noch mit Bausteinen auf dem Teppich, einem echten Perser, und ein Vögelchen zwitschert, als wär es nicht lebenslang eingesperrt im Käfig. Kein grobes Wort, nichts Vulgäres, nie würde die jüngere Tochter den Rock einen Zentimeter zu hoch ziehen, nie würde der alte Vater seine uralte Frau mit ihrer schrecklichen Knollennase finster ansehen, und sie würde dem älteren Kind, das mit der Schere das Ohr des Brüderchens abschneiden könnte, nie etwas sagen, nein, hier herrscht Frieden und Eintracht, bis der Bote erscheint und meldet, ein schrecklicher Krieg ist ausgebrochen, und in vierundzwanzig Stunden wird der Feind, wie es seiner hündischen Natur entspricht, ihr Heim stürmen, anzünden und brandschatzen. Ich würde mich ziemlich aufregen, wüßte ich nicht, daß alles gut enden muß. Fallen wird nur der arme Schwiegersohn, der eigentlich noch keiner ist, sie könnten ihn ja auch austauschen, solange die beiden noch nicht im Bett gewesen sind, alles andere bleibt, wie es ist, am Ende bekommen sie eine hohe Kriegsentschädigung, obwohl sie keinen einzigen Dinar eingebüßt haben. Wäre derjenige, der sich solche Filme ausdenkt, hier, ich würde ihn auf die Stirn küssen, denn nun kann ich ruhig schlafen, ohne im Traum um mich zu schlagen und zu denken, sie stürmen heran, wollen mich in Stücke hauen, nur weil ich dasaß und ruhig zugesehen habe. Lieber Herr Doktor. Bitte helfen Sie mir, ich weiß nicht, was meine Mutter in ihrem Alter dazu treibt, den lieben langen Tag vor diesem Gerät zu sitzen und alles von Anfang bis Ende anzuglotzen. Seien

Sie so gut, führen Sie ihr die schlechten Seiten davon vor Augen. Denn verfolgt der Mensch den ganzen Tag, was in der Welt geschieht, verliert er peu à peu das Empfinden für die eigene Familie. Sie, ich und das arme Kind, das schon ein Mann ist, wir sind aufeinander angewiesen, niemand hilft uns, wenn nicht wir selbst. Sonst ist sie ja gefühlvoll, besonders zu meinem lieben Kind, also ihrem Enkel. Doch fängt dieser Unsinn im Fernsehen an, ist alles aus. Ich denke, das ist zuviel für sie, auch in Anbetracht ihrer Augen. Und dann noch diese Strahlen, die durch sie hindurchgehen. Ständig direkt davor, obwohl ich sie bitte, sich etwas seitwärts zu setzen, sie muß ja nicht jeden Strahl in ihre arme Lunge einlassen. Kann sich ein Mensch wirklich so sehr von diesem verrückten Apparat betören lassen, der doch nur aus einem Kasten und ein paar Drähten besteht? Hundertmal verfluche ich den, der ihn erfunden hat. Egal, ob Tesla oder Edison, die sich obendrein noch zanken, ich wars und nicht der. Meine unglückselige Mutter, muß sie sich dermaßen enervieren und echauffieren? Es ist doch über hundert Jahre her. Vorbei und gewesen, Gott mit ihnen. Wer weiß noch, wer die sind und wo, doch jetzt flimmern sie in diesem unscharfen Film, als wären sie im Zimmer. Könnte man es den Alten über neunzig und den Kindern nur verbieten, aus Gesundheitsgründen und wegen Anstiften von Verwirrung. Warum muß ich diese schmutzigen Boxer sehen, die sich gegen alle Regeln schlagen, zwicken, an den Haaren ziehen, statt daß einer dem andern schön eine Ohrfeige verpaßt und nach Hause geht. Beim Boxen ist nur wichtig, keinen auf die Nase zu kriegen, wovon gleich das schreckliche Blut auf Hemd und Boden strömt. Man kann euch doch nicht ständig hinterherwischen, ist auch nicht nach dem Gusto der armen Hauswartin. Doch tut mans nicht, rutschen sie aus und brechen sich die gebrochenen Nasen noch einmal. Vielleicht wären sie nicht so rabiat, so tierisch, wenn nicht alle sie anstachelten. Mach ihn fertig, bring ihn um, hau ihm das Auge aus. Wer kann sich in dieser Hölle zurückhalten und wird nicht alles gegen den Gegner versuchen. Denn wenn nicht er, dann der andere. Diese Kraft treibt einen Menschen gegen den andern, aber am Ende ist alles gut, das bißchen Blut wird aufgewischt, Pflaster auf die Nase, und stirbt mal einer im Ring, hatte der vorher schon ein krankes Herz, nur wußte er es nicht. Ich gebe zu, ich verstehe ihr Ballspiel nicht ganz, kaum hat ihn der eine, gleich ist er drüben auf der Gegenseite beim andern. Dem Schiedsrichter verüble ich nur seine Wichtigtuerei. Immer sein Gemecker, die armen Jungs haben kaum den Rasen betreten, um mal an der frischen Luft zu spielen, schon wirft er sie raus. Wir sind doch nicht vorm Kriegsgericht, ständig das Nummernaufschreiben und Rausschmeißen, er kennt doch ihren Spaß am Spiel, besonders wenn der alte Vater oder die verliebte Freundin zusehen. Ein toller sportsman, überall springt er herum, wo Fußballer oder Skiläufer auftreten, immer picobello gekleidet, wunderbar gekämmt und so munter – alle seine Schäflein hat er beisammen, der Tag ist schön, der Schnee phantastisch und die Sportler gesund und zufrieden. Manchmal brüllt er zuviel, verrenkt sich vor Freude, weil einer ein Tor schoß oder ein anderer Idiot die mörderisch hohe Latte übersprungen hat, ohne daß sein Höschen riß. Ab und zu regt sich der Sprecher so auf, daß ich denke, den trifft auf der Stelle der Schlag, und wer überträgt dann weiter.

Alles nur, weil der italienische Schiedsrichter der Intimfeind unserer Mannschaft ist. Herr Lobello, ich darf wohl sagen, Sie sind im Unrecht. Nein und noch mal nein, Herr Lobello. Wir sind keine Kongoneger, wir wissen Bescheid. In unserer Stadt wird schon seit hundert Jahren Fußball gespielt, da war der Ball noch kürbisförmig. Glorreiche Zeiten des verblichenen Franjo Glazer und des fröhlichen Mikica Arsenijević, der in Wirklichkeit Ingenieur war. Das ist niemals ein Elfmeter! Was ist los mit Ihnen und Ihrer internationalen Trillerpfeife? Am besten, Sie verschlucken sie sofort. Unsere Jungs verlassen enttäuscht den Rasen, sie wären Sieger, hätten sie nur ein Tor mehr und nicht eins weniger geschossen. Vielleicht ist es unsportlich, aber auch ihnen muß gestattet sein, Nerven zu haben, auf denen nicht ungestraft herumgetrampelt werden darf. Wie der Schiedsrichter, so das Resultat? Und dieser Champion, hätte er nur noch genug Kraft gehabt auf den letzten fünf, sechs Metern! Die ersten dreiundneunzig wie eine Gazelle und dann auf die Nase gefallen. Vielleicht die Strecke um diese Meter verkürzen, das entspräche unserem Organismus und nicht dem menschlicher Maschinen. Könnten kleine Völker nicht eine kleinere Kugel bekommen? Wenigstens ein halbes Kilo weniger. Unsere Hand ist nicht für den europäischen Hammer geschaffen, den man dort von klein auf wirft. Wenigstens für den Anfang. Aber nur, wenn die Föderation, die Union, zustimmt, das Komitee der neun großen Nationen. Oder wir in den Ausschuß, um den anderen das Leben zu vergällen, wenn sie einen kürzeren Speer verlangen. Nein, nein, das geht nicht. Unser letztes Wort, die endgültige Entscheidung, um Mitternacht getroffen, nach verwirrender Diskussion in sechs Sprachen. Bis der das alles gesagt hat, haben die unten schon ein Tor geschossen, tanzen vor Freude, und er hat angeblich nichts davon mitbekommen, will gar nicht wissen, was auf dem Platz passiert ist, ein Gewuhre oder Erdbeben oder dem Torwart ist der Onkel gestorben und er erfährt es soeben. Ihm soll die Sicht versperrt gewesen sein, das Wichtigste hat er nicht gesehen. Der Getränkemann kam in dem Moment vorbei, als sie sich den verfluchten Elfmeter einhandelten. Nicht dieser Spieler hat sich beschwert, sondern sein Bruder, der ihm gleicht wie ein Ei dem andern. Wer soll das alles im Kopf haben, ich kann sie nicht auseinanderhalten. Für mich sehen sie alle gleich aus, solange sich nicht einer das Bein bricht, den erkenn ich, der Knochen steht spitz raus, nicht anzusehen. Deshalb besser ein Unentschieden und alle heil. Zwei Mannschaften, zwei Nationen, eine Seele. Nicht der Sieg, die Teilnahme ist alles. Das gerechteste Resultat ist 1:1 oder 0:0, schon um das Anrempeln in der Umkleidekabine zu vermeiden. Fußball darf nicht zum Schlachtfeld für anderes werden als den Kampf um den Ball. Seht nur, was die uns alles zeigen und warum. Djordje Staketis muß Grieche sein, ein stattlicher Mann im besten Alter, der läßt sich in ein Faß sperren und dann die Niagarafälle runter, die schlimmsten der Welt. Und ward nicht mehr gesehen. Die ganze Nacht muß ich nachgrübeln, wo er ist und was die unglückliche Mutter Staketis im fernen Athen tun wird, wenn sie von dem Krawall hört. Der verrückte Skifahrer, was will er denn dort auf der Bergspitze. Fordert den Teufel so lange heraus, bis ihm der ganze Schnee auf die Birne kracht. Besser wäre er im warmen Zimmer geblieben und hätte ein nützliches Buch gelesen, als zu suchen, was er nicht braucht.

Wissen Sie, das interessiert meine Mutter alles, Angst und Schrecken oder der wunderbare Opernsänger, unglaubliche Operettenarien führt er auf, als schmerze ihn sein Backenzahn. Aber nur schon die Mutterschaft. Selbst das Wort ängstigt sie. Immer diese Panik an der Haltestelle, in der Warteschlange. Alle schmutzig, die Mutter zerzaust. Warum auch Kinder, wenn sie es nicht aushält? Immer mosert sie, will alles haben, außer der Reihe drankommen. Weiß nicht, was es drinnen gibt, muß aber rein, weil ihre Bälger nichts zu essen haben oder durstig sind. Warum ist sie nicht vernünftig und nimmt die Flasche mit oder bleibt bei der Hitze daheim in ihren vier Wänden. Der Mann ist nie da, mal überlegen, mit welchem Schuft man sich einließ, nein, das nicht, doch ins Bett gehen, ja, und dann o weh o weh. Darum bitte ich Sie noch einmal, obwohl Sie meine Anzeige von vorgestern ignoriert haben. Ja, sie ist meine Mutter, hat viele Jahre auf dem Buckel, doch was geschehen ist, ist geschehen. Sie handelt wirklich allem zuwider, der eigenen Gesundheit und unserer ganzen Familie, die aus uns beiden besteht, ihr und mir. Meinen Sohn rechne ich nicht mit, der kommt auf fünf Minuten vorbei, und dann ist er für sie und gegen mich. Kommen Sie, fragen Sie, informieren Sie sich und treffen Sie gesetzliche Maßnahmen. Im übrigen ist sie loyal, nie hat sie gegen jemanden was gesagt, aber wie sie mit dem Fernsehen umgeht, diese Hingabe, das spottet allem, erst recht dem Verstand. Und zum Teufel mit den verrückten Geschichten von dem blöden Matrosen Popeye, diesem ekligen Spinatfresser. Besitzen wir denn nicht die wunderbaren Lieder von unserem Zmaj, in denen ein Kind sich im Wald verirrt, ein Bär auftaucht und es zerreißt! Wie hab ich über das unglückliche Schicksal des faulen Gaša geweint, der nichts hat, hungrig, barfuß ist und verfroren, obendrein noch faul. Oder die hübschen Aufsätze über die kleine Anka. Sie prügelt sich mit allen, legt Šteknadeln auf Bänke, schüttet Sand ins Tintenfaß des Fräulein Lehrerin und bekommt trotzdem am Ende in allen Fächern eine Eins, weil sie die Klügste ist. Wo sind unsere alten Schul- und Lesebücher geblieben, in denen für jeden schlechten Schüler ein Unglücksfall beschrieben war, vom Sturz in den Brunnen bis zum Tod unterm Möbelwagen. Schmatz, Schmatz. **DICH FRESSEN SCHRECKLICHER KAISER BOKASSA**. Ich dich zum Frühstück schlürfen. Und dich und dich. Das furchtbare Gesicht des Häuptlings Amin erscheint im Wäldchen. Reitet er denn ein Krokodil? Hab keine Angst, liebes Kind, obwohl du schon groß bist, das alles hat nur ein Trottel gezeichnet. Sie zeichnen, was sie sollen und nicht sollen, und die Kinder ihrerseits sollen sich in Angstträumen wälzen. Ich dich zum Fruhstuck. Bumba bumba. Immer ein Raubtier oder ein Wilder mit dem Messer zwischen den Zähnen. Noch vor dem Krieg soll ihr Gospodin Rafajlović die abschreckenden Beispiele vom Gekochtwerden der Menschen im Kessel erzählt haben. Dummheiten, Danica, an die nur dein verrückter Kopf glaubt. Wahrlich, dieser Häuptling hat noch ein Kind verfrühstückt. Nein, rief König Gad Afe, in seinen wundermachenden Umhang gehüllt. Da siehst du, er wird sie retten. Na gut, Gottseidank. Er wirds schaffen auf dem fliegenden Teppich. Gott verzeih mir, einmal glaub ich den Blödsinn selbst, ein andermal nicht. Unter uns das Königreich Marokko, der bunte Iran, das mächtige Afghanistan. Wie kann er was sehen, mit der

Schildkappe bis über die Augen. Ihr seid die Verräter, nicht wir, wir sind es nicht. Was die in ihrer Sprache brabbeln, könnte uns nicht mal unser Herrgott übersetzen. Nur sie verstehens. Die Beduinen zerschnitten die Gegner wie Grashalme. Mit Blut getränktes altes Land des Blutes und der Beduinen. Zum Glück ist jetzt Ende, sonst müßt ich noch kotzen. Aber es ist ja auch nicht leicht, sich jeden Tag Neues auszudenken, damit die Meute daheim, die dich den ganzen Tag anglotzt, amüsiert und unterhalten wird. Du bist ja auch nicht allmächtig, kannst nicht alles aus dem Ärmel schütteln, hast dreißig Jahre lang Grimassen geschnitten in alle Richtungen, dein Gesicht ist schon wie aus Gummi. Dann mußt du ihnen auch noch vorsingen, denn ohne ein Lied ist das für sie alles nichts. Du zappelst mit Armen und Beinen, bläst auf dem Kamm, der Bierflasche, dem Trichter und dem eigenen Barthaar, du ziehst Hasen aus allen Taschen, auch aus der kleinen fürs Taschentuch, du zeigst Falschspielertricks, schluckst Tennisbälle, balancierst auf der Stuhlkante, später zerhackst du den Stuhl und schluckst ihn runter, bringst die neuesten Nachrichten, annoncierst, was zu annoncieren ist oder nicht, und mußt zuletzt einsehen, es ist immer noch nicht genug; auf Karten, Postkarten und in Briefen verlangen sie etwas Neues, und du seist dumm wie die Nacht, aber sie bezahlten dich doch dafür, nicht so zu sein. Ich würde mich ihnen nicht so ausliefern, und seien es noch so viele, denn ich schätze das wenige, Vernünftige, das ich manchmal aus dem Kasten ziehe, die andern sind selber schuld, wenn sie nichts davon haben. Zum Glück photographieren sie nicht nur den Präsidenten und den Wissenschaftler, der das Schießpulver erfand, damit alles in die Luft fliegt. Häufig zeigen sie auch den rabiatesten Schwarzen und dann die allerletzten Schlußlichter, die in der Kanalisation schlafen, und wenn sie aufwachen, gehen sie los und ermorden zwei, drei alte hilflose Frauen. Vergeblich, zu spät, wenn sie dann auf der Anklagebank sitzen und bereuen, sie hätten nicht gewußt, was sie getan haben, und würdens nie wieder tun. Dem Aussehen nach hätte man es nicht vermutet, ein guter Anzug, als wären sie Diplomaten oder in einer Apotheke tätig. Aber sieh nur, er schleppt das Kind in den Hausflur und zerstückelt es mit dem Federmesser. Auch Burke, Landru und Crippen, angeblich Zahnarzt. Aber ihm ging es vor allem darum, die unschuldige Dentistin oder jemand andern abzumurksen. Doch nicht nur die Männer, auch die Frauen reitet der Teufel, zum Beispiel Kathy Webster, die in der Tasse Gift verrührt gegen die arme Welt, in der Hölle soll sie schmoren. Interessant zu sehen, wie einer von unseren, bevor er einem Engländer oder Schwarzen die Hand hinstreckt, über seinen Hosenschlitz fährt, ob er auch zu ist, den Hemdkragen befühlt, ob er nicht hochsteht, und sich dann erst verneigt vor dem Gast und ihn so auf die Wange küßt, daß der zurückzuckt, aber später überwiegend lächelt. Genauso feingemacht hat sich mein unglückseliger Dragomir, wenn er mit der angeblichen Verlobten ins Kino gegangen ist. Wie aus dem Ei gepellt, nur weiß ich nicht, wie er das hingekriegt hat. Hätte er wenigstens die Volksschule geschafft, dann hätte er Außenminister werden können. Statt dessen dieser verfluchte Kurs für elendige Beamte in Sušak, wo es sofort zu dem unverzeihlichen Škandal mit der Tochter des Pedells kam, die kaum fünfzehn war. Dann das Gespräch mit dem bescheidenen Doktor, der als erster jenen Eingriff an einem Hund vornahm. Die couragierte Analogie vom Hund zum Menschen. Zuerst an Häftlingen, aber später auch an ganz freien Menschen. Ohnehin zum langsamen Tod unter großen Qualen verurteilt. Schon ein Erfolg, wenn wenigstens einer von Hunderten überlebt. Seine Hände die eines Dirigenten. Im normalen Leben ein einfacher Mensch, der Kanarienvögel hält, im Operationssaal ein Karajan des Messers. Heute eine Operation so einfach wie Semmeln aufschneiden. So zarte Finger und solche Kraft. Er mag nicht groß darüber sprechen, nur mit unserem Mitarbeiter. Mit ihm verbinden ihn die schönsten Erinnerungen aus dem Operationssaal. Ein Operierter spricht, doch nur mit den Händen. Denn für jedwede Resultate ist es noch zu früh. Für den Laien ein Gemetzel, da das Messer an die Kehle muß. Die sichtbare Besserung erst später. In Zukunft werden auch die Gesunden operiert. Wie der letzte Šundroman, alles durcheinander, du weißt nicht, wer wer ist. Die Zahl der irgendwo auf der Welt Getöteten, als ginge es um Kuchenstücke oder Federvieh. Ist mir egal, ich kenn sie nicht, aber die sie zählen müssen, beneide ich nicht. Und ein Schauspieler hat geheiratet, in ungünstiger Gegend ist eine Brücke gebaut worden, und was ein Gast aus der großen Welt zu Abend aß. Doch schon morgen kann sich die Frau des Schauspielers im Bad das Bein brechen, die Brücke wegen falscher Berechnung einstürzen und der fremde Gast an einer Fischgräte ersticken. Bis jetzt läuft alles gut. Ich bewundere die Ansagerin, immer mit demselben Gesicht, ob das Wetter am Meer schön oder der Umsturz in China schrecklich ist. Im Gegenteil. Wird jemand wegen eines Komplotts gehängt, blüht sie auf, ist beinah fröhlich, sagt sie dagegen, morgen erwartet uns ein schöner Frühlingstag, wirkt sie, als wären ihr alle Felle davongeschwommen. Entweder versteht sie nicht, was sie sagt, oder es ist ihr alles egal, bloß wissen wir es nicht. Wie kommen sie nur zu all diesen Neuigkeiten von überall? Irgendein Armer sitzt Tag und Nacht am Telephon, bis sich sein Kumpel aus der großen weiten Welt meldet, doch dort ist es vielleicht gerade Mittag, und der schwafelt leichthin über dieses und jenes, während unserer hier fast einschläft. Geschieht nichts, so paßt auch die Krönung einer Königin, die achtundvierzig Stunden dauert. Einfach, weil es eine Ewigkeit braucht, bis der dickste Tresor mit der Krone drin aufgeschlossen ist, und daß sie bloß nicht irgendein Schuft vertauscht hat; und erst dann kommt die Königin, wird instruiert, wie sie sie tragen muß, damit sie nicht unter dem Gewicht zusammensackt. Außerdem die ganzen Pferde, die Artillerie, die verrückten Leute, Fahnen schwenkend, das muß tatsächlich so lange dauern, bis die eine Hälfte in Ohnmacht fällt und die andere so besoffen ist vom bunten Gemenge, daß es aufs gleiche hinausläuft. Denken Sie sich nur das Entsetzen, wenn die berühmte Fliege sich auf der Nase des strammstehenden Wachmanns vorm Schloß niederläßt. Er ist doch nicht aus Stein, und das Tier flog wie zum Honig, und so dauert es, bis es wieder auffliegt. Wenn ich das sehe, bricht mir der Schweiß aus. Die Königin, die aus dem Palast kommt, hat es viel leichter, sie muß nur darauf achten, ohne über den Teppich zu stolpern, zum Auto zu gelangen. Ich aber bin für das unglückliche Ehepaar aus Merika, das dem englischen Königspaar ähnelt. Ein kleiner Verkäufer und eine Gesangslehrerin, doch den Herrschaften unter der

Krone gleichen sie völlig. Das ist ein übergroßes Glück, aber hier werden sie ausgelacht, sie sollen aus dem Gesichtskreis der Richtigen verschwinden, denn sie können ihnen nicht das Wasser reichen. Ist es ihre Schuld, daß sie Doppelgänger sind und nicht das Original? Auch sie haben ein Recht auf Leben, trotz ihres Unglücks, daß sie nur eine Kopie sind. Sie verlangen nichts, und niemand gibt ihnen was, bis auf die Bestätigung, eine Kopie zu sein, und das ist wahr. Hätte ich doch Ähnlichkeit mit einer Königin, ich wäre überglücklich, wenigstens mit Viktoria, die Arme ist schon lange tot, sollen sie mich später auslachen, es wäre mir egal, wenn ich nur photographiert würde mit Namen und Nachnamen. Obwohl ich lieber eine vergrößerte Fliege sehe, der ein Bein nach dem andern ausgerissen wird, um festzustellen, ob es ihr weh tut, aber alle sagen nein, denn sie schweigt. Oder wie ein durchbohrtes Auge genäht wird, wie eine Schürze und nicht wie ein Auge, so näht dieser Teufelskerl, und der arme Tropf, um dessen Auge es geht, weiß unter der Narkose nichts davon. Oder ein hilfreicher Rat, was zu tun ist, wenn beim Erdbeben das Haus unter dir einbricht und du oben am Rand stehst und zitterst. Dann sollst du nur ruhig sein, als wäre nichts geschehen und du stündest auf der Promenade. Sie werden schon mit dem Haken kommen, dich an der Hose hochziehen, und so Gott will, bist du gerettet, und wenn nicht, adieu. Ebenso, wenn du halb verbrannt bist, weil du falsch am Gasherd hantiert hast, schweig nur, bis du ganz verbunden bist, später nehmen sie Haut von deinem Rücken zur Reparatur der Fußsohlen. Bei einem Tänzer schätze ich am meisten, wenn er seine Partnerin, die er bis dato vielleicht nie gesehen, nicht betatscht, denn wichtig ist ihm nur der Tanz, das wahnsinnige und schweißtreibende Tempo, bis alles vorbei ist und er sich vor ihr verneigt. Da zeigt sich, was er für einer ist, denn es stimmt, leicht ist es nicht, mit der schönen Tochter eines Unidoktors herumzuwirbeln und an nichts zu denken als nur an den Tanz. Aber jeder kann doch das Animalische vergessen, sich in der Musik ausleben, und später, wenn sie mit ihm ins Kino will, um so besser. Am traurigsten ist der Tanz bei den Amerikanern, denn dort tanzen zwischen normalen Paaren auch Frauen mit Frauen. Konnten die denn nicht für diesen dämlichen Tango einen Partner andern Geschlechts finden, statt dessen muß das Mädchen die häßliche Tante an sich ziehen, die keinen Tango kann und nach Knoblauch riecht. Können die das nicht mit ein bißchen Verstand auch ohne mich regeln? Lieber Herr Ordner, nehmen Sie doch die Junge in den Arm, und die Ältere soll Sie kurz beim Einlaß vertreten. Es kann Ihnen nicht schaden, das Tanzbein zu schwingen. Das ist kein Muß, aber für mich wäre es eine Genugtuung. Und daß ein Hund so blutrünstig sein kann, aber andrerseits ganz lieb. Beißt die unschuldige Bettlerin und holt gleich darauf die Zeitung für Herrchen und trägt die Pampuschen zum Bett. Ein und dasselbe Wesen und so verschiedene Handlungen. Alles liegt in der Erziehung und seinem hündischen Urinstinkt. Wer weiß, was die sich sagen, wenn sie sich treffen. Wau wau wau. Und der andere ebenso wau. Genauso mit dem Miau. Hund und Katze sind dieselbe Rasse, haben sich nur später getrennt. Die einen wählten die Zähne, die anderen die Krallen. Und die Fische bewegen nur den Schwanz, der große frißt den kleinen und der kleine vorher einen noch kleineren. Und daß der Vogel einen so miserablen Magen hat, wußte ich auch nicht, bis der Professor ihn vor uns aufschnitt, so daß jedes Äderchen und alles andere drinnen zu sehen war, vom Weizensamen bis zum gestohlenen Fajercajg. Dazu noch diese Flügel und der Flug! Nur weil sie den Flug der Krähe beobachtet haben, konnten sie das Flugzeug erfinden. Süß der Spatz, blöd die Elster, grausam der Habicht, der im Nu auf den Hof hinunterstößt und dem Kind am Brunnen ein Auge aushackt. Und wie sie die arme Schnecke wegen ihrer Langsamkeit angreifen, als wäre es ihre Schuld, keine regulären Beine zu haben, obwohl zu sehen ist, was sie will, wenn sie sich auf den Weg macht vom Blatt zum Baum. Der das filmt, muß eine Seele von Mensch sein. Eineinhalb Tage auf der Lauer, bis sich die Blume im Nu öffnet. Hat er es nötig, sich in der Höhle des Löwen solchen Gefahren auszusetzen, wäre doch unbezahlbar, sollte das Raubtier ihn zerfetzen, wo er Frau und Kind zu Hause hat, die verzweifeln. Doch auch im Löwen sitzt ein Kobold, der beobachtet ihn nur, will nicht Beute machen, nur wenn er ihn reizen würde oder er sehr hungrig wäre. Ja, auch der Elephant hat seine Ehre, wie eine Wanze könnte er ihn zertreten, aber er will es nicht. Ein Fleischberg, und muß nun über den verrückten Kameramann rüber, der Unmögliches aufnehmen will. Bis zur Erde muß man sich verneigen vor diesem Elephanten, weil er so gut ist. Das Ganze führt in einen Abgrund, dort ist nur Wasser, aber alle springen ins brüchige Schifflein, alle fünfundzwanzig, dazu dieser Hund, die Katze und der Elephant, und niemand hat schuld, daß sie mitten in diesem Unglück untergehen, hinabsinken wie Sand auf den Grund. Dann Nebel, unversehens, wie aus dem Nichts. Ein Paradies für Diebe und Abenteurer. Einer betritt das Geschäft, trägt einen Stoffballen oder den Zuckersack hinaus, und niemand kennt ihn. Es sei denn, man hätte seine Schritte gehört. Findest du es nicht schön, daß wir leben und beisammen sind und jeden Wahnsinn noch im letzten Winkel der Welt sehen können? Allein die Unterschiede, wie sie alle leben, wo und von was. Im eisigen Winter des Nordens oder in der noch schlimmeren Hitze unten in Sizilien. Wenn nur der tapfere Eskimo, der mit Hilfe einer Säge sein Haus aus purem Eis baut, dieses mit dem fröhlichen Habenichts teilen würde, der nicht pflügen kann, weil da unten nur Stein ist. Wenn es oben nur etwas weniger kalt wäre, aber unten wenigstens ein Lüftchen wehte, dann ergäbe es die richtige Mischung. Darum ist es bei uns am besten, wir sind in der Mitte, nicht hier, nicht dort, sondern von allem etwas. Nie genug der schönen Beispiele, wie der Mensch dem Menschen hilft. Auf der Chaussee, im Wald und wo sie sonst noch zusammenprallen, sich gleich die Hand geben, sich küssen, als wären sie Brüder, und einander auf die Schulter klopfen. Selbst wenn sie sich wildfremd sind. Gar nicht zu reden davon, wenn der eine ein Mann, der andre eine Frau ist, beide heiß entflammt und neben ihnen gleich das Bett. Diese Küsse, dieses Begrapschen, nie genug davon, doch der Teufel liegt stets auf der Lauer, immer ist da eine Tante mit mißmutiger Miene und sagt, zu ihrer Zeit gabs so was nicht. Selber schuld, daß sie sich ärgert. Sollte sich freuen für die Nichte, wenn sie selber schon nicht durfte. Aber es gibt auch fürchterliche Frauenzimmer, fürchterlicher gehts nicht, voller Kapricen und Forderungen, die kein Sterblicher erfüllen kann. Sie möchte ein Eis, im Aeroplan fliegen, gefeiert werden als schönste Frau der Welt. Selbst wenn sies wäre, es ist unanständig, sich so in Szene zu setzen, der Bedauernswerte tut ja alles, um ihr gefällig zu sein, von Bonbonnièren bis zu feinsten Strümpfen, Ringe für alle Finger, sie aber stößt das alles zurück, lacht ihn aus, er soll verduften, und so kehrt er als gebrochener Mann in seine vornehme Wohnung zurück. Und morgen wieder alles von vorne. Doch der Schustergeselle, der die reparierten Schuhe bringt, wenn der ihr gefiele, sie würde ihm gewähren, was sich diese Rotznase nicht mal im Traum erhoffen darf. So sind sie. Immer muß es im höchsten Maße aufregend sein, einer sie gewaltsam entführen oder mit einem Stück Strick ans Pferd fesseln und ähnliches. Wärs nicht schöner, in Ruhe zu leben, in einer prächtigen Villa am See und mit einem prächtigen Mann, Bankdirektor und schön wie ein Gott? Nein, sie will den Hungerleider, der Gedichte schreibt, obwohl kein vernünftiger Mensch das Geschreibsel druckt und kein Hund damit hinterm Ofen hervorzulocken ist. Und das Ganze nur, weil der Poet sie verachtet, aber der liebe Ehemann sie über den grünen Klee lobt. Bis sie merkt, der Dichter ist ein Schuft, hat an jedem Finger mehrere, und der Ehemann, der nicht, Gott bewahre, sie ist seine Einzige. Erst da dämmerts ihr, doch vielleicht zu spät, denn ihr Mann hat sich vor lauter Aufregung schon eine unheilbare Tuberkulose gefangen. Und wie die Verrückte sich frisiert, sie kann nichts sehen vor Haaren vorm Gesicht, auf der Straße muß sie geführt werden. Und so geht sie in die Läden, in andere Häuser, zu einer Freundin, die aussieht wie sie, und sogar zur Beerdigung des eigenen unglücklichen Mannes. Und was dann, ganz allein, nur mit dem Reichtum, denn der Dichter hat sie längst vergessen. Sie müht sich, Kleidchen für unglückliche blinde Kinder zu stricken und zu häkeln. Und peu à peu findet sich wieder ein ordentlicher Beamter mit all den zarten Worten, schlimmer als irgendwas sonst. Was im Herzen dieses Beamten alles schlummert, sieht man gleich, er fuchtelt mit den Armen, zeigt irgendwohin, wo die Zukunft sein soll, obwohl dort nichts zu sehen ist. Der Onkel ist Kriegsveteran im Rollstuhl, immer verlangt ein Bettler Almosen, und die Tanten möchten wieder einen Ball veranstalten. Das Dienstmädchen ist auch sehr hübsch, eine gute Gelegenheit, daß zwischen ihr und dem Beamten sich etwas anbahnt. Ständig bürstet sie seinen Mantel, obwohl es nichts zu bürsten gibt, nur um ihm den Rücken zu streicheln. Dann stirbt plötzlich die Mutter, und der Winter beginnt. Wer sich stets einfindet, sind die netten Bekannten, sie erfreuen inmitten der Tragödie dein Herz. Der eine klein und ein bunter Hund, du weißt nicht, woher du ihn kennst, ein Bekannter von Bekannten, die niemand mehr zu den Bekannten zählt. Immer ist er da, voller Jux, schlägt **PURZELBÄUME IM ZIMMER**, ohne etwas kaputtzumachen, musiziert auf dem Schnurrbart, und angeblich kann man ihm einen Finger abschneiden, und im selben Moment ist er wieder dran. Diese Schnelligkeit, Geschicklichkeit – die Königin könnte er aus dem Schloß tragen, ohne daß es jemand merkt. Doch immer anständig, alles stellt er wieder dahin zurück, wo es war. Ein Kollege aus dem Laden, in dem die beiden gearbeitet haben, nur viel größer und dicker und dumm wie ein Ochse, haßt ihn, verdächtigt ihn, er habe den halben Laden gestohlen. In welche Gesellschaft sich der Kleine auch begibt, das Biest kommt und zieht ihn mit Lügen in den Schmutz, der habe kein Hemd, nur Manschetten auf der bloßen Haut, Jude sei er und stehle, wohin er komme, silberne Gabeln. Schon vorher aber hat er ihm zwei, drei Beštekpaare in die Tasche geschoben, zum Glück hatte sie ein Loch, so fiel gleich alles heraus. Und zum Glück siegt immer die Gerechtigkeit. Denn die Tochter des Herrn Direktor, bei dem dies alles spielt, ist schon bis über beide Ohren in den kleinen Unglücklichen verliebt, so daß die Diener den Dicken die Treppe runterwerfen, während die anderen sich ausziehen und baden gehen ins große Schwimmbecken. Erst dann zeigt sich, was der Kleine gilt, obwohl er nicht einmal einen Badeanzug hat und sie ihm einen von ihrem jüngeren Bruder leihen müssen, auch so ein Krišpindl. Was der zukünftige Verlobte nicht alles in fünf Minuten schafft, er löschte das Feuer im Eßzimmer, fing den Tresorknacker, der den Moment nutzte, wo der Dicke noch da war und häßlich von ihm sprach, und wie er sich zu helfen wußte, die ganze Familie mit einem Brett gegen drei Löwen verteidigte, die die unglücklichen Zirkusleute vom Zirkus Klucki vergessen hatten einzuschließen nach dem Spaziergang. Stellen Sie sich vor, diese grausigen Raubtiere im herrschaftlichen Haus, und der zukünftige Schwiegersohn trägt nur eine Stecknadel am Revers, mit der er sich sonst die Fingernägel putzt. Aber er wäre nicht Held des Tages, fände er nicht die Lösung in einer ballettartigen Bewegung. Springt hierhin und dorthin, und schon sind die Löwen im Knauel gefesselt und der Großvater, stocktaub, hat sich dabei nicht mal aufgeregt. Ich sehe wahnsinnig gern diese Teufelskerle, die sich von Mann in Frau verkleiden und umgekehrt. Alles bei einem Wohltätigkeitstee. Wie soll man sich da zurechtfinden, wer wer ist, damit es nicht zu unverzeihlichen Irrgetümern kommt. Wo haben sie bloß den Pudel gefunden, der zum Klavier singt? Der muß aber viel trainieren, eh er beginnt. Genauso der Affe, der als Braut gepudert vor den Altar tritt, sie aber hat sich ins Bad eingeschlossen und kann nicht mehr raus. Der Bräutigam und der Pfarrer sind schrecklich kurzsichtig, darum ist es für sie gleich. Nur der Trauzeuge weiß, was los ist, aber er schweigt, weil er den Ulk liebt. Später kommt alles heraus, aber dann ist es schon passiert. Das mit den Affen und Narren, die sich mit Torten bewerfen, von denen sie mehr als genug haben, das ist nur ein Zwischenspiel, gleich danach geht die menschliche Tragödie weiter. Ich liebe das Fröhliche, Danica das Grausige. Sie kann darin endlos baden und sich ausweinen über ihren eigenen Kummer. Ich habe sie dabei ertappt, wie sie in jeder beliebigen Dummheit eigene Erfahrungen wiedererkennen wollte. Wann hast du denn auf der Kante des Wolkenkratzers gestanden, von der dich ein Einbrecher runterschubsen wollte in den Abgrund? Natürlich wurde sie mal geschubst, aber in der Trambahn oder so. Nicht mal ein Abklatsch jener Abenteuer ist das, aber sie vergleicht sich damit. Wann war denn dein Mann Bankdirektor und erschoß sich wegen Veruntreuung? Der hat doch nur im Haushaltswarengeschäft gearbeitet, und gestorben ist er, weil er gesoffen hat, der Unglückselige. Für sie aber ist es ein und dasselbe, denn alle Tragödien sind vergleichbar. Stur wie ein Esel. Sitz still und schau dir die Dummheiten an, die sich Verrücktere als wir ausgedacht haben, und nimm nicht alles ernst. In so einem Park willst du gewesen sein, auf so einem Ball, bei so einer Krönung? Gott mit dir. Mach die Augen auf, dreh dich um, sieh mal, wo du bist. Nur das mit der Singermaschine und die rabiate Nummer mit den betrunkenen Halunken, wie Lazos Saufkumpane, ja, das ist wirklich ähnlich. Doch schon die Verlobungsringe völlig anders. Wann hattest du je Kamelhaar und Hermelin, was bildest du dir ein. Lazo war schön, zugegeben, aber wie der selige Herr Barrymore – das geht zu weit. Erstens war der viel größer und sehr schlank, Lazo kleiner, auch dicker, gar kein Vergleich. Zugegeben, die Schlägereien waren etwas derber als unsere, wenn es zu Wortwechseln kam zwischen den Nachbarn in der verfluchten Čika-Ljubo-Straße. Das war nicht auszuhalten dort auf den Veranden. Jeder glotzte dir rein oder kam mit irgendeiner Schweinerei. Mir tat es immer leid, in was für einem Dreck ihr gelebt habt. Ein Glück, daß Krieg kam und allem ein Ende machte. Die Unmenge von Verrückten, die Danica so liebt, mag ich nicht, in jedem zweiten Film taucht leider einer von ihnen auf. Statt stillzuhalten und in einer Ecke vor sich hin zu jammern, rennt er im Haus herum, reißt sich die Sachen vom Leib, dann erschlagen sie ihn mit dem Bügeleisen, das wollten sie aber gar nicht. Die spanischen Tänze sind abscheulich, denn das Flittchen muß auf dem Tisch herumtanzen, das enerviert mich am meisten. Doch was im Gefängnis spielt, ist mir recht, ich weiß schon, er wird die Mauer durchbrechen und rauskommen durch die Gitter, die wie aus Schokolade sind. Das ist alles abgesprochen, nur wir hier haben Angst und verlieren die Nerven. Sehen Sie sich diesen Wahnsinn an. Er vermöbelt sie, die über dem verfluchten Tisch hängt, ihr Mann verteidigt sie, greift den andern von hinten an, der wiederum wird von seiner Geliebten verprügelt, denn für sie wäre es besser, die beiden blieben beiein-

ander, dann würde deren Ehemann für sie frei. Jetzt erst greift von der anderen Seite der Detektiv an, ein Dicker, ihn wiederum der Bruder der Geliebten vom Ehemann, der gerade aus dem Kittchen geflohen ist, und den wiederum eine völlig unbekannte Schönheit auf dem Fahrrad. So ein Mischmasch, wo haben die ihren Verstand gelassen. Das hat es nicht mal im Krieg gegeben, und da gab es wahrlich alles. Als der arme Lazo mit Nägeln und Schraubenziehern handelte, ist wirklich der Abschaum in unser Haus gekommen, der unterste Bodensatz, doch solche wie diese nie. Boxer waren dabei, Handlungsgehilfen in Anführungsstrichen, auch mal welche von der Eisenbahn und ein unglücklicher Finanzer, aber doch nie irgendein Mädchen von der Straße oder ein Gitarrist unbekannter Herkunft. Und auch nicht irgendein Schwager, den nie jemand gesehen hat und der behauptete, er käme aus Merika, dabei war er in Mitrovica eingelocht.
So was nicht. Verrückte waren dabei, die Kurse für Krankenschwestern besuchten, oder andere mit Gott weiß was für Flugblättern, aber direkt welche aus der Lotosbar oder der Bodensatz der Gesellschaft: nein, nie. Wenn es überhaupt je Kalamitäten gegeben hat, dann einzig und allein wegen des verfluchten Geldes, von dem nie genug da ist, im Krieg nicht und nicht im Frieden. Hast du drei, kostet es fünf, kratzt du fünf zusammen, brauchts schon sieben, und darin liegt die ganze Tragödie, unsere private wie die allgemeine. Über den Wahnsinnskrieg mit den Schwarzen, über irgendwelche angezündeten Hotels oder die blöden Cowboys, die in den Wirtschaften immer in die Lampen schießen und manchmal auch auf den Wirt, darüber will ich nichts sagen, denn das seh ich mir nicht an, und Danica soll sich ruhig aufregen,

wenn sie so blöd ist. Soll auch nicht einer wie der andere sein, das möchte ich nicht, alle ohne jeden Unterschied. Ich möchte, daß die Bajaderen und falschen Japanerinnen aufhören, sich auf den Ottomanen zu wälzen, denn das ist abscheulich. Den Männern ist doch gar nicht immer danach, sie haben ja ihre Geschäfte und wollen sich endlich einmal hinsetzen und in Ruhe eine Zigarre rauchen, aber die Weiber wollen nur das eine. Verpfeift euch. Ja, sollen sie nur, ich bin damit zufrieden, es gibt sowieso zu viele Menschen auf der Welt, und wenn sie nie aus dem Bett steigen, wohin soll das führen. In bestimmten Situationen müssen sie tatsächlich einen Mann im Nachthemd oder ein Mädel im Négliegé zeigen, denn jemand ist mitten in der Nacht gestorben oder Feuer brach aus, sie ziehen sie ja nicht absichtlich aus, um sie zu zeigen. Wenn alles glattginge, ohne Feuer, und nie jemand sterben würde, was wär dann mit diesem verdammten Leben. Mir ist ja nur wichtig, daß alles endet, wie es enden soll, dazwischen kann vielerlei passieren, das stört mich überhaupt nicht. Und wie süß ist dieser Millionär, der sogar in ihrer miefigen Küche Kartoffeln schält, nur um bei ihr zu sein. Alle diese Kontraste. Weniger die verrückten Autofahrten und Aeroplane als vielmehr auf dem Pferderücken, das ist viel natürlicher, obwohl ich weiß, daß er runterfallen und sich das Bein brechen wird, er oder das unglückliche Pferd. Und wie es ihnen gelungen ist, in das erste Telephon zu sprechen, da war ja nur ein Draht von Zimmer zu Zimmer. Die Schauspieler meistern wirklich alles im Leben als erste und Schnellste, und erst danach wir anderen. Was die sich zutrauen und auf was sie sich alles einlassen. Einer allein, mit dem Löwen im Käfig oder auf der Eisscholle, die rapide taut. Er ist zwar bei der Croatia oder sonstwo versichert, doch wer hat was davon außer den Seinen, die ihn beerben würden. Es kann geschehen, daß sie bis zum letzten Moment in der Pelerine steckt, aber wir erfahren erst später, wenn die schreckliche Gefahr vorüber ist, wer sie ist. Ich schätze sie auch deshalb, weil sie in einem Film der Frechdachs ist, tölpelhaftes Dienstmädchen und Ärgeres, mit ihrem Grinsen von einem Ohr zum andern, aber in einem zweiten die Königin oder ähnliches, mit einem tiefen Ernst, von dem dir die Beine zittern. Besonders die Garderobe, unterschiedlicher gehts nicht. Vom Lumpen bis zum teuersten Diadem. Wo bleibst du da? Allein der Name! Vergleiche nur ihr Nita Naldi mit deinem, Danica. Wie Tag und Nacht. Dazu noch deine unberechenbare Natur. Alles wegen deiner verfluchten Nerven. Sieh doch, wie die sich noch vor der kleinsten Dummheit in acht nehmen. Feines Benehmen gegenüber den Ersten und den Letzten, denn die werden mal die Ersten sein. Aber du springst einem gleich ins Gesicht. In welchem Film läßt sich ein Frauenzimmer von jedem Mist betören und brüllt wegen jeder Kleinigkeit im ganzen Haus herum? Nur wenn sie eine ganz negative Figur ist, was man auf den ersten Blick erkennt. Die Mannsbilder ja, aus vielen Gründen, denn immer müssen sie aktiv sein, eine Bank leiten, in den Krieg ziehen oder eine übermenschliche Maschine erfinden. Die Frauenzimmer nein, sie haben freundlich zu sein, nicht bei jeder Kleinigkeit die Stimme zu heben, was aber bei dir undenkbar ist. Für mich ist am wichtigsten im Film, daß alles seinen Platz hat und selbst der Schlimmste früher oder später schön oder häßlich wird. Bloß nicht diese schreckliche Nervosität wie bei uns wegen nichts. Nur weil dir mal jemand was Schlechtes gesagt hat oder du im Laden um einen halben Dinar betrogen worden bist. Zum Teufel mit dem halben Dinar. Und jetzt laß mich die herrliche Wasserrevue sehen und alle, die dort oben überm Bassin musizieren. So was gibt es nicht alle Tage, wegen der schrecklichen Kriege und Bombardierungen, mit denen doch etwas übertrieben wird. Ich weiß, kein Bombardement ohne Grund, die einen waren schuld, die anderen rächen sich. Wunderbare Badekostüme, der Saxophonspieler noch schöner. Im Grunde keine Verbindung zwischen Musikern und Badenden, trotzdem, jede hat ihren Liebling, das sieht man gleich an ihren neckischen Blicken. Und würde einer ins Wasser fallen, würde er da weiterspielen. Das sind Menschen, das sind Zeiten. Keine Arbeit in Fabriken, Büros oder sonstwo, nur Spiel, Musik und Raucherei in den Cafés bis spät in die Nacht. Von den Abendtoiletten muß ich dir gar nichts sagen, Danica. Das ist nicht deine dumme Herrichterin, die nur heftet und steppt, so siehts dann auch aus. Wie kannst du dich nur dein Leben lang mit der simpelsten Art von Garderobe zufriedengeben, wenn du siehst, was in der großen Welt alles kreiert wird. Nur weil du dich ihr aus irgendwelchen Gründen sinnlos verpflichtet fühlst. Woher stammt Ihr wunderbares Strickkleid, Fräulein Klara? Ich bin doch nicht blöd und lasse mich dort hinterm Veteranenheim einkleiden, von der letzten Schneiderin, die sonst Pantoffeln oder Pampuschen zuschneidet und keine Ahnung von einem richtigen Kleid hat. Was du dir nicht alles einbildest. Die gräßliche Geschichte vom Prozeß der Frau, der Mörderin, und dein Gezänk wegen acht Dinar. Du hättest besser nicht geklagt, du hast dich damals vor dem Richter nur blamiert, einem Bekannten von uns. Hättest du wenigstens was zurückgekriegt, aber der Richter sprach sie frei, weil, sie hatte nichts. Wirklich das Letzte, damit anzufangen, ohne etwas in der Hinterhand. Ich weiß nicht, wie ich mit Danica umgehen soll, sie braucht unbedingt einen besseren Arzt, hätte sie doch noch ihren Vater, und wenn er schon hundert wäre, etwas würde er unternehmen. Was sie auch sieht, sie macht es sich sofort zu eigen und vergleicht sich mit den größten Filmstars. Nein, Herr Richter, mir geht es nicht um die acht Dinar, sondern um meinen Stolz. Der Gerichtsdiener soll diese unvernünftige Person abführen, sie stört mich bei meiner nicht alltäglichen Pflicht, und gleich die dreifache Mörderin hereinführen, und die hier, Frau Danica Ć., soll sich setzen, der Verhandlung gegen die Mörderin beiwohnen oder sofort nach Hause gehen, wo ihre alte Mutter und ihr Einzelkind sie erwarten. Ja, darin besteht ihre Tragödie, sie will einen Platz, der ihr nicht zusteht. Sitz still und schau dir die erfundenen Geschehnisse in einem Park, einem Schwimmbad und einem Garten an. Siehst du denn nicht, alles sind die gleichen Personen, dieselben Figuren ein und derselben Komödie, aber die Hauptsache ist, alle sind am Ende gesund und fröhlich, obwohl die ganze Zeit Streit war. Hören Sie, Herr Paul Muni, schauen Sie, göttlicher Valentino, verzeihen Sie meiner übergeschnappten Tochter, die sich in Ihre Privatangelegenheiten einmischen will. Erlauben Sie ihr, sich auf ihre Art auszuleben, denn sie war dabei, als Sie sich der wunderbaren Pola Negri gegenüber grob danebenbenommen haben. Sie haben ein Recht darauf, als Partner und Ehemann. Aber mein verrücktes Kind glaubt nicht, daß Sie auf jenem Kanapee über sie hergefallen sind. Doch ich bin hundertprozentig sicher. Sie können nicht anders, da Sie so temperamentvoll sind. Niemand tanzt den Tango wie Sie, in der Tradition der wilden Spanier, obzwar Sie in Wirklichkeit Italiener sind. Sie als menschliche Legende, voll glühender Leidenschaft uns gegenüber, dem schwachen Geschlecht, haben das Recht zu allem. Könnten Sie nur so gütig sein, sich noch einmal auf jenem Pferd zu zeigen, das Ihnen alles bedeutet, Sie forträgt aus den schlimmsten Situationen, weil es schneller ist als die Pferde Ihrer Todfeinde. Passen Sie auf Ihr Pferd auf, auf Ihre Gattin, Ihren wunderbaren Teint, trinken Sie Milch, nicht den abscheulichen Alkohol. Keiner kann Ihnen das Wasser reichen, geben Sie nur acht, daß Ihnen niemand Gift ins Essen tut, denn das würde die halbe Menschheit in Gestalt des weiblichen Publikums nicht überleben. Gardez, liebes Fräulein, jetzt werden wir sehen, was Sie tun. Sie sagt wieder nein, ihre Mutter wischt den Boden auf, dem Onkel tut der Blinddarm weh, retten könnten ihn nur die vier Musketiere, Doktor Caligari oder der Golem, die Vogelscheuche unseres Belgrader Ghettos. In die Arme des Unbekannten statt in die Flammen. Wenn sie sich als Affe verkleidet auf die Teeparty schleichen könnte, wäre sie gerettet. In einem Pelz, auf dem sommerlichen Strand, wirklich unmöglich. Ich warne dich nochmals, laß dich nicht blenden, dein Dreiviertelpelzchen aus Astrachanpfötchen ist ein Pofel dagegen. Vergiß ihn, das hat auch der ehemalige Herr Gogić gemeint, dein persönlicher Kürschner. Verglichen mit ihrem ist deiner Dreck. Und wann werden endlich all die Abenteuer auf dem Piratenschiff ein Ende haben, im Eis des Nordpols, und die damaligen Schauspieler unbeweglich im Stuhl sitzen wie ich und erzählen, wie es war. Dann werd ich endlich wissen, wer diese schrecklichen Augenblicke überlebt hat, diese unmenschlichen. Die zwei unglücklichen Schwestern Talmadge, blond die eine, die andere schwarz, und trotzdem kann man sie nicht auseinanderhalten. Das bringt ständig tausend Unannehmlichkeiten mit sich. Nein, ich bin nicht die, ich bin die andere. Aber du, Danica, hast nicht mal deren Alter noch eine dritte Haarfarbe, misch dich da nicht rein als dritte Schwester vom armen Balkan. Du willst dasselbe Kostüm angehabt haben, damals im Schwimmbad in Kraljevica, ich kann mich nicht erinnern, und die Motten habens sicher schon bis zum letzten Faden aufgefressen, in irgendeinem Schrank, irgendeinem Haus, heute zerstört bis auf die Grundmauern. Solche Personen und solche Berufe, aber alle in einem Film. Der Offissier in den besten Jahren, die Bartänzerin, die Dame mit den tausend Einkaufspäckchen, der Halbindianer, Halbcowboy mit Lasso, die typische Kreolin, das arme Bettelkind, wieder die Filmdiva mit den vielen Federn im Haar, noch ein Offissier, wiewohl Emigrant und Russe, dann der falsche Pfarrer, in Wirklichkeit Komödiant und zu allem bereit, der wilde Mann mit dem Stück Holz in der Hand, der Schwergewichtsboxer, der Dienstbote, eine Provinzlerin samt Reisekorb, die wunderbare Rosemary Tibi mit dem prächtigen Fächer, der Scout und englische Lord, der verrückte Anwalt, der Unmögliches von sich verlangt, der Matrose mit Brille, der weder Segel noch Steuerrad erkennt, der Hund Rintintin, wirklich supergescheit, der verwirrte Lehrer mit Schlappsohle, lauter Gerenne und Unglück, bis endlich der kluge Richter mit Überblick auftaucht, den einen raus sagt, den anderen rein, den einen links, den anderen umgekehrt, damit alles zu einer vernünftigen Ordnung findet, ohne die auch der dümmste Film nicht auskommt. Und wäre nicht der Schlitzohrige erschienen, so wäre sie auf der schmelzenden Eisscholle eingefroren, und die Verlobung mit dem Ingenieur im Haus des Offissiers unter lauter Männern hätte nicht geklappt. Alle verrückt nach ihr, sie nur nach dem Ingenieur. Der aber muß jetzt weg, **DEN SUEZKANAL AUSGRABEN** und den Eiffelturm konstruieren. Manche haben wirklich Pech. Solch ein Mädchen, und ausgerechnet jetzt diese beruflichen Anforderungen. Daneben noch der verfluchte Offissier, Sieger bei Waterloo und beim Niederwerfen des ungarischen Aufstands, er hat den russischen Zaren mitsamt dem deutschen Kaiser verhaftet, während sie in jenem niederländischen Beisl Schnapsel spielten. Und wozu mußte sie sich neben all den anderen noch einen übermütigen Boxer und Fechter halten. Nie zufrieden, so ist unsere verflixte Frauennatur, obgleich sie sich am Ende die Flausen aus dem Kopf schlägt und sich für den erfahrenen und sympathischen Inhaber eines Kolonialwarenladens entscheidet. Trauriger Herr Novarro, wieso sind Sie so jung und hoffnungsvoll in diesem Zoo gelandet, ohne zu wissen, was Sie erwartet. An jeder Ecke ein Flittchen mit Angeboten und vor Ihnen die Kunst des Zelluloidstreifens, leicht entzündlich. Nicht erschrekken vor den heiklen Szenen im Halbdunkel, ob im Café oder in einem Privathaus. Sie müssen nur auseinanderhalten, was Rechtens ist und was nicht und wer für wen ist. Herr Gilbert könnte Ihr Intimfreund sein, er ist schön wie Sie und boxen kann er auch. Herr Roland Colman ebenfalls, auch wenn ich kaum erwarten kann, daß er sich den Schnurrbart wachsen läßt und ihn die ganze Welt erkennt. Herr Stroheim nicht, der ist eitel, hat nie Geld, schnorrt sich durch und tut, als wäre er der Enkel des russischen Zaren. Ist Jude mit falschem Paß und allen ist klar, am Ende gibt es den Škandal, wenn der Einbruch in der Pariser Bank rauskommt. Bemühen Sie sich ein wenig, die göttliche Greta kennenzulernen, sie ist so herrlich, niemand darf sich ihr nähern. Ihre kalte Schönheit des Nordens, von wo sie gekommen ist als hübsche Verkäuferin von Palmersstrümpfen. Brechen Sie nicht diese Blüte, bevor Sie sich nicht mit Ihnen Nahestehenden beraten haben. Du sag nur nicht, du hättest Gretas Frisur, sonst werd ich wirklich wild. Hätte Herr Krasić Gelegenheit gehabt, diese wunderschönen Tragödien zu sehen, würde er seine geschätzten Kunden anders bedienen. Doch immer nur das, was im Film schon vor zehn Jahren war. Das ja, genau dasselbe, nur viel später. Ich war früher immer für Herrn Barrymore, er war kein Bubi mehr, hatte diesen durchdringenden Blick, blaue Augen, auf seinem Gesicht lag Gerechtigkeit. Wenn er mich an jemand erinnert, dann an meinen verstorbenen Dušan, obwohl Dušan klein war, schwarze Haare hatte und einen Schnurrbart von Ohr zu Ohr. Warum hat die Mutter diese unglückliche Clara Bow splitternackt in die Höhle im Filmstudio gelassen. Unglückliche Familie, kein Bruder oder Onkel, die auf sie aufpassen konnten, bis die abscheuliche Szene gedreht war. Soll er den Sims langbalancieren, von Turm zu Turm hüpfen, seine Sache, deshalb enerviere ich mich nicht oder setze meine Gesundheit aufs Spiel, hab sie ja nicht auf der Straße gefunden. Wenn er fällt, fällt er, soll sich seine unglückliche Mutter darum kümmern, falls er eine hat. Oder er begibt sich nackt und bloß in einen Leopardenkäfig. Interessiert mich ebensowenig, muß ich nicht sehen. Du, die du Blut über alles liebst, schau es dir an, und wenn sie ihn völlig zerfleischt haben und nicht mehr erkennbar ist, daß es ein Mensch war, dann sag es mir. Dasselbe bei Quasimodo, nachdem er vom Turm ins heiße Öl gefallen ist und der Dieb von Bagdad kopfüber hängt. Auch damit habe ich nichts zu schaffen. Aber wenn sie die Hochzeitstorte anschneiden, dann knuff und weck mich. Ach, niemand ist so schön wie Norma Talmadge, wer mag sie zur Welt gebracht haben, glückliche Mutter, die sich vor der Welt nicht schämen muß. Sie braucht keine Schminke, keine neue Toilette, teure Brillanten, nein, das hat sie alles. Ich muß nur noch zittern, daß die zwei aufeinander zurasenden Züge nicht zusammenprallen und der irre Aeroplan, den das dreijährige Kind steuert, heil landet, dann möge kommen, was wolle. Danica kann nicht ohne diese Spannung, ich auch nicht, aber mir genügt die Hälfte. Alles sollte in gewissen Grenzen bleiben und nicht immer dasselbe, Verbrechen und Strafe von Ewigkeit zu Ewigkeit. Sollen sie nur Karten spielen, sich im Bett unterm Baldachin erregen, um eine Erbschaft zanken, den kranken Onkel umsorgen, wenn nur alles in Eintracht und Frieden geschieht. So viel Wunderbares, Wünschenswertes gibt es zu berichten. Lotteriegewinn, Hochzeit mit dem reichen Fabrikherrn, Kaiserkrönung, Sieg über die Wilden, die die Menschheit traktiert haben, Tantes Namenstag und das Fest, Matura mit Auszeichnung zur freudigen Freude der Eltern, die Ereignisse im Schwimmbad, das Frühstück im Hotel mit dem Bankdirektor, ein Abendessen im russischen

Restaurant, vormittags Schlittenfahrt, und dann finden sie im Garten einen Edelstein, die Rückkehr des ausgerissenen Kindes, der Sieg bei den Gemeindewahlen, ein Dorftanz, das Treffen von drei alten Kriegskameraden, die Liebe zwischen der Tippmamsell und dem schönsten Schauspieler mit glücklichem Ende, ein schwarzes Kind wird weiß, zum Stolz seiner Mutter, die auch weiß ist, eine weitere Erbschaft, eine noch größere, das wunderschöne Lied der Straßensänger, die davon leben, der Angestelltenball mit Tombola und der Wahl des schönsten Kindes, der lustige Regen, wenn du einen Schirm hast – ist das nicht genug, um manchmal auch andere Ereignisse mit hineinzumischen, und trotzdem rollen keine Köpfe. Interessieren tut uns eigentlich nur der Ablauf eures Tages von früh bis spät. Das Publikum liebt das. Der gewöhnliche Tag einer gewöhnlichen Familie in unserer gewöhnlichen, aber so unruhigen Welt. Alles in Farbe. Nehmen Sies uns nicht übel, wir sind noch in der Probezeit, doch wenn wir erst wirklich zu sehen sind, dann gilts. Die älteste Zuschauerin Europas und ihre kleine private Welt. Mitsamt lieber Tochter und deren goldigem Sohn. Wenn Sie so freundlich wären, natürlich mit Hilfe des Stenographen. Ich verstehe die verborgene Welt seiner Schnörkel auch nicht ganz, ich gebs zu. Nur er kann sie dechiffrieren. Selbst der Chefredakteur wundert sich. Drei Zeilen auf dem Stenoblock, zwei volle Seiten in der Zeitung. Im Dienst von früh bis morgen, nur damit wir übermorgen erfahren, was vorgestern war. Wir bringen auch Nebensachen, besonders Witze. Immer eine Karikatur von etwas. Sieht zuerst aus wie Tratsch, ist aber keiner. Wem was fehlt, wer jemanden wo traf. Nicht jeder muß eine Stecknadel im Brot verschlucken, wenn es einem andern schon passiert ist. Als Warnzeichen. Die Zeitung ist im Grunde ein ganzes Buch, eine Enzyklopädie des Alltags. Nur wird sie nach Gebrauch gleich weggeworfen. Trotzdem bleibt etwas, wenn einer Stil hat. Sonst adios, auf Wiedersehen, danke für die Mitarbeit. Vielleicht das nächste Mal, diesmal nicht. Verbindlich, aber energisch. Zuerst haben alle eine Landwirtschaftszeitung gemacht. Vom Berichterstatter des Wochenmarkts bis zum Korrespondenten aus der größten Stadt der Welt. Etwas Fremdsprachenkenntnisse, wenigstens fürs Teebestellen und welcher Hahn der mit Warmwasser ist. So auch mit den Chinesen, die aber leicht unsere lernen. Eine Praxis von zwei Jahrhunderten, angefangen mit dem einfallsreichsten Erfinder des Buches ohne Deckel. Könnten sie nur unsere bescheidene Redaktion besuchen. Welcher Roman ist interessanter als eine Zeitung, und sei es die jämmerlichste. Das ganze Sujet sofort sichtbar. Das ist diese Übersichtlichkeit, wir kommen nicht ohne aus. Ständig das persönliche Chaos, aber in ordentlichen Spalten. Wiewohl der Planet eigentlich stirbt, wie ein kanadischer Kollege geistreich bemerkte. Hielten wir nur die geistreichen Anmerkungen der fremden Kollegen fest, wäre schon eine Ausgabe gefüllt. Witzig sind die, haben eine andere Übersicht der Situation. Nicht mal der langjährige Korrespondent auf der Insel ist diesem konkurrenzlosen Ereignis gewachsen. Bombe auf den Piccadilly, Schlag ins Herz Europas. Die alte Seele Londons erbebte. Das unruhige Chelsea. Und jeder Winkel, die euer Berichterstatter kennt wie seine Westentasche. Sorgt für Lokalkolorit. Früher waren es Dörfer. Nachträglich vereint zur Megapolis. Für uns entdeckt dank der

Zufallsbegegnung mit einem Maurer beim Schluck Whisky im traditionellen Pub. Etwas wie unser Kaffeehaus, nur viel kleiner. Der fröhliche Zufluchtsort überbeschäftigter Inselbewohner. Old, old Ingland. An das erinnern uns die Geschichten von Joseph Conrad, der eigentlich Pole war, und Figuren aus den Romanen von Dickens. All das bringt uns zurück in die Gymnasiastenzeit, obwohl es auch damals nicht alle geschafft haben, den berühmten David Copperfield zu lesen. Das Buch hätte dicker werden können, wäre der Schriftsteller nicht aufgewacht, denn das Sujet fand er in einem unruhigen Traum. Jeder von uns findet etwas vom eigenen Schicksal im Herumirren des unglücklichen Jungen. Noch bei nebensächlichsten Themen findet er was Eigenes. Das ist seine journalistische Ader. Ein Journalist von Kopf bis Fuß. Ausgezeichnete Beziehungen in allen Klubs. Einmal sagte er etwas zur englischen Königin, die sich später erkundigte, wer denn der kühne Jüngling mit der Fliege war. Das kann ich persönlich bestätigen, denn ich verschlinge jedes seiner Worte. Ist er dort, bleibt nichts Wichtiges unvermerkt. Wertvoller als der moderne Teleprinter, der unglücklicherweise oft versagt. Ausgerechnet beim Tod des Königs oder beim Auszählen der Stimmen geht das Papier aus. Am schlimmsten, wenn das Schlimmste am Wochenende passiert. Königinnen sterben auch samstags, und der Putsch ist nicht wählerisch. Das ist der Fluch unseres Berufs. Oft erreicht dich die schlimmste Nachricht in der Badewanne. Der Journalist bliebe ewig ungebadet, wäre er allzeit bereit. An sich sind wir eine große Familie aus den verschiedensten Sprachen, und die journalistische ist allen zugänglich. Ohne philosophisches Gewicht, doch Hauptsache, die Schnelligkeit ist gewährleistet. Die Zeitungsleute haben die Geschichte verändert, weil sie den berühmten Fall der Zeitungsente erfanden. Im Grunde das Ränkespiel eines müßigen Provinzredakteurs, und die ganze Welt ist drauf reingefallen. Ein Flash aus dem brennenden Budapest lief um den ganzen Globus. Hier brennts, stopp, Rest folgt. Manche lesen nur die Überschrift, deshalb muß in ihr der ganze Inhalt stecken, nicht im Text. Journalismus, das sind Überschriften über Überschriften. Skizzieren Sie nur Ihre Gefühle und ähnliches, wir entwickeln es weiter bis an die Grenze des Möglichen. Darin sind wir höchst geschickt, das ist unser eigentliches Metier, diese menschlichen Gefühle. Verstehen Sie, auch uns langweilt die Berichterstattung von Orten dümmster menschlicher Tragödien, von unnötigen Erdbeben und ähnlichem, und so werfen wir uns manchmal auf das gewöhnliche Leben unseres mehr als gewöhnlichen Konsumenten. Die Zeitung, sein modernes Morgengebet. Er soll frühstücken, unsere Zeitung aufschlagen und darin die genaue Beschreibung unseres gewöhnlichen Lesers finden, der diese Zeitung aufschlägt und frühstückt. Eine Art versteckter Pointe. Der Leser liest über den Leser, der liest. Das ist das höchste Ziel jedes Reporters vor Ort, dieser Moment, da der erwähnte Mensch frühstückt und die Reportage liest. Doch ich wäre sehr traurig, wenn ich wüßte, alle Leute versammeln sich um mich, weil sie denken, ich bin plemplem oder erzähle, was mir gerade einfällt. Oder schlimmer noch, ich denke nicht so, wie ich erzähle, sondern umgekehrt, und verspotte im Grunde genommen das Schönste und Heiligste, ich bin angeblich verrückt oder tu nur so. Die kranke Alte. Ich würde jedem die Tür weisen, der zugibt, er denkt so. Sollen sie gefälligst ins Fernsehen starren, wie auch ich es tue, um dann etwas zu sagen, wenn sie etwas zu sagen haben. Ich verschönere gern das, was ich gesehen habe, ich bin von Natur aus fröhlich und liebe das Lachen, ich werde sogar dick davon, wie meine Leute sagen. Seht her! Jeder alte Redakteur hat einen eigenen Stil. Der alte Fuchs. Du siehst, was er denkt, auch wenn er dir nichts sagt, aber auch das erst nach langer Praxis. Schrecklicher Jäger nach Drckfhlern. Wirft nur einen Blick drauf, erkennt ihn gleich. Die Setzer zittern vor ihm. Alle sehen den Vater in ihm, obwohl er noch viel älter ist. Der Sessel zerschlissen, wo sein Rücken lehnt. Am Anfang berichtete er aus Bulgarien. Vom Lokalreporter zum Chef eines modernen Blattes. Der Name in ganz Europa bekannt, obwohl fast unaussprechbar. Noch bekannter durch die Pfeife, den Hut, das verwegene Lächeln. Ein richtiger Mister des Journalismus, bedeutender Name seiner Profession. Aber unsere Nachnamen sind in Europa deplaciert, wegen der dummen Endungen. Die schlimmsten Buchstaben ausgerechnet in den Nachnamen. Viele Jahre unterschrieb er nur mit J, was Journalist bedeutet. Zahllose Pseudonyme. Abc und ecetera, gleich war klar, das ist derselbe Mann. Beobachter, Müßiggänger, Zeuge aus Surdulica. Aus Sr. Nachtdienst vom Start bis zum Tod, oft einem zu frühen. Die besondere Aufgabe: die Berichterstattung vom Begräbnis des Berichterstatters. Dessen Stil übernehmen, die sicherste Art, ihm Ehre zu erweisen. Am rührendsten der leere Stuhl in der Redaktion, der auch sonst leer war, weil er ständig auf Reisen gewesen ist. Mein Beileid, auch im Namen meiner Tochter Danica. Diese Passion und dieser ununterbrochene Rhythmus der Veränderungen. Die Zeiten Gladstones unwiederbringlich vorbei. Es ist nicht mehr wie damals, als Disraeli sprach. Was er gesprochen hat, daran erinnert sich nicht mal mehr die beste Journalistenfeder, doch zu verurteilen sind jene Haltung und Entschiedenheit aus der Zeit des Frühkapitalismus. Erinnern wir uns nur an den alten Beduinen aus dem Völkerbund, der natürlich maßlos uneffektiv war. Die Augen der Welt waren auf den kleinen Abissiner gerichtet. Alles, was er sagte, hat sich später bewahrheitet. Euer Reporter war in dem Augenblick dort, als der Negus das Wasserglas umwarf. Symbolische Geste. Vom Putsch selbst hat er auf dem Schiff erfahren. No passaran und viele ähnliche Parolen, manche geradezu historisch. Den Bericht per Brieftaube direkt in die Redaktion geschickt. Wir wollen uns nicht einmischen, aber uns obliegt, die Meinung zu sagen, unser aller Meinung. Ohne Unterschrift, aber erkennbar am tödlichen Stil. Ohne Furcht vor Polemik gegen alles, was eine Unterschrift trägt. Im Namen des ganzen Blattes, ein wahrer Spiegel unserer Gesellschaft. Das Synonym für Zeitung, schon seit 1903. Zwei couragierte Anwälte in nur einem Kanzleizimmer mit Feldtelephon. Wie bei jedem Weltblatt, das einmal im Holzschuppen anfing. Die Falle der parlamentarischen Winkelzüge. Das ist ein Mann! Seine Stimme gegen uns bedeutet in Wahrheit ein Für. Und immer seine Unterschrift, your truly. Der Akt des Friedensschlusses als Akt der Gewalt. Verurteilung, Indignation, Reaktion. Die Paraphe auf nicht vorhandenem Papier, ein Schatten des Zweifels auf seinem Gesicht. Unser Bild zeigt den Saal im Moment der Unterschrift, das dort hinten ist die Leiche des Staatsanwalts. Hat sich Gefahren ausgesetzt, von denen der Leser keine Vorstellung haben kann, da er nicht dort war. Was Terra incognita war, ist es längst nicht mehr. Seit den Vorkriegswitzen von wegen Gekochtwerden eines Weißen im Kessel hat sich viel verändert. In den letzten dreißig Jahren wurde kein Missionar mehr verzehrt, da ihnen der Grenzübertritt verboten war. Das geht meiner Danica runter wie nichts. Der Weg ins Ungewisse. Die Gastfreundschaft achten, mitsamt Petits fours, ein Produkt langer Volkstradition. Die Losung ist der Name eines ausgestorbenen Tieres. Der Genfer See im Vergleich zu den Victoriafällen nur eine Wanne. Hunderttausende von Kilometern, aber nur ein Hirsch, der einsam röhrt. Die Schönheit, die Weiten und Tiefen, zum Gänsehautkriegen. Ein Meer von Wald, eine Parallele, die sich aufdrängt. Der letzte Mensch, hier gesehen um 1908, als der Meteor herabfiel. Andrerseits die **SCHWEIZER BANKEN VORM BANKROTT**. Wenn alle Nichtschweizer ihr Geld abheben, bleibt den Schweizern kein Dinar. Sie arbeiten an sich mit fremdem Geld, besitzen selber nichts, nur die Schalter und die Gebäude aus Marmor. Alle erwarten diesen Schritt aller. Der Schatten der Bedrohung über der größten Finanzmacht, die nur ein Kartenhaus ist. Gerettet werden kann sie nur durch unentdeckte Chiffren toter Könige ohne Erben. Die goldene Feder. Erhascht das Problem bereits im Fluge. Die Karikatur ist sinnlos, wenn du den Karikierten nicht erkennst. Wenn du schreiben mußt, wer Churchill ist, und er ist nicht zu erkennen an der Leibesfülle und der Zigarre, dann ist alles für die Katz. Ständig reden zwei Bauern über Politik, und vom Himmel blickt der ermordete Diktator herunter. Allein diese Personen und Themen. Unsere

Gebirgler und Fremde, die auf dem Berg erscheinen. Neujahr ist ein wunderbares Mädchen, das sich nähert, das alte eine häßliche Alte auf Krücken. Darunter jeweils eine geistreiche Zeile. Auch nach uns wird die Welt noch lachen. Und dann der mit Baskenmütze und falschem Namen, wegen der langen Freundschaft mit dem Land der Marseillaise. Der unerbittliche Donald Duck. Sieben senkrecht. Sprechender Vogel aus drei Buchstaben. Der erste und letzte derselbe, nur der mittlere anders. Schon jetzt die Wintermode. Man trägt sehr warme Mäntel mit Seidenfutter. Fortsetzung folgt. Fehler des Redakteurs vom Dienst. Nicht ich bin im Flugzeug geflogen, nicht ich war unfreundlich zu ihr, sondern sie zu mir, aber nicht in der Luft. Durch unseren Irrtum wurde der Name des Staatssekretärs nur zwei Zeilen unter der Nachricht über die Seife gebracht. Der Geschäftsführer des Ladens, im Zusammenhang mit dem Empfang auf dem Bahnhof erwähnt, gehört nicht dahin. Wir bitten das zu entschuldigen wegen der neuen Technologie. Nicht getötet, sondern gelötet. Statt Präsident Präzedenz. Gelandet statt gestrandet. Wir entschuldigen uns dafür bei der Marine. War nicht unsere Absicht. Trotz bestem Willen. Ein Mitarbeiter versuchte die phantasievolle Improvisation auf dem Flughafen zu rekonstruieren. Was leider mißlang. Statt fünf Millionen die viel bescheidenere Zahl fünftausend. Nicht dreiundzwanzig, sondern zweiunddreißig. So ein Hopser ist nur auf dem Mond möglich, also auch kein Fehler. Die Leser müssen das Unlogische auffinden, aber hinnehmen als das Alltägliche. Ein alter Brauch bei der Times ist es, jeden, der einen Fehler aufspürt, mit einer Hawaiireise zu belohnen. Zu so was sind wir nicht imstande, außerdem wäre eine Absprache zwischen Setzer und potentiellem Reisenden auf die Trauminsel möglich. Der verantw. Redakteur ist vor allem sich und seinem Gewissen verantwortlich und nicht den vertrockneten Paragraphen. Jener P. P., der vorgestern Frau, Mutter und drei Kinder umgebracht hat und nachher die Bombe ins Reisebüro warf, war nicht ich, obwohl meine Initialen leider dieselben sind. Die Nachbarn können bezeugen, daß ich gelähmt bin, nicht ausgehe und erst recht keine Mutter habe. Ich könnte keine Bombe entsichern, da ich keine besitze. Manche sehen weiterhin ein Monstrum in mir, das ich wirklich nicht bin, Ehrenwort. Ich verlange die Änderung der Initialen in F. F., was doch seltener vorkommt. Der Mann, der mich Schwein titulierte, hat nie ein echtes Schwein gesehen, wenn er diesen Ausdruck so leichtfertig gebraucht. Er soll erst mal in den Spiegel sehen, und ich werde mir seinen Taufschein beschaffen, aus dem hervorgeht, er ist der genannten Art näher als ich. Ich das Schwein und er was? Das Wühlen in meinen Sachen fällt ganz in die Domäne des Schweins. Ich weiß nicht, wie er die letzte Schlachtung und den Mangel an Schweinefett überleben konnte. Ich verstehe, Ihr geschätztes Blatt will sich nicht damit beschäftigen, aber erlauben Sie mir, daß ich dem ein klein wenig nachgehe. Ich lauere ihm schon seit längerem auf. Jetzt habe ich ihn erwischt. Ich wußte, er wird den Vergleich mit dem Schwein bringen, aber damit reinfallen. Das zeigt ihn selber am besten. Im besten Licht. Ich habe keinen Grund, ihn mehr zu beschmutzen, als er es mit seinem schmutzigen Schreiben über besagtes Schwein getan hat. Er, nicht ich. Aufgrund des Aussehens seiner Schnauze und all der Kilos. Wenngleich die Redaktion sich distanziert, schweren Herzens, wegen des Presse-Ges., das für uns die Bibel ist. Wir appellieren an den menschlichen Umgangston, den Terminus Schwein hätte man durch einen weniger groben ersetzen können. Soviel unsererseits. Unser letztes Wort. Wir polemisieren nicht unter nichtpolemischen Bedingungen. Sie irren sich. In seinem Artikel ist nur er selbst zu erkennen. Er hat sich selbst gemalt. Dem haben wir nichts hinzuzufügen. Der Mensch, der schlimmste Richter seiner selbst. Der eine schärft die Feder, der andere den Verstand. Verstehen Sie? Ich ja, aber Danica nicht. Das ist doch gegen alle und alles. Viele lesen nur Aphorismen und bilden sich. Mit so wenig Worten so viel gesagt. Die Kunst der Künste. Immer was Weises, nur ich begreif es nicht, da ich nicht weiß, an wen sichs wendet und wer zu wem spricht. Dieses leicht Unbestimmte, aber ich sehe schon, es ist gepfeffert. Aus der Zeitung kannst du wirklich weiß der Teufel was lernen, vor allem, wie man Briefe schreibt, in einer Extrarubrik und in Fortsetzungen. In Beantwortung Ihrer dummen Frage können wir Ihnen nur sagen, dumm sind Sie wie die Nacht, und sollten Sie nur eine Spur Verstand haben, so wenden Sie sich nicht an uns damit. Sie trauen sich, uns so was zu fragen, Sie, der Sie nicht einmal die Frage zustande bringen, geschweige denn die Antwort? Das ist das letzte Mal, daß Sie sich an uns gewandt haben, es gibt andere Dummköpfe, an die Sie sich wenden können, wir haben Wichtigeres zu tun, als jede blöde Frage Ihrerseits zu beantworten. Hinsichtlich Ihres Manuskripts teilen wir Ihnen mit, es ist Mist, größeren Mist haben wir nie in den Händen gehabt, die wir gleich danach mit Wasser und Seife waschen mußten. Ein Glück nur, daß Danica ihr dummes Gedicht schon vor der Blamage zerrissen hat. Sie wagen es, sich an uns mit der Bitte um einen Hungerlohn zu wenden. Bilden Sie sich denn ein, wir drucken Geld, pflücken es vom Baum, einen Wäschekorb voll, um es dann schnurstracks an Ihre Adresse zu schicken? Ich sage Ihnen das wie von Mutter zu Mutter. Doch Ihr Kind hat keinen blassen Dunst, am besten melden Sie es ab, bevor es auf dem Konzertpodium zu Schmach und Schande kommt. Sie möchte auf dem Flügel spielen, an dem die größten Meister der Geschichte gesessen haben, aber ich bitte Sie! Besser, wir öffnen Ihnen die Augen, ehe es zu spät ist. Damit bin ich völlig einverstanden. Alles geradeheraus, mündlich oder schriftlich, kein Sichwinden, kein Ausweichen, sonst wird später alles um so schlimmer. Wenn ich etwas schätze, dann ist es diese äußerste Ehrlichkeit, die vielen nicht schmeckt, doch was solls. Besser, er erfährt gleich, woran er sterben wird, als sich Hoffnungen zu machen, Heiratspläne zu schmieden, aus denen nichts werden wird. Sag mir lieber Tag und Sterbestunde, ehe ich mir vorgaukle, hundert Jahre zu leben, obwohl bei mir nicht viel dran fehlt. Auch ich klebe jemand eine, daß es raucht, und ists ihm angenehm, gut, und wenn nicht, dann nicht. Darin stimme ich Ihnen zu. Kann mir denken, wieviel Scherereien Sie mit denen haben. Eine so, der andere so. Mister Journalismus, verstehen Sie? Ist er freundlich zu uns, dann ist er Mister Orange, ist ers nicht, dann Mister Zitrone. Sehr gut, wer ist bloß darauf gekommen. Und diese Kämpfe mit Feder und Tinte. So was kommt nicht im Fernsehen, sollte aber. Der arme, verblichene Herr Harmoni. Manchmal sagt der Name wirklich alles. So eine harmonische und ordentliche Zeitung, so etwas gibts nirgends. Über niemanden was Schlechtes. Alles andere vermeiden. Wirklich beispielhaft, schätzenswert. Wie werden Sie bezahlt, lohnt sich das überhaupt? Sie haben sich nicht grad überanstrengt, nein. Ich hab gedacht, es ist mehr. Dann besser Knöpfe herstellen, nur brauchts dazu den Irren, der eine Million Knöpfe kauft, aber wo näht er sie drauf. Bis raus ist, daß keiner sie braucht, hast du schon das Geld gebündelt, und auf nach Venedig, Gondel fahren, sich amüsieren. Wenn man mich fragt, so bin ich immer für das Wertvolle und Gute der Seele, und nicht andersrum. Was bringt eine schlechte Gesellschaft, schlechte Arbeit und miserables Benehmen. Nimm nur die Beispiele von Menschenliebe und andern Tugenden, gleich könnt ich heulen, so gerührt bin ich bis in den letzten Herzwinkel. Hätte doch jeder, der Schlechtes in sich trägt, ein Abzeichen auf dem Mantel, damit der Ehrliche sich nicht mit ihm einläßt und rechtzeitig erkennt, was das für einer ist. Alles umsonst, wenn du ihm schon die dreitausend und die ganz neuen Pampuschen geliehen hast und ihn obendrein in die Wohnung der unschuldigen, alleinlebenden Cousine geschickt hast. Wenn man bedenkt, was daraus werden könnte, wird einem schon im voraus schlecht. Doch hätte ihm der liebe Gott das Abzeichen angesteckt, den Verrückten möcht ich sehen, der sich ihm dann nähert oder auf ihn einredet. Der Vagabund könnte aber diesen Pappendeckel oder was das sein soll zerreißen und dich in was reinziehn. Tage gibts, da denke ich nur, wie schützt man sich vor all diesen Verführern, der Kopf will mir zerplatzen, aber es ist sinnlos. Ich weiß, auch Klügere denken ohne Resultat nach, was jammere dann ich. Ich bin kein Philosoph. Nein. Ich seh nur hin und merk es mir. Nur das, ich denke nicht darüber nach, wo ich keine Ahnung habe, aber was ich gesehen habe, habe ich gesehen, kein Neunmalkluger kann mir das nehmen. Wenn auch die Beine schlecht sind, die Augen sind es nicht, die hab ich noch. Ich sinniere darüber, wie ich Gutes aus dem Menschen rausfischen könnte, was ist das, mit dem Kopf faß ichs kaum. Denn es gibt so viel Lobenswertes in jedem, in jedem Zwinkern, das läßt sich schwer behalten, erst recht nicht aufzählen oder notieren. Sehen Sie nur diese Schönheit, auf der Bank im Park, bei der ersten Liebeserklärung. Als könnte das jeder, als wärs nicht ein Zeichen für das Schönste, was im Menschen steckt. Ein junges, ahnungsloses Mädchen arbeitet scheints im Büro oder besucht wacker die Hochschule, und er, bejahrt, aber voll Mitgefühl angesichts ihres Äußeren wie auch Inneren: was hätte ihm alles im schlechten Sinne einfallen können, wäre er unseligerweise so einer. Sehen Sie ihn nur an, hören Sie seine wunderbaren Worte. Zuerst sagt er, wer er ist und aus was für einer Familie und daß er nichts von ihr will. Er gibt ihr Ratschläge, wovor sie sich hüten soll in der schrecklichen Großstadt, voller Abgründe für ein unschuldiges Wesen. Aber er spielt nicht den Lehrer mit dem Zeigestock. Soll er sie nur belehren wie ein Vater, aber mehr nicht. Erst dann beschreibt er dieses oder jenes Begebnis, und zwar so farbig, daß es für sie schöner ist, als in der verbrauchten Kinoluft zu sitzen, was ja auch zu nichts Gutem führt. Ihr gefällts, sie verlangt nach mehr. Zum Glück hat der Mann die Welt gesehen, ist überall gewesen und hat Stoff für zwanzig solcher Geschichten. Wenn es nur Einzelgeschichten wären, aber nein, immer stellt er eine Verbindung zwischen ihnen her, auch ich würde ihm zuhören, und erst recht so ein Naivchen. Später weiß er selber nicht mehr, wann es sich in ihm zu rühren angefangen hat, er muß erkennen, das Mädchen ist ihm lieb geworden, so lieb, doch umgekehrt auch. Egal, daß er ihr Vater sein könnte, das linke Bein nachzieht, wegen eines Unglücksraben mit Fahrrad, der ihn wie ein Verrückter über den Haufen fuhr, und daß er nicht von hier ist, sondern auf Durchreise, außerdem nicht gut gestellt, ohne Wohnung, ohne alles. Aber gerade das macht den Wahnsinn aus, der das kleine Büromädchen verwirrt. Sie weiß nicht mehr, wie sie heißt und neben wem sie auf der Bank sitzt. Wer kann sagen, wann er bis auf einen halben Zentimeter an sie herangerückt ist, sie mit seiner männlichen Hand gepackt und in den Hausflur gezerrt hat. Wie im Traum, ich hab keinen andern Vergleich. Obwohl es ihrer unglücklichen Mutter einen gehörigen Schrecken einjagen würde, trüge ihr jemand zu, was passiert ist, denke ich, es ist nichts Schlechtes dabei, wie die beiden binnen einer halben Minute einer nach dem andern verrückt wurden. Was geschah, wäre ohnehin geschehen, auch wenn sie strengstens bewacht worden wäre, denn das Leben fordert seinen Preis, besonders in dem Alter. Und wie kam der alte Hallodri nur auf all die Vergleiche aus dem Buch, welches er einmal beim Barbier las, als er auf die Rasur wartete. Was da in der Novelle alles über eine Violetta stand, verrührte er mit diesem wunderschönen Büromädchen, nur tauschte er den Namen Violetta gegen ihren und erfuhr so auch, wie sie heißt. Aber als er ihr gestand, er habe vor zwanzig Jahren dieselbe Situation mit einem wunderschönen Büromädchen gehabt, das leider nach nur zwei Tagen Bekanntschaft an einer Lungenentzündung starb, und er habe seitdem keine andere angesehen, obwohl viel Gelegenheit dazu war, denn in Wahrheit ist er Handelsvertreter, mit dem einzigen Fehler, daß die Firma, für die er reiste, in Konkurs gegangen ist – als er ihr das alles in einem Atemzug, fast erstickend, gesagt hatte, konnte sie nicht anders, als sich ihm in die Arme zu werfen, dort im Treppenhaus, wo jeden Augenblick jemand kommen konnte, nicht zuletzt der Briefträger, seinerseits wiederum gewohnt, alles und jedes zu sehen. Genau dies, diese Gabe, das Letzte aus der Seele hervorzuholen angesichts eines unbekannten, doch wunderschönen Mädchens, ohne den Nutzen zu bedenken, der zu haben wäre, einfach nur wegen des inneren Feuers, welches niemand in sich aufhalten kann, das ist bei den Männern das wichtigste, ob alt oder jung, mit oder ohne Geld, ob Habenichts oder berühmtester Opernsänger, auch wenn letztere ständig irgendwo hinreisen und außerdem dick sind, dicker gehts nicht. Doch überall findet sich eine gute Seele, die dem einen hilft, dem andern was gibt, und so kommt auch der letzte Blinde ohne irgendwas wiederum zu seinem. Gott segne den, der das Armenasyl erfunden hat, in dem du Schutz findest und wo die Säcke, die du über dich ziehst, nicht ganz verrußt, sondern vorher gut ausgewaschen worden sind. Und das alles für einen halben Dinar, den dir jeder gern gibt. Mußt nur aufpassen, daß niemand dir die Kehle mit der Rasierklinge durchschneidet, weil er denkt, du hast die Taschen voll Geld, aber ich weiß ja, du hast nichts. Später dann heißts, das wollte ich nicht, lieber Bruder, aber dir ist es egal, da dein Kopf schon abgetrennt neben dem Körper liegt. Und wie nett das ausgedacht ist, daß sie alle zusammen in diesem Schlafsaal liegen, groß wie ein Bahnhof. Hast du einen Kameraden eine Ewigkeit nicht gesehen, dort wirst du ihn finden, du mußt nur rufen oder auf der Trillerpfeife trillern, das verabredete Zeichen. Bei Gott, siehst du genauer hin, findet der Arme immer eine Hilfe, entweder fällt Geld in den Hut auf der Straße oder er bekommt im Hausflur vom vorgestrigen Mittagessen, das sonst weggeworfen würde, oder er wird von oben bis unten neu eingekleidet, die Sachen haben im überfüllten Schrank sowieso gestört, doch ihm nützen sie, auch wenn sie für eine Frau oder ein Kind geschneidert sind. Alles läßt sich umändern mit Nadel und Zwirn, die immer im Hut stecken sollten. Wie gut, daß er keine Steuern zu zahlen braucht, nicht einen einzigen Dinar, kein Geld rauswerfen muß für Abendanzug und Zylinder, denn in der Oper würde er doch nur schnarchen wie ein Pferd, außerdem bleibt ihm die Katzenmusik erspart, und so hat er auch da einen Reingewinn. Und noch eins genieße ich sehr: daß alle diese Nackten und Elenden immer fröhlich und rotbäckig sind, obgleich sie nur Abwaschwasser und Abgenagtes zu sich nehmen. Und immer ein Jokus, sie kennen die neusten Witze, tanzen auf einem Bein, spielen den dummen August, wirklich, manchmal heule ich Tränen vor Lachen, was die alles aus ihrem Leben rausquetschen. Und jetzt: Ihr interessantestes Erlebnis, Ihre Lieblingsblume und -farbe. Ihre Schuhgröße, wenns kein Geheimnis ist. Könnte doch das Fernsehen mein ganzes Leben beschreiben, mit allen Einzelheiten, von denen auch ich keine Ahnung habe. Könnte es doch, wenigstens von hinten her, eine Ordnung und Reihenfolge bekommen, statt daß eins über dem andern liegt, ich halte das nicht aus. Wo ich her bin, was war, was sein wird. Wenn möglich in schöneren Farben, denn manches war häßlich, aber das geht niemand was an. Woher ich kam, wo ich jetzt bin. Wunderbare Bilder davon, ein Glück, daß die guten Photographen immer ein Fest ablichten, Leute um einen Tisch, die Verlobten, die Hochzeit und das Kleine im Kinderwagen auf jenem Schnee, doch nicht zeigen, wie zwei sich schlagen, er sie haut, weil er betrunken heimkam, oder sie so tief sank, daß sie mit dem Schornsteinfeger im Vorzimmer herummachte, wovon ihr hinten Rußflecken blieben. Wunderbare alte Bilder von unserer Stadt und einigen anderen von vor hundert Jahren. Gott segne den unglücklichen Herrn Jovanović, der diese herrlichen Damen und ihre Kinder aufgenommen hat, in den herrlichsten Špajzcimern der Zeit, auch wenn nun alle tot sind, niemand sich an sie erinnert, nur die Bildchen tun das. Ein richtiges Leben wie unser einstiges. Jedes wertvoll und schön, nie hab ich geklagt, doch das, welches vergangen ist, war auch darum das schönste, weil das Schlechte vom Guten wie durch ein Sieb fiel, und nur das Gute ist geblieben, das andere fiel raus aus den **ALBEN DER ERINNERUNG, DER GESCHICHTE**. Die außergewöhnlichen Menschen, was haben sie alles gekaut und verdaut und sind trotzdem am Leben geblieben, wenn auch nicht alle. Wunderbare Personen, sehr bekannt, manche haben ihrerseits genug erwirtschaftet, schön anzusehen sind sie, fröhlich und schlagfertig in ihren Antworten. Nur einige murren, wenn ein Journalist was fragt, doch sie sind wahrlich in der Minderheit, die Mehrzahl ist freundlich und beispielhaft für zukünftige Generationen. Nicht leicht, jeden was zu fragen und alle Tage was aufzuschreiben. So viel passiert ja gar nicht auf der Welt, wie die drucken müssen. Aber wenn dann was passiert, überlegen sie nur, wie schwierig es ist, in dem Gedränge jede Schraube des umgekippten Zuges zu beschreiben oder aufzuzählen, wer alles auf dem verfluchten Dampfer sein Leben verloren hat. Und was, wenn sie sich noch im Namen irren, der und der ist umgekommen, dabei spaziert er seelenruhig herum, weil er das Flugzeug verpaßt hat, aber von dem tatsächlich in Millionen Teilchen Zerstäubten sagen sie, er lebt. Ich persönlich würde nie für die Zeitung schreiben, nicht mal im Traum. Etwas in mein Heft notieren, ja, aber doch nicht vor der ganzen Welt Sätze zusammensetzen, einen nach dem andern, und alles soll von vorn bis hinten stimmen, und das blitzschnell. Der Schriftsteller hat es leicht, er sitzt im warmen Zimmer, keiner stellt ihm eine Aufgabe, er schreibt, worüber er will, und später wird er auch noch berühmt. Diesen aber winkt weder Ruhm noch Reichtum, nur die Hacken laufen sie sich schief von wegen der Strapazen, bis sie endlich den Mörder befragen können oder das Flittchen vom Film, und schon morgen wird Grincajg in die Zeitung gewickelt, oder sie wird fürs Klo zurechtgeschnitten, das ist ja erst recht demütigend. Aber gerade sie legen sich ins Zeug, damit in der Früh jeder was zu lesen hat beim Kaffee oder im Bett, wenn er wohlhabend ist. Wie siehts bei uns aus und wie bei euch? Woraus besteht der Alltag in puncto Ernährung und sonstigen Geschäften? Gibts Morde, zerschlägt jemand Fensterscheiben aus reinem Übermut? Wer hat wem die treue Gattin weggeschnappt, nein, das interessiert niemanden, sondern nur das Dringendste, wovon das Leben abhängt. Mancher redet nicht gern, nicht mal wenn er zehn Stunden im Zug ruckelt, er schweigt und schaut sein Gegenüber an, der ein Backhendl ißt und die Finger am Sitz abwischt, aber mancher, du bist noch keine halbe Minute mit ihm im Lift, erzählt gleich, was du schon weißt und wer und was er ist, wohin er geht, und du hast gar nichts gefragt. Manche erzählen wirklich wunderbar, alles schnurrt ab, wie wenn sie aus einem Buch vorlesen, sie verdienen höchstes Lob, denn von ihnen erfährt man alles, und würde jeder so erzählen, noch dazu im Fernsehen, könnte man alles addieren, und wir wüßten, wie es im großen und ganzen bei uns aussieht, obwohl ich hoffe, überall ist es gut. Am liebsten sind mir die Glossen, zwei, drei Worte über dies und jenes, und fertig. Wie einer auf der Straße einen Bekannten getroffen hat und der ihm das und das sagte. Dies mit Komischem vermischt, nichts schöner zu lesen, und außerdem kurz. Genau so über die Liebe. Aber dieser Schuft will nie etwas zu Ende erzählen, gerade erst hat XY mit der Melone das Schlafzimmer der Gräfin betreten, schon heißt es Fortsetzung folgt. Und du sollst ruhig bis morgen warten, um zu erfahren, ob er nur guten Abend zu ihr sagt oder etwas anderes. Und was sie ihm darauf erwidern wird und wo ihr unglücklicher Ehemann just in dem Augenblick ist. Aber auch dieser Gatte geht immer weg, wenn er nicht soll, kauft Zigaretten und Streichhölzer und faßt sich an den Kopf. Und wie der mit der Melone gleich zur Stelle ist, als habe er im Haustor gewartet, bis der Unglückliche weg ist, aber ich weiß, so ist es nicht, denn er ist ein Herr und alles nur Zufall. Doch dann, morgen, in der morgigen Fortsetzung! Schon hat sich die wunderbare Dentistin im Spiegel betrachtet, nachdem der mit der Melone kam, er hat sich dann auf den Bettrand gesetzt und ihr den Film erzählt, den er auf der Durchreise in

Wien gesehen hat, da kommt schon der mit den Zündhölzern und Zigaretten. Und wiederum Fortsetzung folgt. Ich weiß wirklich nicht, wie die Leute es bis zum nächsten Tag aushalten, aber es ist, wie es ist, für mich sind diese Romane die besten, dafür lege ich die Hand ins Feuer. Nicht jeder muß achthundert Seiten zu ich weiß nicht was auftürmen, um klug wie sonstwer zu erscheinen. Mir ist der lieber, der zwei, drei Zeitungsspalten füllt und morgen wieder, in Fortsetzungen. Du mußt dir nur das von gestern merken, das ist die und die, Gräfin oder Dentistin, damit du nicht den Faden verlierst. Spannend, spannender, am spannendsten. Ihre werte Herkunft und die Verbindungen der Familie. Was haben Sie von Ihrer lieben Großmutter gelernt, und was haben Sie sich später selber beigebracht. Sagen Sie uns als betagte Mitbürgerin, was Sie bedrückt und inwieweit Ihnen Gutes zu tun wäre, obwohl Sie alles haben. Vielleicht könnten Sie uns die erste Zeit Ihres Lebens etwas erhellen, das reich, ja überreich gewesen sein muß und andrerseits sicher wunderschön. Das ist die Geschichte der ältesten Zuschauerin unseres Fernsehprogramms in Europa, und bald wird sie noch älter sein. Nichts läßt sie aus, alles kommentiert sie, und zwar positiv. Wenn irgend möglich, holen wir sie in unser bescheidenes Studio, damit alle diese heimatliebende Stimme hören können. Schönste Feldbacher Gegend. Es war mir einerlei, wo ich zuerst die Welt erblickte, so glücklich war ich, überhaupt dazusein. Obwohl ich es schöner finde, daß ich von dort unterhalb Graz bin als von dort oben bei Judenburg, mehr hier im Süden als Richtung Schweden, mehr im Westen als bei den Russen und Mongolen. Kleine Tälerchen, Weiden, Wälder und wunderbare Weinberge. Da wärs sogar nett gewesen, ein Wiesel zu sein, wären die so nett gewesen, es nicht mit dem Stock zu erschlagen; oder eine einfache dumme Kuh, soviel Gras hätte sie da, saftig und nahrhaft. Dieser Ihr vorsichtiger Optimismus wird viele unserer Leser erquicken. Die Leute dort sind genauso wohlerzogen, auch wenn die Frauenzimmer klüger sind als die Mannsbilder. Kannst sie nach dem Weg fragen, und sagen sie dir, geh entgegengesetzt, bist du gleich da, wohin du wolltest. Jeder wird dir Käse und warmes Brot anbieten, doch schlinge nicht wie wild, kaue gut, denn eine Nadel könnt darin sein, weil sie, verflucht solln sie sein, immer zwei Arbeiten gleichzeitig tun müssen. Bittest du sie um eine Übernachtung, weisen sie dir den besten Platz im Stall zu und mühen sich, als wärst du ein Fürst, aber ob du wieder aufwachst, ist eine andere Frage. Niemand liest ein Buch, denn jeder hat Arbeit mit den Pferden und Traubenpressen, der Jagd auf Stinktiere, die die ganze Gegend verstinken, doch wissen tun sie mehr als der klügste Kalender, weil das weitergegeben wird von Generation zu Generation, in Winternächten, wenn man keine Reben schneiden oder Bären erlegen oder sich mit dem Nachbarn abschlachten muß wegen dem Zaun. Du mußt sie schon fest am Ärmel zupfen und mehrmals fragen, um sicherzugehen, der ist nicht völlig taub und hat gehört, was du wissen willst. Genauso beim Feilschen, falls du verrückt genug bist, mit ihnen zu handeln. Ein wertvoller Ratschlag für den zukünftigen, verrückten Reisenden: die erste Summe überhören sie, sei sie noch so hoch, bei der dritten sagen sie A oder B, und erst dann murmeln sie was, dem du entnimmst, aus dem Geschäft könnte was werden. Wo sonst gibt es so interessante Leute und so ein komisches und fröhliches Volk. Nirgends. Mir würde viel fehlen, wenn ich sie nicht kennengelernt hätte und nicht selbst von dort wäre, doch bin ich froh, daß ich weg bin, bevor mich jemand nachts erschlagen hat oder mich beleidigte oder betrog, mir mit dem Stock das Bein brach, mir aus Spaß das Kleid zerriß oder mich anlog, die Meinen seien alle tot, das Haus runtergebrannt, während ich eine Woche bei der Großmutter in Feldkirchen war. Könnten wir sie doch alle mit Hilfe des Zelluloidstreifens zum Leben erwecken. Denn wegen dem, was ich vom Heimatländle erzählt habe, lachte mich mein lieber Dušan aus, weil ich angeblich übertrieben habe. Ja was soll man dann erst über die Seinen sagen und erst recht über die Gegend unten bei Uskok, wo sie alle herkommen und woher auch der Name stammt. Sind meine Feldbacher verlogen und heimtückisch, was ist dann mit den Seinen, bei denen darfst du nicht über die Schwelle treten, willst du mit beiden Ohren heil davonkommen. Wenn meine das Buch nicht achten, was ist dann mit seinen, die gleich losschreien vor lauter Belesenheit, und wenn meine verblödet sind, sich nicht tagtäglich waschen, obwohl an jedem Feiertag, was hat dann er von seinen Unglückseligen zu erzählen, mit den Haaren voll Schinn und Schmutz und die Hosen, Gott verzeih mir, voller Ziegenkacke. Immer krieg ich Gänsehaut, wenn ich höre, wie jedes Geschöpf seine Gegend und seine Leute preist, mit welcher Seelenruhe jede Kleinigkeit groß geredet wird, nur damit sein Volk was Besonderes ist und in Bücher und Geschichte eingeht. Selbst wenn es Schlechtes bei seinen wie bei meinen geben sollte, sagen wir mal, sie schlagen sich nicht gern, sind verweichlicht, starren so lange in die

Bücher, bis die Hälfte Brillen trägt, oder sprechen so leise, daß du dreimal fragen mußt – du würdest trotzdem alle diese schlechten Seiten, so gut es geht, verbergen, damit nur das andere aus dem innersten Innern ans Tageslicht käme. Aber überleg ichs mir richtig, hat die ganze Welt, von der Weichsel bis zum Westen, von Unteritalien bis Brabant und den verrückten Finnen, etwas Lobenswertes vorzuweisen, immer sind sie bereit, entweder hier oder dort zu kämpfen, sich furchtlos zu bekriegen oder zu brabbeln, bis ihnen die Zunge krumm wird. Oder sie betrügen dich mit so viel Hingabe, daß es dir komisch vorkommt, wenn du nachher alles zusammenzählst, vor allem dein Geld, oder sie fressen und saufen, daß es ein Genuß ist, ihnen zuzusehen, oder sie greifen sich Weiber, speziell fremde, daß du ein Kichern von Nord bis Süd hörst, oder sie können sich auf eine Art belustigen, bei der nicht viele Köpfe rollen müssen, obendrein füllen sie noch ganze Bücher damit, so daß der geplagte Lehrer halb gerädert und zerknautscht ist, bevor er diese Wunderdinge seinen verdutzten Schülern vorlesen kann. Mein besonderes Glück war, daß sich diese Begebnisse, die es wahrlich seit jeher gibt, zu meiner Zeit verzehnfacht haben, und also einer, der im Gasthof und Biergarten gern mal fingerhakelte, nun ein ganzes Dorf angezündet hat, als wärs nichts, und ein anderer, der im Familienkreis und vor Bekannten gern ein wenig schwindelte, nun alles in dicke Bücher gesteckt hat und damit ein ganzes dummes Volk (blöd, weils ihm glaubte) zehntausendmal mehr betrog – ich sage ja, was klein war, ist jetzt groß, in der Natur wie im Film, und so habe ich was anzusehen im Alter, an den langen Tagen, die kein Ende nehmen wollen. Was mir aus meinem Leben am liebsten ist? Ich weiß es nicht: die blühende Jugend mit Kräften zum Bergeversetzen oder jetzt das Alter, da man weiß, wo der Schuh drückt. Jedes Lebensalter hat seine Vorzüge, ein Trottel, der sie nicht nutzt. Herrliche Tage, hofiert werden, keine Tragödien. Warum verzweifeln, wo man doch jung ist, über die Wiese vom Haus bis zum Wald laufen kann, ohne zu pusten. Man sitzt die ganze Nacht über einem Buch oder einer Handarbeit und ist doch morgens taufrisch. Das war die Jugend. Diese Details machen es. Ein Offissier hat mir Schlüpfrigkeiten ins Ohr geflüstert, ich bin drüber weggegangen, als wärs nichts, und hab mich so gerettet. Andere verlassen gleich den Mann und vier Kinder, die sichere Existenz, alles wegen einer Schmeichelei, einer sinnlosen, und später rauft sie sich die Haare und wirft sich vor den Zug wie ein Sack. Können sie sich denn nicht verständigen wie Menschen, höre, meine Liebe, höre, mein Lieber, wir sind nicht füreinander geschaffen, weil wir so verschieden sind, und dann geht jeder seiner Wege? Statt dessen prügeln sie sich, bis sämtliche Salonmöbel und alle schönen Gläser hin sind und er sie am Ende wie ein Huhn erwürgt. Die dämlichen Schauspieler, jeder zwanzig Jahre älter, als er tut. Schreckliches Benehmen. Immer stockbesoffen. Sprechen eine Fremdsprache, kenne sie nicht, wozu auch die noch am Hals haben, außerdem gefällt mir keiner von ihnen. Ich kenne verrückte Weibsbilder, die sich wegen Valentino und seiner glasigen Augen die Pulsadern aufgeschnitten haben. Könnte ich ihn doch neben meinen verstorbenen Dušan stellen, damits jeder sieht. Dušan und sein herrlicher Bart und die Brille, gleich sieht man, wie gut und klug er ist, der andere dagegen ganz geleckt, brillantiniert sich das Haar von früh bis spät. Ich bin doch nicht auf den Kopf gefallen, wußte schon, wen ich wollte. Und warum greift er sich immer ans Herz, als wäre ihm schlecht, wenn er ihr seine Liebe erklärt. Die ist doch nicht so verrückt, ihm sofort in die Arme zu sinken, wo sie sieht, wie krank er ist. Oder er wirft sich in seinen neuen Hosen vor ihr auf die Knie, ohne achtzugeben, ob da Dreck liegt oder nicht. Und viele haben weder ein zweites Paar Hosen noch jemanden, der sie ihnen bügelt und die scheußlichen Flecken wegmacht. Dušan hat nur wortlos meine Hand berührt und mir war klar, was kommen wird. Meine Rätsel und wie ich sie löse. Am liebsten stelle ich mir die Fragen selbst und denke nach, bis mir der Schädel brummt vor Antworten. Wie kann man sich eine Sache ein Jahrhundert lang merken, weder ist sie aufgeschrieben noch abphotographiert, und auch sonst kein Zeuge. Das ist sehr amüsant. Über das Gedächtnis und seine Einzelteile. Wer hat ein Gedächtnis und wer nicht. Ist das Leben ohne Gedächtnis besser oder schlechter. Schon darüber könnte ich ein Lehrbuch für die Grundschule schreiben, würden sie mich nur lassen. Ich bewundere dieses Gerät im Hirn, das wie ein Löschblatt alles aufsaugt und vom ersten bis zum letzten Atemzug behält. Proportional so ein kleiner Kopf und so ein großer Speicher. Wie ich Kind war, in die Schule ging, die treue Arztgattin war, Chefin der Weinfirma, dann das Böse und die Buße im schrecklichen Krieg, die fünfunddreißig Jahre danach – jede Winzigkeit, Faden und Naht dieser wunderbaren Periode, befinden sich hinten, unter der Frisur, und da bleiben sie, ich hoffe, für immer. Ich verstehe nicht, warum dieses Volk Freude daran hat, immer über etwas zu jammern, denn richtig gerechnet gibts mehr Gutes, und auch der Kränkste, wenn er ehrlich ist, müßte zugeben, er war überwiegend munter und mehr draußen als im Bett, wenn er nicht gerade ohne Hände und mit halbem Kopf geboren wurde, was ich natürlich nicht unters Normale rechne. Ich schätze jeden, der sich voll Willenskraft auf etwas wirft, außer wenn jemand ihn gewaltsam hindert oder er stirbt. Immer wieder nur das eine, immer geradeaus, eine Linie und ohne Abweichung rechts oder links. Einerlei, ob er Bücher schreibt, Röhren entdeckt, die mit Nichtkommunizierbarem kommunizieren, oder das Volk wegen irgendwas zusammentrommelt. Später kann das jemand falsch finden, doch allein schon das Feuer in seinen Augen, sein Mund, das Drumherum, während er spricht, das Zittern, als würde er gleich epileptisch, ich weiß aber, er wirds nicht. Er ist nur für das eine, nicht für das andere, und dafür bewundere ich ihn mehr als den Klugscheißer, der einmal will, dann wieder nicht, mag sein, den werden sie nicht umbringen oder jahrhundertlang verfolgen, doch dann kennt man ihn, einen Weichling, auch nirgendwo. Wirklich traurig die Beispiele von Leuten, die nicht einschlafen können, um Himmels willen, weil ihr Gewissen nicht rein ist oder sie irgendwas gegen ihre Nächsten aushecken oder so sehr an sich selber leiden, daß sie nicht mal diese verflixten paar Stunden ruhig und gelassen bleiben können. Und sogar wenn sie einschlafen, geben sie keine Ruh, wandern schlaftrunken durchs Haus und aufs Dach, bis sie jemand beim Namen ruft und sie aus schrecklicher Höhe herabstürzen. Ich schlafe immer wie tot, nie ein Abführmittel oder so was, kein einziges Mal hab ich mich umgedreht, und schon ist es Morgen. Ich weiß nicht mal, wo das Herz sitzt, die Lunge, atme wie ein Vögelchen, im ganzen Leben hat mir der Kopf nur dreimal weh getan, und das nicht aus Ärger, sondern wegen Durchzug. Tierischer Appetit, ich hätte alles gefuttert, nur bei Tisch hab ich mich zurückgehalten, um nicht als gefräßig zu gelten. Kein einziger Zusammenstoß im Leben, wodurch es hätte schieflaufen können und anderswohin. Nie ein Hindernis, ich wäre drübergesprungen, aber so wars trotzdem besser. Sehr unterschiedlich, was man schön findet. Einer heiratet die Magerste der Mageren, ein anderer eine dick wie ein Ferkel. Dasselbe gilt von der Schminke, wie man sie aufträgt, und die Bezeichnungen dafür. Vielen gefällt ein freies Benehmen, andere wollen eine Heilige und heiraten sie gleich. Manch eine möchte einmal in der Woche geschlagen werden, ohne das kein Genuß, die andere will nur das Feine, immer Putzimutzi und so. Der eine den Papagei, der andere eine Katze, der dritte das Pferd. Der eine die Rote, wie ich eine bin, der andere eine ganz Lichtblaue und der dritte nur Grün, gar nicht dumm, schon wegen der Augen. Musik, Möbel, Mittagessen, die Jahreszeiten, Wohnorte, ob Parterre oder unterm Dach, was das angeht, nur Kontraste, als lebten wir nicht auf demselben Planeten und in derselben geschichtlichen Stunde. Ich bin mehr für die Mitte, für das, was auch alle anderen schön finden: Kinder, Frühling, Geranien, Himbeersaft, schönes Kino, kein übertriebenes, die Armee, wie sie marschiert, besonders der salutierende Offissier zu Pferde, der Gelehrte (wenn er nicht prahlt), die rausgeputzte Stadt vorm Feiertag, der Reigentanz auf dem Hauptplatz, Arbeiter mit freudigem Gesicht, wenn sie aus der schrecklichen Fabrik kommen, der Minister oder ein anderer

Führer, wenn sie fein sind und gut angezogen, ein König, wenn er Takt hat und nicht immer die Krone trägt, der Arzt, der heilt, nicht nur mit der Säge sägt und mit dem Messer sticht, das bescheidene Mädchen, das Gedichte aufsagt und Handschuhe häkelt und sich auf der Straße nicht jedem Regisseur aufdrängt, alle Geräte und Maschinen mit irgendeinem Nutzen, die nicht gleich den Besitzer umbringen, schöne Karossen, die es nicht mehr gibt, der Zug, wenn er nicht rüttelt und nicht sofort mit dem anderen zusammenstößt, der den Bahnhof verläßt, das Schiff, aber nur zum Ansehen, bloß nicht drauf sein, danke schön, die Sonne, aber nicht zu heiß, zwei, drei Kleider, damit ich nicht nackt bin, aber aus erstklassigem Stoff, Pantoffeln, aber nur schöne, etwas Zucker und Speck zum Naschen, wenn ich allein bin, ein Buch, nur nicht zu dick und nicht zu langweilig, und was möchte ich nicht noch alles, wo ich doch gar nichts mehr brauche. Keine Kinderkrankheit, nie hingefallen, daß es weh getan hätte, die Treppe runter oder im Gebirge, ich bin aber auch nie aufgestiegen wie die irren Bergwanderer, die aus zweitausend Meter Höhe ins Nichts stürzen. Nie habe ich mich an einem Stück Brot verschluckt, so daß die anderen nicht wußten, was tun mit mir, hab meiner armen Mutter nie Sorgen bereitet, nie, in keinem Sinne. Wahrlich ein Glückspilz. Jede Qual, auch die damalige schreckliche Epidemie, hat mich verschont, nur **DER GUTE ARME DUŠAN** ist dabei draufgegangen, aber er als Arzt mußte es auch. Als wir später alles abrechneten, hatten wir mehr als vorher, ich weiß selber nicht, weshalb. Wir brauchten keine Kriegsentschädigung, hat sowieso niemand bekommen, wir haben genug von einem Onkel geerbt, den wir gar nicht kannten.

Die und die sollen alles erhalten, Punkt, Unterschrift. Deswegen hätte mich, eine Frau mit kleinen Kindern und ohne Mann, irgendein Verbrecher erschlagen können! Nie hab ich den Kassenschlüssel verlegt oder, Gott bewahre, ihn vorm Wirtshaus verloren, so daß nachts jeder Schuft hätte reinkommen und das Geld nehmen können. Habe Wein abgefüllt, nie ist er mir sauer geworden oder ein Faß umgekippt wegen eines faulen Knechts, alles war an seinem Platz, jeder Korken, jede Rechnung, vorbildlich. Ein Kind, meine Danica, hat den unglücklichen Lazar Ćosić geheiratet, der aber nichts so liebte, wie tief ins Glas zu schauen, andrerseits war er so schön, nicht zum Aushalten. Obwohl ständig angesäuselt, war er ein Guter, er hätte wie die andern Tische umwerfen und zu Hause alle verhauen können, tat es aber nie. Dragomir, der Junge, hat viel Schlimmes, Ungezogenes angerichtet, egal, auch so was muß sein, jede Branche hat ihre negative Seite, ob Advokaten oder Nichtstuer. Alle seine Dummheiten waren lustig, man hat sie ihm durchgehen lassen, die Polizei und auch die Kollegen. Nur manchmal blieb er jemandem was schuldig oder machte ein Mädchen traurig, dem er den Ring versprochen hatte, woraus dann nichts wurde. Wir teilen Ihnen als Mutter die traurige Nachricht mit, bezogen auf Ihren lieben Sohn Dragomir und seinen Fall, für den jede Hilfe zu spät kam. Obwohl Sie sich gleichzeitig glücklich schätzen können, angesichts seiner völligen Zerrüttung von Herz, Lunge und Nieren, die tatsächlich zu nichts mehr taugten. Sehn wir es richtig, hat er sein Leben in vollen Zügen genossen, das ganze Krankenhaus beneidete ihn. So viele Mädchen, die er in jeder Hinsicht ausgenutzt hat, wer kann das schon, und in diesem Tempo. Die Beerdigung sollte baldigst stattfinden, denn ein Gedränge würde entstehen, wollte ihn auch nur jede zehnte zur ewigen Ruhe geleiten. Stellen Sie sich den Verkehr vor, die Straßen, die der Trauerzug passieren müßte. Das doch lieber nicht. Unser Beileid, küß die Hand, alles Gute für Sie, die Sie noch leben, während er nicht mehr unter uns weilt. Guter, unglücklicher Dragomir. Er ist viel herumgestrolcht, das ist wahr. Aber wenn er Freude daran hatte, warum nicht. Er hat die Welt und die verschiedensten Menschen gesehen. Und erst die Mädchen – ich hab kein Papier, auf das sie alle passen würden. Siebenunddreißig Jahre sind nicht viel, doch zuviel für solch ein Leben. Ich war verzweifelt wie niemand sonst, aber jetzt ist mir leicht ums Herz, ich weiß, er ist dort, wo er nicht mehr allein oder mit irgendwelchem Gesindel herumspazieren kann. Diese Sorgen um ihn – meine heutigen sind nichts dagegen. Jeder Tod von lieben und nahen Menschen ist zuerst das Schrecklichste und Schwärzeste, später läßt es nach. Jeder ist im Bett gestorben, ordentlich, wenn auch unter Qualen, doch wenn ich mir vorstelle, ihre Gräber wären unbekannt oder sie wären vor dem ganzen Dorf aufgehängt oder noch als Tote angespuckt worden, dann ists mir so viel lieber und es geziemt sich auch mehr. Insgesamt war ich mit den Kindern zufrieden, auch wenn jedes seine Eigenart hatte, Milica scharf wie Paprika, Anka schamhaft und Dragomir leichtfertig, leider lebt außer meiner lieben Danica keins mehr, und mit ihr muß ich mich von früh bis spät herumbalgen. Ein großes Glück, daß alle unter der Erde sind und sie am Leben, denn trotz ihrer verschiedenen Verrücktigkeiten versorgt sie mich immer. Weiß ist nicht weiß und umgekehrt, ich sehe genau, was ist, aber ich schweige. Wiederum eine traurige Nachricht für Ihre Familie von seiten desselben Krankenhauses und angesichts desselben Falles. Wenn Sie so weitermachen, einer nach dem andern, wird bald niemand mehr übrig sein. Halten Sie sich doch etwas zurück beim Gebrauch all der giftigen Sachen, wie zum Beispiel Alkohol, der letztendlich Ihren lieben Schwiegersohn, Ehemann und Vater das Leben gekostet hat, ein wirklich geschätzter und sehr disziplinierter Patient, Herr Lazar Ćosić, der bis zuletzt fein, freundlich und keineswegs rabiat gewesen ist, auch wenn er betrunken war. Bei dieser Gelegenheit schicken wir Ihnen alle Medaillen und Turndiplome dieses Gymnastikers und Meisters im Trinken größter Mengen Alkohol beim gleichnamigen Wettbewerb in Krakau, die er immer mit sich herumgeschleppt hat und so bis in unser unglückliches Krankenhaus. Dies als kleines Zeichen unserer Aufmerksamkeit, da wir im Rahmen unserer Möglichkeiten und des Standes der Medizin als Wissenschaft leider mehr nicht tun konnten. Es ist viel besser, daß auch Lazar tot ist, was hätte aus ihm, dem Trinker, denn weiter werden sollen, er war schon arg alt, die Zeit vergeht ja wie wahnsinnig, ich weiß selber nicht, wohin das führen soll. So leben wir beide nun wie Schwestern, und wenn mein lieber Enkel kommt, erzählen tut er wie kein zweiter, das ist Balsam für meine Seele. Die ganze Familie nur wir drei, von einstmals fünfundsiebzig Personen. Wie nach einem Erdbeben. Ein Glück, daß wir überlebt haben und nicht die anderen, die uns nie erwähnen würden. Aber ich habe über jeden Buch geführt, mindestens das Geburtsdatum und das vom Tod aufgeschrieben, für mich hätte das niemand getan. Am schönsten ist es, zu überleben und lange auf der Welt zu sein, selbst wenn du am Boden kriechen mußt, was auch mein Los wäre, hätte ich nicht diesen Stuhl auf Rädern. Ehre dem, der ihn erdacht hat, und vielen Dank. Ich hatte oft irres Glück, weiß selbst nicht wieso. Hier, wo ich vor einer halben Minute war, fiel von da oben vom Hausbau ein unmenschliches Stück Eisen runter, ich wär zu Eierkuchen geworden, hätte nicht ein Teufel mir geflüstert, weg da. Was mir denn einfalle, diese Familiengeheimnisse preiszugeben und wer zu wem gehört. Wieder Danicas schreckliches Mißtrauen gegenüber allem und auch den Gazetten. Aber was denkst du, wenn ich gefragt werde, soll ich dann schweigen, die Unwissende spielen? Das würde ich nicht mal einem schwarzen Zigeuner antun, der mich nach der Straße fragt, in der er eine Armbanduhr auf dem Bürgersteig gefunden hat, die er jetzt zurückgeben will. Heute kennt uns wohl jedermann, aber als es uns schlechtging, niemand. Das könnte dir so passen, nein. Da ist doch die alte Dame, mit dem sehr vornehmen Herrn Doktor aus Grunt verheiratet. Ein vorbildlicher Mensch und unvergleichlicher Arzt und ein Kämpfer für das Volk zur Zeit des Hochverratsprozesses. Ich war mit ihm persönlich in einer Einzelzelle. Wir zwei, er und ich, und so weiß ich alle Details, die nicht einmal Herr Minister Pribičević gewußt hat. Doch was half es dem Armen, daß sie ihn gemeinsam mit mir freigesprochen haben, da er neunzehnhundertachtzehn an der spanischen Grippe gestorben ist. Ach, warum hat der die Sache mit Vater aufgerührt, das ist doch hundert Jahre her, wie alt müßte der denn sein, wenn das alles wahr sein soll und nicht nur eine Zeitungslüge. Er will jemanden, uns, besucht haben. Kaffee getrunken haben, eine Tasse nach der andern. Leicht ist es, jetzt darüber zu sprechen, da so viele Jahre vergangen sind und keiner mehr den anderen erkennt, auch wenn er noch am Leben ist. Doch wäre nicht der schreckliche Krieg gekommen, ich säße immer noch in dem lausigen Grunt, würde Zahlen und Adressen schreiben und wer mir was schuldet, so aber habe ich die Welt gesehen, kam in die Hauptstadt, und da bin ich noch immer, niemand wird mich hier vertreiben. Danica will Mitleid gehabt haben, noch mit dem letzten Kellner, nein, das nie. Setzt sie sich zu Tisch, gleich heißt es, das und das ist nicht in Ordnung. Hören Sie, Herr Ober, wahrscheinlich haben Sie sich geirrt und Abwaschwasser gebracht statt Suppe. Ein Schnitzel soll das sein, ist doch hart wie Schuhsohle, zum Kieferverrenken. Das soll Weißbrot sein, weich wie die Seele, nachgiebig wie ein Schwamm, so wie ich es zu Hause backe? Wenn Sie mich fragen und ich ehrlich antworte, dann ist dies eher ein Ziegelstein. Der Salat von vorgestern, das Tischtuch bekleckert und verdreckt, als hätten es Kühe im Maul gehabt. Im Salzfäßchen ein Sprung und kein Krümel Salz. Ich hätte mich geschämt. Ein Glück, daß Danica und ich nie in ein Eßrestoran gehen, wir essen immer zu Hause und vermeiden schon darum jede ihrer möglichen Dummheiten. Ich weiß nicht, wie kannst du nur ständig gegen das Gute und die Unterstützung des völlig unbekannten Offissiers reden. Jene Zeit, jenes gräßliche Sichausweisenmüssen auf dem Schiff, als die Brücke schon eingestürzt war, da findet sich so ein Mensch in Uniform ein, uns völlig unbekannt. Gnädigste, Sie sind jetzt meine Frau, haben Sie keine Angst, haken Sie mich unter, und ich werde es schon einrichten, daß Ihnen der Deutsche im Büro den Passierschein aushändigt. Weder wollte er was von dir noch dich irgendwie ausnutzen, und das hätte er tun können, jeder weiß das. Bite Legitimacion fir majne Frau. Sie sagen nur Ihren Namen, denn den kenne ich nicht. So, jetzt sind Sie frei, können ruhig nach Hause gehen zu Ihrem lieben Mann und Ihren Kindern, ich aber empfehle mich, drücke Ihre Hand und salutiere. Und hätt es nicht den schrecklichen Krieg gegeben, würde ich ihn nie kennengelernt, nie erfahren haben, wieviel gute Menschen es gibt, sogar im Offissierskorps, über das jedermann unverzeihlich häßliche und nicht bewiesene Geschichten erzählt. Ich kenne viele Beispiele von Gutem im damalig schrecklich Schlechten. Könnten Sie mich vorlassen außer der Reihe, damit ich meine Ration ekliges Brotstückchen hole, ich bin schon alt, außerdem Witwe des ersten Krieges, habe eine Tochter, schwer nervenkrank, ihr Mann säuft unmäßig, nicht zum Aushalten, und ein kleines Kind von neun, unwissend und furchtsam, ihre unglückliche Schwester, meine zweite Tochter, ist immer noch unverheiratet, wobei ihr die Zeit in diesem unglücklichen Krieg davonläuft, seien Sie so gut, bitte, da ich Ihnen schon diese ganze Litanei hergesagt habe, mitsamt unserer ganzen, so traurigen Familiengeschichte. Aber natürlich, das sieht man gleich, Ihnen geht es nicht gut, und Sie haben die Nase voll, bitte nehmen Sie nur, wir gedulden uns, obwohl auch bei uns daheim die Kinder weinen, unsere Männer genauso saufen, und wenn schon nicht so wie der berühmte Herr Lazo, der Meister unseres Firtels, dann wenigstens halb soviel. Würde ich ihnen noch gesagt haben, ich bin nicht von hier, habe niemanden, nirgends, aber einen kranken Magen, sie hätten erst recht alles getan, was ich wünschte, doch ich wollte ihr großes Vertrauen, die grenzenlose Geduld nicht ausnutzen. Jeder hat mich geneckt wegen meiner angeblichen Courage in diesem oder dem vorigen Krieg, denn für mich sind alle Kriege gleich, und mir ist es egal, wer was ist. Als die Gräßlichen vom Grünen Kader kamen, was sie wollten, weiß ich nicht, aber auf jeden Fall fragte ich, was wollt ihr, über meine Schwelle kommt ihr mir nicht, ihr Pack, ich rufe jemanden oder werde so mit euch fertig, und sie, tatsächlich, verzeihen Sie, Frau, wir gehen woandershin, und sie nahmen, bis an die Zähne bewaffnet, Reißaus. Später haben wir gesehen, hinterm Brunnen hatten sie die unglückliche Tante Kaja erwürgt, und hätte ich sie nicht angeschrien, wäre vielleicht noch jemand draufgegangen, aber so durften sie nichts tun. Mit den Švaben genauso. Denkt ihr denn, ihr seid was Besonderes mit dem Kreuz auf jedem Ärmel. Und weiter so, in dem Sinn, und sie bemühten sich sehr, daß ich nicht die Nerven verliere, und kehrten dahin zurück, woher sie gekommen waren. Und nun etwas für unsere treuen Radiohörer, die an den Kleinigkeiten interessiert sind, aber nur, wenn der, dem sie zuhören, berühmt ist. Kleiner Ratschlag unserer bekannten Primadonna. Die Diva in der Küche, wenn auch selten, weil sie viel reisen muß. Sie haben gar kein Hobby, kann ich einfach nicht glauben. Lieber Leo, liebe Lidija. Und jetzt noch etwas aus dem Leben unserer ältesten Hörerin und ihrer treuen Tochter. Werte Zuhörer, dies hören Sie wirklich zum erstenmal. Wir haben nichts vorher besprochen, das hätte dann gar keinen Effekt. Und wär nicht fair. Nur jetzt und nur für Sie, wenn Sie nichts Gescheiteres zu tun haben. Wir sind für die Hörer da und nicht umgekehrt. Bis zum nächsten Freitag, dann wiederholen wir das Ganze, nur noch besser. Wenns unserm lieben Kollegen gelingt, diese Platte schnell zu finden, falls nicht jemand sie nach Hause mitgenommen oder beim letzten Aufräumen zerbrochen hat, dann ja. Und so fort. Ansonsten was anderes, was noch schöner, klüger und lehrreicher ist. Ich stell mir immer vor, wie der ist, der diese Liebenswürdigkeiten sagt, wie im Märchen. Muß ein Herr sein, unvergleichlich, und kein Klugscheißer mit Brille oder so was. Ich bewundere die Personen, die im Radio die schrecklichsten und tragischsten Dramen spielen, ohne sich vom Stuhl zu rühren, sie zwicken sich nur manchmal für einen Aufschrei, wenn nötig, oder keuchen, als wären sie sieben Treppen hochgelaufen. Oder sie sind angeblich heiser, sprechen ins Taschentuch oder hauen auf den Tisch, als würden sie sich mit dem stärksten und brutalsten Mörder in ganz Merika schlagen, sie müssen schon sehr geschickt sein und mit allen Wassern gewaschen. Dies oder das vorzulesen ist leicht, soundso viele umgekommene Tote, da und dort ist Krieg ausgebrochen, und der und der ist gestorben. Vor allem, wenn er ihr nichts bedeutete oder ihre Tante nicht auf jenem untergegangenen Schiff war, dann liest sies, als ginge es ums Teetrinken. Doch die, welche das ganze Vom Winde verweht spielen müssen, nur mit der Sprache, ohne Bild, das sind die Richtigen. Und sind sie zu wenige, muß einer sich und seinen eigenen Onkel spielen. Und weil ihm einfällt, der Onkel hat gestottert, ist es, als wärens zwei. Selbstverständlich kann in dem Fall nicht einer dem andern ins Wort fallen, denn auch er ist nicht so allmächtig, um erst als einer zu sprechen und dann, hat er sich umgestellt, als der andere, das heißt das Onkelchen. Und der Stimmlose, ein Paralysierter oder so ähnlich, der muß mit dem Revolver in die Luft schießen oder mit dem Hammer auf den Topf schlagen, damit die andern, die drei gleichzeitig spielen, sich nicht noch damit abplagen müssen. Der Stumme tut das gern, erhält für das bißchen Arbeit auch einen Hungerlohn. Manchmal wird im Fernsehen eine ganze Familie von damals gezeigt, wie sie aus so einem großen Möbel Radio hören. Der Vater lehnt am Kamin, Pfeife im Mund, Spazierstock in der Hand, ist aber jung. Zwei Frauen, eine sicher seine, häkeln, das stört nicht bei dieser spannenden Tragödie. Der jüngere Bruder zeigt seiner Schwester etwas in einem Buch, wortlos, um die anderen nicht zu stören, aber ob sie die Schwester ist, dafür kann ich nicht bürgen. Bleiben der Großvater, Zeitung lesend, ihn interessiert nur das, und der Jüngste, meinem neugierigen Enkel ähnlich, der etwas Interessantes aus der gestrigen Zeitung ausschneidet. Und während jeder seiner Beschäftigung nachgeht, springt die Unglückselige im Radio aus dem obersten Stock, und der Taube klatscht nur leicht in die Hände, denn die verfluchte Straße ist so tief unten, daß nicht viel zu hören war. Wunderbare Zeiten, wunderbare Menschen und noch wunderbarere Tragödien. Gleich fällt mir mein altes Grammophon Hornifon ein, was ich alles aus ihm gehört habe, und was fehlt, tat ich in der Phantasie dazu. Wir übertragen für Sie genau so, wie wir es sehen. Was vor uns ist, wird auch vor Ihnen sein. Auf dem Weg der Radiowellen, erfunden von den größten Menschen der Jetztzeit, zwei Brüdern. So muß nicht jeder direkt aus der warmen Stube hierher aufs gefährliche Schlachtfeld kommen und sich zwischen den schrecklichen Pöbel beim Fußballspiel mischen. Was für eine Courage! Ich möcht nur wissen, ob sie eine Zulage bekommen für die Angst, die sie ausstehen, wenn sie dorthin gehen. Klar, das ist kein Fernsehen, wo man alles kontrollieren kann, durchs Radio bin ich im Nu zu belügen, auch wenn ich hoffe, er ist ein Mensch und will uns nicht alle in die Irre führen, sondern sagt, was er wirklich sieht. Besonders das schreckliche Krachen der Kanonen und Panzer, dort wo er ist, arme erbarmungswürdige Mutter! Geht einer drauf, ergreift sofort sein Kollege das Mikrophon, ist noch mutiger, sagt nur, ich mache weiter, das ist unsere Aufgabe. Hätte er sich wenigstens gebückt, als es krachte, doch ihn ritt der Teufel, er lugte grad dort hervor, wo ers nicht mal im Traum hätte tun dürfen. Andererseits kann er nicht drauf verzichten zu schießen, wenn er den Trottel drüben im Visier hat. Denn der ist auch kein Irrer. Wenn er nicht den, dann der ihn. Das ist das brutale Gesetz des Krieges, so hat es uns unser lieber Bekannter Jovo Akst erklärt. Hockst nur im Unterstand und wartest. Kommt jemand, machst du bumm! Da hast du die ganze Kriegskunst, und wird später addiert, müssen von unsern mehr übrigbleiben als ihre. Liebe Hörer in der fernen Heimat. Hier ist wunderbares Wetter, ein Sommer, da gähnen die Krähen, nicht wie zu Hause bei euch, wos schneit und Holz und Stein bersten. Nun die Direktübertragung von uns für euch. Als wärt ihr hier, ehrlich, mit Hilfe unseres Mikrophons, das fände Platz im Ohr einer Kuh. Hört ihr aufmerksam zu, versteht ihr gleich, was hier geschieht und wer wer ist. Die einen sind weiß, die anderen grün, der Schiedsrichter ganz in Schwarz. Was ihr eben gehört habt, war kein todbringender Revolverschuß, sondern der Schiedsrichter hat das Zeichen zum Angriff gegeben. Wärt ihr doch hier und könntet wie ich all die wunderschönen Farben sehen. Wirklich schade, daß ihr nicht statt meiner gereist seid und ich statt eurer zu Hause sitze. Aber ich werde mir Mühe geben, alles das im Rahmen unserer bescheidenen Möglichkeiten wettzumachen. Zu sagen, was ich sehe, und Tausende hören zu, das liegt mir im Blut. Schwindeln gibts nicht, die würden mich gleich als den letzten Hallodri entlassen. Alles so, wie es ist, und wenn es schwarz wäre, was es aber nicht ist. Die couragierte Sprecherin, die den Schiffsuntergang übertragen hat, ihr eigener Sohn war dabei. Und bei diesem unliebsamen Ereignis ließ sie nicht das kleinste Bedauern erkennen! Nein und nein. Langsam und ohne Aufregung verschwand zuerst der vordere Teil, dann der mit dem Kapitän, dann der hintere, und weg wars. Zu Hause erst wischt sie sich die Tränen ab, ist wild verzweifelt, aber nicht im Dienst, dort keine Rede davon. Ihr werdet nicht glauben, was ich jetzt sehe. Wers errät, kriegt die Hälfte meines Monatsgehalts. Kein Elephant, kein Panzer, auch wenn beide denselben Krach machen. Und was für Kleidung die Eiskunstläuferin trägt und welche Frisur. Wers errät, bekommt ihre Adresse, aufgrund ihres Ledigenstandes. Hören Sie **DIE ANTWORT EINES SIMPLEN PASSANTEN**. Nein, ich habe ihn nicht eigens ausgesucht, Gott bewahre. Ein ganz einfacher Mensch ist das, fand sich hier ein, weiß selber nicht wieso. Er wird Ihnen alle meine Angaben bestätigen. Mensch und Bürger, folge nur dem eigenen Gewissen! Keinen Millimeter abweichen. Unsere Zuhörer in der fernen Heimat werden es Ihnen vielmals danken. Was ist und wie, wortwörtlich. Nur vorwärts, Millionen hören Ihnen zu. Ruck zuck, so ist es wirklich. Dem Genossen, der vor mir sprach, habe ich nichts hinzuzufügen. Sie glauben nicht, daß Pongrac tatsächlich gefallen ist? Wir waren doch auf dem Terrain und liefen Gefahr, getötet, wie ein Floh zertreten zu werden. Sie wollen uns weismachen, Pongrac befinde sich noch immer auf Feindesseite? Zu Ihnen spricht doch Ihr Berichterstatter in der vordersten Linie. Pongrac ist wirklich gefallen. Ich garantiere es Ihnen bei meinem Journalistenausweis, der schon viel gesehen hat. Mein Ehrenwort, er ist gefallen, zerrissen, in die Luft geflogen. Wie können Sie nur so sein, mir nicht zu glauben, der Ihnen das alles mit Hilfe des Telephondrahts meldet, meiner einzigen Verbindung zur Welt. Grüßen Sie meine liebe Familie, Frau, Kinder und Nachbarn, nur dies kann ich noch tun. Ja, ja, er ist gefallen, bei meiner Ehre. Und wie kann jemand solch einem vertrauenswürdigen Mann nicht glauben, der will wohl selbst hin und sich überzeugen. Warum schicken sie denn diese Unglücklichen in den Rachen des Abgrunds, wenn nicht, um uns zu informieren, was los ist? Aus deren Kriegsheft, vom Schlachtfeld eines ganzen Kontinents, vom Ort, wo einst eine Stadt stand. Geschichten von Menschen, die einmal Menschen waren. Um aus deren Gemurmel irgendeinen anständigen Bericht für ein Millionenpublikum zusammenzustellen. Die Wahrheit sollte es sein und doch nicht die Lust am Lesen nehmen. Auch die größten Schaudernisse in einer verdaulichen Form. Er soll nicht gefallen sein? Ach, dann ist Ihnen tatsächlich nicht zu helfen. Ich bitte Sie nochmals, glauben Sie mir, ich bin ja vor Ort. Hier gibts kein Fernsehen. Die könnten sich mit einer Handbewegung behelfen, einem Zwinkern oder einer andern Grimasse? Nein. Nur reden, reden, reden. Liebe Hörer und Hörerinnen, wir sprechen tatsächlich aus der brennenden Fabrik und vom Tatort, wo die Trambahnen zusammenstießen. Und nun wird der Mann etwas sagen, der glücklicherweise unversehrt unterm umgestürzten Zug hervorgekrochen ist. Oder der Bahnhofsvorsteher, er hat im Augenblick des schicksalsbeladenen Sichüberkreuzens Kreuzworträtsel gelöst. Alle diese Leute und Stimmen in ihrer Aufgeregtheit. Wir würden lieber von einer blühenden Wiese aus berichten oder von dort, wo die Tulpen blühn. Oder eine Übertragung davon, wie das Gras wächst, oder über die Historistik des ältesten Baums im Wald. Mit allen Geräuschen und dem Vogelgesang. Darin sind sie richtige Meister. Sie zaubern das hervor, du denkst, direkt aus dem uralten Radio fliegt eine Schwalbe auf. Und was erst, wenn Jüngere über sich und andere sprechen. Diese Freude, dies Glück, wenn sie zur Guitarre ein Liedchen vortragen oder etwas deklamieren dürfen. Dann Erlebnisse aus ihrem Leben hinsichtlich des Lernens oder wie sich einer in der Geographiestunde in eine Mitschülerin verguckt hat. Ganz offen alles und schön zu hören, und wie folgerichtig das vor sich geht. Bei ihnen gibt es keinen Schiffsuntergang oder die Übertragung eines Großfeuers, nein, nur wie sie glücklich sind oder bis über beide Ohren verliebt in diese oder jene. Ein bißchen Gestotter, auch schön, besser als nichts. Ein Beweis, wie über die Maßen aufgeregt sie sind. Wir sind noch jung, wissen nicht genug, doch später werden wir was wissen, wovon ihr Alten nicht mal träumt. Ich bin mehr für den Jüngeren, auch wenn er nichts weiß, als für den anderen, der keine Perspektive mehr hat, schon wegen der Jahre. Und dies alles wohlerzogen, kulturvoll, ohne Schweinereien, sie könnten ja rülpsen oder noch schlimmer, denn sie sind weit weg, du kannst sie nicht durchs Radio ohrfeigen. Aber bei uns gehts dir trotz allem nicht gut, Danica, du bist nicht zufrieden hier. Stell dir doch vor, der Himmel wäre nicht blau, sondern braun, was ja auch sein könnte. Die Bäume lila, Hase, Ziege und Kuh irgendwie zwischen Lichtblau und Rosa. Du müßtest schon deshalb glücklich sein, weil alle Farben an ihrem Platz sind, unvermischt und nicht zerstreut, sonst wäre vor lauter Verwirrung nichts zu sehen. Versetz dich nur mal darein, denk dir, wies dann wäre. Und nicht immer jammern, weil du nicht dazu gekommen bist, Staub zu wischen, das Forcimer zu kehren, das sowieso niemand betritt. Du ärgerst dich so über den armen Wind, der dir die Frisur zerblasen hat, wo bleibt denn deine Klugheit und dein unvergleichliches Hirn. Ich bitte um ein kleines Lob, den Wind betreffend. Was ist der Wind schuld, daß du mit dem linken Bein aufgestanden bist. Er bläst, weil er blasen muß. Denk an die armen Samen, die werden ausgesät mit seiner Hilfe, sonst würde kein Baum Früchte tragen, erst recht nicht das Gras. Ich habe keine Schuld, daß Danica sich ausgerechnet vor dem Wolkenbruch frisiert hat und nicht danach. Sich noch dazu blöd einbildet, es sei ihr persönliches Pech. Das gleiche in der Trambahn. Immer das Gedränge, neben ihr immer noch ein Špengler, frühmorgens schon stockbetrunken und wahnsinnig nach Knoblauch stinkend. Dann die vier Kinder, wie Orgelpfeifen, hängen an der unglücklichen Mutter rum, nicht mal eine Fahrkarte kann sie kaufen. Obendrein der Kerl, er trägt eine schreckliche Stange aus was weiß ich was, könnte einem das Auge ausstechen damit, und die Bäuerin mit Federvieh, jedes Huhn pickt nach jedem mit dem grausligen Schnabel, hat auch die allgemeine Trambahnnervosität. Hab ich dir nicht tausendmal gesagt, geh nicht im neuen Kostüm in dieses Unglück, wenigstens nicht zu der Zeit, wo alle nervös sind, weil sie irgendwo hinmüssen, wohin, wissen sie selbst nicht. Warum fährst du nicht Tram um vier nachmittags, wenn niemand drin ist. Dann ist es einfach herrlich, selbst der Kondukteur gähnt, weils keine Arbeit gibt. Er putzt seine Fingernägel mit der schönen Feile, die er mit dem Personalausweis und dem kleinen Kamm in der Innentasche stecken hat, beim Photo seines Mädchens, sie ist momentan im Ausland befindlich. Und gleich entsteht eine Art Verbundenheit, jeder freut sich am Fahren. Sie, liebe Dame, wollen Sie vielleicht zum Augenarzt oder Ihre Verwandte besuchen, die hinter Slavija wohnt? Und sie darauf, nein, aber zur Schneiderin in den Cvijić-Pavillon. Der Kondukteur, der sie das fragt, ist mit dem Kreuzworträtsel beschäftigt, ihm fehlt der Buchstabe für Papagei im Dreikästchenwort, auch wenn er weiß, der mittlere ist R. Wer kann da helfen. Rechtfertige dich bloß nicht vor der Horde, die sind sowieso alle wütend wegen allem. Versuchs erst im Guten. Herr und Genosse, wären Sie so gütig, die verfluchte Stange bei der nächsten Haltestelle rauszutragen, denn dieselbe ist von gar keinem Nutzen für Sie, da sie völlig unförmig ist, dem ahnungslosen, unschuldigen Rentner aber das Auge ausstechen könnte. Wärs wenigstens ein Pfeiler oder eine Schiene für den Hausbau, aber nicht etwas so Langes und Scharfes. Und wären Sie so freundlich, daß das kleinste Ihrer Kleinkinder nicht auf meine Schuhe spucken möge, sie sind neu gekauft, und der Fleck ist später mit nichts mehr zu entfernen. Besonders aufpassen muß man bei dem besoffenen Špengler, der nicht mehr weiß, wie er heißt. Mit ihm am besten durch die Blume. Etwa, wie du mal einen Šundroman gelesen hast, mit einer Figur darin, die später zu Hause alle ermordete, die Mutter, die Frau, den Schwager und drei Kinder, nur weil er sich in den Klauen des Alkohols befand. Wär er nüchtern gewesen, er hätte das nie getan, doch so wars ihm später leid, sehr leid, aber vergeblich. So irgendwie, mit Hilfe eines schlechten Beispiels, und du wirst sehen, in der Seele des Špenglers wird sich was zum Besseren hin regen, die Hand wird er dir noch küssen, sich entschuldigen, die Hand kannst du ja später mit Kölnisch Wasser abwischen, damit der Gestank nicht als Andenken bleibt. Ich kenn sie doch alle bis in die Seele hinein, Danica, ich weiß, wie sie atmen, und habe genug Vergleiche, weil ich von früh bis spät fernsehe und weil ich nicht von gestern bin, sondern aus dem vorigen Jahrhundert, aber auch das ist schon beinah vergangen. Ich weiß im vorhinein, was einer sagen wird, und das spricht nur für ihn, denn das bedeutet, jeder hat seinen eigenen Stich, und keiner ähnelt dem andern. Manche Familie, fünfundzwanzig zuhauf, das kann schön sein, aber nicht immer, und unsere, mit nur zweieinhalb Mitgliedern, ist mir schon zuviel. Ich habe es am liebsten, wenn wir drei ohne einen Vierten bei Tisch sitzen, ich tippe etwas an, mein lieber Enkel ergänzt, seine Mutter ist aber immer dagegen, und wir beide angeblich im Komplott gegen sie. Ich kann wenigstens unterscheiden, was das kleinere Übel ist, und daran halte ich mich. So viel Schrecknisse überall auf der Welt, und also denke ich, uns gehts doch immerhin besser, als wenn wir neben einem brodelnden Vulkan hocken müßten oder wegen des verfluchten Öls in einem schrecklichen Krieg oder im Aeroplan, der direkt auf die Erde stürzt, weil seine Steuerung und die Anzeigenadel nicht arbeiten. Was fehlt uns denn. Nichts schlimmer als ein schlechter Charakter, der sich selbst zerfleischt, statt fröhlich zu sein, erstens, weil man lebt, zweitens nicht betteln muß und, als Numero drei, nirgendwo Krebs hat. Und daß Frühling ist, die Vögel wie verrückt singen, das ist ein reines Plus. Eigentlich weiß ich nicht, was Glück ist, wohl deshalb, weil ich beinah nie unglücklich war, alles ist mir gleich, und jedes Ding erfreut mich. Schon darum, weil jedes bißchen an seinem Platz ist, niemand sich wegen Dummheiten zankt, keiner vom Auto überfahren wurde oder beim Fensterputzen aus dem Fenster gefallen ist, die Mehlschwitze ist uns nicht angebrannt, die Milch nicht übergekocht. Wer gegen das Lachen ist, taugt nichts. Das Leben ist vom ersten Tag an schrecklich, aber was hätten wir statt dessen. Obzwar jedes Ereignis auch Lustiges in sich birgt, man muß es nur mit meinen Augen betrachten. Danica ist öfters mißgelaunt, will wegen nichts explodieren, mein lieber Enkel ist weder so noch so, du weißt nie, was er denkt, und ich bin nur für das Lustige. Wir drei, drei vollkommen verschiedene Charaktere. Ich war nie neidisch, weder auf den Reichen, denn er wird verarmen, noch auf den Gesunden, er wird erkranken, noch auf den Jugendlichen, er wird altern, schrumpeln wie ein welker Apfel. Am liebsten ist mir drinnen der Kopf, so weiß ich immer, was ist was, finde mich jederzeit zurecht, und niemand muß mir erklären, dies ist dies und das ist das. Hilft mir dabei noch ein schöner Film oder ein gescheiter Vortrag im Fernsehen, kommt mir an Vernunft niemand gleich. Sehen Sie doch unsere Gegend, diese unvergleichliche Lage. Links und

rechts die Čika-Ljubina-Straße, sehr schmal, doch so interessant, mit lauter geschlossenen Läden, aber eine Krawatte gibts zu kaufen, du kannst die verfluchten Strümpfe stopfen lassen, die ständig zerreißen, kannst im Stehen einen trinken, wenn du ein Mann bist und dich nicht beherrschst. Nur die Konditorei City und ihren Besitzer Nikolić Ilija gibts nicht mehr, auch nicht die Cukerbekeraj Karmen, nach der spanischen Tänzerin, und nicht den Besitzer Jovo Ristić. Das Miedergeschäft Elegancija gibt es auch nicht mehr, Danica ist heute noch verrückt nach diesen Sachen, und Sajdler Ana, die Näherin von Weißwäsche, ist lautlos und spurlos verschwunden, weil sie eine Folksdojče war. Zuletzt, in unserm Haus, hier am ersten Stock, keine Spur mehr von der Genossenschaft Avala, war sowieso mystisch, du wußtest nie, was sie kauften oder verkauften, immer Leute im Trenchcoat mit Aktentaschen, und drinnen – wenn nicht Unsummen oder erstklassige Šperhakeln, dann eben nichts weiter. Wunderbare Leute im Haus, ehemalige Minister und Besitzer von Lebensmittelläden.
Aber auch mal ein Professor. Viele in unterteilten Wohnungen, das ist besser wegen der Kälte, und was sollten sie schon anfangen mit Zimmern groß wie Tennisplätze, die bekam man ja nie warm. Einen Hausmeister wie früher gibt es auch nicht mehr. Gottseidank, der hat schon rumspioniert, als du noch gar nicht drin warst, jetzt kann jeder frei hinein und zu dem mit den Lebensmitteln gehen oder zum Professor oder auf ein Gläschen zu mir, was aber nie und nimmer geschieht. Sehr beneidet werden wir um unsere Fassade. Vasen, Blumen und irgendwelches Obst, alles aus Gips. Gott segne den, ders einst gebaut hat noch vor dem Krieg. War schwer genug, in der Luft

auf dem Gerüst aus morschen Brettern zu stehen, die jeden Moment runterfallen konnten, der hatte aber noch die Courage, aus gewöhnlichem Mörtel und Gips das wunderbare Gefäß voll Birnen und Bananen zu modellieren, die er vielleicht selbst nie zuvor gesehen hatte. Alles ist noch wie damals, seit fünfzig Jahren kein kleinstes Stückchen weggebrochen, von der Birne nicht und nicht vom Aufsatz. Wie dem auch sei, ich finde immer eine nette Sache, um sie im Kopf hin und her zu wälzen, und deshalb langweile ich mich nie. Wie funktioniert eine Maschine, wie ist ein Staat zusammengesetzt und wie ein Körper, wie schwimmt der Mensch, aber geht nicht unter, alle diese herrlichen Dinge, und damit vergeht die Zeit. Sehen Sie, das ist unser Stundenplan, unsere Tischordnung und unsere Kinderštube. Vom Obst habe ich Birnen und Äpfel nicht sehr geliebt, und die Melone war nur für Schweine was, am liebsten habe ich Mandeln, Haselnüsse und Walnüsse geknackt, erstens rate ich gern, wie sie drinnen sind, vertrocknet oder mumfig, oder wie sie sein müßten, ich prüfe immer gern das Innere der Dinge. Ich wette mit mir, was in der Schale steckt, erst dann nehme ich den Stößel und hau drauf. Ich liebe es, an etwas Hartem zu knabbern, Danica mag nur das Weiche, was im Mund schmilzt, also noch ein Kontrast zwischen uns, und trotzdem sind wir noch am Leben. Diese Passion verfolgt mich, wieviel Zwirnspulen sind in der Lade und wieviel Blumen in der Vase, alles durchzählen, und was mich interessiert, notiere ich. Mit den Büchern dasselbe, weiß nicht mal die Zahl der gelesenen, doch habe ich nicht zum Spaß gelesen, nur um zu erfahren, wer wen umgebracht hat und warum, sondern auch deshalb, weil ich alles, was drinnen steckt, zusammengezählt habe, darauf muß man natürlich kommen. Vom größten Weisen bis zur letzten Jammergestalt tut jeder ohne sein Wissen etwas ins eigene Buch hinein, vor allem die, die das ganze Leben so beschreiben, wie es ist, in schönen Farben und heiterer Stimmung, wie auch ich sie stets habe und behalten werde bis in alle Ewigkeit. In meinem Buch sollte geschrieben stehen, wie die Obrigkeit beim Volk immer beliebter wird, die Menschen die Gesetze noch viel mehr achten und jeder friedfertig und gut ist wie ein Lamm. Eheleute sollten noch mehr Eintracht zeigen, größte Treue und Abscheu vor dem Ehebruch, wie vor jedem falschen Weg, auf den sie geraten könnten. Die Diener noch demütiger, die Rabotniki fleißiger, die Händler in den Läden betrügen nicht mehr, die Schornsteinfeger sitzen nicht mit verschränkten Armen auf den Dächern, sondern mühen sich, bis sie das letzte Rußstäubchen im Schornstein aufgeleckt haben, so daß es ein Genuß ist, unten Feuer zu machen. Die Schüler ordentlich, jeder hat seine Aufgaben gemacht, der Lehrer gekämmt, ohne Fleck am Mantel, und erst recht nicht nach Sliwowitz riechend, der Gendarm streng, doch gerecht, seine Hand hebt sich nicht ohne weiteres, um jemand zu ohrfeigen, nur weil er auf der Straße oder im Barbiersalon vor dem Königsportrait niesen mußte; die Barbiere entsagen ihrer Passion, dem unglücklichen Kunden, mißfällt er ihnen, das Gesicht zu ritzen, und kommts noch ärger, die Kehle durchzuschneiden, als säß da ein Schwein und kein Mensch. Die Menschen sind gefällig, allzeit zu einem freundlichen Wort bereit – nicht einer, der den andern mit den schlimmsten Ausdrücken verflucht, daß sich dir der Magen umdreht. Die Nachbarn sind gut zueinander, im Gegensatz zu früheren Vorfällen, als sie zufrieden und ohne einen Finger zu rühren zusahen, wie deine Scheune abbrannte oder das Kind im Brunnen ertrank. Das Wetter ist schön, der Weizen reif, der Wein naturbelassen, also gut, er macht keinen schweren Kopf, das Brot ist sonnengebacken, aber nicht oben angebrannt, was ich nicht vertrage, jeder Artikel ist ordentlich in seiner Schatulle, jeder Cajger, wo er sein soll, nicht die Zeit von gestern oder vorgestern anzeigend, denn wozu eine Uhr, wenn sie dich verrückt macht und du nicht weißt, an welchem Tag du bist und welcher Morgen anbricht. Nirgendwo Verkrüppelte, schon gar nicht auf der Straße, wo du dich pausenlos zurückhalten mußt, nicht das leere Hosenbein anzusehen oder den Ärmel ohne was drin, flattrig, mit einer Sicherheitsnadel oben an der Schulter befestigt. Alle lesen ohne Brille, gehen ohne Stock, plaudern ohne zu großes Gebrüll, welches mich taub macht, wenn es zu einem heiklen Gegenstand in der Diskussion kommt, aber am wichtigsten ist, sie sind am Ende in jedem Punkt und jeder Frage einig, und nicht, einer schert aus und plappert nur ein und dasselbe gegen alle anderen. Wenn ich nur daran denke, wie glücklich ich sein muß, daß ich nicht als Schwarze geboren wurde oder als Jüdin oder mit einem Buckel. Ich war weder verfolgt noch gekreuzigt, weder wegen meiner Abstammung bespuckt, noch hat mich Gott mit einem zu kurzen Bein gezeichnet. So viele herrliche Menschen, klug und gut in der Seele, doch was nützt es ihnen, wenn sie mit einem Buckel auf dem Rücken rumlaufen oder Cohn heißen, und jeder kann sie ans Kreuz schlagen. Und wer bucklicht ist, kann ich weiß nicht wie gut sein, aber nach und nach enervierts ihn so stark, warum gerade er diesen Teufel auf dem Rücken tragen muß, daß auch er langsam neidisch und böse wird, böser gehts nicht. Ich bin dafür, jeder kommt gesund und gerade auf die Welt; später werden wir sehen, wer der Bessere und Gerechtere ist. Bin glücklich, nicht früher gelebt zu haben, wenn es damals vielleicht auch schöner und leichter war; aber dann wäre ich schon längst unter der Erde! Nein, lieber ein kleines Kind sein, um nicht mit eigenen Augen dies Gewuhre der letzten hundert Jahre gesehen zu haben. Grade richtig so, nicht zu früh, nicht zu spät, um hier zu sitzen, den Tintenblaj zu spitzen und alles Nötige und Unnötige aufzuschreiben. Immer besser, du schreibst mehr auf, und findets jemand zuviel, soll ers zerreißen und das wenige aufbewahren, aber sagst du nur die Hälfte, hat niemand was davon, du nicht und nicht der andere. Danica liebt alles dreiviertellang, sagt beinah alles, doch nicht bis zu Ende, und ich sage alles ganz und bis zum Schluß, sollen sie es wissen. Glücklicherweise bin ich kein Zwilling, habe weder Bruder noch eine Schwester, die mir so ähnlich gewesen wäre, daß ich nicht gewußt hätte, bin ich sie oder umgekehrt. Worauf ich auch gekommen wäre, sie hätte es genauso gekonnt, das hätte mich mehr als alles andere geärgert. In unserer Familie war es aber nicht so, jeder ist allein geboren und gestorben, doch bei Bekannten, den Bjeloš, gab es Zwillinge, beide unglücklich, die eine fiel in den Brunnen, die andere unter den Zug, bei den Kljajić gabs zwei gleiche Brüder, einer dümmer als der andere, man kann das Gehirn nicht in zwei Hälften teilen, dann hat keiner genug. Jedem fehlt etwas, das beim anderen geblieben ist, und später kannst du es nicht mit dem Messer aus deinem Bruder rausholen, nur weil du es auf einmal brauchst.

Hab nichts dagegen, eine Frau zu sein und nicht umgekehrt. Die Männer sind viel eigensinniger, rabiater und unternehmungslustiger, ständig fliegen sie irgendwohin, möchten dies und das und jenes, und ich, obzwar schrecklich beschäftigt, weil ich für die Kinder sorgen mußte, ich hatte doch immer Zeit, über alles nachzudenken, wie und was das alles ist. Großvater und Vater ständig in schrecklicher Unruhe mit den Pferden, wie sie aufziehen und später dann zureiten, mein unglücklicher Dušan und seine abscheulichen Patienten, Danicas unglücklicher **LAZO IM TURNVEREIN SOKOL**, im Wirtshaus und im Eisenwarengeschäft, und wir zwei hocken zu Hause, schweigen und denken uns unser Teil. Schade, daß Danica nicht so gescheit ist und nicht wie ich über alles nachdenkt, die Arme mußte gänzlich die Männerarbeiten übernehmen, bei all den Anschaffungen für unser Leben, weil es ihr an Klugheit gebrach, aber so ist das Schicksal. Nur wer kein Pferd reiten muß und nicht die Tagelöhner anschreien, wer nicht im Geschäft oder in der Ordination rackern muß, nur der kann von außen ersehen, wie und was das alles ist, und dann in jeder Hinsicht besser und klüger handeln. Ich stelle mir vor, wie alles schiefgelaufen wäre, wenn ich mein Zimmer verlassen hätte. Wenn ich ein Mann geworden oder zu lange im Bauch der Mutter geblieben wäre und davon ein Loch im Kopf hätte, wenn ich taub geboren wäre und nicht sagen könnte, was mich quält und mir in den Sinn kommt. Oder nicht schreiben gelernt hätte, im Wald allein gelassen worden wäre, wo mich die Raubtiere aufgefressen hätten, oder noch schlimmer, ich wäre verwildert und hätte angefangen, mit den Bären zu leben. Was das betrifft, ich schätze jedes Tier, ließe man mich nur klar denken und würde mich niemand stören, doch immer mußt du ein Schaf schlachten oder mit dem Bären ringen oder dich der Gefahr durch einen reichen Jäger aussetzen, der dir direkt ins Herz schießt, und dann adieu. Was würde unser lieber Lazo getan haben, wenn er das Glück gehabt hätte, zu erleben, wie sie ihn ins Fernsehen einladen, und was täte da der arme Dragomir mit seinen Scherzen und was erst unser lieber, so lieber Banjeglav. Die dort hätten sich alle schämen müssen und gleich für immer das Studio verlassen. Lebte doch nur unser Lazo noch, damit er zeigen könnte, wie er Glas auf Glas bis zum Plafond hoch auftürmt, ohne daß auch nur eins wackelt. Oder er hätte sein französisches Ding vorgeführt, Stehen auf einem Bein auf dem Tisch, oder am Barren eine ganze Sokolnummer. Und hätten sie erst Dragomir allein gelassen mit der ruppigsten Schauspielerin, die niemanden wollte! Hätte gern gesehen, was sie gemacht hätte, bei all seinen Schmeicheleien und anderen Verrücktigkeiten. Schon nur sein schlaues Lächeln, wenn er über seine Locken streicht, das Taschentuch hervorholt und sich leicht abtupft. Und später reibt er seinen wunderbaren Ring, putzt sich mit der Nadelspitze den Silberzahn, zückt den Füller und trägt sich in ihren kleinen Kalender ein. Da möchte ich aus ihrem Mund das Nein hören, nach alldem. Und Banjeglav erst, der wirklich wußte, wo der Teufel sitzt! Er würde zuerst einen Vortrag halten, wie man sich im Wirtshaus benimmt. Wie man hereinkommt, welche Worte man dem vertrauten Kellner zur Begrüßung zuwirft und wie man sich gewohnheitsmäßig an den alten Tisch in der Ecke setzt. Weil man dort die beste Übersicht hat, wer von wo reinkommt, und damit die zwei Vagabunden, die sich vor dem Schrank balgen, einen nicht umwerfen. Dann, wie man was bestellt, und wäre Alkohol angesagt, würde der Vortrag erst recht dauern, bis er uns alles runtergebetet hätte: Roten, Weißen, Sliwowitz, Aerkonjak, einfaches Soda und Mineralwasser, wessen Herstellung, wie die Preise sind, wo am wenigsten Gift drin ist. Von Bruno Mosel oder Herrn Kolić in Zagreb. Er würde hüsteln, sich im schönen, eleganten Anzug verneigen, seine persönlichen Bekannten grüßen – das sind wir. Der unglückliche Lazo, die liebe Danica, ihr kleines Kind, der arme Dragomir und ich, ihre fröhliche Mutter. Jeden grüßt er einzeln, wie sie es auch heute tun, wenn sie es noch können und jemanden zum Grüßen haben. Dann, woraus das Kaffeehaus besteht. Das Innere, das Äußere. Glas, Flasche, Tisch. Die Nüchternen, die Angesäuselten und die Stockbesoffenen kurz vorm Rauswurf. Wann der Wirt fröhlich ist, wann es unentschieden steht und wann man ihm wegen seiner gräßlichen Natur aus dem Weg gehen soll. Die ständigen Gäste, die eher seltenen und die ganz neuen. Wie jeder anders guten Tag sagt. Die Worte für Menschen, dann die fürs Mittelmaß und zuletzt für die unter aller Kritik. Jene, die in Ruhe ein Glas nach dem anderen leeren, jene, die nur einen Schluck nehmen, auf dem Sprung sind zurück in ihr Geschäft, und jene, die überhaupt nicht wegen eines Getränks gekommen sind. Dann die, die sich über Fußball ereifern, andere über Politik, und zum Schluß die, die über ein Fräulein disputieren, welches sie nicht mal im Traum gesehen haben. Dann noch Leute, die verschiedene Trillerpfeifen verkaufen, Haarnadeln, Spiegelchen, Schnürsenkel und einen gestohlenen, angeblichen Silberfuchs. Unterderhand und zum halben Preis. Und manch Polizeispitzel, von dem alle wissen, er ist ein Spitzel, sie hüsteln nur, bis er sein verfluchtes Mineralwasser ausgetrunken hat und merkt, hier ist nicht viel zu holen, na, dann hopp und in ein anderes Lokal. Das ist es. Doch was könntest erst du alles vortragen aus deinem Fach, Danica, wenn sie nur so klug wären, dich ranzulassen: mein Hausarbeitstag. Wie ich mit meiner kranken Mutter fertig werde, dem schrecklich ungehorsamen Sohn und dieser wahnsinnigen, unmenschlichen Teuerung. Eine halbe Stunde übers Staubwischen. Vom Fußboden, dem Schrank und von den vermaledeiten Glaselephanten, die zu nichts als zum Enervieren gut sind, bis du jeden einzeln abgestaubt und zurück in die Vitrine gestellt hast. Ja, und wie man Wäsche bleicht, Reis verliest und sich mit der alten Mutter zankt, statt sie wie einen Augapfel zu hüten. Wie man die Dielen aufwischt, die Fenster putzt, ohne rauszufallen, wie man die Spinnweben aus dem obersten Eck runterholt, wo nie jemand hochschaut. Das ist der Besen, dies der Bartwisch, dort ein gewöhnliches Staubtuch. Dies die Bürsten, das Bohnerwachs fürs Parkett, wie man es aufkehrt, mit Drahtwolle abzieht und auf Hochglanz poliert. Alles anschaulich, von jedermann in fünf Minuten erlernbar. Gäbs eine Universität für so was, du wärst zweifellos Professorin. Frau Doktor Danica, ihr Fach, alles auf Hochglanz bringen. Sie hat viel Sinn dafür und hats bis zum heutigen Tag nicht satt bekommen, obwohl ihr die Arbeit über den Kopf wächst. Alle die anderen Professorinnen könnten sich vor ihr verstecken. Also, liebe Kollegin, Ihr Auftritt war rühmenswert, unmißverständlich kurz, klar und sehr nützlich. Waren Sie auf dem Symposion über den Gebrauch des Bartwischs in Amsterdam? Wieso nicht, das ist aber ein Škandal. Andere, die nicht mal den Arm heben können, sind hingefahren, aber Sie nicht. Das muß bei erster Gelegenheit korrigiert werden. Wenn noch jemand ebensogut vorzeigbar wäre, dann unsere liebe und liebste Frau Plazinić, die in einer halben Stunde aus nichts einen Hut macht und in der nächsten Viertelstunde einen Ärmel für das kräftigste Mannsbild strickt. Jede ihrer Zeilen verschlinge ich, weil sie so übersichtlich beschreibt, wie eine Masche aufgehoben oder fallen gelassen wird, und weil sie außerdem noch sehr schön zeichnet. Wie eine kleine Erzählung, nur ohne Morde und ohne daß eine unschuldige Frau betrogen wird, sondern einzig, wie man einen Pullover strickt, wenn kein Geld da ist, sich einen neuen zu kaufen, oder wie ein Monogramm für den einzigen Sohn anfertigen, auf einem Wollhemd, das dir von früher geblieben ist. Ein richtiger Roman, aber ohne Blutvergießen, und alles verläuft schön: wie beim Geburtstag der Tisch zu decken ist, Staub gewischt wird, bevor die Gäste kommen oder der Inkassant, wie die Nagelpflege vornehmen, statt Zeit und Geld im abscheulichen Maniküresalon zu verschwenden. Obwohl die Frau in der ehemaligen Pašić-Straße sehr freundlich ist, nie mit der Schere ausrutscht – trotzdem besser, man macht es zu Hause und in Ruhe. Für unsere fleißigen Hausfrauen. Habt ihr alles eingekauft, was ihr braucht? Dann macht das feinste Mittagessen für euren teuren Gatten und das Kind, das gut ist in der Schule. Dazu noch einige Ratschläge, wie ihr euch verschönern könnt, bevor die beiden nach Hause kommen. Das sind die Tage von Revlon. Oh, ist das unsere Mutter und Ehefrau gewesen, diese wunderbare Filmschauspielerin? Und seht nur das Gedränge um ihren schöngepflegten Körper. Wie aus eigener

Kraft einen kleinen Garten auf dem Fensterbrett einrichten, das nicht mehr als sechzig Zentimeter mißt. Paradiesgärten vom Umfang einer Wertmarke. Aus Abfallresten eine wohlschmeckende Suppe zubereiten, die unsere werten Hausbewohner stärkt. Ein kleiner Schemel für unter die Füße beim Fernsehen. Dann dasselbe noch einmal, für die Zuhörer, die noch nicht im Bilde sind. Empfohlen wird ein Kuchen aus nur einem Ei, wenns denn vom Vogel Strauß ist. Mit zwei, drei Löffeln Maggiwürze ist auch aus einem Knochen allerlei zu machen. Verweigern Sie Ihrem Lieblingshund diese eine ohnehin ungesunde Mahlzeit, er würde sich nur die Zähne ausbeißen, Sie aber kommen so zu einem unvergleichlichen Genuß. Freude in jedes Heim. Das sind die Tage von Revlon. Auch neben den schönsten Spaziergängen bleibt das Kochen die beste Zerstreuung für jede gesunde, junge weibliche Person zwischen 25 und 28 J. Alles, was ihr beim Wettbewerb zur Operndiva oder Fernsehansagerin nicht gelungen ist, kann sie wettmachen mit einer unvergleichlichen Entdeckung, die jede klassische Mehlschwitze ersetzt. Mit Maggiwürze ist man klüger. Aus zwei zerrissenen Strümpfen einen machen, wie neu. Begeisterung bei Ihrem Liebling, der auch sonst nicht mit einem Loch in der Ferse in die Schule dürfte. Nur zwei, drei Schnitte mit der Schere und etwas Zwirn. Stopfen als Beruhigungsmittel für kranke und angespannte Nerven. Jedes Glas vor Gebrauch mit energischen Handbewegungen polieren. Ein Ersatz für die grundlose und dumme Gymnastik. Jede Bewegung ist berechnet, kein zielloses Herumgefuchtel. Beim Gehen nur bücken, wenn ein weggeworfenes Stück Papier aufzuheben ist von der Straße oder ein Fünfzigparamünzchen, das Glück bringt. Alles vorgeschrieben, Tag für Tag, und gezeigt, wie man es ausführt. Und du sollst immer ein Stück Papier und ein Bleistiftstummelchen dabeihaben. Wer die Skizze im Moment, wo sie gezeigt wird, erfaßt, kriegt einen Preis, bestehend aus derselben Skizze, nur von Künstlerhand gezeichnet. Ohne etwas Geduld beim Zusehen würden sie nie etwas verstehen und erst recht nicht sich wegen des Preises telephonisch melden. Nur so lohnt es, nicht aber, wenn jemand vorm Fernseher gleich eindöst, was zu nichts führt. Die da könnten sich aber ein wenig mehr Mühe geben und die guten und schlechten Seiten einer Sache zeigen, besonders im familiären Bereich. Was ist, wenn Gäste kommen und man nicht weiß, was mit ihnen anfangen? Weder kennen sie die Gäste noch diese sie, sondern die Gäste haben nur gehört, sie wären glücklich, wenn sie jemand besuchen würde, und gerade auf sie fällt das Los. Zuerst einer oder zwei, danach alle, eine ganze Truppe. Anfangs mit einer Ausrede, später einfach nur hinein, wie in einen Stall. So etwas meine ich, so ein natürliches Leben, mit vielen Schwierigkeiten, vielerlei Fallen sind in ihm verborgen. Die Herkunft der Familie, des Privateigentums und des Staates, das alles aus ganz kleinen Details, die viel mehr bedeuten als die großen. Und nur so im Gespräch, in dieser blöden Konversation. Wir sind die, und wer seid ihr. Wir möchten uns gegenseitig kennenlernen, hatten nicht die Ehre vorher, aber jetzt ja. Nun gut, lieber Herr Nachbar, dann treten Sie ein. Nein, Sie stören uns nicht, Gott bewahre, nur muß ich gerade aufräumen und das ganze Haus auf den Kopf stellen. Doch auf jeden Fall wird sich ein Eckchen für Sie finden, seien Sie unbesorgt. Sie sind im unpassenden Moment gekommen?

Wo denken Sie hin. Sie sind immer willkommen, egal zu welcher Stunde. Nehmen Sie die Beine hoch, bis ich aufgewischt habe. Damit Sie im Sauberen sitzen, wenns schon nichts Besseres gibt. Nein, im Gegenteil, ich liebe es, wenn jemand da ist, während ich aufräume, meine Mutter glotzt ja pausenlos in den Fernseher, so habe ich wenigstens jemanden für ein Wort oder zwei. Leider staubts und verschlägt einem den Atem. Verzeihen Sie. Und dann wieder etwas über die Freundschaft, das Befreundetsein als eine Besonderheit, die nur zwischen Menschen, aber auch zwischen Tieren in Betracht kommt, mehr noch: sogar zwischen beiden. An einem Unbekannten gehst du kalt vorbei, aber bei einem Bekannten bleibst du stehen und fängst gleich an, über dies und das zu disputieren, bis du dich zuletzt beeilen mußt, dein Rendezvous einzuhalten, man kann ja nicht den ganzen Tag ins Gespräch vertieft an dieser Ecke stehenbleiben, obwohl es über die Maßen interessant ist. Wir sind so frei, Ihnen jetzt einige der geläufigsten Szenen zu zeigen. Ihre Geduld strapazierend, die hoffentlich Grenzen hat. Langweiliges über die Langeweile hat auch seinen Reiz, doch nur bis zu einem gewissen Grad, den wir nicht überschreiten möchten. Wir bitten Sie nur, versuchen Sie zu verstehen, welcher die anderen langweilt und welcher gelangweilt wird. Hoho, was sehe ich, Sie trinken ja Kaffee! Sieh mal an, was die sich alles haben einfallen lassen, nur um einen kleinen Kaffee zu trinken. Sieh sie dir an, und die Dame da, wie sie über das Täßchen schwadroniert, als ginge es um den Lehrsatz des Pythagoras und nicht nur um heißes Wasser mit Gemahlenem darin. Ein Käffchen ist gut für Herz und Nieren, und so auch für die Stimmung allgemein, aber ja doch.

Ich denke dabei an das Gefühl danach, wenn sie ihn längst ausgetrunken haben. Erfunden wurde er von einem müßigen Hodža in irgendeiner Moschee, und jetzt trinkt ihn die ganze Welt wie besessen. Fast wie eine Sekte, und nicht, um nur eine Tasse Kaffee zu trinken, mit Zucker oder ohne. Das ist sein Thema, entspricht seiner ganzen Art, schade, dafür gibt es keine Hochschule, keine Universität, an der er Vorträge halten könnte, was würde er allein schon aus einer Lektion über den Kaffee machen, und fände er noch ein besseres Thema, das wäre ja kaum auszuhalten. Schon sein Auftreten, die Färbung der Stimme, trotz der Jahre, die er auf dem Buckel hat und obwohl sein Gebiß nicht mehr das beste ist, dazu seine Verwirrung, weswegen er immer besonders couragiert tut. Warum nehmen Sie nicht noch etwas. Zieren Sie sich doch nicht so, das ist eine Kleinigkeit, Winzigkeit, im Vergleich zu unseren früheren Empfängen. Eine Bagatelle. Zuerst nahm ich an, es sind gekaufte aus der Konditorei, aber jetzt, wo ich weiß, daß es nicht so ist, finde ich sie noch schmackhafter. Weiß nur nicht, woher der Geschmack nach Butter, Zucker und Eiern kommt und wie aus drei neutralen Bestandteilen ein viertes gelingen kann, eben dieser Kuchen. Hören Sie, was sagen Sie zu Eiern als Nahrungsmittel? Etwas Salz, Öl und die Eier selbst, das ist **DIE THEORIE VOM RÜHREI**. Obzwar Kuchen etwas anderes ist, da ist jener gewisse Griff nötig, den nicht jede hat, aber Sie haben ihn, das sieht man gleich. Wie gut er ist, so gut, wir können Ihnen gar nicht beschreiben, wie gut. Über alle Maßen. Ihre Lizenz. Ihre Firma, aber Sie verbergen das Herstellungsgeheimnis, nicht wahr? Ich habe Ihnen doch gesagt, er ist sehr amüsant. Verstehen

Sie? Er vergleicht Ihre Hausarbeit mit der Industrie. Immer kommt er auf einen Vergleich, auf den ein anderer nie käme. Das ist seine Art, jedem was anzuhängen, jeden zum Lachen zu bringen, obendrein ärgert sich niemand, und das ist der größte Gewinn. Sie und Sie und Sie. Glücklich, Sie als meine Gäste begrüßen zu dürfen, kommen Sie, setzen Sie sich und freuen Sie sich. Das ist richtig ansteckend. Ja, ich kann mir nicht helfen, für mich ist es am schönsten, irgendwo zu Gast zu sein, endlos zu plaudern, denn das Leben ist kurz. Das sage ich ihm und er mir. Nur eins versteh ich nicht: woher nehmen Sie die Zeit, alles im Haus zu schaffen, dazu der große Sohn und die kranke Frau Mutter, das ist ja kein Spaß. Ich spreche von Hausarbeit. Denke an die Arbeit im Haus. Wollte etwas darüber sagen, was tagtäglich im Haus zu tun ist und in Verbindung steht mit unserer sinnlosen Arbeit als Hausfrau, die nie bemerkt wird. Bezüglich des Haushalts. Im Sinn der Haushaltserhaltung, die die wahre Grundlage unseres Lebens ist. Angesichts dessen, was alles die arme Hausfrau von früh bis spät zu tun hat, und am nächsten Tag von neuem. Eine Art Circulus vitiosus oder Perpetuum mobile. Im Gegenteil, hilft überhaupt nichts. Ich schätze am meisten an ihm, daß er aus jedem Thema einen Artikel für die beste Zeitung machen kann, nur fehlt ihm dazu das Sicflajš. Können Sie tatsächlich nicht ohne das Meer existieren? Na ja, wissen Sie, um ehrlich zu sein, es ist tatsächlich so. Das einzige, was mich stört, ist das Salz, dieser Salzgeschmack im Mund beim Schwimmen. Mich auch. Hätts der liebe Gott gegeben, es wäre nicht so salzig, das wär was, aber er hats nicht. Obwohl es auch so ziemlich angenehm ist, besonders in der Backhitz.

Aber ich liebe Pfirsiche, auch wenn man sich damit bekleckert, wohl wahr. Aber die Birnen, auch noch hart wie Holz, Gott bewahre, die würde ich gleich den Schweinen geben. Ich auch, grad hab ichs meinem Mann gesagt. Erdbeeren sind auch fein, wären sie nur nicht so teuer, und erst die Walderdbeeren, obzwar klein, außerdem gibt es keine, weils niemanden gibt, der sich bücken will. Überhaupt dieses Aussterben der Handgewerke, was auch die Walderdbeerenpflücker betrifft. Bleiben wir darum am besten bei den Pfirsichen, nur müßte die Frage geklärt werden, wieso deren Haut wie Samt ist und wieso, wenn man hineinbeißt, das Süßeste aus ihnen herausfließt, direkt in den Ärmel. Eine Hundsgemeinheit, die in ihnen selbst liegt. Ja, richtig. Schön, daß sich die Menschen auf dieser verrückten Welt wenigstens in einer Sache einig sind. Das sage ich auch. Habe ich eigentlich auch sagen wollen. Sie haben mir das Wort aus dem Mund genommen. Wir sind uns zu neunzig Prozent und mehr einig. Das ist wie eine Wahlverwandtschaft. Nach Shakespeare. Dasselbe gilt für den Kaffee. Nicht zu süß, nicht zu bitter, sondern mittel. Genauso ists, danke schön, bitte, gern ein andermal. Denn ein wenig mehr würde nicht gut sein, ein wenig zuwenig auch nicht, dann wär er bitter wie Gift, das weiß ich, hab es im Griff, durch die vielen Jahre hindurch. Ich könnte ihn mit verbundenen Augen kochen. Man müßte mir nur zeigen, wo der Zucker ist, wo der Kaffee und wo das Wasser. Auch muß ich noch wissen, wie der Herdringl eingeschaltet wird. Ich auch. Wir auch. Unsere zwei Häuser sind sehr ähnlich, beinah gleich, nur ist unsers unseres und euers eueres. Deswegen und nur darum. Jetzt eine Schachpartie. Wollen wir mal schachieren?

Ist es genehm, ein kleines Partiechen zu absolvieren? Würden Sie mit mir ans Schlachtfeld gehen, bin nicht Gott weiß wie gut, eben nur so, damit die Zeit vergeht. Es gibt Schwarze und Weiße. Ich werde weiß sein. Geb Ihnen einen Turm mehr. Sie müssen nicht nachdenken, ist wahrlich nicht schwer. Zuerst die Bauern. Wenn Sie so liebenswürdig wären, eine Partie mit mir zu spielen, so vergingen ein, zwei Stunden. Der Witz ist, den König in eine aussichtslose Position zu bringen, wie in der Politik. Die Situation der Welt, nur im kleinen. Auf einem Stückchen Holz oder Pappendeckel die ganze Welt. Ein Krieg ohne ein Stäubchen Pulver, von einem müßigen Maharadža entdeckt, der nicht wußte, was tun, trotz all jener wunderschönen Frauen. Derselbe, der auch den Kaffee erfunden hat. Alles ist ganz einfach: Schwarz frißt Weiß und Weiß Schwarz. Nur das Pferd zieht schräg, wie der Buchstabe G im Kyrillischen. Alle anderen gerade oder ungerade, wie es kommt. Was haben denn die von uns und wir von denen? Und warum kommen die überhaupt, sogar dann, wenns niemandem paßt? Nur um mal jemand anderen als sich selbst zu sehen, da es langweilig ist, jeden Tag die gleiche Person, sogar die liebste. Und wegen des Gedankenaustauschs, ohne den es nicht geht. Ich dir das, du mir jenes, dann zusammenziehen und unterstreichen, die Endsumme ist ja sowieso völlig unbekannt. Und damit jeder rauswerfe, was in ihm verklumpt ist, aber von mir wiederum meinen Teil bekäme als eine geistige Erfrischung. Darin liegt auch der ganze Sinn dieses Tingelns von Haus zu Haus und von Familie zu Familie. Nicht jeder will ständig empfangen und bedienen oder sprechen, aber man muß es tun, wegen des allgemeinen Glücks. Trotz allem, es

freut mich, weil Sie nicht eines Vorteils wegen gekommen sind, sondern um uns zu sehen. Eingedenk der alten Freundschaft in unserer damaligen Gegend, die jetzt Vergangenheit ist, wie auch die Gegend. Wir paar von dort, nun hier in der großen Stadt, die hart ist zu uns allen, die wir aus der kleineren kamen. Und denken Sie nur an die Geduld, jeden Schritt aufzuschreiben, jedes Zwinkern und alles, was du zeit deines langen Lebens gesehen. Tatsächlich, als hätte er mit dem Tintenstift persönlich geschlafen und immer ein Blatt Papier unterm Kissen gehabt. Immer alles dabei. Und wie hat er noch Zeit gefunden für anderes, wo er doch ständig notieren mußte: aufgestanden mit dem linken Bein, gestern mit dem rechten, vorgestern wieder mit links. Nach einem Monat dann, wie oft mit dem einen und wie oft mit dem andern. Was zum Fruštuk und was nach dem Fruštuk. Und hat die liebe Ehefrau das Gesicht aus Liebe verzogen oder ist sie, Gott bewahre, mißgelaunt. Und was er anzieht, wohin er geht. Jeder Schritt, jeder Mensch, pro Kopf. Der und der, von dort und dort. Herkunft, Rang und Charakter. Wie mit wem.
Mit dem einen schön, der andere ist ein Tier, der dritte halbe halbe. Alles millimetergenau. Vom ersten Tag an, als er beim Elektrizitätswerk anfing, schon 1929, wäre es abgebrannt, er hätte ein ganzes Archiv darüber. Wieviel wer einst der Elektrozentrale schuldig war, bis zum letzten Para. Das Reklamebüro 3.244, der Demokratische Klub 4.125 und Žak Buli 4.289. Sehen Sie sich nur diese Demokraten an, erst recht den widerlich reichen Buli, der sich nicht mal schämt. Moša und Hajim Alkalaj 6.434, sie hätten es teilen und bezahlen können, sind ja Brüder. Die Einkaufsgenossenschaft über achttausend, Karlo Hedrig

ebensoviel, und Isak A. Baruh mehr als das Doppelte. Was machen denn diese Juden mit ihrem vielen Geld, wenn sie nicht mal genug für Strom haben. Und die Mühle «Einheit», die Firma «Loko-Motiv» und das Bad Sevdić über hunderttausend des damaligen Geldes. Alle schon verstorben, doch bei unserm lieben Herrn Bekannten alles schwarz auf weiß. Dasselbe beim Wasserverbrauch. Golub Janjić, Spiro Harisijadis und Djuro Džamonja, d. Šićanski, der schämt sich wohl, darum nur ein Buchstabe statt des Vornamens. Das Haus der Klassenlotteriebeamten. Wieviel Wasser die gesoffen haben, über vierzigtausend vergeudet, und für mich gabs nie auch nur eine kleinste Prämie. Schrecklich verschuldet auch die Eisfabrik, muß denn jeder eine Fabrik eröffnen, wenn er nicht mal genug fürs Wasser hat, um sich die Hände nach der Drecksarbeit zu waschen. Das tat er, solange ihn die Zahlen interessiert haben und er noch keine andere Fertigkeit besaß. Später aber alles bis ins letzte: wie das Wetter ist, wieviel Vögel er auf dem Baum gesehen hat, ob der Schnürsenkel zu ist oder nicht, so daß er beinah auf die Nase gefallen wär. Zählte er das dann alles zusammen, wußte er, wer auf dieser Welt verrückt ist und wer nicht, obwohl ich das auch ohne Aufschreiben weiß. Jedes seiner Hefte enthielt zwei Rubriken, wie es ist und wie es sein sollte. Ich bin immer für die zweite. In der ist alles schön und wunderbar und nicht wie in der ersten, schlimm und verkehrt. Ich kann mich darin einleben, daß es morgen sonnig werden müßte und nicht wie aus Kübeln gießt, und tatsächlich wird es so, wie ich dachte, und nicht, wie die vorausgesagt haben, die ständig die schlechte Seite hervorkehren. Verehrter Herr Soundso, Sie sind wahrhaftig geduldig. Ihr

Inneres ist so – einen Gobelin könnten Sie sticken oder mit Streichhölzern die Brücke von Zemun nachbauen. Denk dir nur, ein lieber Herr Jemand würde jeden Krümel aufschreiben, jeden Schritt, den eigenen wie auch den der Frau Jemand. Habe ich nie, nicht mal in meinen besten Tagen. Und wo er wohnt und wer das Haus gebaut, und alle Besitzer der Reihe nach, und für welche Summe wer wem was verkauft hat, bis zum letzten Mann, der überhaupt nicht verkaufte, sondern dems weggenommen wurde, weil er angeblich zuviel hatte. Sie würden mir sehr helfen, fänden Sie auch über unsers etwas heraus. Meine ewige Neugierde. Aufgrund des Plans von 1929 sowie der Gemeindeverordnung über den Bau dieses vierstöckigen Gebäudes. Die Nummer blieb stets dieselbe, nur der Name wechselte infolge der Kriege. Sie könnten sich mit diesen Ihren Notizen wirklich nie irgendwo verirren. Auch der Stammbaum, Ihre Verwandtschaft, die Einkünfte, was Sie geerbt haben. Alle Namen ganz genau und dazu jeder Špicname. Als hätte er es von mir. Warum haben Sie das die Kinder nicht zerreißen lassen, wäre besser gewesen, geschichtlich gesehen. Die Gruntbeogradska ohne Haftung. Stammkapital: null. Die Reserven mit den Renten verrechnet. Mitglieder des Direktoriums: Danica Ćosić, ihr Sohn und, gegen ihren Willen, seine liebe Großmutter. In Danicas Heft die Gesamtsumme der Bilanz sowie die Verluste und Abgaben. Die Reserven zehntausend, wenns stimmt. Das Inventar und alles andere, das ganze System. Die Gesundheit, die Liaisons und Freundschaften. Zum Teufel, soviel im Kopf behalten zu können, sehen Sie ihn nur an. Glücklich, die mit ihm leben dürfen. So fröhlich ist er, vicig, und ähnliches. So ist es, manchen übersiehst du, fängt er aber an zu erzählen, füllt er auch, was mal leer war, bügelt aus, was ungerade war, entwirrt Verknotetes, erleuchtet Düsteres. Pah, wer ist wertvoller als so einer, und ich wiederhole, seine Ärmel sind vielleicht zerrissen, er hat sich drei Tage nicht rasiert, weil vor lauter Denken nicht dazu gekommen. Am glücklichsten bin ich, wenn jeder kriegt, was er verdient, ist er irre, dann eben irre, wenn ein Dieb, dann eben das, jeder soll von vornherein wissen, was ihn erwartet, damit er sich später nicht wundert. Wer würde einen Irren ins Haus lassen, der dir nach einer halben Stunde alle Teller zerschlägt oder aus heiterem Himmel mit der Schere auf dich losgeht. Oder sich dumm stellt, sich dein Album mit den alten Photos ansieht, und später fehlt die goldene Uhr, die du auf dem Tischchen liegengelassen hast. Doch stünde er auf einer Liste als Dieb, dann bitte schön, Herr Dieb, setzen Sie sich, Sie bekommen Kaffee und Kuchen, aber stehlen Sie nicht hier, nicht bei uns, wir wissen schon, wer und was Sie sind, wir könnten Sie bei der Polizei anzeigen, und das brächte einige Scherereien, für uns wie für Sie. Kein Mensch, der nicht auf irgendeiner Liste Platz fände, ob als so einer oder so einer, mich stört nur, daß es den, der entscheiden könnte, wo jemand hingehört, nicht gibt. Der kann sich auch mal irren, aber immer noch besser, als nicht zu wissen, wer wer ist. Ich meinerseits habe nichts zu fürchten, ich bin nicht verrückt, stehle nicht, habe gar keine Gelegenheit dazu, ich bin auch keine Jüdin, wie ich schon sagte. Was ist für den Menschen wichtiger, als amüsant zu sein, und daß er eine Geschichte schöner erzählen kann, als Maupassant sie geschrieben hat. In einem Buch steht fortwährend ein und dasselbe, er aber gibt jedesmal etwas dazu, hilft nach, so daß der verstorbene Schriftsteller ihm dankbar wäre wie einem Bruder. Zuerst denkst du, das ist derselbe Blödsinn über den Mann, die Frau und ihren Geliebten, doch er fügte einen Schneider ein, den es da vorher nie gegeben hat. Was stört es, daß er stets ein und dieselbe Begebenheit von einem Mädchen erzählt, von deren Freund und einem Postboten, der gar nicht hineingehört, wenns nur auf Teufel komm raus lustig ist und er weiß, wir hören ihm gern zu, auch wenn wir jeden seiner Witze wiedererkennen, noch ehe er angefangen hat. Lieber dieses Immergleiche als einer, der stets was Neues, doch völlig Uninteressantes bringt. Er hat etwas an sich, ich weiß nicht, wie ich es ausdrücken soll, und deswegen schlucke ich alles, als wäre es nichts. Ein anderer käme selbst mit einem schöneren Witz nicht durch, doch bei ihm toleriere ich alles, wegen dieser seiner Interessantheit, weshalb und wieso weiß ich nicht. Er setzt sich einfach hin, zieht den Cigaršpic hervor, stopft seine Zigarette hinein und beginnt zu erzählen. Kennen Sie vielleicht den mit dem Mädchen, ihrem Freund und dem Postboten. Bin ich denn wirklich so blöd, daß ich Ihnen diese Begebenheit von den dreien, die nicht miteinander verwandt sind, nie erzählt habe. Hören Sie zu, wie es gewesen ist. Man sollte mich wahrlich verprügeln, weil ich Ihnen nicht erzählt habe, was ich während meines Militärdienstes im kleinen Plaški gehört habe. Da hat einer von unseren Leuten erzählt, mehr ein Bosnier, aber vielleicht war er auch keiner, er war nur riesig, und statt zu sprechen, brüllte er. Was der alles für Geschichten kannte, krummes, krauses Zeug, ich hab nur viel davon vergessen, denn es war noch vor dem Krieg. Kann doch nicht möglich sein, daß ich Ihnen nicht von dem Postboten erzählt habe, der hereinkommt, und die beiden sind auf dem verfluchten Ottoman. Bin ich denn tatsächlich so ein Esel und habe Ihnen das nicht haarklein erzählt? Passen Sie auf, wie es war, es war so. Ich selbst wußte gar nichts davon, sondern habe es erst von jenem Brocken von Mensch in Plaški gehört. Zur Zeit des Militärdiensts, als wir beide Soldati warn. Solche Geschichten hörst du zuerst bei den Soldati, da gehen sie von Mund zu Mund. Hast nichts anderes, nur das. Der Blitz soll mich treffen, aber vor Plaški hatte ich nie davon gehört, und seither muß ich es jedem, den ich kenne, erzählen, täte mir leid, es nicht zu tun. Eine Geschichte ist nicht dazu da, für sich behalten zu werden, sie muß raus beim ersten besten, der gerade vorbeikommt. Kennen Sie tatsächlich nicht die Begebenheit mit den dreien, von denen zwei angeblich verlobt waren und der dritte nur die Post austrug? Das ist es ja gerade, daß die drei durch irgendein Spiel des Zufalls miteinander verbunden waren und nicht weil einer für den anderen ich weiß nicht was war. Ich kann mich nur nie an den Anfang erinnern und woher **PLÖTZLICH DER POSTBOTE** kam, warum er auf einmal in ihrem Zimmer stand. Wahrscheinlich wollte er ihnen einen Brief bringen oder eine Ansichtskarte von einem Verwandten aus einem andern Ort. Den Anfang habe ich eigentlich nicht dort bei der Armee in Plaški gehört, weil ich gerade auf dem Abort saß. Und als ich zurückkam, hatte der den Anfang schon erzählt, bis da, wo der Postbote schon im Zimmer neben dem Ottoman war. So fehlt mir immer die Einleitung, die müssen Sie sich selber vorstellen, da kann ich Ihnen nicht helfen. Das ist wie ein Fluch, daß ich auf den verfluchten Abort mußte, statt still zu sitzen und die Geschichte von Beginn an zu hören. Und statt daß mir die Soldati das Vorderste dazugesetzt hätten, schwieg jeder und tat, als ob ers nicht verstanden hätte. Sie sollten mir doch nur erklären, woher denn der verfluchte Postbote kam und wer ihn eingelassen hat. Und wer die beiden anderen waren und was daran komisch war und was nicht. Hören Sie, Herr Landsmann, regen Sie sich doch nicht auf. Erzählen Sie uns einfach, was Sie schon hundertmal erzählt haben. Fehlt etwas, so ergänzen wirs selbst. Wenn Sie nur so gut wären, uns wiederum das aus der Mitte zu erzählen, wo mir stets etwas entgeht. Das, als der Postbote schon da war und die dort auf dem Ottoman. Ständig fehlt da etwas, doch weiß ich nicht was. Kann mir nicht helfen, seien Sie so gut, damit ichs noch einmal höre und aufschreibe in mein Heft. So eine schöne Geschichte und wie in den Wind gesprochen. Aber sie ist es nicht, wenn Sie dieselbe Sache so oft allen und jedem erzählen. Ja, das ist ein Mensch, der mich auch im größten seelischen Schmerz rühren kann, auch beim schlimmsten Ärger, oder wenn ich falsch aufgestanden bin, mit dem linken Bein, und darum nicht alle Tassen im Schrank habe. Der unvergleichliche Herr Lancman. Deshalb findet er Einlaß in jede Gesellschaft, bei Alten wie bei Jungen. Ohne Ausnahme. Er kann sich ihrer kaum erwehren, so viele rufen ihn. Um Gottes willen, kommen Sie, erzählen Sie uns eine Ihrer schmierigen Geschichtchen. Und wie sehr er sich auch verteidigt, er wisse keine mehr, es hilft ihm nichts. Nur die eine, die er bei der Armee hörte, als er in Plaški gedient hat, noch vor dem Krieg. Nur die. Aber die wollen sie auch, welche denn sonst, die genügt doch. Er weiß aber nicht den Anfang. Das ist es ja gerade! Jede hat einen Anfang, doch sie möchten ja gerade die ohne, die aus der Mitte heraus. Nein, diesen Gauner kann man, was das Amüsement betrifft, tatsächlich mit niemandem vergleichen. Was ist Ronald Colman dagegen oder ein anderer Blödmann aus der Filmwelt. Alles vergeht, doch der Herr Freund mitsamt seinem Witz bleibt. Und hätte mir jemand vorher gesagt, ich möchte ein halbes Jahrhundert lang zu gerne ein und dieselbe dumme Geschichte hören, würd ich ihn für blöd erklärt haben. Wie er allein schon jede der Personen, von denen er erzählt, imitieren kann. Zart den Verlobten, mit Fistelstimme das Mädchen, obwohl die sich in schreckliche Sachen einläßt, und wenn der Postbote kommt, wird er vollends meschugge, so stark spielt er ihn. Einmal das Bäuerlein aus unserer Gegend, ein andermal den Bosnier und dann mal, als käme er vom Meer. Wie ein lebendiges Feuer! Schade, daß er nicht in einem richtigen Theater ist, sondern unter uns, die ihm seine verdiente glatte Eins gar nicht geben können. Was, ich bin langweilig? Sagen Sie nicht, ich störe Sie mit meiner Geschichte, der die Leute im ganzen Land zuhören, von unten bis oben und von da bis nach hierher. Im Café, in der Tram und in einer völlig unbekannten Gesellschaft. Zwischen unseren Leuten, den einfachen, die sich ein wenig Spaß und etwas seelische Erleichterung wünschen. Behaupten Sie vielleicht, ich belästige Sie mit den beiden und dem dritten, einem Postboten? Sagen Sies nur, und wenn ich auch nur ein Fünkchen langweilig sein sollte, werd ich Sie keine Minute länger stören, ich gehe dann in die große weite Welt hinaus, soll die Dunkelheit mich verschlingen, Sie sehen mich nimmer. Doch, sagen Sie nur, ich störe irgendwie, oder

Sie wollen das langweilige Fernsehprogramm sehen oder ein Buch von vor hundert Jahren lesen, in dem Sie aber nicht so lehrreiche und komische Sachen finden werden. Niemals. Doch wenn Sie insistieren, schweige ich und sage den ganzen Abend kein einziges Wort. Signalisieren Sies mir nur, dumm wärs, Ihnen aufs neue diese Begebenheit zu erzählen, wegen der ich in unserer ganzen Republik beliebt bin. Nein, wenn Sie nicht wollen, will ich auch nicht. Auch ich habe meinen Stolz, auch wenn man das nicht auf den ersten Blick sieht. Was ich überhaupt nicht mag, ist, Sie allein schon durch das, was ich erzähle, in Ihrer Haushaltstätigkeit zu stören, beim Bügeln, Marmeladeeinkochen oder solchen Dingen. Es würde mich sehr betrüben, ausgerechnet Ihnen nicht amüsant vorzukommen, allen andern dagegen schon. Hören Sie, ich kann das Ganze kürzen, allein schon, weil ich den Anfang nicht weiß, wegen der unglücklichen Begebenheit mit dem Abort. Die Mitte kennen Sie und damit das Lustigste und Unterhaltsamste, und das Ende kann ich ja überspringen. Aber ich sage Ihnen, Sie werden mich um das Ende anflehen, denn Sie wissen nicht, wohin mit sich und einer Geschichte, die weder Anfang noch Ende hat. Das kann sich verheerend auf die Nerven und die Verdauung auswirken. Oder aber ich geh Ihnen so auf den Wecker, bin eine solche Landplage, daß Sie aus der Haut fahren. In dem Fall würde ich sofort unterbrechen, und das nicht nur bei Ihnen, sondern nirgendwo mehr würde ich dieses verfluchte Begebnis erzählen, mit dem ich sowieso nichts zu schaffen habe. Ich habe das ja nur zufällig gehört in jener abscheulichen Soldatenrunde, in die mich die Hand des Schicksals als unschuldigen Jungen hineinstieß. Verflucht sei mein Gedächtnis, auf Schritt und Tritt nimmt es Rache an mir, hätte ich mir nur nicht das von der Mitte an gemerkt, dann wäre ich jetzt ruhig und würde nicht denken, ich störe Sie, obwohl ich erfreuen möchte. Aber ist es denn gesund, den lieben langen Tag in dies Gerät zu starren, wenn sich neben Ihnen ein lebendiges Wesen befindet, ein Zeuge der herrlichen Geschichte aus Soldatentagen? Ich möchte es gern nur noch einmal versuchen, aber gefällt es Ihnen nicht, können Sie mir einen Tritt geben, obzwar Sie ein krankes Bein haben. So ist seine Nettigkeit, sein Talent, aus nichts etwas zu machen. Das Fernsehen sollte ihn holen, um die Vorschau zu lesen oder anderes, und aus dem, was nicht lustig ist, würde er ein Affentheater machen, die ganze Welt würde sich totlachen. Geschätzte Zuschauer, seid nicht zu betrübt wegen dem Absturz des Flugzeugs voll unglücklicher Menschen, denn das geschah auf der anderen Seite des Globus, mit der wir nichts gemeinsam haben. Lassen Sie doch, heulen Sie nicht wegen den völlig unbekannten Beduinen, die außerdem steinalt waren und schon mit einem Bein im Grab. Statt Sie zu enervieren, lese ich Ihnen von einer neuen Entdeckung vor, die undurchlässige Krawatte, mit der können Sie ins Schwimmbecken springen, ihr passiert nichts. Pah, gäbe man ihm jede Woche nur fünf Minuten, sofort wäre es für alle leichter hinsichtlich Freude und Sehenswürdigkeiten. Ich bin stets in furchtbarer Angst gewesen, Danicas Nerven könnten versagen, und dann hätte sie gesagt, was sie will und was nicht. Sehen Sie denn nicht, Herr Genosse, wie Sie uns mit Ihrer immer gleichen Geschichte nerven, sogar ein Tauber würde durchdrehen, wie dann erst ich, die ich Ohren habe wie ein Luchs. Nehmen Sie doch Vernunft an, quälen Sie nicht meine unglückliche Mutter und das ganze Auditorium von früh bis spät, gehen Sie mal kurz nach Hause, wenigstens so lange, bis meine Mutter ein Glas Wasser ohne Ihre Vormundschaft getrunken hat, und dann kommen Sie zurück, wenns unbedingt sein muß. Was haben Sie, Frau Nachbarin, mit Ihrem unmöglichen Kleid da, haben Sie den Verstand verloren, bei dieser Hitze im gräßlichen Taft zu wandeln, fürchten Sie denn nicht, angesichts Ihres Alters, der Schlag könnte Sie treffen, außerdem ist keiner Ihrer Bediensteten da, halb so jung wie Sie, den Sie mit Ihrer Abendtoilette verführen können. Und warum riskieren Sie nicht eine kleine Operation, um diesen grausigen Knubbel auf der Nase wegzumachen, nicht mal wir, die wir nur auf eine halbe Stunde gekommen sind, mögen den mehr ansehen, und wie erst die bei Ihnen zu Hause, nicht auszudenken. Sagen Sie, unglückseliger Herr Bekannter, ist es wahr, was man sich über das Loch in Ihrer Kasse erzählt, und soll es nur ein Scherz sein, daß Ihre Frau Gemahlin mit einem angeblichen Verwandten nach Slowenien entschwand, oder ist das schreckliche Wirklichkeit? Zieren Sie sich doch nicht, mir können Sie alles sagen, ich schweige wie ein Grab, aber fragen muß ich, weil ich gern möchte, daß alles seine Ordnung hat und nichts in den Ecken herumliegt, alles von einer Glühbirne erleuchtet ist und nicht wie im Popo einer Alten, wo man die Hand vor Augen nicht sieht. Bemühen Sie sich ein wenig und erzählen Sie alle Einzelheiten Ihres Streits mit dem Richter, dem Inkassanten und dem Finanzinspektor und wie Sie aus dem Schlamassel herausgefunden haben. Ich halte es nicht aus, über den gräßlichen Fleck auf Ihrer Hose zu schweigen, und wie halten

Sie es nur eine ganze Woche in dem Hemd aus, der Kragen ist wie in Paprikaš getunkt, speckig, und Ihre Frau hätte Ihnen diesen dummen Strumpf längst stopfen sollen, wenigstens nach jenem verunglückten Ausflug, statt daß Sie fortwährend mit diesem Loch dahinten herumlaufen, das ist nicht grad lobenswert. Hören Sie, kommen Sie nicht noch einmal, wenn Sie eine halbe Stunde vorher Knoblauch gefressen haben und auf einen halben Kilometer wie ein Knoblauchkranz stinken, Sie wissen gut, meine arme Mutter kann sich nicht bewegen und vor Ihnen aus ihrem vermaledeiten Stuhl fliehen, bemühen Sie sich doch, regulieren Sie Ihre Špajzkarte, sonst werde ich verrückt. Mit welchem Recht sitzen Sie hier von früh bis spät und wiederholen wie ein Megaphon immer dasselbe. Nehmen Sie sich zusammen, obschon nicht mehr die Jüngsten, sind wir nicht aus Holz und auch nicht für die Mülltonne, wir brauchen uns nicht den ganzen Tag Dummheiten anzuhören, statt ein lehrreiches Buch zu lesen und Fernsehen zu schauen, wofür wir ja eigentlich leben. Also Danica kann mich wirklich vor einem Gast grenzenlos blamieren, einem, der gern erzählt, was ist oder nicht, als Gast hat er ein Anrecht darauf, und wir haben gefälligst zuzuhören und den Schnabel zu halten. Nicht mal eine halbe Stunde kann sie sich zurückhalten, bis der Unglückliche fort ist, sondern ihm immer feste direkt ins Gesicht, drum wärs viel besser, er käme überhaupt nicht, er nicht und niemand anderer, und wir blieben ewig allein, in Gottes Stille, die auch am besten zu uns paßt. Ich weiß nicht, was für eine Welt das ist, diese bürgerliche im allgemeinen, und wer sie diesen unvergleichlichen Šlif und Šnuf gelehrt hat. Zuerst, wie man das Empfangszimmer einrichtet, dann Eß-

und Schlafzimmer und am Ende das Bad und alle Nebenräume, alles wie am Schnürchen, du könntest es aufzeichnen. Nie haben die ein Špajzcimer ohne den großen Tisch mit mindestens acht Stühlen, die Uhr an der Wand und auf der Anrichte stets der Porzellanaufsatz mit Mürbegebäck, wunderbar zum Wein passend. Dazu Bilder der Verwandten in Goldrahmen, ein Baldachin überm Bett, Vorhänge an den Fenstern, so gestärkt, daß sie vor Steife beinah stehn. Und dann der Herr, wie fein er sich herrichtet, bevor er ins Büro geht. Nie ohne Gamaschen und Handschuhe, und ob er etwas hinkt oder nicht, in der Hand ist der Spazierstock, ganz aus Holz, nur der Kopf Elfenbein oder Imitation. Für jeden ist es am besten, in einer Familie zu leben, um nicht allein fressen zu müssen wie ein Tier, aus dem Papier, und später wischst du dir den Mund mit dem Ärmel ab und trinkst Wasser aus der Leitung, weil dich sowieso niemand sieht. Aber in einer Familie gibt es Tisch und Stühle, Teller, Servietten und Beštek. Einer allein mag nicht mal auf die Straße, sind sie aber fünf, sechs, spielen sie gleich Einundzwanzig, sprechen laut, gehen spazieren oder besuchen andere Familien. Im häuslichen Bereich ist alles fröhlicher, schöner und in Eintracht, auch wenn große Trauer entsteht, wenn jemand schnell wegstirbt, was nicht wiedergutzumachen ist. Da hats der Alleinstehende viel besser, ihm kann niemand wegsterben, außer er selber, und wenn das passiert, dann weiß er nichts davon. Ich bin durchwegs mehr für eine Gruppe, zuhauf sollte man schwatzen, fernsehen und kleine Gobelins sticken, obzwar, wenns zu viele werden, ists auch nicht gut für die Nerven, und man langweilt sich oft gegenseitig. Alles schön und gut, bloß sollten sie nicht alle naselang fragen, wie und was jener war, wo sie gewesen sind und wen sie getroffen haben und was jener gesagt hat. Bis das alles entwirrt und erzählt wurde, ist der Tag endgültig verloren. Denn alles, was geschah, wird verdoppelt und verdreifacht und ist nicht sehr unterhaltsam. Die Engländer sind von allen die Oberbelehrer: wie es in einer Familie auszusehen hat, wie man dem Vater guten Morgen sagt, der Mutter was Ähnliches, und andrerseits, was zu tun ist, kommst du stockbesoffen nach Hause und willst von nichts mehr was wissen. Das filmen sie wirklich tadellos. Die ganz natürliche Familie, keine Schauspieler. Gesagt wird nur, die leben halt, wie sie leben, und schämen sich nicht. Woraufhin der Sohn, der besoffen nach Hause gekommen ist, sofort ein Stück Tisch abbricht und dem alten Vater damit auf den Kopf haut, und die Mutter bugsiert er mit dem Fuß durch die Küche bis zum Sparherd. Die kleine Schwester wirft er aus dem Fenster, ist aber nicht hoch, erster Stock, und mit der älteren spricht er später, wer denn der Schuft im Haustor gewesen sei, und nächstes Mal solle sie gefälligst ihre Unterwäsche aufheben und nicht auf der Treppe liegenlassen, wo sie nichts zu suchen habe. Ist das zu Ende, geht er zurück ins Wirtshaus, sollen die andern zusehen, wer wen zuerst verarztet und tröstet. Erst dann erklärt der Filmer, der sich nicht eingemischt hat, wie es zu solchen Zuständen hat kommen können, damit jeder von uns versteht und zum Schluß alle zufrieden sind. Genauso, wenn ein Jockey beim Rennen vom Pferd stürzt, gleich fliegt er heran und fragt, hats weh getan, soll das Pferd mit dem gebrochenen Bein jetzt oder später erschossen werden, und der auf der Erde, mit blauen Flecken überall, sagt jetzt. Er taucht überall auf, wo dicke Luft ist, und hat ein Dieb die Bank beraubt, holt er ihn trotzdem in einem Hausflur ein und fragt, wieviel er geraubt hat und wo er so eine große Summe anlegen wird. Jeder kennt und schätzt ihn, niemand verweigert ihm eine Antwort, weder Reiter noch Dieb oder der rabiate Sohn dieser sowieso kaputten Familie. Woher hat er das nur? Woher nimmt er es? Das können wirklich nur die Engländer mit ihrer Kühlheit. Ein Sohn kehrt nach zwanzig Jahren aus Merika heim, küßt nicht die Mutter, sondern sagt, er müsse sich erst mal die Hände waschen. In allem sind sie so maßvoll, im Essen wie in dem anderen, sind ja darum auch so hager, außer Churchill, der konnte sich nicht zurückhalten, hat gefressen, was das Zeug hielt, damit Kraft da war, um die Reden im Parlament zu halten, vierundzwanzig Stunden ununterbrochen. Nie würde ein Engländer seinem Chef gestehen, was sich zwischen dessen Frau und dem feinen Herrn in Gamaschen abspielt, der ständig im Laden ist. Er könnte es sagen, denn sein Kassiererplatz ist denkbar der günstigste. Jeder muß zu ihm, schon um zu bezahlen, er aber sitzt nur da und linst nach allen Seiten. Dabei erhält er für diese Diskretion keinen Dinar. Was von seiten der Chefin auch nicht grad schön ist. Macht sie schon die Schweinereien mit dem feinen Herrn, könnte sie dem unglücklichen Kassierer wenigstens einen Zehner zustecken, der ist stumm, täte nie nichts sagen, die Haut könnten sie ihm abziehen. Ich soll gesehen haben, wie Herr Rafajlović den Ellbogen Ihrer geschätzten Gattin berührt hat? Gott bewahre. Meine Aufgabe ist, das Geld zu zählen, und nicht, der gnädigen Frau nachzuspionieren, deren Brot ich esse. Habe nichts gesehen, die schrecklichen Lügen nicht geglaubt, die ein Produkt des Neides Ihrer Konkurrenten sind. Sie ist rein wie eine Träne, das garantiere ich Ihnen als Kassierer und treuster Diener vom ersten Tag an. Nein und nein. Würden Sie mir sagen, ich sündigte nach der Arbeit mit einem Mädchen im Biergarten, das könnte ich Ihnen gleich gestehen wie einem Vater. Aber sie, sie nicht, sie hat nichts zu gestehen, schlagen Sie sie nicht für nichts und wieder nichts. Und das Tuch, das sie verlor, habe ich neben der Kasse gefunden, sie ließ es zufällig fallen in diesem Weihnachtsgedränge mit den verfluchten und uneinsichtigen Kunden. Sie, Herr Chef, könnten mir aber gestehen, Sie hätten die Volksbank ausgeraubt, wären mit einem Tišler und Špengler in einer Verschwörung gegen den Staat und in einer Liebesbeziehung zu der unglücklichen Gymnasiastin aus gutem Hause, von mir würde keiner ein Wort vernehmen. Weil ich zu schätzen weiß, daß Sie mich als Kassierer genommen haben, trotz meiner mißlichen Vergangenheit, in der ich so oft unschuldig ins Kittchen geworfen wurde. Ja, der ist ein Mensch und nicht meine verrückte Danica, der ich kein Wort sagen kann, ohne daß sie es nicht im ganzen Haus herumposaunt, von oben bis unten. Pah, und wer hätte gedacht, was man alles machen kann mit Hilfe einer Maschine und deren Griffen, Schrauben und anderen Metallteilen. Alles zusammen ähnelt sehr einem Menschen mit seinen Gelenken, nur gehts viel schneller. Dazu das Gerassel, doch das muß man in Kauf nehmen dank der großen Hilfe bei jeder Art von Arbeit. Würde ein Toter aus der Frühzeit auferstehen, der wüßte nicht, was das sein soll, ein Raubtier oder etwas anderes Widernatürliches, und finge sie zu arbeiten an, wäre der schneller verschwunden, als er gekommen ist. Doch wer erklärt mir, wer diese Menge an Werkzeugen aus purem Eisen und Blech erfunden hat, du kannst dich daran schneiden, wenn du nicht aufpaßt, aber sie sind nützlich beim Einschlagen von Nägeln in die Wand oder um einen alten Stuhl auseinanderzunehmen fürs Feuermachen im Šparherd. Und der Hammer, die Axt, der Besenstiel, dann der Schneebesen, eine Waage für Kartoffeln und Menschen, das Fernglas, der Blitzableiter, die Messer fürs Brot und fürs Beinabnehmen, die Strommaschine für Epileptiker, die Eisenbahn, der Aeroplan, das Morsegerät für Namenstaggratulationen nach Merika, die Uhr mit unzähligen Rädchen, von denen dir der Kopf brummt, die Glühbirne, die Grubenlampe, unverlöschlich, Vergrößerungsglas, Schere, Treppengeländer, Lastenaufzug, Personenaufzug, Schlüssel, Schloß, Manikircajg, damit du nicht mit Vampirkrallen rumläufst, Cigaršpic, das Hörgerät, um beim Husten die Lungen zu behorchen, Draisine, Klokette, Reibe, Waschbrett, Sicherheitsnadeln, Knöpfe, große, kleine, ohne die wir wie ohne Hand und Fuß wären, die Krücke fürs gebrochene Schienbein, der Lautšpreher beim Reden auf dem Bahnhof, Schlittschuhe, obwohl nicht so wichtig außer für die Russen, die Zange, um den faulen Zahn zu ziehen, das Lornjon der einstigen alten Jungfern, Feder und Halter, die Piepe für Wasser und Wein, der Rajsveršlus, der wirklich Wunder wirkt, weil er im Nu öffnet und schließt, Koffer klein und groß, denn wer könnte alles in Händen oder Netzen tragen, das Rouleau gegen die Sonne vorm Geschäft, die Kasse mit dem Geld, die Büchse für alles, was sonst rumliegen würde, das Kino, um all das anzuschauen – wer hat wohl das alles erfunden, muß ein Kopf gewesen sein wie ein Globus, wenn nicht größer. Manchmal zeigen sie auch, wie was funktioniert und was zu was gehört und wozu es auf der Welt ist. Und erst die Kleidung, Mantel und Hosen und Rock, vom Unterzeug ganz zu schweigen. Und aus diesen Lappen, zu nichts nutze, können sie flugs einen Frack für den Präsidenten heften und schneidern, ein Kleid für die Fürstin und Hosen für einen elenden Bergmann. Noch ein Käppi für den Kopf, dann freu dich des Lebens! Aber ohne dieses gingen einer wie der andere nackt, Minister oder Hirt, auch wenn das Wetter nicht immer danach ist. Welche Schande, wenn der Tisch niedriger und die Stühle höher wären, wie könnte man denn sitzen und essen, nicht auszudenken! So aber ist alles an seinem Platz, du führst nicht den Löffel ins Ohr, außer wenn du nicht aufpaßt. Auch freu ich mich sehr auf mein Bett, nach der Sitzerei den ganzen Tag, aber was, wenn sie es bis heute nicht erfunden hätten, wohinein dann? Im Film habe ich oft gesehen, wie eine daliegt und sich enerviert, unvorstellbar für mich, im Bett liegen ist ja das Schönste, was es gibt, aber sie ist verzweifelt, und nur, weil sie der undankbare Zuschneider verlassen hat. Deshalb sorge ich mich immer, was der Wirt mit den vorbereiteten Speisen macht, wenn niemand kommt, der sie aufißt. Er kann sie doch nicht drei Tage später verkaufen, das wär schon charakterlos, jeder würde merken, wie sie stinken, und das Herz, sie dem Hund zu geben, hat er auch nicht, alles war viel zu teuer. Leicht für den, der nur Sliwowitz und ähnliches verkauft. Diese verfluchten Getränke halten ein halbes Jahrhundert und werden nicht sauer, aber koch mal Porree und laß ihn nur bis morgen stehen. Reiner Dreck. Ich bin so, alles soll an seinem Platz sein, Geld in der Kasse, Porree im Bauch und Zufriedenheit in jedem Menschen. Wie bei dem hier, was hat der nicht alles gefilmt, dicke Millionäre und rollernde Kinder, Zukkerbäcker und Nonnen, unschuldige Artisten, fröhliche Barbiere, dumme Boxer und einen Mann, der um ein Stück Brot bettelt und weiß, niemand wird es ihm geben, die verrückte Studentin, die raucht und sich bewußt ist, daß es ihr schadet, einen Tschechen, einen Schriftsteller, eine Pianistin, alle mager, weil sie sich nicht gut verkaufen, schlechte Zeiten, schlechter Staat, Berlin und Umgebung. Braut und Bräutigam kann ich mir noch vorstellen, auch die Verlobte oder den Hausherrn mit der Kasse, damit die auch im Bild ist, aber wie kam er nur auf die Idee, den Hungerleider an der Ecke oder die schreckliche alte Jungfer unterm Regenschirm aufzunehmen! Wer soll sich das ansehen, nicht mal ihre Mutter würde es wollen. Auch wenn das alles sehr lehrreich ist und für mich wertvoller als die dummen Zeitungen, aus denen nur Namen und Zahlen zu ersehen sind, dagegen ist dies doch wie lebendig. Ohne die mit dem Gestell und dem Kasten, wo sie stets den Kopf unters schwarze Kleidchen stecken, wüßte ich nicht, wie man sich vor hundert Jahren an jenem Fluß in Merika vergnügt hat, wie dort die Läden aussahen, die Firmen, der Platz, die Volksschule und der Gesangsverein, die Mädchen mit ihren Handarbeiten, der dreistöckige Bus, die fröhlichen Soldati und ihre Umzüge, die Taucher, die Badenden und die verrückten Tennisspielerinnen, die Topfflicker und die Straßenflicker, der Unglückliche, der wegen seines eingegangenen Lokals eine Annonce aufgibt, ich wüßte nicht, wenn ein Zug verunglückt, ein Heißluftballon aufsteigt, die Streikenden sich prügeln, ein General erschossen wird. Verbrecher, ordentlich photographiert im Sarg, **SARAH BERNHARDT AM FENSTER** mit einer Plastik, eine Dame mit Sonnenschirm beim Domino am Tisch oder der Entdecker, während er ein Heilmittel entdeckt, der Indianer, die neunjährige Leprakranke und der arme Chinese, unten auf dem Boden Opium rauchend, oben auf dem Mast der Matrose, der Maharadža Holkar, von dem nicht mal die Knochen übrig sind, aber ich kann ihn immer noch sehen, sie müssen nur das Photo zeigen. Wir sind viel glücklicher, weil wir von heute und nicht von früher sind, wo es nichts gab. Herr Hookers, Herr Taylor, Herr Darwin und Herr Carlyle. Graue Altertümer. Herr Herschel und seine Augen, ihm besser nicht im Dunkeln begegnen. Dann die wunderschöne Helen Terry, eine ungepflückte Knopse. Und erst May Prinsep, solche Mädchen gibts nicht mehr. Diese Verträumtheit und der Teint, Milch und Butter in einem. Es kommt mir dumm vor, wenn sie den reichen Sohn, der alles besitzt, als armen Bettler am Wegrand photographieren, als Jesus vor der Kirche oder jungen Johannes den Täufer, aber der weiß davon nichts. Mancher treibt es mit den eigenen Kindern, und niemand belangt ihn. Wenn ich sehen muß, wie ein Elender verurteilt wird, weil er was Fremdes eingesteckt oder den unschuldigen Postboten wegen der Posttasche erwürgt hat, weiß ich sofort, für wen ich bin, für den mürrischen Staatsanwalt oder für den Verteidiger, ein feiner junger Mann, er lächelt die ganze Zeit und sagt, sein Klient sei völlig durchgedreht. Und in der Tat, der Unglückliche, der die Anklagebank drückt, faltet die ganze Zeit Papierschiffchen, zieht vor allen Leuten die Schuhe aus, zeigt, wie die Zehen aus den Strümpfen lugen, und kann nicht aufhören zu lachen. Wer kann so wahnsinnig sein und ihn verurteilen und in Arrest stecken, damit er auch da Schiffchen aus Staatspapieren baut, soll er lieber gleich nach Hause, seine Papiere zerreißen und seine Leute zum Lachen bringen, nicht aber die anständigen Menschen in den Gefängnissen, denen nicht danach zumute ist. Am liebsten ist mir, wenn alle richtig verteilt werden, die Irren in die Irrenanstalt, die Mörder ins Zuchthaus, und wir anderen sind zu Hause, damit wir uns das Ganze im Fauteuil bei einem Täßchen Kaffee ansehen. Ich merke, daß sich die ganze Welt dahingehend entwickelt, und das freut mich, ich werde mich nicht enervieren wie meine verrückte Danica, wenn jemandem vor aller Augen der Kopf abgeschlagen wird. Sie könnte in den Fernseher kriechen, so sehr echauffiert sie sich, ich aber gar nicht – als ob ich zugucke, wie ein Hähnchen geschlachtet wird, denn ich weiß, das Urteil ist bis auf den I-Punkt gerecht, so auch im Fall des Verrückten, der im Gerichtssaal Schiffchen faltet. Natürlich kann es passieren, daß der Richter später durch die Straßen läuft und sich an die Brust schlägt, ja Mutter mein, ein Unschuldiger wurde gehängt, oder der angeblich Irre mit den Schiffchen hat aufs neue die Staatskasse bis auf den letzten Dinar ausgeraubt, aber das sind Ausnahmefälle, deshalb darf nicht die ganze Schuld den unglücklichen Richtern aufgehalst werden, ihr Beruf ist schwerer als der vom Tagelöhner am Bahndamm. Ich erschaure jedesmal, wenn ich das Großstadtleben sehe, wo alles läuft wie am Schnürchen, obwohl ein Gedränge und Gewühle herrscht, daß auch die Jüngeren es kaum schaffen, alles zu tun und überall zu sein. Kaum hat sich der Kellner von der Verlobten getrennt, da ist er schon dort, im letzten Augenblick, wo er Bier und Butterbrote herumzutragen hat, und der Wirt im Eingang, die Zigarre im Mund, ist nicht wahnsinnig geworden inzwischen. Nur die Schürze um, und schon läuft er einen bedienen, der bereits sternhagelvoll ist, aber mehr will, und des Kellners Sache ist nicht, ihm Gutes zu wünschen, sondern einen Dinar Tringelt rauszuholen, soll der im Graben oder im Sarg landen, ist ihm egal. Die Verlobte ist währenddessen in die andere Richtung gerast, hat sich als Telephonistin auf ihren Stuhl gesetzt, noch aufgewühlt vom Geknutsche im Hausflur vorhin, ruft sie sofort andere Städte an und verbindet irgendwelche Müßiggänger, die auf die Entfernung so viel Unsinn reden, daß ihr ganz schlecht wird davon. Genauso machens die Kontrolleure im Bus, die Platzanweiserinnen im Kino, wo die Hälfte überhaupt nicht den Film ansieht, sondern jeder irgendwo mit seiner schmust, nicht zum Hinschauen. Wer hat wohl alles so geordnet, daß es zusammenstimmt, niemand zu spät kommt, und wenn, sich dann brav entschuldigt, und gleich wird ihm verziehen, nur damit es nicht noch mal vorkommt? Das ist wirklich vom klügsten Menschen ersonnen, alles auf einem Haufen, brauchst nirgendwohin reisen, weißt alles, hast alles. Im Laden einkaufen, im Kino Filme sehen, in der Schule lernen. Die Bank, die Post, eine Uhr, die tickt, was willst du mehr. Reise- und Photobedarf, ein Juwelier und ein Kürschner, und wenn es dann noch einen An- und Verkauf gibt, einen Herren- und Damenšnajder, eine Parfümerie und einen Eisenwarenladen, was willst du mehr. Nur mußt du aufpassen, wenn du einkaufen gehst, ein Schloß oder Fajercajg oder eine Klinge gegens Hühneraug, daß dich kein Auto umfährt, das aber nicht schuld ist, wenn du nicht achtgibst. Oder jemand nimmt dir dein Geldtascherl weg, während du dich im Laden umschaust und selbst nicht weißt, weshalb du hereingekommen bist. Oder du paßt nicht auf beim Wechselgeld und bekommst mehr zurück, als du gegeben hast, was auch nicht anständig wäre. Oder du rennst ins Kino, aber den dummen Film hast du schon vor einer Woche gesehen, hast ihn, Teufel noch mal, schon vergessen. Das sind die kleinen Fallen des Großstadtlebens, du bewältigst sie nur, wenn du klug bist und deine Gedanken beisammen hältst. Hundertmal habe ich Danica diesbezüglich belehrt, aber trotzdem verliert sie das Geldtascherl, und der Absatz bricht ihr ab, schaffts so kaum nach Hause, der Schornsteinfeger wirft sie mit seiner Leiter um, und sie taucht im weißen Kleid kohlrabenschwarz hier auf. Sie soll sich im Lift nicht mit den letzten Halunken rumzanken, die selbst nicht wissen, wohin sie wollen, vielleicht zum obersten Stock, und sie soll nicht jedes Stück Papier von der Treppe aufsammeln, auch sonst wischt und räumt niemand auf. Das ständige Gejammer, die Parfümerie Luksol ist fort und sogar Sava Ivanić, der Rasierklingen verkaufte, als ob sie die bräuchte. Wozu benötigt sie den Krawattenkönig Dragi Stanković und Eliot Fišer, der einst die Undervud-Schreibmaschinen verkauft hat. Sie zählt sie nur auf und klagt, doch kaufen tut sie nur Brot und Milch, zwei Schritt von hier. Am liebsten würde ich ihr einen **FÜHRER DURCH BELGRAD** schreiben in Wort und Bild. Wo welche Brücke, welche Behörde und wie die Kinos heißen, mit Zahlen, eine für die Tram Numero zwo, die andere für das Dampfbad, die dritte fürs ehemalige Kino Uranija. In diesem Dreieck hat man alles beisammen. Lebte unser unglückseliger Lazo noch, der hier jede Ecke und jeden Kellner kannte, ihr würdet alles finden, aber ich kann damit nicht dienen. Die Stadt ist dafür gemacht, daß alles bei der Hand ist und schön nah, nicht, daß ihr über Berg und Tal müßt nur wegen eines Schlucks Mineralwasser. Eine Großstadt, die ihresgleichen sucht. Wie ich sie von früher kenne, ist sie auch heute noch. Kronprinzenplatz, Anglotschechische und Prager Bank, die Versicherung Jugoslavija, Palast und Restoran Kasino, der Turnerbund Sokol und das Justizministerium. Alles auf einem Haufen, an einer Stelle, und von dort zwischen zwei wunderbaren Hotels hindurch der Blick nach unten auf die Sava. Hier auf unserer Seite die Volksbank und die Akademie, die Französische Botschaft in reinem weißen Marmor, die vorbildliche Promenade Kalimegdan, das Münster mit seinem Turm, der Pavillon Cvijetas Zuzorić, das Denkmal des klugen Dositej Obradović und des Botanikprofessors Pančić, der sogar in Bronze eine Lupe hält, nur um besser zu sehen, daneben das Staatsmonopol, die wunderbaren Geschäfte und Cafés, die unserem Lazo nachweinen, die Menschenmassen, die Leute und Kinder, das Hauptstadtleben. Dann Richtung Stadtmitte die Zeitungsredaktionen, die ehemaligen und heutigen, das Handwerkerheim, das Veteranenheim, die Agrarwirtschaftliche mit Haftung, die Tschechische Botschaft, Filipovićs Eisenwarenhandlung, das eine und das zweite Schloß, das Haus Ristić, das Parlament, das größte, welches ich kenne. Und schließlich die zwei, drei Straßen, die sich vor unserer Nase kreuzen, das reicht, um hundert Jahre hier zu leben, wenn sie dich nur nicht umtopfen, und gesund mußt du bleiben. Könnte ich meine verrückte Danica überreden, sich hinzusetzen und die blöden Bilder aus Merika von vor dem Krieg zu genießen! Ists nicht herrlich, wie sie sechs Tage hintereinanderweg tanzen, nur einen Kaffee trinken, eine kurze Dusche nehmen, und wer durchhält, nicht tot umfällt, der kriegt einen Hungerlohn, um die schreckliche Teuerung überleben zu können. Jeder wird direkt auf der Straße photographiert, der schwarze Sänger mit Gamaschen, der Reiche, der das wunderschöne Halbweltmädchen geheiratet hat, und der Pilot, der mit dem Aeroplan ins Meer stürzte, aber am Leben blieb. Alle rauchen, die Kerle und die Weiber, sie baden im Bassin wie Filmdivas, sind aber keine. Die damalige Hutmode, wie Nachttöpfe, das brauchte Courage, sie aufzusetzen, aber bis das zu uns kam, zehn Jahre später, hatten sich alle dran gewöhnt und niemand schämte sich mehr. Wettbewerbe im Haareschneiden und Wellenlegen, wer zuerst fertig ist, nicht meine Sache, ich muß mich nicht kahlscheren lassen wegen ihrem Höllentempo. Jede Dummheit wird angekündigt als wie vom Allerfeinsten, aber zu Hause zerfällt die Schachtel in ihre Einzelteilchen, und dir bleibt der Müll. Du solltest lernen, was alles bei den wahnsinnigen Ausverkäufen passieren kann, und nicht wie eine Irre hinstürzen, als gäbs alles für umsonst. Ich würde diese dämliche Bluse und diese allermiserabelsten Strümpfe umkrempeln, ob sie innen nicht zerrissen und aufgetrennt, sie sind ja beinah geschenkt. Würde Danica wenigstens den Sport lieben, vor allem die Tennisspielerinnen, die so schön sind, wie es schöner nicht geht, aber nein, statt dessen: was sucht die denn auf dem blöden Viereck in ihrem weißen Hochzeitsdress, und was fuchteln die mit ihren Schlägern herum, aber die Ärmel zerreißen nicht dabei. Eine Zeitlang durfte niemand ein Štamperl Schnaps trinken, gleich ab in den Arrest, die Frauen mußten den Flachmann im Brusthalter tragen, und rühr sie dann an, wenn du darfst, auch wenn du Polizist bist. Die göttliche Greta, in wie vielen Betten war sie wohl, aber immer Jungfrau, ich bewundere es, wie sie nur widerstehen konnte. Und erst in Deutschland, wo jeder Teufel, der auf die Straße heraustritt, den ersten besten, der daherkommt, erschießt. Gleich nachdem er sich zum Präsidenten erklärt hat, murksen sie ihn ab oder werfen ihn aus dem dritten Stock wie einen Sack Kartoffeln. Sofort setzt ein anderer die Rede fort, auf dem Balkon oben, weiß aber nicht, was ihn erwartet, denn sie hatten ihn im Badezimmer eingesperrt, während der erste runtergeworfen wurde, was sie dem aber nicht erzählt haben. Soviel Volk, so viele Leute, aber was richten sie alles an. Heben den Rock des jüdischen Mädchens und befriedigen sich, werfen alle Bücher auf einen Haufen und verbrennen sie, angeblich frieren sie, aber wer sollte sie auch lesen, ist ja gotische Schrift. Solche Sachen und solch ein Ungemach gabs wahrlich nicht einmal bei uns, so was nicht. Seliger Hitler, wieviel Frauen haben ihm höchste Treue geschworen, und eine hat ihre Bluse geöffnet, um sich ihm völlig ganz zu zeigen. Der hat aber viele Briefe erhalten von den verrückten Deutschfrauen, eine Unmasse, wäre er am Leben geblieben, hätte er sie am warmen Ofen dreihundert Jahre lang lesen können, doch der Teufel ließ ihm keine Ruh, er hatte auch keine Nerven für das viele Lesen. Die Deutschen, zuerst alle mit Käppis, den Arbeitermützen, später in Halbzylindern und am Ende mit Helmen, das hat sie den Kopf gekostet. Die Frauen, zuerst alle blondiert, mit Wellen und dummen Haarfransen, später mit Kopftuch wie die Bauersfrauen, ein Bündel in der Hand, darin ein Stück Brot und ein alter Handschuh zum Verkaufen. Jeder

Umsturz bedeutet zuerst Blut und barfüßige Kinder, das ist sehr aufregend, aber nachher fahren sie nur auf Lastwagen von einem Ende zum andern, als würden alle umziehen, keiner zufrieden da, wo er sich befindet, aber wo sie hinziehen, dort fließt wohl Milch und Honig. Nur müssen vorher einige Millionen Menschen ins Jenseits befördert werden, wer wird sonst diese Menge Leute durchfüttern, denen auch schon alles egal ist. Viele sind ohne Uniform, tragen nur Hut und Überzieher, das nackte Gewehr auf der Schulter, und fröhlich ist das Wanderleben. Weiß nicht, warum die Hüte bei dem Gerenne nicht runterfallen, während sie die nackten und widerwärtigen Offissiere vor der Mauer erschießen. So weit ist es schon, aber plötzlich, wie aus heiterem Himmel, erschießen sie einen Minister, der im Café Kaffee trinkt und raucht. Aber der hätte auch mal überlegen können, wo er sich hinsetzt und seine Zigarre und den Šlagobers genießt. Später sind alle fröhlich, winken wie wahnsinnig, damit die Welt sie sieht, auch ich, von hier aus, wo ich bin. Die Welt ist klein geworden, sie findet in einer Schürze Platz, alles ist zum Greifen nah. Ich bin sicher, dieser ganze Zirkus wird einmal vorbei sein und jeder wird Brot und Butter haben, fingerdick aufgestrichen. Am meisten Freude machen mir die Frauen in ihren wunderbaren Pelzmänteln, ich kenne sie nicht, aber sie sehen auf die getöteten, zerfetzten Gendarmen hinunter, die auf dem Weg liegen. Dann klettern sie auf ein Klavier oder eine Kiste und grüßen von dort. Wenn du das Tag für Tag siehst, wird es so normal, wie ein Glas Wasser zu trinken, und wenn es denen gutgeht, dann auch mir. Und was ist nicht alles in diesem Jahrhundert erdacht worden, damit du dich überall und an jedem Ort zu Hause fühlst! Haben sie nicht auch das Coupé im Zug zusammengefügt: das Bett und das kleine Lavabo zum Händewaschen, das Gepäcknetz und die Bremsen, und die Birne, um den Šundroman zu lesen vorm Einschlafen, und das alles auf so einem Stückchen Platz, man könnte meinen, zu klein für eine Ziege oder ein Huhn, aber es paßt alles hinein. Und hättest du Geld, dies alles zu mieten, und dazu noch ein wunderschönes Mädel, welches Lust hat, hui, dann ab nach Paris oder wohin sonst es dich zieht, du müßtest dich nicht mehr zwischen die unrasierten Bauern quetschen oder neben den Arbeiter, der nach Eisen stinkt, sondern gleich hoppla in den Pyjama und ins Bett, der Schlafwagenschaffner soll sehen, wo er bleibt. Oder das herrliche Leben in einem Restoran. Jeder sitzt auf seinem Platz, bindet sich ordentlich die Serviette um, danach wartest du, bis sich der überaus beflissene Kellner bis zum Boden verneigt, als wollte er justament jetzt eine Symphonie von Tschaikowski dirigieren. Du bestellst, was dein Herz begehrt, und dich kümmert nicht, ob der Unglücklichen dort hinten die Mehlschwitze anbrennen wird, denn das ist ihr Problem und Risiko. Andere bringen das Essen und noch andere die Getränke, und wünschst du einen dreißig Jahre alten Wein, sie werden ihn beschaffen. Soviel Publikum muß gesättigt werden, aber nicht mit Hast und Getöse, jeder bekommt seins auf den Teller, und nicht wer die Gans wollte, dem wird das Ferkelfüßchen untergeschoben oder umgekehrt. Dasselbe gilt fürs Zahlen. Keiner sagt mißgestimmt, ach, wie teuer oder ob er in zwei Raten zahlen könne und ähnliche Dummheiten, nein, jeder zieht umstandslos das Portemonnaie, als wäre Zahlen ein persönliches Privileg und nicht eine Geißel Gottes für den Armen, doch der geht glücklicherweise nicht in so ein Lokal. Auch die Kellner beweisen beim Bezahlen Kultur, als sei es ihr Café, vom Großvater geerbt, und als müßten sie nicht der Köchin über jede Haxe Rechnung ablegen, und nur das Tringelt ist für sie. Ein Glück, daß ich nicht mehr gehen kann, das erspart mir die Scherereien mit Danica, die aber glücklicherweise solche Orte auch nicht aufsucht. Ich weiß schon, was von ihr kommen würde, sieh doch, wie sie alle gleich aussehen in ihren Fräcken, und sieh doch, wie sie den ekligen Fisch durch den ganzen Saal tragen, ihr würde sich der Magen umdrehen, und dann, was ist das für ein Salat, alles durcheinander verrührt, und was kostet das und dies – es wäre wirklich nicht auszuhalten. Aber so, im Film, können sie sich ja vor ihren Bemerkungen retten, sie bleiben am Leben, hören sie ja nicht, denn die sind dort, aber wir zwei hier. Stellen Sie sich vor, wie es war, als es die Post noch nicht gab, ein Diener hätte sich erbarmen müssen, um den Zettel irgendwohin zu bringen, drei Tage wie ein Irrer auf dem Pferd. Doch wie fern ist Merika und die Tante, der du zum Namenstag gratulieren mußt! Der auf dem Pferd würde nicht vorm nächsten Sommer ankommen, aber da gäb es **KEINE SPUR MEHR VON DER TANTE**, erst recht nicht vom Festtag. Man hätte auch eine Taube verwenden können, doch nicht jeder Vogel ist so verrückt, dorthin zu gehen, wohin du ihn schickst, nein, ein wenig hierhin und dahin, dann findet sie eine, die ihr ähnlich ist, sitzt eine Weile auf den Eiern, und dein Brief unter ihrem Flügel ist schon völlig zerknittert. Doch auch wenn sie weitergewollt hätte, wäre ihr das Tier mit menschlichem Antlitz begegnet und hätte einen

Braten aus ihr gemacht und mit deinem Papier das abscheuliche Feuer. Doch heute nicht mehr als eine Marke, Stempel, ein schöner, duftender Umschlag, und ab die Post! Und sollte er bei jemand landen, für den er nicht bestimmt ist, wird der den Brief voller Geheimnisse, nachdem er ihn gelesen hat, umtüten und zurückschicken, ihn nicht vernichten oder anderswie verlorengehen lassen. Und alles deshalb, weil sich ein gewisser Herr Hill, Engländer, und ein Herr Bishop, auch Engländer, und zwei, drei aus der Schweiz und Portugal getroffen und besprochen haben, wie es zu sein hat und daß jeder Brief und was in ihm steht ein Heiligtum ist und nicht vorgelesen und sein Inhalt danach noch verspottet werden darf. Deshalb liebe ich es, wenn gezeigt wird, wie ein kleines Kind Papier und Federhalter nimmt, dem Vater nach Deutschland schreibt, ihm alles sagt, was zu sagen ist über die Mutter, das Huhn und den schrecklichen Schnee, der gefallen ist. Alles der Reihe nach, und später lernt es noch, wie die Marke aufgeklebt wird, mit wenig Spucke, und wie es das Ganze in den kleinen Kasten in der Post stecken muß, damit alles wie Gott befohlen vonstatten geht. Wem ist das nur eingefallen! Der Kalender, die Maße, Posttarife, der Telegraph, Zoll, die Gesetze. Denkt euch, das gäbe es nicht, in welcher Verwirrung würden wir leben. Ist Mai oder nicht Mai, wieviel Uhr haben wir, wieviel kostet dies und wieviel das! Jeder könnte fordern, was ihm einfiele, und zahl du nur, wenn du blöd bist! Jeder würde über die Grenze fahren, ohne den Finanzern was anzugeben, und wovon würden die dann mit ihren zahlreichen Familien leben? Du kannst nicht eine Lokomotive in Einzelteilen und in kleinen Koffern rübertragen, kannst nur mehrmals hin- und herfahren. Oder du versuchst, einen Goldbarren von hundert Kilo einzuführen, den zwei Träger schleppen, die glauben, das sei gewöhnliches Gußeisen für die Schienen. Doch auch der, der kontrolliert, ist nicht auf den Kopf gefallen, er kratzt ein wenig, und sofort wirds darunter gelb. Und du, du hast von nichts gewußt, beim Ausschank im Café haben sie es dir als Eisen deklariert, aber du wirst das zurückbringen, sie haben dich nur ausgenutzt. Oder wenn es keine Polizei gäbe. Das wäre ein schöner Schlamassel. Jeder tötet und beraubt jeden, und die, die auf der Polizeistation sein sollten, sitzen zu Hause und putzen sich die Fingernägel. Oder sie sind auf der Durchreise mit der Schwester der Frau und dem Schwager, während hier der schlimmste Aufstand tobt: eingeschlagene Schaufenster, Schweinereien an die Zäune geschmiert und die Notdurft auf dem Hauptplatz verrichtet. Aber Gottseidank ist alles geordnet und jedes Ding in seiner Schatulle. Mußt sie nur öffnen, und du findest, was du suchst. Wer mag diese Organisation von ganz unten bis zum höchsten Sitz fertiggebracht haben, und zwar mit Hilfe eines in drei Farben gezeichneten Plans, der uns vor allem gerettet hat. Wieviel muß geschrieben und eingraviert werden, damit du weißt, in der und der Wohnung ist der und der Professor und in dieser Schachtel so und so ein Hut! Und unter jener Adresse wohnt dann nicht ein Habenichts und in der Schachtel nicht die giftigste Viper. Also alles an seinem Ort, wie aufgeschrieben! Ich glaube daran und wurde bis jetzt nicht betrogen. Das gleiche gilt für ein x-beliebiges Büro, ein Klo oder eine Garnspule mit der und der Nummer. Stellen Sie sich vor, die Feuerwache kündigt plötzlich den Gehorsam auf, weil das Telephon kaputt oder der

Kommandant eingeschlafen ist und vergessen hat, Alarm zu geben. Immer wird gezeigt, wie sie den ganzen Tag herumsitzen und Schach spielen, sich gegenseitig die Hühneraugen schneiden oder Mensch-ärgere-dich-nicht spielen, bis sie vor Nervosität durchdrehen, weil es nirgendwo brennt. Aber wenn es losgeht, was dann? Jeder fällt auf die Knie und fleht, helft, liebe Menschen und Brüder, der Stall brennt nieder oder das Geschäft oder die Staatsdruckerei oder was sonst noch brennen kann. Erst da zeigt sich, wie es sich nicht auszahlt, sie den lieben langen Tag Schach spielen und die Hühneraugen pflegen zu lassen. Dasselbe gilt für die, die in der Bank arbeiten, im Leihhaus, bei der Post oder an sonst einer verdammten Stelle, wo du was erbittest oder darauf wartest, daß deinem Gesuch stattgegeben wird. Aber gäb es sie nicht, wie würdest du deinen Hungerlohn bekommen, wie dem Nachbarn ein Beileidstelegramm schicken und, im schlimmsten Fall, wie könntest du für den uralten Mantel, den du bei der Hitze sowieso nicht brauchst, einen Dinar für Brot und Milch bekommen? Wo würdest du Geld auftreiben, durch welchen alten Gauner deinen Brief befördern, und daß du den alten Mantel womöglich noch auf der Straße verkaufen müßtest, darüber rede ich gar nicht, das spricht für sich. Ganz hin bin ich, wenn endlich die wunderbaren Säle und Treppen gezeigt werden, die künstlichen Palmen und die Bilder der ehemaligen Direktoren, die das alles angeschafft haben. Es braucht Verstand, die Schalterhalle in Einklang zu bringen mit den entzückenden Mädchen in kurzen Röcken, die deren ohnehin schwere Arbeit noch mehr betonen. Jeder dort hat sein Fach, den Namen im Register, alles ordentlich nach dem Alphabet von A bis Ž. Schon deshalb, damit nicht alles auf einem Haufen ist, wer würde sonst die dreizehnstellige dumme Nummer finden, gäbe es nicht die Reihenfolge und die Schächtelchen, eines für jeden Buchstaben. Wie wäre sonst Uskoković neben Vaksler und Ulrih und Pupsić und Pavasović zu finden? Unsere Namen sind schon so die unsinnigsten auf der Welt, und was erst, falls ungeordnet. Doch so ist jeder in seinem Fach, und ist noch eine Summe da, die du abheben kannst, so stempelt das Mädchen nur, daß du sie abgehoben hast, und wieso dann nicht noch einmal, oder das Doppelte, noch besser! Genauso mit der Polizei. Gott bewahre, du schlägst ein Schaufenster ein, trittst jemandem zufällig auf den Fuß oder drückst dich im Café schlecht aus: sie haben längst alles aufgenommen und vollständig kartographiert. Darum kannst du ruhig sitzen bleiben im Wirtshaus, das Register denkt an dich, es würde dich auch unter der Erde finden, außer du bist nicht von hier, niemand hat dich gesehen, oder du hast es gar nicht getan. Tatsächlich gibt es Büros und Dienstleistungen, die du nie kennenlernst, bevor es nicht brenzlig wird und du sie brauchst wie der Verdurstende das Wasser. Dann kommen sie wie gerufen, retten dich aus den Flammen im obersten Stock oder bringen die verstopfte Vaserlajtung in Ordnung, die das ganze Haus überschwemmt hat, oder tragen den schon totenstarren Onkel fort, der nicht mehr bei dir bleiben kann, weil sein Platz nun anderswo ist. Von der kleinen Fähre angefangen, die Wagen, Pferde und ein paar Leute über den stillen Fluß setzt, bis zum erbärmlichen Lift, der im Nu mit vier, fünf Leuten, zu allem bereit, nach oben abhebt, wurde dies alles in der ganzen Welt so vereinbart und geordnet, und Hut ab vor dem, der das zuerst eingeführt hat, dies als erster aufzeichnete und erst danach begann, es auszuführen. Jedesmal, wenn eine neue Maschine gezeigt wird, damit wir lernen, wie sie zu handhaben ist, und wir die Hand nicht dort reinstecken, wo mans nicht soll, weil sie einem durchgeschnitten würde wie Papier, notiere ich mir alles, damit ich weiß, wie damit umgehen, und das sage ich auch anderen weiter, wenn sie mir zuhören wollen. Ebenso in der Geldfabrik und der Münze. Weiß zwar nicht, was ich dort zu suchen hätte, rühr mich sowieso nicht aus diesem Stuhl, trotzdem ist gut zu wissen, nicht die Hand da reinstecken, wo die schön gebügelten Geldscheine der Hunderttausender geschnitten werden, und Gott bewahre nie da rein, wo das Eisen noch ganz rot und glühend ist. Sonst müßtest du betteln gehen auf der Straße, obwohl du nicht im Krieg warst und nicht im Aeroplan, der aus unermeßlicher Höhe herunterfiel. Aber es ist auch schön, die verschiedenen Temperamente zu sehen, eins so, das andere so. Jeder Mensch hat einen Štih, auch der größte. Das muß von Fall zu Fall dargestellt werden, damit du dich danach benehmen kannst. Der eine naiv, der andere eifersüchtig, der dritte neidisch. Die sieben Todsünden und die vielen kleineren. Der eine erhält Geld aus einer Kasse, dem anderen läuft das Wasser im Munde zusammen. Oder ein Mann spioniert seiner leichtgläubigen Gattin hinterher, die in eine Buchhandlung geht, wo der ungeduldige Verführer auf sie wartet. Wichtig sind nicht die beiden, sondern der, der sich enerviert, während er sie beobachtet. Und das ist derselbe Schauspieler, der in der Bank den Neid gespielt hat. Dann erschreckt ihn angeblich der Löwe, obwohl der ordentlich im Käfig sitzt. Dann, wie er zittert und große Angst hat. Andrerseits spielt er manchmal die Fürsorge, hilft einem Blinden über die Straße, kauft ihm drüben noch ein Eis und das neueste Rätselheft, wär nur jemand da, der helfen könnte, es zu lösen. Vom Wahnsinnigen, der seine Frau im Buchladen erwürgt, bis zu diesem Engel in Menschengestalt! Wie der das alles spielt und imitiert, jedem ist sofort klar, was er uns darstellen will. Und nicht wie im Theater, die ereifern sich drei Stunden bei einem Baum oder im herrlichen Park: wird er sich umbringen oder wird er nicht, sie liebt ihn, liebt ihn nicht, er will das dicke Buch lesen, hat aber keine Brille, du kriegst schon Junge beim Warten auf die Entscheidung! Lies doch, oder wirf das Buch in den See, kleb doch der blöden Gans eine, die deinen Liebesbrief nicht beantwortet, oder knie nieder und erflehe ihre Gnade. Was ich überhaupt nicht vertrage, ist die Ungewißheit, im Theater wie im Leben. Darum ist einer, der verschiedene Menschen und ihre Temperamente spielt, der Beste und verdient die höchste Note. Zartheit, Grobheit, Erpressung, der schreckliche Lebensüberdruß, oder ein Faulpelz, der Mißmut oder die Sanftheit, das sollte sofort und anschaulich zu erkennen sein. Und erst die Sprachen. Jeder seine eigene und nicht alle auf einmal wie das liebe Vieh. Der Engländer Englisch, der Hindu Hinduistisch und wir ein wenig unsere, etwas Ungarisch, bißchen Deutsch. Wunderbar erfunden, so daß der Schuft, der Dieb und der ihm nicht Zugeneigte nichts verstehen. Und könnten noch die Türken ihre unmögliche Schrift ändern, Gott helfe dem Kemal Pascha, und hätte ich eine Bekannte in der Türkei und könnte Türkisch und wollte ihr was mitteilen, so würde ich ihr alles in unserer Schrift aufschreiben, und sie würde mich verstehen. Alles verändert sich bei der Menschheit zum Guten, und ich sitze nur, schaue zu und bin voller Bewunderung. Eigentlich verstehe ich nicht, warum es stört, wenn einer ein wenig beschränkt ist oder auf eigene Faust handelt. Nicht gerade völlig verrückt, das nicht, dann könnte er dich nur aus Jux mit dem Bügeleisen erschlagen oder unter die Trambahn schubsen, so schlimm lieber nicht, aber wäre er nur etwas anders als wir, das würde mich wirklich freuen. Aber am besten ist es, zwischen Büchern zu sitzen, eigenen oder wenigstens fremden, und sich vom Morgengrauen bis zur Dunkelheit mit der Wissenschaft zu beschäftigen. Seht doch, wie viele Gelehrte es gibt, unsere und andere, und wie viele Entdeckungen sie mit sich herumtragen, und fragst du einen, holt er einen Zettel raus und sagt, na, viel Glück damit. Zuerst Tesla, der die Glühbirne und das elektrische Bügeleisen erfunden hat und den Schirm für diese Birne und das Küchenhockerl zum Draufsitzen und das Kartoffelschälmesser, von dem die Schalen direkt in eine Schachtel fallen, die Kartoffel aber ganz bleibt und überall geschält ist. Dann Branko Polić aus Valjevo, auch unser Mann, er stellte das enigmatische Wörterbuch zusammen und wurde deshalb Präsident der Gesellschaft «Der Knoten», außerdem konstruierte er das magische Quadrat fünf mal fünf, das in den nächsten fünfzig Jahren niemand wird lösen können, keiner von uns, keiner von den anderen. Danach kommt Edison, den ich nicht gleich nach Tesla nennen darf, sonst gäbs ein großes Unglück wie zu ihren Lebzeiten. Und Selman Waksman, zwei Herren wohl, hatten ja eine so glückliche Hand, sie fanden im ärgsten Schimmel die beste Medizin. Wäre das nur fünfzig Jahre früher gewesen, dann hätten sie auch meinem unglückseligen Dušan helfen können, der ja ihr Kollege war. Bei uns wurde auch oft was schimmlig, aber nichts geschah, doch die, weil sie Juden waren und es ihnen leid tat, altes Brot wegzuwerfen, hoben es tagelang auf, heute werfen wirs nicht weg, morgen auch nicht, bis sich einer entschloß, daran zu knabbern, und davon wurde er ein völlig anderer Mensch. Ich weiß nur nicht, woher diese Entdecker wissen, was eine Medizin ist und was das schlimmste Gift gegen die Kakerlaken. Wieso wissen Sie, Herr Miller, daß man Ihr schreckliches Pulver DiDiTi nicht mit dem Löffel kosten darf, wie Soda bicarbona, sondern daß man Flöhe und Mücken damit umbringt. Von wem haben Sie das, wenn nicht vom lieben Herrgott, der alles weiß, bevor jemand anderer es herausfindet. Pah, auch die beschaffen sich doch von irgendwoher diese Masse, unzerstörbar, Perlon oder Bakelit, aus nichts gemacht, wirklich. Oder der neunmalkluge Herr Clarges, der mit Hilfe der eigenen Graphologie jede Handschrift lesen konnte. Meine ist Gottseidank immer noch leserlich, leserlicher gehts nicht, doch stellen Sie sich vor, was für eine Klaue mancher Apotheker hat, wo das Leben am seidenen Faden hängt, oder der Präsident: hat er die Begnadigung nun unterschrieben oder nicht, der Herr Clarges sieht nur hin und sagt ja, und der Unglückliche, dem schon um ein Haar das Beil drohte, wird auf der Stelle freigelassen. Oder die sich entschließen, den höchsten Gipfel der Welt zu erklimmen, und oben erwartet sie das reine Honigschlecken, nein, das nicht. Und die Entscheidung, so eine lange Strecke durch Afrika zu bauen, durch das ganze Sambesi, ist auch ein großes Risiko, größer als groß. Die Schwarzen dürfen nicht fahren, weil sie

Angst haben, Weiße gibt es keine, nur zwei, drei, außerdem sind sie durch die Bank Popen, die haltens lieber zu Fuß und mit dem Gebet. Wem dient sie nur? Dem Löwen oder Känguruh, das kommt aber immer als erstes an, weils ja diese Sprungfederbeine besitzt. Von anderen Entdeckungen ist das Telephon am wichtigsten, wenn du es zu gebrauchen weißt und nicht gerade einer Bekannten den ganzen Film erzählst, während ein anderer die Feuerwehr nicht erreicht, weil sein Haus am Niederbrennen ist. Zum Telegraphen sage ich nichts, mir will nicht in den Kopf, daß hier Buchstaben gedruckt werden, und dieselben kommen in einer Sekunde dort in Merika raus. Hervorheben würde ich die Entdeckung gegen Zugzusammenstöße von Herrn Mohar, beschäftigungslos, und Hubaček, eigentlich Šnajder. Sie sollen ein kleines Gerät haben, das den Zusammenstoß vom einen mit dem anderen nicht erlaubt, sondern vorher pfeifts, damit alle es merken und beizeiten aus dem Fenster springen. Nur glaubt ihnen niemand, keiner will was davon wissen, dabei gehen täglich in ähnlichen Fällen Hunderte von Leuten zu Bruch. Die Gebrüder Čolić aus Batajnica behaupten, sie hätten ein Gerät für die elektrische Mühle erfunden, doch man hat sie gleich rausgeworfen und ihnen gesagt, die Mühle drehe sich auch ohne sie und ihre Entdeckung – sie würde vielleicht nur alles kaputtmachen und der Strom den unschuldigen Müller töten. Herr Adam Rap, den ich seinerzeit persönlich gekannt habe, erfand eine Patenthacke zum Säen, konnte sie aber nicht aufzeichnen und erklären, worin seine Entdeckung bestand und warum die Leute nicht mehr wie früher mit der Hacke arbeiten sollten, er konnte sich kaum oder nur mit Beistand eines Bekannten vor den Schlägen der Polizei im Patentamt retten. Ich würde mich nie hinsetzen und einen Schwachsinn entdecken, wenn ich sehe, wie es unsern besten Köpfen und den fremden bei solchen Experimenten ergangen ist. Sie haben kein Glück, kein Familienleben, und daran wird sich auf ewig nichts ändern. Deshalb schätze ich die Wissenschaftler, die heutigen wie die ehemaligen. An nichts erkennen sie, woher die Winde wehen, verstehen das grausige Gemisch von warm und kalt, erklären die Kraft des Donners und des Blitzes, den Grund für den Schnee im Winter, den Regen im Sommer, beobachten die Natur, die Besonderheiten des Mondes, wie schnell der Merkur wandert, wie segensreich die Venus ist, all die klugen und weisen Begebenheiten, mit denen sie ihre dicken Bücher füllen, und ist es dann verwunderlich, daß sie etwas verträumt sind und ohne Schlips und zweiten Pantoffel auf die Straße gehen, da für sie nur die Arbeit zählt und ihre Papiere. Ja, selbst ich, die aufpaßt, wie ich angezogen bin, daß kein Schnürsenkel runterhängt, das Kleid nicht falsch rum sitzt, ob ich zerzaust, zu stark geschminkt, zuviel gepudert bin wie eine Larve oder der dumme August, sogar ich, wäre ich Wissenschaftlerin, käme vielleicht nicht dazu, mich zu pflegen, wäre eventuell im tagtäglichen Umgang genauso unterbelichtet wie die.

DER UNGLÜCKLICHE ALFRED NOBEL, der das Schießpulver erfunden hat, durch das schon die halbe Welt in die Luft geflogen ist, der verteilt Medaillen an die Besten in ihrem Fach, doch er schämt sich, das sieht man, wegen des Anfangs mit dem Schießpulver. Er wußte selber nicht, daß es zur Explosion kommen würde beim Experiment im Badezimmer, und doch ists passiert. Besonders schade, daß es die treue Köchin und den Gärtner in Stücke riß, aber die Wissenschaft fordert Opfer. Der Größte jedoch ist, der zusätzlich jede Leere füllen kann, nicht vom einen zum andern springt, sondern etwas dazwischenliegt, kaum merklich, oder einer, der das Verwirrte in irgendeine Ordnung bringt, das Verknäuelte entknäuelt, den Knoten durchschneidet mit dem Schwert oder einer Erklärung und, was im Dunkel liegt, beleuchtet. Damit auch die Blinden sehen, wo ein Ding steht und wie es heißt. Dasselbe würde ich hinsichtlich der Medizin sagen, von der verstehe ich was durch meinen Gatten selig, einem Arzt der alten Zeit. Was sie sich alles ausgedacht haben, um den Menschen zu reparieren, sogar den Teil, der am wenigsten zu sehen ist, hinter einem Knochen versteckt, nicht mal im Traum konnte man früher bis zu ihm vordringen. Aber nun diese winzigsten Geräte, mit denen man gerade die klitzekleinste Krankheit im letzten Winkel des menschlichen Körpers erreicht und rausreißt, ohne daß rundherum ein Millimeter zerstört wird. Und trotzdem, diese unglückseligen Wissenschaftler. Was fängt ein Gelehrter an, der weiß, er müßte Gelehrter sein, aber wie und was für einer, darüber hat noch nie jemand etwas geschrieben. Das ist zum eigenhändig Erwürgen. Die Wissenschaft vom Nichts, unter Zuhilfenahme von nichts. Die Forschung von dem und dem Professor, aufgrund der Erforschung des Nichts. Sehen Sie nur diese Bescheidenheit, diese Einsicht. Aus nichts etwas. Nur durch viel Sicflajš und einige Notizen, die sich in zig Jahren angesammelt haben. Er fand es, als er auf dem Klo eine Annonce las. Forscher gesucht, der in einer noch unerforschten Wissenschaft forscht. Das gab ihm den Anstoß: Ähnlich wie bei Newton, dem der Apfel auf den Kopf gefallen ist. Perpetuum mobile und der Lehrsatz des Pythagoras. Alles im Nu. Später mußte er es nur vor der gelehrten Gesellschaft ausführen. Jede vorherige Wissenschaft fußt auf etwas, das ist kein Witz. Was weiß war, ist schwarz und umgekehrt. Diese Extreme erklären alles. Nur müssen wir sie mit anderen Augen ansehen, einer anderen Idee. Ein neuer Mensch war dazu nötig, unter neuen Bedingungen erzogen und in einer neuen Art von Erneuerung. Wovon handelt unser Gebiet? Davon, daß man kein anderes, kein früheres, überhaupt keins in Betracht zieht. Eigentlich Forschung außerhalb jedes Forschens und deshalb über beidem stehend. Ein leichtes, den Apfel durchzuschneiden, die Kerne zu zählen, ebenso mit dem Wasser, erst einfrieren, dann bei hundert Grad zum Kochen bringen. Kann selbst ein kleines Kind. Hier aber gibt es kein Wasser, kein Eis, keinen Apfel. Nur das gewöhnlichste Nachdenken, deshalb ganz ungewöhnlich. Sein ganzer Vortrag ist so. Weder zeichnet er an der Tafel, noch macht er ein Experiment, durch das der ganze Saal in die Luft fliegen könnte. Er zählt nichts mit den Fingern auf, noch kämmt er sich, um vorzuführen, wie elektrisiert das Haar ist. Nein. Nur mit Worten, die nichts bezeichnen. Worte über Wörter. Soviel Phantasie, mir brummt der Kopf. Wir alle seien Wissenschaftler, nur hat es uns niemand gesagt. Jeder könnte darauf kommen, würde man ihn nur anstupsen. Ein gewöhnlicher Tišler käme darauf, würde er nur einmal sein Geschäft und die Hobelbank vernachlässigen. Nur so. Sich den Kopf zerbrechen, aber über anderes als die Arbeit. Viele Dichter waren einmal Kolporteure und Portiers in Portierslogen in Hotels. Daher ihre Menschenkenntnis, ohne die nichts möglich ist. In der

Wissenschaft dasselbe. Der Forscher muß vorher tüchtig in der Erde wühlen, um die eigene Idee auszugraben, sonst ist alles für die Katz. Wer in Pantoffeln im eigenen Zimmer sitzt, kann nur etwas über den Gebrauch von Pantoffeln im eigenen Zimmer schreiben. Andrerseits habe ich nichts gegen die vielen Wissenschaftler, die im Zimmer sitzen und die unmöglichsten Dinge erfinden, eins wie das andere noch unerfunden. Ihr Glück, daß viel Notwendiges noch fehlt, so aber setzen sie sich hin, denken nach und sagen, ich mach das und du jenes. Herr Marconi, Italiener, den Telegraphendraht, die Gebrüder Wright den Aeroplan, Doktor Freud das, wovon ein Kluger verrückt wird, und Herr Krupp, wie man Geld scheffelt. Jeder in seinem Eck und doch alle verbunden, damit nicht zwei dasselbe erfinden, weil es ja so vieles gibt, was noch niemand gefunden hat. Wollen Sie, Herr Doktor, die Irren, ich möchte das Eisen. Gern, antwortet der Doktor, und Sie könnten die ultraviolette Lampe erfinden und Sie ein besseres Gillette, wenn ich mir im Moment der Depression den Bart abrasieren möchte. Und sie alle vertragen sich ja so gut, keiner trotzt dem andern in nichts. Nein, ich will für dich eben nicht diese Lampe konstruieren, auch wenn du das Augenlicht verlieren solltest und ständig in dies dumme Buch starrst, welches du geschrieben hast, eigenhändig, weil du nichts Vernünftigeres zu tun hattest. Keiner droht, er würde den andern blöd dasitzen lassen, sollte der von seiner vielen Arbeit in der Fabrik durchdrehen, und ihn nicht gegen Wahnsinn impfen, obwohl er es könnte. Nein, so nicht, auch wenn sie Todfeinde wären, daraus ersieht man das Große in einem Menschen, indem er über alles hinwegsieht, auch wenn einer ein Deutscher ist, der andere Jude und der dritte aus dem schwachen Dänemark. Ach, ich erinnere mich an meinen guten Dušan, dem der Arzt Béla Schick telegraphiert hatte, bitte, darf ich den Impfstoff gegen Diphtherie erfinden. Aber warum nicht, lieber Herr Schick, ich freue mich, ich kann ihn nicht erfinden, weil es in unserem verfluchten Grunt kein Vergrößerungsglas oder ähnliches gibt, durch das wir sehen könnten, wie sich das Teufelszeug kringelt. Etwa in diesem Sinn. Oder Herr B. Willstätter, der ihn um Erlaubnis gefragt hat, ob er die Bestandteile des Chlorophylls entdecken dürfe. Dušan hat das alles sehr interessiert und er hats jedem erlaubt, aber seinerseits versprochen, sollte einer von ihnen hinfallen, sich das Knie aufschlagen oder Kopfweh haben, dann würde er ihnen sofort Verbandszeug schicken und vom unbedenklichen Pulver gegen den Schmerz in den Schläfen. Nur, sind Sie wirklich sicher, daß Sie noch einen Planeten entdeckt haben? Um Gottes willen, haben Sie sich nicht geirrt, das wär eine große Blamage, vielleicht wollte Sie jemand zum Narren halten und hat außen auf die Linse, durch die Sie schauen, einen kleinen Punkt gezeichnet. Mich persönlich würde das freuen, doch hören Sie, nicht jeden Tag wird etwas entdeckt, sehen Sie gut hin, zählen Sie alles nach, ob Sie nicht geirrt haben oder Ihnen in diesem Moment ein Stäubchen ins Auge gefallen ist, es täte mir leid, wenn man Sie später an den Pranger stellen würde als Hochstapler oder Tausendkinstler, was ich Ihnen nicht im Traum wünschen möchte. Sie kennen ja unser Volk, es erfindet nichts, wartet nur, bis jemand sagt, er habe was erfunden, hatte aber Pech, war gar keine Erfindung, es schien ihm nur so. Dann aber hagelts Steine auf ihn herab, obwohl er Wissenschaftler von Weltruhm ist plus allem, was dazugehört. Aber sieh nur, jetzt werden alle Entdecker nebeneinander bei ihrem Treffen im teuersten Hotel photographiert. Wenn auch nicht oben, wo du gleich das ganze Appartement für den Tag und die Nacht zahlen mußt, sondern unten im Café, wo du einen Himbeersaft trinkst und dir noch Geld bleibt für die Heimfahrt mit der Trambahn. Herr Zeiss, der Brillenentdecker, Gott helf ihm, Herr Kodak mit seinem Knipsapparat, Herr Pulitzer, Erfinder des Preises mit dem eigenen Namen, und jeder bedrängt den andern mit tausend Fragen. Wie ist der bloß drauf gekommen, diese Brille zu erfinden, wo er selber doch auch viel darüber nachgedacht hat, einmal, als er Schnupfen hatte. Und richtig, was für ein Teufelskerl, sich einen Preis unter Zuhilfenahme des eigenen Namens auszudenken. Er gibt nur das Geld, und die andern feiern und loben ihn bis an sein Lebensende. Alle sind fröhlicher, als ich dachte, essen und trinken nach Herzenslust, zwicken auch mal eine vom Nachtprogramm auf der Bühne, und ich dachte immer, die sitzen nur in ihrem verfluchten Kabinett und zeichnen, radieren, zeichnen aufs neue. Menschen aus Fleisch und Blut, hochzufrieden mit dem allgemeinen Lauf der Dinge. Am meisten Herr Hugo Junkers, der einen Aeroplan konstruiert hat, in dem acht Pferde und vierzig Soldati Platz finden samt ihrem Gepäck. Zu Ehren derer, die besser sind als alle anderen. Weiter und besser als jeder andere. Für den Ersten auf der Welt, den Sieger im Knödelessen, den olympischen Rekordler, obzwar der Rekord nicht anerkannt wurde durch die höchste Instanz, den König der Einheit und Befreiung und Wohltäter der Kleinkinder. Der Heimatscholle. Dem betrunkenen Glas für das Banat. Der Märtyrerstadt, der Hauptstadt.

Den Mutigen, aber Unbekannten. Die mutiger sind als alle, doch anonym bleiben, weil sie sich dafür entschieden haben. Ja und noch mal ja. Dem unbekannten Helden, der, bekannt geworden, nicht das geworden wäre, was er wurde. Dem darin liegenden Geheimnis, denn ein Name bedeutet nichts. Ein Psalm für die geliebte Person, die das überhaupt nicht verdient. Dem Kämpfer, Künstler und Menschen, dem Besten in ihm, von dem er selber nichts weiß. Für die guten Eigenschaften, die über die schlechten obsiegen. Ohne einen Schimmer von Mißgunst oder Neid. Fangen sie damit an, möchte ich am liebsten heulen, doch dann würde ich nichts mehr sehen, weil alles trüb wäre. Manche Menschen bedauere ich wirklich wegen ihres Ruhms. Von früh bis spät werden sie gequält, was sie hierüber und darüber denken, ob sies so sagen würden oder so. Ist jemand schon zu solchen Ehren gekommen, sollten sie ihn in Ruhe lassen, das wäre der größte Lohn und nicht das Hinundhergezerre den ganzen Tag und das wüste Herumphotographieren. Jeder arbeitet dafür, eines Tages nach nichts mehr gefragt zu werden und nicht umgekehrt, damit er ruhig über die Felder spaziere und nicht mit Trotteln über was rede, über was er nicht muß. Drum seid glücklich, daß ihr nicht berühmt seid, sondern zu Hause sitzt statt in der Fremde, bei der eigenen Arbeit und nicht bei einer öffentlichen. Ich soll berühmt sein wollen, aber ich bitte Sie, antwortet er. Das interessiert mich überhaupt nicht. Sie möchten mein Kind für die Zeitung ablichten, ja bitte, das wird die Kleine sehr freuen, aber ich möchte nicht, wirklich nicht. Ich soll bei diesem Treffen erscheinen, vor so vielen Leuten und mit solchem Pomp? Das entspricht mir nicht, ich bin bescheiden, hab nicht im Traum daran gedacht. Auf die Titelseite soll ich? Das muß ein Irrtum sein, ein tragisches Mißverständnis der Druckerei, sie hatten das Photo des Richtigen nicht und nahmen meins, das niemandem etwas bedeutet. Ich bin auch nicht photogen. Weniger als jeder Dahergelaufene, die Leute werden euch auslachen wegen diesem katastrophalen Fehler. Für mich gibts keinen Grund, berühmt zu sein, ich hab ein Pferdegesicht, die Schrift eines Erstkläßlers, kann keine zweistelligen Zahlen addieren, kenne nicht die Hälfte der europäischen Hauptstädte, war in keiner Geheimorganisation, habe keine Geheimakte im hohlen Zahn gefunden, gab dem Kind des Špenglers nicht das Losungswort für die Köchin des Schornsteinfegers, nichts dergleichen! Ich bin ein einfacher Mann, ohne feste Existenz, sehr unglücklich und unbeliebt, warum weiß ich nicht. Obwohl, stets habe ich mir gewünscht, wertvolle und berühmte Leute zu kennen, haufenweise. Das gibts nur in Merika, da sind auf einem Photo Lindbergh, der Besieger des Ozeans, und Sacco und Vanzetti, später wegen nichts bestialisch ermordet, und Susy Dewey, bekannt nur als Tochter des reichsten Mannes der Hauptstadt. Ich würde noch Lillian Boyer dazutun, sie hing als erste Frau unterm Aeroplan, hielt sich nur an einer Stange fest, aber stellen Sie sich vor, die wäre gebrochen! Und Herrn John Held, der die Annoncen für Puder oder Kölnisch Wasser gezeichnet hat, aber auf das ganze achtstöckige Gebäude, nicht auf eine Briefmarke. Zuletzt noch Clara Bow, die jedes Mannsbild verführte, während sie im Bett gefilmt wurde, aus dem sie nicht rauswollte, eh sie sich nicht ausgetobt hatte. An der Haltung, wie sich einer photographieren läßt, errate ich, was für ein

Mensch das ist. Ein Schriftsteller lehnt meist mit dem Ellbogen auf dem Tisch, etwas rückwärts gewandt, weil er mit einem andern Schriftsteller spricht, der sein Kollege ist. Häufig im Frack, aber manch einer, D'Annunzio zum Beispiel, lieber in Stiefeln, mit so einer Glatze, zornig und schön, zu Pferde. Doktor Schweitzer zwischen den Leprakranken, die ihn alle anfassen, aber er bekommt nichts, weil er neun Leben hat und sich vorher mit Fett einschmierte. Pasteur zwischen tollwütigen Hunden, aber auch er hat sich vorher abgesichert und sich die gräßliche Spritze mitten in den Bauch gestochen. Zerfetzen könnten sie ihn, doch passieren wird ihm nichts. Zinka Kunc beim Klavier, Heddy Lamar nackt im Bad, Sassonow auf dem Pferd, das hats schwer, der Herr ist sehr dick. Kitchener, Engländer, mit seiner Trompete, weil er jedem gern ins Ohr bläst, auf in den Krieg, auch wenn er fallen muß. Natürlich kann so ein Tee nicht ohne die schöne Suzanne Lenglen stattfinden, die Tennisspielerin in kleinen weißen Höschen, so süß, zum Auffressen. Im Café muß sie nicht den Schläger schwingen, es würde nur der herrliche Luster zu Bruch gehen, sie sollten ihr auch so glauben, daß sie einen weiteren Pokal gewonnen hat, und am Ende trinken sie daraus einen Schluck Champagner ihr zu Ehren. Und diejenigen, die keinen Pokal und keinen Preis gewonnen haben, sitzen auch in einer Ecke, sind auch eingeladen und bekommen zum Trost eine weiße Nelke ans Revers. Denn haben sie jetzt nicht gewonnen, wirds im nächsten Jahr geschehen, die Gerechtigkeit ist nicht blind, jeder kommt mal an die Reihe, jeder erhält Gelegenheit, sich auszuzeichnen, auch wenn ers nicht unbedingt verdient, Satisfaktion wird ihm gewährt. Diese Jury, niemals möcht ich in dieser Jury sein, denn jeder, bis auf einen, haßt dich, und der arbeitet unter schlimmsten Bedingungen, doch so gerecht, ich muß ihn einfach bewundern. Nicht daß ihm jemand zuflüstern würde, sehen Sie doch meinen Neffen, seine Beschreibung von Herbst samt Winter ist wirklich gut, und nicht, weil ich sein Onkel bin, Sie werden ja selbst sehen, und ich würde Sie dann, im Rahmen meiner bescheidenen Möglichkeiten, nicht vergessen. Oder die Tante der außergewöhnlich schönen Koloratursängerin droht sich auf offener Bühne zu erschießen, falls die Kleine nicht den Pokal gewinnt, auch wenn die Tante schon vorher, jener Eventualität wegen, ihren schrecklichen kleinen Damenrevolver gegen einen ganz gleichen getauscht hat, nur ist der wassergeladen. Hören Sie, wir wissen, Sie haben Ihren Kandidaten, der gesamten Bevölkerung ist er bekannt, doch geben Sie sich trotzdem Mühe und sehen Sie sich auch die Handarbeiten der anderen Prätendenten an, wunderbare Stücke, man leckt sich die Finger danach, es ist wahrhaftig nicht leicht, so jung und mit so bescheidenen Vorkenntnissen eine Garnitur für zwölf Personen zu häkeln, noch dazu als Mann. Küren Sie doch die mit dieser Figur, so was sieht man nur noch im Film, sonst wählen Sie wie jeder x-beliebige. Fragen Sie den erstbesten Straßenkehrer oder den zerstreuten Professor, der sich nicht mal seine Schnürsenkel binden kann, und Sie werden die gleiche Antwort erhalten. Nein, die und nur die. Oder wollen Sie einen Weltskandal? Anders die zur Wahl des Besten vom Besten Berufenen, eine echte Sisyphusarbeit, die Achillesferse jedes Menschen, der Stolperstein für seinen Charakter. Sie ähnelt der Arbeit des Ehrengerichts von Handwerkern und anderen, bedeutenderen Ständen. Wie konnte er sich nur der Blamage aussetzen, sich von den eigenen Kollegen richten zu lassen wegen der verfluchten Ehre, die sie nun wiegen müssen, ob sie so eine oder so eine ist. Weder kann man das, noch gibt es etwas zu wiegen, alles ist ja Luft, nur denkt eben einer dies, der andere das über ihn. Niemand ist ein Heiliger, wir sind alle nur Menschen, ein Mann müßte einen anderen Mann verstehen, seine manchmal tierischen Triebe, die ihn überwältigten. Nehmen Sie Platz und sagen Sie uns alles, was Sie in jenem Hausflur gemacht haben, obwohl das in keinem Zusammenhang mit Ihrem Beruf als Fabrikant, Ingenieur und Autor der wunderbaren Dissertation steht. Wir sind Ihnen sehr zugetan, Sie müssen nur dies unglückselige Mädchen widerlegen, sicher wurde sie durch fremde Hand in das Abenteuer gestoßen, Sie müssen das nur bezeugen und bei Ihrem Buch schwören, dann wird alles vergessen sein. Das bewundere ich, diesen Wunsch, einen Menschen aus dem Dreck zu ziehn, das hätten sie nicht nötig gehabt. Jeder möchte ihn noch tiefer nach unten stoßen, doch das Menschliche in ihnen erlaubt das nicht, außerdem ist es nicht schön, einen so talentierten Menschen auf ewig zugrunde zu richten. Nein, wir erlauben das nicht, nein und abermals nein, uns ist jedes seiner Worte wertvoller als die ganzen Aussagen des verrückten Mädchens, das niemanden hat. Dies muß man wissen, obwohl auch für uns, was geschehen, schrecklich ist, doch was vorbei ist, ist vorbei. Mir gefallen auch die Zusammenkünfte in anderen Städten, es stimmt, diese Leute sind keine Stubenhocker, aus London und Pest reisen sie sonstwohin, nach München zur Konferenz, nur ist das leider nichts für die in München, denn die sind sowieso schon dort. Darum gehen besser alle irgendwohin, woher niemand kommt, damit alle zufrieden sind. Begnadete Persönlichkeiten und neunmalkluge Gelehrte, die ihre Arbeit und Papiere im Stich ließen, um denen anderswo zu sagen, was die da schon längst wußten, und um später photographiert zu werden, wie sie sich, in allen Fragen einig, die Hände schütteln. Am liebsten habe ich **DAS PANSLAWISTISCHE TREFFEN IN PRAG**, das wirklich völlig vom Panslawismus durchdrungen ist. Oder sie wollen die Frage der Missionäre klären und warum es sie gibt. Müssen die denn zu den Leprösen gehen und zu den Schwarzen und sie lehren, wie man gesund oder weiß wird? Viele von ihnen enden im Kessel oder werden aufgespießt, trotzdem sind sie unerschrocken mit ihrem elenden Revolver, vor dem keiner mehr Angst hat, und ihren erbärmlichen zwei Heften, in denen alles steht. Wäre ich Missionärin, ich würde mich zuerst gut mit mir selbst beraten, ob ich das tun soll oder nicht. Auch Herr Balfour überlegt sich gut, ob er die Transvaaler Konvention unterschreibt. Zuerst muß er fragen, wo dieses verfluchte Transvaal überhaupt liegt und wofür sie diese alberne Konvention denn brauchen. Erst wenn er sieht, ohne sie gehts nicht, das Wasser steht ihnen bis zum Hals, erst dann setzt er sich hin, und in einer halben Minute hat er unterschrieben. Aber am schönsten ist es, wenn er nach fünfzig Jahren, falls er da noch lebt, erzählen kann, wie alles kam und weshalb er unterschrieben hat. Daß er zuerst alles falsch herum gedacht hatte, doch dann ging alles gut aus, besser hätte es gar nicht sein können. Das ist diese teuflische Politik, die einer Tombola gleicht, nur wers raus hat, gewinnt immer, was wohl bei der Tombola nicht durchweg der Fall ist. Ja, so, reich und arm auf einem Photo! Gerade kommt der Reiche aus dem Ministerium, wie geleckt, ein fremder Außenminister erwartet ihn, doch auf der Straße wird er von einem Mann im häßlichen Anzug überholt, der sagt, sie seien Schulkameraden, nur das schicksalhafte Leben habe sie getrennt. Ein kurzes und sehr unangenehmes Gespräch über dies und jenes folgt, und jeder erkennt sofort, es ist viel schöner, im Außenministerium zu arbeiten als auf der Straße als Bettler, darum soll jeder sich schon von klein auf daran halten und nicht erst später, wo dir keiner mehr helfen kann. Es sei denn, der eine ist in die richtige, der andere in die falsche Richtung gegangen, doch das hätte man gleich gesehen. Als bestünde der Reichtum erst seit gestern! Nein, vom kleinen Handwerkerladen an, zwei junge Gehilfen, eine Maschine, kreischend von morgens bis abends, bis zu den zwei Arbeitern, einem angebauten Seitenflügel, der tschechischen Maschine, die alles selbst fertigt, dann Šloser und Špengler dazu, die selber Läden gehabt hatten, aber nicht weiterwußten, und so wuchs die neue Fabrik, die nun anfing, Kugellager herzustellen, ich wußte nie, was das ist, es hat nur schön geklungen für mich. Wird wohl mächtig teuer gewesen sein. So begannen Herr Lohn, Herr Vajk und Herr Fusar mit dem großen Draht- und Eisenwarengeschäft, außerhalb der Stadt, damit es die Leute nicht stört, denn wer kann schon die ganze Nacht mit Eisen hantieren, ohne Lärm zu machen. Und wirklich, sie schufen Schienen, einen ganzen Eisenbahnzug und allerlei irres Zeug für dort, wo auf Erden was Festes gebraucht wurde, das nicht übermorgen schon zusammenbrach, weils aus Holz oder Sand war. Wer fragt da noch, woher den Herren das

Geld zufloß, auch für ihr Amüsement an der Riviera, mit Champagner und den schönsten Filmmädchen. Doch wir müssen auch sie verstehen. Zuerst hat er das alte Haus der Großmutter verkauft, damit er die Maschine zur Anfertigung von Regenschirmen, Schnellsiedern und Schraubenziehern erwerben konnte. Denn welcher Haushalt kann ohne Regenschirme, Schnellsieder und Schraubenzieher auskommen? Mußte das sein, dieser Ärger mit den dummen Arbeitern, die ständig mehr haben wollen, oder mit dem Staat, der den letzten Pfennig für die Steuer will, oder mit dem widerwärtigen Journalisten, der die größten Schweinereien über ihn und ein Flittchen, Bartänzerin und angebliche Geliebte, veröffentlicht hat? Und alles nur, damit du vorm Regen geschützt wirst, schnell Kaffee kochen oder mit seinem Schraubenzieher eine Schraube festziehn kannst. Der Mensch muß wirklich aufpassen, um nicht in etwas hineinzugeraten, was er nicht will. Es ist, wie es ist, aber an erster Stelle steht die Anständigkeit. Wie viele Nächte hat er durchwacht und gerechnet, was der Draht für den Schirm kostet und was der Arbeiter, der den Draht manchmal auch verbiegt, weil er an seinen Harry Piel denkt, den hat er gerade ausgelesen, und wieviel wird der ganze vermaledeite Schirm für Sie, mein Fräulein, kosten, zum Teufel, warum habe ich mit alldem überhaupt begonnen. Dasselbe mit der anderen Ware, die nur Ballast ist, niemand will sie kaufen. Auch kann dir ein anderer Schuft das Material stehlen und aus gemeiner Konkurrenz zum halben Preis weiterverkaufen. Am schönsten ist, daß die jungen Fabrikanten nicht arrogant sind, nie würden sie einem Arbeiter, dem sie in der Werkstatt begegnen, einen Fußtritt verpassen, nein, immer guter

Laune, die drei Kompagnons, und zufrieden, daß sie Glück hatten mit der verdammten Baumwolle, und nun Geld wie Heu. Sie heben es nicht für später auf, nur die Hälfte, die andere bringen sie am gleichen Abend im Wirtshaus durch, mit Mädchen und bei den Pferderennen, die wirklich was Besonderes sind. Sonst seh ich auch sehr gern, wie der Vorstand der Creditbank tagt, alle in Schwarz, oder der Pen-Club, alle in Weiß, weil in einem Badeort, oder wenn der unvergleichliche Weissmüller vor allen anderen anschlägt, splitterfasernackt. Ich bewundere jedesmal den Mut der Bankiere, wenn sie übermütig nach allen Seiten viel Geld verleihen, denn ob sies zurückbekommen, ist eine andere Frage. Was nutzt es, wenn die Polizei sie später verfolgt oder ihr alter Kram verpfändet wird, ihr gutes und richtiges Geld ist im Orkus verschwunden. Ich täte mir gut überlegen, ob ich einem Hungerleider was leihe. Damit ich nicht selber am Bettelstab ende, trotz meiner Menge Geld. Nun zu den Schriftstellern, die unter einer Palme tagen. Mich hat immer interessiert, was sie sich zu sagen haben, denn sicher wird keiner dem andern verraten, wie und was er schreibt, weil, der andere könnte nach Hause rennen, alles glatt abschreiben, und dann schnurstracks in die Druckerei damit. Keiner ist so blöd und handelt gegen sich, selbst die nicht. Darum mag ich ihre Gespräche um den heißen Brei herum, habt ihr auch schönes Wetter, sind die Kirschen schon reif, wie geht es Ihrer Frau Mutter, ach, sie schreibt auch? Und was ist mit Ihrer herrlichen Dogge, die Sie früher immer dabeihatten, damit sie auch hier ein wenig bellt. Wichtig ist der Abschied, wie sie sich fein die Hand reichen, einander nicht ausweichen und sagen, also bis zum nächsten

Jahr, wieder in einem Café, in dem und dem Badeort am Meer, wenn nicht Krieg kommt oder ein anderer Satan. Und nun die Arbeiter, dreckig wie meistens, stehen um eine Maschine herum, von der ich keine Ahnung habe. Darum wollen sie uns haargenau erklären, was jede Schraube tut und weshalb. Dann wischt sich einer die Nase mit dem Ärmel ab, ein Backfisch stellt ihm eine Frage, er antwortet wie der Klassenprimus. Dann hantiert er wieder an der Maschine, die vor Arbeit qualmt, ich würde da nie rangehen. Daß mir der Arm abgetrennt wird oder der Haken mich am Kopf trifft, nein, danke schön. Hundertmal hab ich mich mit kochender Milch verbrannt oder am Herdringl, wenn ich die verdammte Maus ins Feuer warf, nur so gezischt hat das, aber dies hier, niemals. Da sind welche dabei, die auch Arbeitszeug tragen, aber man sieht, sie gehören nicht dazu, denn unten lugen ihre gelben Schuhe hervor, die tüchtig glänzen. Sofort weißt du, das sind Herren, kein Gesindel, das nur um die Presse herumsteht. Laufen durch die ganze Fabrik, und alle applaudieren. Dann trinken sie Mineralwasser und fangen an, denen bei der Maschine zu erklären, die Maschine müsse arbeiten und sie sollen nur aufpassen, daß alles geschmiert ist, wie sichs gehört. Und der, der Tassen fabriziert, soll nicht irre werden, wenn plötzlich Schuhbürsten rauskommen, die niemand brauchen kann. Jede Maschine muß tun, wofür Gott sie geschaffen hat, und nicht umgekehrt. Da muß ich ihnen recht geben. Was aber treibt einen Menschen zur schlimmsten Arbeit, während ein anderer faul ist, nicht aus dem Bett will und ihm bald alles weh tut vom vielen Liegen? Wie fröhlich der arme Bergmann Schaufel und Lampe nimmt, und vorwärts, ins tiefste Loch, aus dem es vielleicht keine Wiederkehr gibt! Und der andere dreht sich auf die andere Seite und schnarch schnarch bis zum Morgen. Das zeigen sie dir ständig und erklären, warum ersteres gesünder ist als das zweite, obwohl du in der Grube schmutzig wirst von der Kohle wie ein Schwein, aber im Bett nicht, doch wiederum ist der erste viel glücklicher als der zweite. Manchmal erkennt man alles allein durchs Bild, manchmal muß ein Lehrer alles mit dem Stock zeigen, erst den schmutzigen Arbeiter, dann das Tier im Bett, damit klar wird, wer wer ist. Und wer hat nur den fleißigen Bienen beigebracht, hin und her zu fliegen, bis sie einen Tropfen Honig gesammelt haben? Kaum größer als die Fliege, trägt aber den ganzen Bienenkorb weiter, nur peu à peu. Süß ist es und nahrhaft, also ein reines Plus. Wie die Ameisen. In der schwarzen Dunkelheit dort unten, unter der Erde, doch sie schleppen einen Zahnstocher, weil sie eine Brücke bauen. Der klügste Ingenieur könnte das nicht besser. Wirklich sehr gescheite Tierchen. Ich seh sie mir gern an, und wenn sie noch vergrößert werden, groß wie ein Auto, das liebe ich am meisten. Dagegen tut es mir leid, wenn eine so großartige Bank wie Birbek, die Londoner, in Konkurs geht, weil ihr kein Para geblieben ist. Warum haben sie nicht aufgepaßt auf ihr Geld, es körbeweise verteilt, statt etwas für diesen Augenblick aufzusparen. Doch dadurch kamen andere Bankiere an die Reihe, bessere und anständigere, und so kommt alles immer irgendwie in Ordnung auf Gottes Welt. Und dann die verrückten Frauenzimmer, die sich vor die Männer drängen, aber nicht deren Rabiatheit haben, brauchen sie auch nicht. In diesem wunderschönen Kleid und redet Dummheiten von der Seifenkiste runter. Wer will sie so ansehen, höchstens, daß einer sie in den Hintern zwicken möchte. Die Mannsbilder sind gut beraten, ihnen noch heute nicht das Steuer anzuvertrauen, denn was eine an Unannehmlichkeiten anrichtet, können hundert Männer nicht ausbügeln. Gefiele ihr mal ein Tennisspieler, würde sie Staat und Armee links liegenlassen und ihm nach bis Australien, und das geht eben nicht. Jeder König entsagt der schönsten Bartänzerin, wenn er frühmorgens einem anderen Land den Krieg erklären muß, doch den Frauen ist alles andere wichtiger, als eine Bombe auf die fremde Hauptstadt zu werfen. Darum geschieht ihnen recht, wenn niemand ihnen eine Fabrik oder Universität überläßt, vielleicht eine Konditorei, das ja, aber nie was anderes! Danach zeigen sie, was uns unglückliche Ehefrauen und Mütter im Leben alles erwartet, sie zeigen es klar, hintereinanderweg, wie in der Schulfibel. Sie, sie und nochmals sie, im Sturm, im Krieg, im Heim und neben der Wiege. Wie sie als Kleine das Blümchen pflückt, erniedrigenden Dienst beim Sultan tut, beim Mondlicht auf einem Hügel schläft, brillantenbehangen glitzert, vergeblich vor ihm kniet oder ein krankes Kind ins Leintuch wickelt. Übers Drahtseil geht und Messer wirft. Im Wind steht, der ihr den Šlajer hebt, den durchsichtigen. Sie schmiedet Eisen, photographiert, geht mit dem Eimer auf dem Kopf. Kutschiert, weil ihm der Arm weh tut. Wäscht Wäsche, eine Zigeunerin liest ihr aus der Hand, später kühlt sie sich mit einem Fächer, läuft Schlittschuh, wenn ihr danach ist, trinkt in der Loge Champagner mit dem erstbesten Kavalier, blickt aus dem Fenster, aber er ist nirgendwo. Spielt Tamburitza, verkauft Blumen, ist arm wie keine andere, speist im wunderbaren Restoran und linst, was für einer er ist. Schleppt die schwere Kiste, die auch IHM zu schwer wäre, zeichnet, obwohl klar ist, daß sie keinen Dunst davon hat, weil sie nur an ihren Soldaten denkt. Auch als Blinde will sie was verdienen und flicht einen Korb. Und erst als Fürstin! Mit Hilfe eines Spiegels ist sie die dreigestaltige Frau. Oder sie übt sich im Fechten. Immer ist sie jemand zu Diensten, muß splitternackt ins schreckliche Bett. Nie Ruhe, nie Glück, nie irgendwas. Auch als Statue hat sies nicht leichter, an ihren Gipsaugen ist es zu erkennen. Liebt das Kartenspiel, aber stirbt an Tuberkulose. Wirklich schweinisch schwere Arbeit haben die Männer und trotzdem sind sie fröhlich. Läutet die Glocke zum Schichtwechsel, sind sie sofort munter wie zuvor, scherzen, singen aus voller Kehle, spielen auf dem Fabrikhof Fußball mit einem leeren Karton. Jagen sich auf glitschigem Boden zwischen den Maschinen, bewerfen sich mit Schneebällen, wenn Schnee da ist, wenn nicht, dann nicht, verulken sich, und beim Gruppenphoto machen sie einer hinterm Rücken des andern das Zeichen des Gehörnten, so daß der knipsende Photograph vor Lachen stirbt. Wieso haben sie Spaß daran, besonders die Bergleute mit den verschmierten Gesichtern? Alle kommen aus dem Loch heraus, schrecklich schon der Gedanke an lebendig Begrabene, und sofort, noch schwarz im Gesicht, winken sie mit den Grubenlampen, trinken aus dem kleinen Flachmann, den sie aus der Tasche ziehn, ich bewundere sie aufrichtig. Auch der im hohen Fahrstuhl, klein wie eine Murmel, winkt von dort oben, obwohl sein Leben an einem Faden hängt. Oder der Eisenbahner, in der Hitze von den Kohlen, die er in den Ofen schaufelt, auch er winkt und grüßt jeden, der auf dem Feld steht, und sei es eine Kuh. Wenn sie sich feingemacht haben, gewaschen, schön glatt gekämmt, dann holen sie ein Blatt Papier hervor und fangen an, ein Gedicht vorzulesen, selbstverfaßt, auch wenn sie kaum die Buchstaben kennen. Jetzt malt auch noch der mit der Riesenpranke auf ein Stück Holz, alles ganz schief, Haus, Kind und Pferd, doch er hat sich Erleichterung verschafft, und gleich gehts ihm besser. Manchmal führen sie ein Stück auf, ziehen an, was sie auf der Straße nie tragen, malen sich einen Schnurrbart und schreien fürchterlich, es ist ohrenbetäubend, und später fällt der Vorhang und alle verneigen sich. Richtige Kindsköpfe, im Freudenrausch, dann kommen feine Leute auf die Bühne, überreichen ihnen Abzeichen, ein Blümlein und ein Buch, vom Fabrikdirektor unterschrieben. Einer bekommt eine riesige Wanduhr, die wirft ihn fast um. Am liebsten hab ich, wenn einer vielseitig ist und auch ein Gedicht aufsetzen kann, wie der Präsident der Stadtteilversammlung und Mitglied der freiwilligen Dorffeuerwehr. Spielt wunderbar Schach, malt großartig, stickt Gobelins, wie zum Teufel schafft er das alles? Kleiner Schnurrbart, die Mädchen werden verrückt, wenn sie ihn sehen. Er traut sich, Donnerwetter noch mal, ein Pferd zu reiten, hat ihn mal abgeworfen, davon hinkt er etwas, stört ihn aber nicht. Ohne dieses Gerät würde ich nie die vielen Leute bei uns sehen, die sich in irgendwas auszeichnen. Den Weichensteller, der auf der Mundharmonika alles kann, was er im Radio hört! Daß er nur keinen Zug übersieht, und dann bums gegen den Eisenmast! Hoffentlich nicht. Was die Deklamationen betrifft, das könnte ich auch, wie alles im Leben, nur müßte mir jemand die zwei ersten Zeilen vorgeben, damit ich weiß, worüber und in welchem Tonfall. Gottseidank gibts genug Worte mit gleichem Ende, und reihen sich solche zwei aneinander, eins oben, das andere in der zweiten Zeile, hast du Vers und Reim wie beim seligen Herrn Dichter Dučić, wenn nicht noch besser. Die Liebste ist mir Rada Bjelica, Frau eines unfallfreien Chauffeurs, die nach der tagtäglichen Beförderung der verschiedensten Fahrgäste noch Zeit findet, ein Gedicht über ihr und unser Leben zu schreiben. Ich würde gern sehen, ob unser größter Dichter, zusammen mit Herrn Pandurović oder einem noch lebenden, neben der ewigen Chauffierei und dem Gezerre mit diesem Vieh von Publikum etwas Ähnliches zustande bringen könnte. Leicht ist es, im schön eingerichteten Schriftstellerzimmer zu sitzen, durchs Fenster die Bäume im Garten zu sehen und Dummheiten von der Vergänglichkeit der Welt zu schreiben. Sieh aber nur diese Mädchen, nicht jung, nicht alt, irgendwie in der Mitte, Mädchen aus unserer Likaner Gegend, eine hat sich auf dem Asphalt der Residenzstadt wiedergefunden, ist aber nicht unter die Räder gekommen. An mein Publikum. Wieviel Frauen stehlen Gott die Tage, ich stecke in mein Auto alle ohne Waage, Sänger und Minister, Kavaliere und Philister, sie spielen im Radio und auf dem Patio, langhaarige Künstler, die bei mir weilen, zarte Sekretärinnen, die zur Arbeit eilen, herrliche Herrschaften, die vom Zug gekommen, sonderbare Leute, die noch ganz benommen, der eine zur Bank, der andere ganz rank, die einen fröhlich, die andern nölig, jeder sein Geheimnis hat, liebt eine Fremde, ist schachmatt, eine in Pelz gekleidet, der andern das Leben verleidet, doch Rada sie alle meidet, zu mir ist jeder fein, weil ichs liebe, Frau zu sein, sie könnten mich ja schikanieren, Geld anbieten, mich enervieren, ich aber bin zu allen fein, trag keine Bürde, die Arbeit mein, die ich nie und nimmer für eine andere tauschen würde. Ich verstehe nicht, was die Dummköpfe in den literarischen Revuen eigentlich tun, statt mit ihren Kritiken dieses wunderbare Geschöpf zu unterstützen, auch um den Kreis ihres Publikums zu erweitern, statt dessen muß sie Auto fahren, schreiben, alles auf eigene Kosten drucken lassen und dann dieses wirklich wunderbare Liederbuch noch im Auto verkaufen. Könnte ich Box oder Judo, das geheimnisvolle Wudoo, hätte ich keine Angst vor Dieben, die auf mich lauern vor der Bank um sieben, und dann einbrechen in den Sef, später warten müssen auf den Chef, alle vom Alkohol ganz krank und verschnupft durch die Bank, jeder im Auto will sein Gesicht wahren, ich aber muß sie trotzdem fahren, darum möcht ich Judo wissen, tapfer sein, den Mut nie missen. Wenn ich Geld hätte. Was alles schön ist. Wohin in die Ferien. Was für Männer ich liebe. Seht doch nur diese Titel und Themen. Sie hat wirklich vor nichts Angst, ist stark wie ein Mann, wenn man bedenkt, wer sie ist und woher sie kommt. Doch hört nun das Lied vom Expander. Großstadtwunder sonder Zahl, Entdeckungen, Maschinen jeder Wahl, Mišaufl, Bicikl, Šparherd auf Strom, die beste Glocke aus reinem Krom, die Gabel und das Messer, nur ein Taxi, das ist besser, Trambahn, Schienen und Geländer, doch nirgendwo der schöne Expander, zwei Griffe, Draht für Muskelkraft, förderlich dem Körpersaft, der Mann, der das nicht fünfzigmal kann, von dem will ich nichts wissen dann. Und nun eins über ihre Teestunden. Verrückte Fahrten, Erinnerung, ein Reigen, Gespräche darüber, doch mir bleibt Schweigen, die Älteren über Krieg und Wein, die Jüngeren vom Kino und Jungsein, vieles wußte ich nicht, den

Schrecken, Škandale, ich aber höre zu, achte auf die Signale, nur wissen möcht ich gern, gehn sie zur Frau oder nach Bern, diese Gesellschaft tanzt von Tee zu Tee und erzählt ständig, o weh, o weh, was da war, was dort, so tratscht sie immerfort, welchen Mist sie gehört, und dann, sofort, wie durch ein Rohr, dies Geheimnis mir ins Ohr. Und ein anderer sagt gern eigene Gedichte auf, so laut, das Trommelfell will dir platzen. Über Teile des Gewehrs, der Kanone oder des Kriegsschiffes, und das Gewehr hat alles, was es durchlebte, angeblich selbst aufgeschrieben. Und viel lieber sei es in der Hand unseres Soldaten als in der des andern, hätte ders ihm unglücklicherweise entrissen. In dessen Hand möchte es nicht schießen, nur in seiner, das heißt unserer. Wie kommt er nur auf so was, mich schauderts förmlich. Woran die Kanone denkt, wenn sie Wache schiebt. Ich dachte immer, eine Kanone denkt nicht, jetzt merk ich aber, sie tuts doch. Dann über das Gefühl des fliegenden Vogels aus Eisen. Aber das wichtigste, alles ist von vorn bis hinten gereimt. Das ists. Sonst könnts ja jeder, so aber muß er gebildet sein, wenigstens ein bißchen. Gar nicht so leicht, vier Verse zusammenzubringen, selbst wenns ums Dümmste geht. Darin liegt ja die Kunst: was beinah wie nichts ist, in was viel Besseres umzuwandeln. Mit dichterischer Methode. Und er soll keinen Sinn, kein Talent, keinen Schimmer vom Schreiben haben? Na, wer denn dann? Ist der erste auf der Welt, nach Leserzahl und innerer Qualität. Als Dichter kann ich mich nicht hoch genug loben, ihr könnt mit nichts vergleichen, wie und was ich bin. So ist sein verfluchter Stil, der dich trunken macht wie Fusel. Und die innerlichen Dinge, die er zu verbinden weiß, ohne lose hängende Teilchen, sonst wüßte man nicht, was im Werk was darstellt. Das Innen wie das Außen, auch was den Einband angeht und vor allem den Buchrücken. Schwer in der Hand, noch schwerer einzuschätzen, was künftige Generationen davon halten werden. Davon hab ich als Autor nichts, ich war im Leben nie käuflich, doch frappiert bin ich schon, wie wenig Lob und Epitheta ich bekomme, ich hätte sie redlich verdient. Also so in der Art ist Selbstlob möglich, ohne daß dir ein Zacken aus der Krone fällt. Warum sollte nicht jemand eine glatte Eins kriegen, statt dieser Wenn und Aber, daß dir ganz schlecht wird, weil du dich überhaupt an den Tisch gesetzt und so ein großes Werk geschrieben hast. Wo gibt es noch so viele handelnde Personen, alle miteinander verzahnt, nicht rechthaberisch, friedlich ins Gespräch vertieft, und das ist normal, denn würden sie nur schweigen, was wäre das für ein Roman, Gott bewahre uns vor solcher Langeweile. Und wie sie ausgewählt wurden, vom kleinsten Kind bis zum ältesten Alten, auch nach Aussehen, Beruf und Religionszugehörigkeit. Mit einem Wort, **DIE GANZE MENSCHHEIT IM KLEINEN**, nur in Form einer Erzählung. Eine Art Don Quijote, nur nicht auf spanisch, sondern in unserer Sprache. Wir Alten besitzen wenigstens Bücher. Doch die armen Kinder, sie haben keine Bauštajne und Puppen und müssen trotzdem mit was spielen, denn das Leben verlangt seinen Preis. Aber immer findet sich ein Spaßvogel, bindet mit einem Strick alte Strümpfe zusammen, und gleich hast du einen Spielball. Den Kleinsten genügt auch eine tote Maus, den ganzen Tag zerren sie an ihr herum wie an der schönsten Puppe. Echte Meister sind sie aber im Aufstöbern uralter Haarbürsten ohne Haar oder löchriger Töpfe, auch vom Strick zusammengehalten. Diesen ganzen Schrecken, daß sie in Dreck und Schlamm sitzen, ohne Brot, der Regen dringt durchs Dach, und der arme Vater fährt auf dem geliehenen Fahrrad hin und her, um ein Stück Kürbis zu finden, das nicht mal die Kuh will – all das vergesse ich, wenn ich die kleinen Räuber und ihr selbstgebasteltes Spielzeug sehe. Ich glaube, die Welt kann nicht untergehen, denn immer kommt jemand und erfindet ein unsinniges Spiel wie das Šnapsln, und schon spielen sie mitten auf der Straße Karten, die ganze Streikzeit über, sollen die dummen Gendarmen nur rumspazieren und sie beneiden, verflixter Film, was er alles weiß und wo er überall hinkommt. Sogar ins elendste Beisl mit sieben Kindern und einem kleinen Hund, der Tisch steht auf dem Kopf, da schlafen sie. Wenn du essen willst, was du nicht hast, stehst du auf, drehst den Tisch um und hast es. Absolut nichts, nur Lenin an der Wand, aus der Zeitung ausgerissen, und daneben eine dreiarmige Ikone. Denen die Suppe versalzen, das klappt nicht. Sie bringen das Bild von Karl Marx herein, hat einer der Bergleute gepinselt, und das ganze Dorf, die Alten, die Großmütterchen und die Kinder recken die geballten Fäuste, als hielten sie sich an der Trambahnstange fest, obwohl sie nirgendwo hinfahren. Wer hat den kleinen Käuzen beigebracht, von früh bis spät zu spielen und nie genug zu bekommen? Keine Müdigkeit, keine Langeweile. Ich hätte schon hundertmal alles zum Teufel gejagt, aber er nicht, hüpft ewig über das verfluchte Seil oder beschäftigt sich mit den Murmeln. Beneidenswert. Weiß einer was nicht, hört ers vom andern, flüsterts dem dritten zu, und schon haben wir eine Bande. Jeder kapiert die Spielregeln und wie es am unterhaltsamsten ist, während die dummen Erwachsenen den ganzen Tag hinterm Schreibpult stehen oder im Schreibbüro jemandes Gekritzel abschreiben. Vergleichen Sie einmal, was das kluge Kind tut und was die dumme Mutter. Das Kind ist wenigstens fröhlich und vergnügt, sie aber den ganzen Tag mißmutig, zum Fürchten. Das Wirtschaften ist bei groß und klein gleich Null. Was hat man überhaupt vom Leben in der unausstehlichen Großstadt, viel schöner ist es auf der grünen Wiese: eine Decke ausbreiten, köstliche Brötchen darauf und Tee in der Thermoskanne, ein Buch zum Lesen, ein kleines Kissen, und wenn dir nicht zu viele Käfer über die Beine laufen, was könnte schöner sein? Wenn es ein Glück gibt für die Menschheit, dann den Ausflug, ich weiß nur nicht, warum er nicht mehr genutzt wird; statt dessen stehen sie in den verrückten Fabriken und Büros, wo es keine Arbeit gibt, oder in der Bank und bei der Polizei, dort muß es leider sein; doch wer hat schuld, daß sie sich mit so was beschäftigen müssen? Denn jeden Augenblick kann jemand Geld verlangen oder Hilfe, und während sie, statt dort zu sein, mit der Thermoskanne im Grünen sitzen, geht alles zum Teufel. Sie lernen allerhand, die jungen Scouts unter ihrem Zelt. Nur meine unglückliche Danica sagt, dumm sind sie und rabiat, und Zeit zum Bücherlesen bleibt dort auch nicht. Doch sehen Sie, die machen Feuer aus nichts, Mittagessen mit nichts und retten sich vorm Bär mit Hilfe von nichts. Hatten gute Lehrer, die haben sie in allem unterwiesen, doch woher wiederum die das haben, weiß ich nicht. Überhaupt, jede Gemeinschaft ist nützlich, die von Kindern und anderen. Nehmen Sie die kleinen Neger, die Schlange stehen für einen Teller Brei, oder die gesetzten Leute, die vor dem Lebensmittelgeschäft warten. Ob bei den Tschechen oder in Schwarzafrika, jede Schlange verbindet Mensch mit Mensch, die einander bis dato unbekannt waren. Dauert es länger, wird bis mittags jeder von jedem mehr wissen als ich von meinem Urgroßvater. Was jeder arbeitet, wo geboren und weshalb er in dieser dummen Reihe ansteht. Und jedesmal ist ein Spaßmacher dabei, zaubert was aus dem Taschentuch, und so vergehen die paar Stunden im Nu, schon bist du dran, kriegst dein Viertelkilo Reis oder was du eben brauchst. Ich sage, für Kinder ist es zusammen besser als einzeln oder mit den verrückten Eltern oder en famille, wo sich alle den ganzen Tag zanken und man nichts Schönes lernt. Dagegen dort: Wer ist der Löwe, wer Präsident, wie funktioniert die Dampfmaschine? Aber es ist auch nicht leicht, Kind und Bündel zu nehmen und rauf aufs Schiff, wo du erbrichst, was du vor einem Monat zu Abend gegessen hast. Und dann dort – weder sprichst du deren Sprache, noch hast du ein Dach überm Kopf. Nur den kleinen Topf hast du mit, damit sie dir gleich am Ufer die Einbrennsuppe reintun können und du nicht sofort wie eine Ratte Hungers stirbst. Doch dann, nach kurzer Zeit, hast du das Töpfchen schon zu Geld gemacht, das Kind für einen Augenblick beim braven Hausmeister gelassen, du tust dies und das und hast schnell ein Geschäft, eine Firma, die Fabrik, gehst zum Hausmeister, holst das Kind, das ist schon ein Mann, und so entsteht das berühmte Haus Der und Der und Sohn, und du selbst weißt nicht mal wieso, woher und auf welche Art. So einen bewundere ich mehr als den in Seide und Reichtum Geborenen, der aber das Roulettespiel zu sehr liebte und das ganze Geld des unglücklichen Vaters, der beim Autounfall an der Kreuzung umkam, bis zum letzten Dinar durchgebracht hat. Was blieb ihm anderes übrig, als zu Dem und Dem und Sohn zu gehen und sich das Geld zu leihen, und was ihm das später einbrachte, darüber sage ich lieber nichts. Bin wirklich mehr für Erfolg als für den schrecklichen Niedergang in Armut, ersteres erfreut jeden, besonders den, der den Erfolg hat. Und wer hat wohl diese wunderbare Gestalt des Bauern erschaffen. Auch der Stadtmensch ist ziemlich gut, auch der Eisenbahner, der Offissier, trotz Wut und Gebrüll wegen seiner Pflichten, aber der Bauer, der lacht, reicht jedem die schwielige Hand, auch wenn ihm der andere nicht gut will. Und daß jemand besser pflügt als er – ausgeschlossen! Nur, im Winter ist ihm hundekalt und im Sommer brühheiß. Warm und kalt schlägt ihn, und Siebenschläfer und Iltis, aber kommt dann der Krieg, kann er nicht immer gut sein zu den Hausfrauen auf dem Markt, kann seine Qual nicht für umsonst hergeben, muß schinden und rausholen, um etwas für die bitteren Tage zu haben, doch Danica, ihr ewiges Gezänk mit Dienstboten und Dienern, das verdient alle Kritik. Faul und verdorben seien sie, es gäbe so viele Probleme mit ihnen, besser alles alleine machen. Versteht sie denn nicht, wie es in der Seele dieser Menschen aussieht? Ihr ganzes Leben müssen sie dienen und katzbuckeln, sie können kaum ihren Namen schreiben und mehr erst recht nicht, und auf der anderen Seite stehen Schule, Geld und das alles. Ach, was könnten die alles erreichen im Vergleich mit uns und auch gegen uns, wären sie nur folgsam und nachgiebig. Aber kommt es zum Streik, setzen sich alle hin, Barbiere wie Metzger, und du kannst sehen, wie du ein halbes Kilo Fleisch kriegst oder dir die Haare schneiden läßt. Ein Mannsbild stopft Hosen, weil er keine andere Arbeit hat. Ein Laden, keine Menschenseele drin, niemand hat Geld zum Einkaufen, die Gehilfen und Gesellen liegen auf dem Tresen und gähnen. Einer schreibt, ich habe nichts zu essen, machts hinten am Rücken fest, geht so auf die Straße. Als könnte ihm das helfen! Wo er reinkommt, lachen ihn alle aus, und ihn stört, daß er mit der Pappe in der Tür hängenbleibt. Die Männer hocken auf der Straße, drehen Däumchen, weil es keine Arbeit gibt, und die verrückten Frauen setzen die Hüte auf, gehen brüllen vors Königsschloß, bis sie von Leuten mit einem Schlauch, der einen Elephanten umwerfen würde, naß gespritzt werden. Sie zanken und rempeln mit den Polizisten, bis die wütend werden und auf sie einschlagen, daß einer alle Knöpfe abreißen und sie blau von Flecken ist, vielleicht mag sie das gern. Es gibt auch schönere Aufnahmen, friedvoll einträchtig arbeiten sie in Fabriken und Geschäften, ich weiß nur nicht, warum der eine Geselle fortwährend wie irre in die Kamera lacht und so bis in alle Ewigkeit verharrt. Jeder tut, was ihm paßt, aber die Engländer erst – das hat die Welt noch nicht gesehen. Die einen sitzen wie Gentlemen im Café, essen feinen Braten, die andern ziehen sich aus und reden pudelnackt für den Nudismus, dumm, dümmer gehts nicht, bekämen sie wenigstens Lungenentzündung, aber nein, ums Verrecken nicht. Manche schwingen sich auf Bicikls, auch zwei oder drei auf eins, so viele Pedale sind dran, später schwitzen sie wie die Pferde, aber das ist was anderes. Trinkt nur kaltes Bier darauf, die galoppierende Schwindsucht ist euch sicher, der beste Arzt könnte nicht helfen. All die alten Baben, die Wohltätigkeitstees und Sammelaktionen für Blinde veranstalten, bräuchten auch nicht photographiert zu werden, denn sie betteln auf offener Straße Leute an, die es eilig haben. Jeder hat doch nicht ständig ein Halbdinarstück parat, er will schnell ins Geschäft, dort den Schein aus der Brieftasche loswerden, er ist ja nicht von allen guten Geistern verlassen. Was tut sich nicht alles auf den Straßen, dabei hat doch jeder ein Ziel, einer die Bank, der andere die Kirche, ein dritter den Arzt, um den Verband am Bein zu wechseln. Aber auf einmal ist da ein Auflauf, hier geballte Fäuste, dort hochgereckte Arme, mußt schon gescheit sein, daß du erkennst, welche welche sind. Alle rabiat, gleiche Kleidung, reiner Durchschnitt, wer ist denn da gegen wen! Was dieses Volk während des Streiks frißt, weiß nur der liebe Gott. Nirgends eine Brotrinde, nicht mal ein Köter findet was, und die kaprizieren sich noch auf Lohnerhöhungen, aber der Hausherr will nicht, er weiß, früher oder später werden sie wieder bei ihm anklopfen. Keine leichte Sache, die Arbeit im Geschäft oder auf dem Šnajderpult im Stich zu lassen und in dem gräßlichen Autobus zusammen durch die Stadt zu fahren, Scheiben zu zertrümmern oder in Haustoren gegen Juden oder andere zu brüllen. Denn nicht nur die hier, auch andere können ein Stück Holz oder Eisenketten in die Hand nehmen. Dann mußt du wirklich Courage beweisen, willst du den Platz halten, damit dir nicht die Kappe runtergerissen oder der Ärmel aufgeschlitzt wird. Was würde deine sorgenvolle Mutter oder Frau sagen, kämst du in dem Zustand zurück. Umsonst hast du ihr einen Armreif aus dem eingeschlagenen Schaufenster mitgebracht, auch wenn dir der Besitzer bei der Gelegenheit mit dem Griff vom Rouleau ein Auge ausgeschlagen hat. Wer wird ihr dein Auge oder den gebrochenen Arm ersetzen.

In der Großstadt muß tatsächlich jeder achtgeben, im Frieden wie im Unfrieden, denn das Leben geht hinterher weiter, aber dem wird zuwenig Rechnung getragen. In diesen verfluchten Städten wollen einige auch die vollen Trambahnen umkippen, sie schießen auf die Bank oder schlagen die Fensterscheiben vom Ministerium ein, und du sei dann Minister, wenn du das alles aus eigener Tasche bezahlen sollst. Im Dorf ist es viel schöner, mußt nur aufpassen, daß du nicht in den Brunnen fällst und die Kuh dich nicht auf die Hörner nimmt. Auf jeden Fall mußt du sofort sagen, ich bin für euch, und ihre Fahne raushängen, um Gottes willen nicht die andere, den Kopf würde dich das kosten. Doch die mit den stärksten Ketten, den schrecklichsten Latten in den Händen, sind trotz ihres Fieberwahns auch Menschen, sie sind nur von etwas aufgebracht, aber ist es vorbei, wird alles wieder gut wie vorher. Mußt ihnen nur zu essen und zu trinken geben, ein Stückerl Wurst, bissl Schnaps, wirst sehen, sie werden fröhlich sein wie niemand sonst. So ist der Mensch, er sucht den Genuß, später ist er wieder ein Lamm, du mußt nur durchhalten, bis er sich beruhigt hat und nicht mehr nach jedermanns Blut verlangt. Arbeiter, liebste Genossen. Wir lassen euch nicht im Stich. Das fehlte noch. Ihr achtet ja die schlimme Arbeit. Vereinigt euch, das ist wirklich klug. Was vermag denn einer allein, nichts! Einer ist keiner. Sondern alle Genossen für die Genossen. Aller Länder. Wißt ihr, mir läufts kalt den Rücken herunter. Ist doch schön, wenn ihr euch in der leeren Halle versammelt, und der Gescheiteste soll auf die Seifenkiste und sagen, was allen am Herzen liegt. Der ist auch nicht auf den Kopf gefallen, hat vorher eine Menge kluger Dinge in einem Büchlein gelesen, das Platz findet in der Jackentasche, im Schuh, auch im Ärmel, damits nicht jemand stibitzt, für den es nicht gedacht ist. Sie hören wirklich aufmerksam zu, erstens besitzen nicht alle das kleine Buch, zweitens kann nicht jeder lesen. Alle für einen ist die Devise. Wir, eure Drusja und Bratja, wir und ihr, wir mit euch, ihr mit uns. So etwa. In diesem Sinn. Auf russisch. Damit dich jeder Arbeiter versteht. Auch etwas auf deutsch, obwohl sie dann schnell enttäuscht sind und zur anderen Seite wechseln. Außerdem sind sie diszipliniert. Ihr Herren Arbeiter, marsch in die Fabrik, und keiner rührt sich vom Fleck. Aufsten und solche Sachen, und sie, wie echte Herren, direkt in die Fabrik, Ärmel aufgekrempelt und ackern wie die Tiere. Nur weil ihnen der Herr Ordnungshüter gesagt hat, Herr Arbeiter, geh arbeiten. Der durfte das nicht verweigern. Das kommt für ihn nicht in Frage, nicht mal im Traum. Und überhaupt, wie sind sie denn darauf gekommen, eine Partei zu gründen, und wie haben sie das bewerkstelligt. In einer fremden Zeitung gelesen, was in Petersburg geschehen ist, und dann sagte der, der gerade den Barbiersalon ausfegte, auch hier könnte man jemandem die Kehle durchschneiden, vorgeblich ein Unglücksfall. Ganz zu schweigen davon, wie sie als junge Leute die Tischlerbälle besucht haben, zusammen mit den Mädchen, und beim Hofieren hörten sie von den Mädchen dies und das, was sie sehr interessierte. Die Mädchen aus Bürgerfamilien wiederum liebten die Feste der Tišlerjugend über alles, weil die Jungs zwei Meter lang waren, und was sie für Hände hatten, wußten nur die Mädchen. Und so erzählten sie von Rußland und Bakunin und Natascha Rostowa. Und was kann schon draus werden, wenn sich all das im Kopf vermischt, das Mädel dazu noch bildschön ist. Er erzählt es dem Kollegen an der Maschine, der erzählt es weiter, sogar dem Meister, und so erfahren alle nach und nach alles, und mindestens fünf von ihnen planen im Nu ein Komplott. Was gibt es nicht alles in der Großstadt, damit die einfachen Leute Unterhaltung haben, Kino und Theater, Cafés voll fröhlicher Menschen! Am schönsten ist es, wenn mitten auf dem Platz ein Podium gezimmert wird, Blumen sind da, Bildnisse großer Persönlichkeiten, und dann beginnt einer, auch er groß in jeder Hinsicht, vor der versammelten Menge eine Rede zu halten. Den möcht ich sehen, der dann ins Kino geht oder zu den schlimmsten Trinkern im Beisl und so nicht hört, was der von früh bis spät runterleiert. Eigentlich deklamiert er, schlägt mit der Faust aufs Pult, wischt sich manchmal mit dem Taschentuch den Schweiß ab, trinkt ein Glas Wasser. Das ist alles. Er darf auch eine halbe Minute Atem holen, deshalb rennt ihm das Publikum nicht gleich davon, soll es ja auch nicht. Stets muß er eine Neuigkeit bringen, **WIE EINE LEBENDE WANDZEITUNG**, obendrein umsonst, und du mußt nicht die Augen anstrengen, sondern nur zuhören. Sehen Sie hier, hören Sie noch das, stellen Sie sich vor, was da und dort passiert ist. Gerade wolltest du dich davonstehlen, zu einem Mädchen oder zum Tee der Kaufmannsjugend, da trifft er wieder deinen empfindlichsten Nerv. Das ist so, als würdest du einen Šundroman an der spannendsten Stelle unterbrechen. Nein, um Gottes willen. Liebe Mitbürger, Genossen und Brüder. Allein schon seine Art, jedem die Hand zu drücken, in Gedanken wenigstens und mit einem Wort. Auf der Stelle läßt er dich zur Salzsäule erstarren, dort wo du stehst. Paßt auf jetzt. Was ich euch sagen werde, habt ihr noch nie gehört. So was solltest du nicht verpassen. Was würdest du denn zu Hause dem alten Vater und der besorgten Mutter berichten. Und das wichtigste: jede seiner Geschichten, jedes Zitat geht nur dich persönlich was an. Darin ist er Meister. Wie ist das nur reingekommen in seinen kleinen Kopf auf diesem großen Körper? Ich genieße seine Worte und sein Aussehen, ganz unvergleichlich. So einen gibts nicht zweimal. Wir sind entschlossen, euch etwas ganz Neues anzubieten, davon hättet ihr nicht zu träumen gewagt. Wir hoffen auf Erfolg, denn wir rechnen mit eurer Hilfe. Das alles aus dem Nichts. Nieder mit dem und dem und dem, es lebe das und das und das! Hört doch, wacht auf, kommt zu euch, um Gottes willen! Hört, wie der Wind weht und woher, meßt seine Kraft und meldet euch dann bei uns. Wir werden euren persönlichen Zorn und andere Mißstände beseitigen. Wir schneiden ins gesunde Fleisch? Uns geht es nicht um Einkommen oder regelmäßige Ermächtigungen. Niemand von uns wird in Rente gehen, denn wir werden uns jung aufgeopfert haben. Und wie er es nur schafft, jedem zu antworten, der unglücklichen Frau mit den sieben Kindern, dem schwarzen Zigeuner und dem Bauern vom Berggipfel. Gibt ja viele blöde Fragen, warum geht die Uhr, warum hat die Hand fünf Finger und ähnliches, doch das macht ihm gar nichts, er setzt sich hin, rückt die Brille zurecht, schielt in ein Buch, was wiederum nur ich merke, und dann redet er endlos. Deshalb und deshalb, darum und darum. Sei du dann so frech, ihn nochmals zu fragen, was dir längst klar sein müßte, eine Ohrfeige hättest du verdient. Was den einen stört, den andern drückt und wer dem dritten schaden will. Wir können nichts garantieren, aber wir werden alles in unserer Macht Stehende tun. Hilfe im Unglück, Tag und Nacht. Rufen Sie unsere Telephonnummer an, jedes Kind kann sie sich merken. Alles dieselben Zahlen, Sie müssen nur wissen, welche und wie oft. Wenn wir Ihnen nicht helfen können, wer dann. Und ohne jede Bezahlung. Unbezahlbar. Wir sind Ärzte, Juristen und Mitglieder der Sozialhilfe. Ihr seid unsere Kinder, wir eure besorgten Eltern. Ihr müßt uns nur glauben, sonst verlieren wir die Lust. Wir könnten euch belügen? Das haben wir nicht nötig. Wir wollen nur klären, was unklar ist, anschaulich darstellen, was zu einem Knäuel verknäult wurde. Auseinanderziehen, damits jedem klar wird. Nicht für uns raus aus den Taschen, rein in die Taschen, sondern euch zum Nutzen. Was ich an den Rednern am meisten schätze, ist ihre Geduld. Weil sie, sobald sie auf den blumengeschmückten Balkon treten, vor diese Menge, die applaudiert und winkt, nicht gleich sagen, was sie denken, und dann auf Wiedersehen. Was hat er für starke Nerven! Er wartet, bis die unten auf dem Platz fertig sind mit Gesang und Fröhlichkeit, dann erst hebt er die Faust, und Totenstille tritt ein. Aber auch dann sagt er nichts direkt, sondern wie schön das Wetter sei und er glücklich, daß alle froh und gesund, und erst dann kommt er allmählich zum Wichtigsten, was er sich notiert hat auf einen Zettel in der Brusttasche, wo auch sein fabelhaft sauberes weißes Taschentuch steckt. Ich lege meine Hand ins Feuer: über die Hauptsache wüßte er auch ohne Zettel was zu sagen, doch die Zuhörer lieben es, wenn er das Stück Papier rauszieht, erst dann sind sie sicher, dies wird das Wichtigste in der ganzen Rede. Danach dürfen sie wieder ein wenig applaudieren (denn davor hat er etwas sehr Lautes gesagt und mit der Faust auf die Brüstung geschlagen), und er schaut sie zufrieden an: genau das, was sie gehört haben, wollten sie auch hören. Das ist die Kunst der Rede, jedem zu sagen, was er schon vorher gewußt hat, und das Schöne ist die persönliche Bestätigung, daß es so ist. Er will sie ja nicht ängstigen mit Dingen, die sie noch nie gehört haben. Auf keinen Fall. Sondern etwas, was jedermann seiner Frau vorm Zubettgehen sagen kann, dem Kind bei Tische oder dem alten Großvater, der etwas vertuschen möchte, und du mußt ihn zur Ordnung rufen, und genau das sagt auch der vom Balkon herunter jedem, nur verstärkt durch Lautšpreher – über den ganzen Platz hallt es und wird noch zusätzlich vom Radio übertragen. Früher dachte ich, nur ein Schauspieler, der spielt, daß seine Mutter gestorben ist oder daß er sehr verliebt ist, nur der kann so mit den Armen fuchteln, sich ans Herz greifen oder mit der Faust nach Ost und West zeigen, unwichtig wohin, weil sowieso alle im Nu dort hinblicken, wohin er gezeigt hat. Was ist ein Schauspieler gegen den auf dem Balkon! Er kann ihm nicht das Wasser reichen. Vom höchsten Rang herab pfeifen sie ihn aus, er tauge nichts, er solle nach Hause gehen und die Bühne einem Besseren oder wenigstens dem Schöneren überlassen. Aber wer würde den hier auspfeifen, nicht mal einer in der letzten Reihe. Der das täte, ist noch nicht geboren, er hätte auch keinen Grund dazu, denn alles, was auf dem Balkon geschieht, ist schöner und spannender als jedes blöde Stück in drei Akten, bei dem du nichts verstehst, nicht weißt, warum das Mädchen krank ist und wer von den beiden mit den Äxten ihr Vater sein soll. Würde man mich fragen, dann wäre so eine Rede über alles und nichts für das Theater das einzig Wahre und nicht diese maskierten Huren und Bajazzerl, die sich halb umbringen und uns weismachen wollen, sie seien alle zusammen eine unglückliche Familie, in Wahrheit sind sie aber nur Kollegen. Doch sehen Sie nur, was der da sagt. Erstens, wie der Donner entsteht. Dann, warum es regnet. Wegen des Gewichts, er muß wohin fallen und nicht auf halbem Weg von oben nach unten steckenbleiben. Obwohl du das schon aus der Volksschule weißt, ist es dir lieb, diese Begebenheit aus seinem Mund zu hören. Und erscheint er erst im gestreiften Anzug, mit dem Stock in der Hand, verneigt sich und fängt an, die Kugeln auf dem grünen Tisch herumzustoßen – das ist ein wirklicher Genuß! Die Kugel und ihre Bedeutung und warum sie rund ist. Der Vergleich zwischen zweien, eine weiß, die andere rot. Wie sie anstoßen, damit beide ins Loch im Tisch fallen, nur jede auf einer anderen Seite. Der Tisch wäre auch für ein Festessen schön, hätte er nicht diese schrecklich hohe Umrandung und die Löcher. Wohin mit Gabeln und Tellern. Danach eine Viertelstunde übers Rauchen, auch sehr lehrreich. Zuerst zieht er die wunderbar lange Zigarette aus der goldenen Tabakiere, dann das Fajercajg, das gleich angeht, und erst dann zündet er sie an, nimmt einen guten Zug. Auch wer sich nie eine angezündet hat, finge sofort mit dem Rauchen an. So köstlich ist es. Und diese Handbewegung, wie im schönsten Liebesfilm. Wie man raucht und weshalb. Das Zigarettl, die Zigarre oder die Pfeife. Was mich betrifft, ich bin für die Pfeife, wegen der Haltung, Pfeife rauchen Detektive und richtige Sportsmen. Immer fahren sie Auto, umarmen die schönste Schauspielerin, ziehen dann auf einmal die Pfeife hervor und pusten den Rauch direkt in den Zuschauerraum. Schämte ich mich nicht und hätte ich eine Pfeife und tät sie mir jemand anzünden, ich würde einen Zug probieren. Lehrreich auch deshalb, weil gezeigt wird, woraus etwas besteht und wie sich eine Sache zusammensetzt, damit du später keine Angst haben mußt, weder vor dem Spirituskocher noch vor der grausigen Handgranate. Außerdem, jeder, der einen Vortrag hält, ist meist elegant, schön gekämmt und feš, nicht dick oder das Hemd offen, das Haar fettig. Niemals. Danica aber schimpft auf unsere Ansagerinnen, dies und das sei nicht in Ordnung, und so kritisieren alle herum, und niemand sieht, wie schön sie aussehen. Im Leben ist alles häßlicher und schmutziger, aber dort wenigstens ist es, wie es sein sollte, und jedem angenehm. Wie man auf der Straße gehen soll, ohne mit einem Blödmann zusammenzustoßen, der nicht hochsieht, in eine Auslage starrt oder Zeitung liest. Was in solchem Fall zu sagen ist und mit welchen Ausdrücken. Wie die Straße überqueren, ohne daß die schreckliche Trambahn dich überrollt oder der Laster mit Kohlen, und danach bekommt dich niemand mehr zusammengeflickt. Wie in Gesellschaft sitzen, ohne daß dein zerrissener Strumpf sichtbar wird, mußt ihn unterm längern Hosenbein verstecken, außer du hast hinten ein Loch in der Hose von der dummen Biciklfahrt. Wie man sich für ein Rendezvous mit einem Mädchen anzieht oder für die Bärenjagd oder für die Hochzeit. Alles haarklein, damit du weißt, wie jede Falte und Schleife sitzen muß, natürlich brauchst du ein Bügeleisen und jemand, der dir die Schleife bindet. Schau sie dir an! Denen wird es nicht langweilig, sich hundertmal nach links und rechts zu drehen, damit du zu Hause, solange sie im Bild sind, den Schnitt abnehmen und kopieren kannst. Sicher, du brauchst eine Singer und etwas Stoff, mußt flink und geschickt zeichnen können, doch dann hast du ein Modellkleid, mit dem kannst du in den Zoo und zu jedem Besuch, ohne dich zu schämen. Dann der kurze Abriß der Historie. Wie die Suffragette Pankhurst angezogen war und das Fräulein Kollontaj aus der russischen Revolution, und wie Greta Garbo in ihrer besten Zeit. Die Französinnen, Prinzessin Ponjatowskij und Madame Alfonso. Dazu die Thomas, die eine Menge unschuldiger Frauen erdrosselt hat. Fürs Schafott diese Kleidung, für die Schiffsmeuterei jene. Überall mußt du schön angezogen sein, schon der Photos wegen. Was würde sonst später geredet. Dann das gute Benehmen. Was machst du, wenn du taubstumm bist und einkaufen willst? Oder du mußt die Treppe rauf, hast aber nur ein halbes Bein. Oder bist blind, möchtest aber wissen, was in einem Buch steht. Nur mit Hilfe der Finger, guter Krücken und eines treuen Vorlesers. Diese Geduld, den Tauben, den Krüppel und den Blinden auf Treppen und in Geschäften zu spielen, das ist grenzenlose Opferbereitschaft. Und was tun, wenn dir langweilig ist? Auch das wird schön gespielt: im Zimmer mit dem nervösen Mann, der wirklich zu bedauern ist. Spaziert wie ein Unglücksrabe auf und ab, sieht in die untersten Schubladen, da nichts, dort nichts. Setzt sich hin, zündet die Zigarre an, löscht sie, springt auf, geht telephonieren, es läutet, niemand da, wieder stöbert er im Schrank, fährt mit den Händen in die Taschen, als suche er einen Zettel, auf dem steht, was er mit sich anfangen soll. Dann legt er sich aufs Kanapee, findet auch dort keine Ruhe, springt auf, als hätte er sich auf eine Reißzwecke gelegt, wirklich, wäre er nicht Schauspieler, hätte ich Angst, gleich öffnet er das Fenster und springt vom dreizehnten Stock in den Fluß. Und wäre nicht das Fräulein gekommen, das zart anklopft und ihm die Schachtel mit Mensch-ärgere-dich-nicht bringt, einen Pingpongschläger und eine Tüte Hustenbonbons, ich wüßte nicht, wie es ausgegangen wäre. Sie beginnt ihm die Spiele zu erklären, die Regeln und Nutzen des Gebrauchs, und du lernst sofort, wie du švindeln kannst, wenn du das Herz dazu hast oder dir etwas in der Seele nicht erlaubt, auch nur eine Partie zu verlieren. Und schon daran, wie der, dem es langweilig ist, vor Glück errötete, die Hand des schönen Fräuleins küßte, hab ich gemerkt, was Sache ist, später aber spielen sie vielleicht Schach, doch das geht nur sie etwas an. Dann wieder der mit dem Billard. Der Witz ist nicht, die Kugel mit dem Stock anzutippen, das könnte auch seine Großmutter, sondern die eine Kugel zu treffen, die dann die andere, rote, und die erst die dritte, die ins Loch fallen muß, dort in der Ecke auf der anderen Seite des Tisches. Nur so hat das Kombinationsspiel einen Sinn, und nicht nur mit dem Stab irgendwelche Kugeln treffen, das würde nur dazu führen, sich früher oder später mit ebendiesen Stöcken zu prügeln. Das erfreut mich stets, wie ers mir aufs neue erklärt und ich es aufs neue vergesse und es mir doch immer neu ist. Schlecht ist die gebückte Haltung und das ständige Stehen. Ist das ein herrschaftliches Spiel zur Unterhaltung der Prominenz oder Schwerarbeit, als wärst du Heizer bei der Eisenbahn? Und er verwandelt sich völlig in den Stock, steif wie ein Hund, der den Hasen erblickt, und erst dann, du weißt nicht wie, stößt ihn was von hinten an, und schon hat er die rote und weiße

Kugel getroffen und noch das neugierige Fräulein hinter sich umgeworfen, das erspähen wollte, was auf dem grünen Tisch geschieht. Handfertigkeit und Erfolg, nur mit einem Stoß – wirklich, kein Opernsänger und kein Außenminister, der den Kollegen eines anderen Landes empfängt, wären so geschickt, sich alle fünf Minuten zu verbeugen wie die zwei mit den Stöcken. Sie sind für mich die Ersten, gleich danach kommt Garry Cooper, dann Präsident Wilson, wie er den Frieden für die ganze Welt unterschreibt und noch am Tisch vom Schlag getroffen wird.
Und wie wissen die nur, wer gewonnen hat, da doch alle roten und weißen Kugeln im Loch im Tisch verschwunden sind, wer merkt sich, wer welche hineingestoßen hat, die Verständigung ist schon schwer genug, da jeder diesen grausig langen Stock hält und alle maßlos enerviert sind. Aber ich sehe das gern wegen dem, was nach dem Spiel kommt – nur immer das Zielen mit dem Stock auf die Kugel ist doch sehr monoton. Kämen nicht Ordnungshüter und Gendarmen herein und der Billardprofessor persönlich, der uns alles erklärt, es gäbe zerschlagene Wirbelsäulen und ausgestochene Augen, so aber nicht, und dieselben Leute können morgen wieder spielen, wenn es ihnen nicht zum Hals heraushängt. Weiter: beim Donnern sollst du nicht unterm Baum stehen, und wenn es regnet, weicht die Straße auf. Wunderbare Ratschläge, wer sie befolgt, gut, wer nicht, hat selber schuld. Ziehst du den linken Schuh rechts an und umgekehrt, fällst du auf die Nase. Ziehst du ihn richtig an, dann nicht. Wozu man eine Rechnung ausfüllt, jeder muß lernen, ein Telegramm aufzugeben, das ist keine Schande, oder die Verwandte anrufen, weil ihr Mann aus dem dritten Stock gefallen ist. Das ist

doch schöner, als wenn dieselben zwei Schauspielerinnen ewig über ihre Mißgeschicke und Erlebnisse reden, was niemand außer den beiden was angeht. Sie sollten ruhig zeigen, wie man die Brille hält, vor allem aber die komplizierteren Dinge, wie zum Beispiel die Bedienung der Flajšmašine. Hätte es das damals gegeben, wäre unser seliger Lazo nicht wegen des dummen Kunden zu Schaden gekommen, der ihm zwei Finger zermalmt hat. Dann das Messer, der Nutzen desselben für Erwachsene und Kinder. Sie zeigen das ungelogen vom Messerschleifen bis zum Schlachten eines Schweins von fünfhundert Kilo. Schrecklich anzusehen, doch sollten sie es wissen, ehe sie in den Krieg ziehn. Ebenso beim Korkenzieher, der herrliche Korkenstempel darf nicht zerstört werden, mir wird schlecht, wenn ich das sehe. Oder Domino spielen, Draisine fahren, und was ist, wenn du so verrückt warst, dir ihren Namen auf die Schulter zu tätowieren, was wird denn später damit? Sie hat den Blumenhändler geheiratet, und du hast ihren dummen Namen mit dem blühenden Kaktus auf dir. Als wärst du, nicht er, der Blumenhändler. Jeder sollte um die Folgen wissen, verzweifelte Briefe der tätowierten Narren werden vorgelesen, damit jeder es sich vorher überlegt. Der hat die Ruhe weg und die Nerven, siebeneinhalb Stunden zu sprechen, nur aufgrund einer Notiz hinten auf der Zigarettenschachtel, obwohl er nicht raucht, das ist wirklich ein Genuß. Wäre er Schauspieler, würde ich das verstehen, oder hätte er früher, als er klein war, irgendeinen Zwerg bei der Amateurgruppe gespielt, aber nein, alle sagen, dem war nicht so. Sondern das Talent hat er direkt vom Herrgott, er spricht wie ein Buch, hat aber keines in der Hand, es gibt auch kein solches Buch, nirgendwo. Ich öffne alle vier Augen und sehe trotzdem nicht genau, was der mit den Händen aus dem Hut zaubert, verdammt noch mal, was er alles hervorzieht, wie aus einem Faß statt aus einer Kappe. Jemand muß ihm von unten die Enten, Katzen, Hasen, Tauben, Blumen, Schirme, Tücher, Nachttöpfe, Schneebesen, Mörser und Stößel zustecken, dann Knöpfe, Zwirnspulen, Bälle, irgendwelche Tütchen, Ringe, Brillen, einen Zylinder aus dem Hut und noch einen, dann setzt er das Ding auch noch auf, weder ist ein Loch im Tisch, noch kleckern Eier an ihm herunter, keine Vögel und sonstigen Raubtiere kriechen auf ihm herum. Er hat ja zu Hause nicht umsonst vor dem Spiegel geübt, unterstützt vom besten Schauspieler, der war ihm von großem Nutzen. Wie er den Balkon betreten soll, wie er sich verneigen muß, besonders nach den ersten Akklamationen. Und der Anzug. Kannst nichts Gescheites sagen, wenn du nur Graues, Unscheinbares trägst, ohne ein blitzendes Sternchen, das auch der Bauer in der letzten Reihe sieht. Der eine hat seinen Pflug und die ungefütterten Schweine im Stich gelassen, bei einem anderen arbeitet die Maschine in der Fabrik allein weiter, die würden doch nicht zu dir gekommen sein, wenn da nicht etwas glitzerte. Das ist so wie das spannendste Stück, in dem es lauter Gefahren gibt, vom Verbrechen bis zur in den Abgrund stürzenden Eisenbahn, aber später betritt das glückliche Paar trotzdem die Kirche und heiratet. Darin liegt die Tragödie des Redners, das muß ihn auch schwer ankommen, siehst ja, wie erschöpft und verschwitzt er später ist, als hätte er die dickste Buche im größten Wald durchgesägt oder den La Manche durchschwommen. Das war eine Überraschung, als ich den Trottel Trkulja erblickte, der sich einst mit unserem unglücklichen Lazo in allen Cafés herumtrieb, und sieh ihn jetzt als einen der führendsten Köpfe, nie hätt ich das gedacht. Bei ihm waren die Socken stets in Gänze zu sehen, so kurz waren seine Hosen. Lazo hat ihm erklärt, was gut und schlecht ist, Gott geb ihm die ewige Ruh, und er, zuerst hinterm Pult im Eisenwarengeschäft und gleich nach dem Krieg schon Chef desselben – und immer höher und höher, er hat jetzt einen neuen Anzug, mit Hose und Jackett aus demselben Stoff, am Revers den schwarzen Knopf, wahrscheinlich ist jemand gestorben, gestreiftes Taschentuch in der oberen Tasche, Brille, Krawattl, schön gekämmt ist er, und früher wußte er nicht mal, wie man sich die Nase putzt bei Erkältung, wischte sie mit dem Handrücken ab, wie oft habe ich ihn darauf hingewiesen. Doch warum liebe ich wohl Trkulja und seine Reden? Nie und nimmer würde er sich über etwas lustig machen, nie etwas Unberechenbares tun, nie ans Mikrophon stoßen, sich die Nase kratzen, ins Taschentuch schneuzen, hüsteln, alles das könnte er tun, wo sie ihm schon zugestanden haben zu reden. Aber nein. Immer ernst, irgendwie angespannt, als könnte jeden Moment ein Feuer ausbrechen, immer bemüht vorzutragen, was auf dem Papier steht, und schnell fertig zu werden, damit gleich der nächste reden kann. Wenn ich nur dran denke, wie aus diesem Heulpeter und Schlappschwanz ein so herrlich disziplinierter, strenger und gerechter Mensch wurde, der soviel zu sagen hat. Und gibt auch nichts zu lachen, er spricht ja nur über das Gefährlichste und Ernsteste, wird es genug Brot geben und wird es zu einem Umsturz kommen. Das sind keine Witze, ich möchte den sehen, der damit seinen Scherz treibt. Zugegeben, in einem hat

Danica recht, ich wills ihr nur nicht sagen, sie würde mir in ihrem Triumph auf der Nase rumtanzen. Auch mich würde es stören (ich sags nur nicht), wenn einer zur Menge spricht und sich dabei hier und dort kratzt, als könnte ers nicht diese halbe Stunde seinlassen. Zum Glück ist das Volk so begeistert von dem, was es hört, daß es nichts davon sieht, nur wir beiden Unglücklichen, die wir von morgens bis abends hier hocken, mit Zeit im Überfluß, nur wir beide sehen, was man nicht sehen sollte. Oder wenn er sich mit dem kleinen Kamm kämmen würde, den er im Ärmel hält, die Krawatte richten oder den Wappenring an der linken Hand. Das letzte wäre allerdings, wenn er auf die Uhr sehen würde, als hätte er ein Rendezvous um die Ecke und müßte darum schleunigst fertig werden mit dieser Masse. Doch auch das wären Kleinigkeiten, gemessen an dem, was er sagt. Außerdem ist es nicht schön, immer ein Haar in der Suppe zu suchen, selbst wenn man eins findet, ist es doch ein sehr kleines. Aber die Schauspieler und was die aushalten müssen, sie sind die wahren Helden. Mitleidlos schlägt man sie, stößt sie ins eiskalte Wasser, und wenn sie im Film was essen müssen, ist es eine ungenießbare Masse, oder sie schlürfen aus leeren Tassen, als wärs feinster russischer Tee. Sie sind dazu verurteilt, eine Menge Blödsinn zu verzapfen, ohne Verbindung zur Handlung, angeblich sind es Erinnerungen aus ihrer Kindheit. Wie der eine sich vor der Dunkelheit fürchtete und einer anderen die Mutter starb, als sie fünf Monate alt war. Wie der Stiefvater sie verprügelte, noch in der Volksschule, weshalb sie heute so sei. Würde man uns das nicht im Gespräch an der Theke mitteilen – den, dem es gesagt wird, interessiert es nicht –, wir hätten keine

Ahnung, warum sie sich im Wirtshaus wie die Tiere schlagen und warum der Hauptdarsteller die ganze Zeit alles und jedes so mißtrauisch betrachtet. Eigentlich ist er eine reine Seele, aber niemand versteht ihn, Geld hat er mehr als Rockefeller, aber das hilft ihm nichts, da ihn die Stenotypistin in der Bank nicht liebt. Dieses Vögelchen fährt lieber Fahrrad mit ihrem stotternden Schulfreund als mit dem Reichen hinaus an den traumhaften See. Dieses ganze innere Zerwürfnis und jene gewählten Worte, die keiner versteht! Das ist die Sprache aus den Internaten, die war schon damals verboten. Später wird alles noch verdrehter. Heute kann nicht jeder ungebildete Dummkopf das Kino aufsuchen. Ständig werden Namen aus wissenschaftlichen Kreisen im Munde geführt, mit denen stehen sie auf Duzfuß, und wir blicken beschämt zu Boden. Später klärt sich auf, wer wer war und warum er sich einmischte in das Drama zwischen der Bankangestellten und dem Millionär, aber da war der Zug schon abgefahren, und du weißt nicht, was vorher gewesen ist. Und was sie aufklären, spielt auf einem Schiff zur Karnevalszeit, während die Detektive mit Mašinengeveren auf den unschuldigen Hafenarbeiter schießen. Lange habe ich nicht verstanden, **WAS IN DER OPERNKUNST VOR SICH GEHT**, obwohl vorher stets erklärt wird, wer gegen wen ist. Dann habe ich verstanden, der arme Künstler sagt zur Barsängerin, gib mir Brot, gib mir Wasser, nur eben alles gesungen. Anstelle des natürlichen Sprechens das Tirilieren, manchmal sehr schön, nur verstehe ich nicht, was der Witz der Sache ist. Erst als ich sah, wie die Operndiva Brot schnitt und Wasser einschenkte, fiel mir wieder ein, was der Holzschnitzer verlangt hatte. Außer gesungen ist auch alles gereimt. Sehr gut für Schwerhörige, durch ein Wort verstehst du das andere, wegen des Verses. Teufelskünstler. Tun so, als wüßten sie nicht, was kommt. Tun erstaunt, wenn neue Personen auftreten. Denken scheints nach, was sie sagen sollen, reden aber, was sie auswendig wissen. Alles ziehen sie in die Länge, sind wie durcheinander, alt und zittrig, aber ich weiß, es ist umgekehrt. Immer stehen sie schlecht da, das lieben sie richtig, sie genießen es, zu hinken, schmutzig und liederlich zu sein, das Rückgrat gebrochen, sie erzwingen vom Theaterleiter die Erlaubnis, daß aus dem Mundwinkel Speichel sickern darf. Sie bedecken ihr eines Auge, weil die erste Reihe sie dann mehr liebt. Ich sehe sie am liebsten sterben, das genießen sie und ich auch, weil der Blödsinn dann sein Ende findet. Als halte jemand eine Rede, hat aber das Bein im Gips oder den Trauerflor am Ärmel, weil seine Schwiegermutter verunglückt ist und er bei selbiger Gelegenheit schwer verletzt wurde. Du mußt ihm aufmerksam zuhören, anders wäre es nicht recht einem Verwundeten gegenüber, der Trauer trägt. Und er verlangt vor allem Vertrauen. Ich soll unehrlich sein hinsichtlich der eigenen Gefühle? Meine Trauer nicht echt? Nie im Leben! Die Liebeserklärung etwa auch nicht? Ich bin kein Dahergelaufener! Mein Brief soll aus einem Šundroman abgeschrieben sein, ich hätte Frau und vier Kinder? Angeblich dreimal verheiratet? Deshalb von der Polizei verfolgt, mein Bild befinde sich in jeder Amtsstube, die sich damit beschäftigt? Was hätte ich denn davon? Sie sind meine Einzige, meine erste und letzte, seien Sie dessen versichert. Glauben Sie mir, nehmen Sie mein Wort, ich habe keinen Ausweis, er wurde mir mit den anderen Papieren gestohlen. Ich kann Ihnen meine unglückliche Mutter schildern, die sich so sehr eine Schwiegertochter aus gutem Hause wünscht! Und meinen unglücklichen Vater, obwohl er schon viele Jahre unter der Erde ist seit der grauenhaften Katastrophe beim Schienenverladen. Bitte belügen Sie mich nicht, mein Herr, sagen Sie nicht etwas, was nirgendwo und in keiner Form vorkommt. Wem würde das nützen, später käme doch alles ans Licht und Sie könnten sich nur schämen. Pah, wärs nicht schöner, beide würden sagen, was los ist, und schüttet es aus Kübeln, dann schüttet es eben aus Kübeln, dann ist kein wunderbares Wetter draußen, die Sonne scheint nicht und die Krähen gähnen nicht vor Hitze. Ich durchschaue jeden, der ausweichen will, mal ja sagt, mal nein, ich sehe an seinen Augen, er lügt mich an, mit Händen ist das zu greifen. Ich bitte jeden um die Wahrheit, andernfalls wäre ich traurig und enttäuscht. Was hätten Sie davon, Herr Dieb, mich zu bestehlen. Was wäre so schön daran, in meinen Schubladen herumzustöbern, ob dort eine Brosche der verblichenen Frieda oder eine andere Kleinigkeit zu finden wäre, die Sie obendrein noch verscherbeln müßten, um ein Almosen zu ergattern. Sie werden doch Großmutters Brosche nicht am Jackett tragen wollen, als wären Sie durchgedreht. Überhaupt ist betreffs gestohlener Dinge alles andere mit vielen Schwierigkeiten verbunden, in die Sie sich besser nicht einlassen sollten. Was denen alles einfällt, Proklamationen und Flugblätter für den neugierigen Mob zu schreiben, der für sein Leben gern Geheimpapiere und verbotene Zeitungen liest. Morgen sagen sie, wir sind nicht mehr für das von gestern, sondern für ganz was anderes, die Situation hat sich geändert. Dann sei du so verrückt, dich nicht beizeiten umzustellen und weiterhin das von gestern herumzutrompeten, das längst Vergangenheit geworden ist. Genossen, Brüder und Bürger. Ihr müßt uns glauben. Das habt ihr auch früher getan, warum dann nicht jetzt. Hört nicht auf den, der Zwietracht und Uneinigkeit sät, wir wollen einig sein gegen ihn und gegen alle. Unsere Rettung besteht darin, gegen etwas zu sein und zu wissen, woher der Wind weht. Ich wäre sofort einverstanden, wenn ich sehen könnte, der Mann mit dem Zettel ist ehrlich, aus guter Familie, nicht mit zerrissenem Jackett und drei Tage nicht gewaschen. So einer wird dich nie zum Bösen anstiften. Doch der mit der Schirmmütze oder ölverschmiert, der vielleicht. Gut, daß sie einig sind, die Handwerker alle, so kann sie nicht jeder ausbeuten, bis aufs Hemd ausziehn. Brüderliche Gewerkschaften, vereint euch gegen die, die euch das letzte Hemd nehmen wollen, aber abhängig sind von eurer Arbeit, ohne euch hätten sie keine Elektrizität, kein fließend Wasser, kein warmes Essen. Was bedeutete es früher, Arbeiter zu sein, als noch niemand fragte, wer bist du, was brauchst du, sondern dir die Schaufel in die Hand drückte, nun schaufle du. Nein, so nicht mehr. Jeder weiß, er steht unter der oder der Nummer im ordentlichen Verzeichnis vom Betriebssekretär, der fein angezogen und gekämmt zur Verhandlung beim Chef geht. Auch der kann nicht mehr wie früher. Statt dessen: gibst du uns nicht einen Dinar Lohnerhöhung, brechen wir die Schaufel entzwei, und die ist mehr wert. Wenn wir dazu noch vor der Arbeit Milchkaffee bekämen, Musik gespielt würde und wir später etwas zu begrabbeln hätten für unsere Arbeiterhände, müde von allem! Gott segne den, der den Arbeiterverband und diese Organisation erfunden hat. Was ist dagegen der geringe Mitgliedsbeitrag, mit Tinte ordentlich in jedes Büchlein eingetragen? Nichts gegen das, was sie dafür bekommen. Aber alle zusammen können nicht wie ein Mann vorwärts stürmen. Darauf muß man sich einstellen, innerlich und äußerlich. Keine leichte Sache, im Gleichschritt zu marschieren, die kompliziertesten Lieder zu singen und die Fensterscheiben von Leuten einzuschlagen, die gegen dich sind. Dazu brauchts eine starke Hand, eine gute Stimme, stämmige Beine. Und einen Stein. Die Uniformen alle gleich, die Mutter erkennt kaum den eigenen Sohn, wenn sie ihm beim Vorbeimarsch aus dem Fenster zuwinkt. Und erst die Kinder, die müssen sich auch schön herrichten, müssen wissen, wer ihr Herrscher und wer der Feind, was man brüllen muß und wie das Fähnlein auf der Straße schwenken, wenn Panzerwagen vorbeirollen, daß dir Hören und Sehen vergeht. Liebe Kinder und Genossen, liebe Völker und liebste Nationen, allerliebste Mütter und Schwestern, unvergleichlicher Pöbel, steht stramm und dann rührt euch, bis euch erklärt wird, was Sache ist und welchen Weg man nehmen soll, danach könnt ihr nach Hause gehen und darüber nachdenken, was ihr vom Klügsten im Lande gehört habt. Gut ist auch zu hören, was Chefs und Arbeiter miteinander reden, obwohl letztere völlig verrußt sind. Kommt, gute Leute, runter in den Schacht und diese Tonne Kohle raufgeholt, sonst erfriert das ganze Land. Und die sagen, wir würden ja schon, aber wir haben kein Brot. Sie sollen ruhig runter, das Brot wird im Nu im Ofen gebacken sein. Und Tatsache, alles wäre gut, würden die Gendarmen nicht ewig aus ihren Gewehren feuern, denn dann lauf, was du kannst, du Chef und du Arbeiter, sonst rasiert dir die Kugel den Bart ab, was du nicht gewollt hast. Immer dieselben herrlichen Menschen, unsere Leute, als kennte ich jeden persönlich, sie haben kein Gramm zu fressen, sind aber alle fröhlich. Die bärtigen Russen, die schmutzigen Belgier im Bergwerk und die rabiaten Polen. Die einen das eine, die Chefs das andere. Bis sie sich an den grünen Tisch setzen, einander die Hände reichen, Limonade trinken, sich abküssen und dann die Hymne singen. Vergessen, daß sie sich vor einer halben Stunde noch um Dummheiten zankten, wer hat das größere Gehalt und ähnliches. Jetzt spenden sie Beifall, beten zu Gott und unterschreiben mit großem Bleistift den Vertrag. Süß sind sie, zum Auffressen, wegen ihres Benehmens und ihrer inneren Fröhlichkeit. Aber warum mußte der Regierungspräsident, ein feiner Herr, adrett und gepudert, mit diesen Šlosern herumsitzen und um Brot und Gehalt feilschen? Er wollte es gern, er wollte zu ihnen, um jedem auf die Schulter zu klopfen und zu sagen, wir sind alle Brüder. Das macht Eindruck, jeder glaubt ihm aufs Wort, obwohl er die schwarze Brille trägt und nicht weiß, wohin er blickt. Lieber Herr Cohn, Vaksler und Herr Hodniković. Libe heren Krupp, Schneider, Škoda und Ansaldo. Bester Herr Jagelski. Seien Sie so gut, geben Sie uns Arbeitern einen Hungerlohn im Zeichen einer Gehaltserhöhung, damit wir nicht streiken und mit Ziegelsteinen Ihre Bürofenster einschlagen müssen, wir wissen, was das kostet. Für Sie ist das nichts, für uns viel, und unsere Familienmitglieder würden dann nicht die Schwindsucht bekommen, müßten sich nicht auf der Straße dem Verkauf des eigenen Körpers und anderm hingeben. Ich verstehe nicht, warum die Herrn den Geldbeutel nicht öffnen, Gott strafe sie! Statt dessen sofort ein Bataillon Gendarmen zu

Pferde, ein Hauen und Stechen, aber hinterher kommen jene, die die Vaserlajtungen reparieren, doch ins Schlafzimmer der Fabrikantengattin und machen mit ihr, was sie wollen. Später verrichten sie noch ihr Geschäft mitten auf dem Perserteppich, damit keine Unklarheit bleibt. Was hat der verrückte Hausherr davon, wenn er die Schweinerei erblickt? Geehrter Herr Minister, darf ich mit diesem Beispiel Ihre Geduld strapazieren. Wären Sie so gut, uns eine Kanone zu leihen, eine der größeren, die Sie an der Grenze zu Deutschland, Spanien und Bulgarien in Gebrauch haben, wir würden sie statt dessen gern direkt im Schlafzimmer aufstellen, dann wird der Mob nicht mehr tun, was er getan. Auch drei, vier Granaten, wenn Sie so liebenswürdig sein mögen. Warum konnten die sich nicht gleich einigen, dann gäbs nicht das mit dem Büro, nicht das im Schlafzimmer, was besonders unverzeihlich ist. Ich an seiner Stelle würde ihnen einen Zeppelin in Zigarrenform geben, damit alles richtig aufgeklärt wird. Außerordentlich geehrter Herr Hausherr, wissen Sie denn von den Schweinereien seitens Ihrer Aufseher? Sie hätten die Versammlungen nicht zwischen den Maschinen abhalten dürfen, also nicht im Betrieb, sondern nur außerhalb. Und Sie hätten nicht die Proklamationen verlesen dürfen. Das kann Sie teuer zu stehen kommen. Sie sehen ja, wie unerzogen diese Leute sind. Und in der Zeitung kein einziger Fehler, das muß ein Lehrer aufgesetzt haben, der sich immer bei einer Fabrik einfindet, wenn sich was zusammenbraut. Wäre er noch Grundschüler, würde ich ihm dafür eine Eins geben. Kommt, setzen wir uns an den Verhandlungstisch und klären alles in einer halben Stunde. Sie räumen in den Ecken auf, wir rücken etwas näher zusammen. Sie leisten Ihre geschätzte Unterschrift mit dem unabdingbaren Siegel, und wir geben unsere mit breitem Daumen, getunkt in Maschinenöl. Jedem das Seine. An dem und dem Tag, die und die anwesend. Sie garantieren mit Ihrer Reputation und dem gesellschaftlichen Rang. Für Sie eine Kleinigkeit, für uns die Lösung einer wichtigen Frage. Denken Sie doch an die fünf Cents, plus zwei Dinar und sieben Pfennige. Für Sie ist das eine Selters, die ist sowieso schlechter geworden in letzter Zeit und schadet Ihrem Kreislauf. Es trifft mich ins Herz, wenn die Armen durch die Straßen ziehen, in Rollstühlen und mit Krücken, die Fahne voran, die ein Einhändiger trägt. Und wieder werden sie, sollten die anderen nicht einwilligen, zum Gewehr greifen, auch wenn sie im Rollstuhl sitzen. Das nenn ich Mut, obwohl sie nur auf einem Auge sehen und keine Übung im Schießen haben. Ist nun wirklich kein Spaß, den Abzug zu betätigen, wenn deine Hand schon alt ist. Aber nein, sie lassen sich nicht verjagen, eh man sie nicht an den Haaren nach Hause schleift. Sie sind einig, mir gefällt das, obzwar der eine glatzköpfig, der andere langhaarig, der dritte kurz geschoren ist. Äußerlich völlig verschieden, aber im Café schütteln sich alle die Hände, applaudieren und weinen, so gerührt sind sie von deren Einigkeit. Erst später, wenn einer von ihnen Außenminister werden will, aber keiner in die Landwirtschaft mag, kommt es zu Turbulenzen, aus denen dann ein Dritter für die Außenangelegenheiten hervorgeht, er hat sich nicht gezankt, hat nicht gedrängelt, ist ein Herr, trägt eine Rose am Revers und spricht Französisch. Obwohl, einig sind sie sich nie. Die einen dafür, die andern dagegen. Die dritten überlegen, die vierten sind für das eine und das andere, die hasse ich, sie möchten auf zwei Stühlen sitzen und plumpsen dazwischen. Hören Sie, Herr Stolypin, sehen Sie denn nicht dies Ränkespiel, merken Sie nicht, daß Sie bei erster Gelegenheit, wenn Sie dagegenstimmen, reingezogen werden? Finden Sie sich mit der Opposition ab, damit alle die Osterferien in Frieden verbringen können. Sollten Sie es aber zulassen, eine Bombe aufs Parlament zu werfen, dann müßte das sein, wenn niemand drinnen ist. Nur krachen solls und draußen gehört werden. Das sind ja nicht die Schlimmsten, haben selber Kinder, waren aber draußen in der weiten Welt, haben viel Böses gesehen und müssen es nun jemandem erzählen. Versöhnler gegen Fortschrittler. Liberale Linke Liga. L L L. Drei L, zur Verwirrung des Feindes. Wer würde auf den Namen einer Partei tippen, eher schon auf Druckfehler oder eine Bonbonsorte. Aufstand der jungen Drechsler. Klingt naiver als irgendeine bombastische Bezeichnung, die geradewegs ins Gefängnis führt. Denn wer hat schon was gegen junge Geländerdrechsler. Nur was Symbolisches muß es sein, was nicht auffällt, nicht die abscheuliche Polizei herausfordert, die gleich rumschnüffelt. Die müssen wir auch verstehen, ihr Gehalt kriegen sie auch nicht für nichts, haben auch sieben Kinder wie wir. Vereinte Kellner Südbayerns. Wegen den vielen Cafés, ist ja auch verständlich. Gibts viele von einer Fachrichtung, müssen sie sich zum Haufen zusammentun, um weiterzukommen. Wollen nicht das ganze Leben Kellner sein, und die andern kommen nur und saufen das Bier. Das geht nicht. Auch sie werden einmal auf der andern Seite der Theke stehen, und dann sollen die andern zapfen. Das ist der Sinn der Sache. Die Freunde gegen die

Bierzapferposition. Die nichts sind, werden alles sein und umgekehrt. Hört mal, warum sollten wir uns mit Schattenboxen begnügen, wo man sich so herrlich wie eine Partei oder ein festes Bündnis organisieren kann. Ich erzähle euch die Geschichte von den sieben Stöckchen, oder habt ihr die schon in der Volksschule durchgenommen? Jedes ist einzeln übers Knie zu brechen, alle mit einem Strick zusammengebunden aber nie, nicht mal im Traum. Das gilt auch für diesen Fall. Mit Hilfe eines Programms, das jeder seinem Beruf entsprechend aufschreibt. Gleichberechtigung für alle Handwerker und die dazugehörigen Arbeitsplätze. Damit nicht jeder nur seine Seite und die eigenen Interessen vertritt. Der Kassenwart darf nicht vorbestraft sein, nicht trinken, Alkohol ist nicht wählerisch, einen ehrbaren Onkel sollte er haben, bei dem er das Geld in der Schublade lassen kann. Die Summe nicht anrühren, ehe sie gebraucht wird, leicht wäre sie durchgebracht, und wie sollten wir denn später die Kanone kaufen oder was wir sonst so brauchen. Das Geld hüten wie den eigenen Augapfel, das ist alles, was wir haben. Es sich vom Munde absparen für die allgemeine Sache. Als Unterstützung, falls ein Genosse ins Ausland muß, damit er eine ordentliche Fahrkarte dritter Klasse kaufen kann und nicht das Fahrrad nehmen muß, immer kann ein Reifen platzen, und was machen wir dann? Die Bewegung entstand gleich, nachdem die vorherige plötzlich am Erlöschen war, und dauerte, bis sich eine neue mit einigen prominenten Namen ankündigte. Sie strahlte etwas Besonderes aus, das weder die davor hatte noch die folgende solchermaßen haben wird. Stellte etwas ganz Neues in der Entwicklung der Weltgeschichte dar. Zuerst schiens eine Mischung von schon Dagewesenem, nur anders ausgedrückt, war es aber nicht. Alles hängt von ein, zwei einzelnen ab, die neuen Geist in alte Formen hauchen, die bis gestern noch neu waren. Schritt für Schritt zur Vollkommenheit von allem und jedem. Wer hätte gedacht, was sich in jenem kleinen Bufett mit dem bekleckerten Tresen inmitten der zweifelhaften Gesellschaft zusammenbrauen würde. Das waren keine gewöhnlichen Säufer, die jede Unglückliche belästigten, die hinten im Abort ihren Körper verkaufte! Nein, sie hatten in ihren Taschen irgendwelche teuflischen Papiere, die das ganze zivilisierte Europa erzittern lassen sollten. Wir, hier und heute. In unseren Adern fließt völlig anderes Blut als in denen unserer Großväter, die sind schon zu lange unter der Erde. Alles Bisherige werfen wir ab für das, was wir eben bei einer guten Flasche Burgunder hingekritzelt haben. Ein Weinmanifest von Weinbrüdern, aus Anlaß des getrunkenen Weins und seines geheimnisvollen Geschmacks. Der Wein steht hier als Symbol für Blut, der viel wichtigeren Flüssigkeit im Leben des einzelnen. Nur daß Wein das Blut der Trauben und Blut das Blut des Menschen ist. Mitsamt dieser Verbindung zur Kunst und zur Natur, die auch natürlich sein muß. Die naturbelassene Proklamation der Weinbrüder, aus Anlaß ihres Entschlusses, mit dem alten Gebrauch von Wein, Natur und Kunst aufzuhören. Dreizehn Unterschriften mit Wein, auch das Blut symbolisierend, das nicht nur für die kostbare Unterschrift vergossen werden sollte, sondern zum Zweck des Lebens selbst aufbewahrt werden muß. Wir, die unterschrieben haben und anwesend waren an diesem symbolischen Tag, der eigentlich die Nacht war zwischen diesem und dem nächsten, noch symbolischeren. Zwischen heute und morgen. **DEN KINDERN EUROPAS** und den Freunden des geschriebenen Wortes. Für das Volk, ausgehungert nach neuer Musik, neuer Malerei und neuer Geselligkeit, im Café und außerhalb. Den Menschen guten Willens, die wir eigentlich verachten, denn wir brauchen die, die uns hassen. Nur in diesem Kontrast, und gegen solche, meldet sich unser unverkäuflicher Gedanke. Wir sind die Kinder der Sonne, des Mondes und eines noch unentdeckten Planeten, auf dem nur wir drei Platz haben, die wir diese Gemeinschaft bilden. Heute drei, morgen die ganze Welt. Was heute ein Traum von sieben Erstkläßlern im Schulklo ist, wird morgen die Wirklichkeit einer ganz neuen Literatur sein. Also, ich staune, auf was sie alles kommen, und bewundere ihre armen Eltern, die das alles tolerieren. Diese Kinder haben Grund genug, erwachsen zu werden. Denn so viel Verwirrung, wie man in der Geschichte anrichten kann, das gibts ja nicht. Nur damit nichts so bleibt, wie es war und wo es war, nein, sie müssen alles verkehren, auch zum Schlimmeren. Haben sies denn nicht gut gehabt bei Franz, Balduin und Leopold? Doch nein, einer will nach schräg, der andere schief, einer nach hinten, der andere nach unten, und du halte dann alles zusammen, fang die herumhängenden Fäden auf, wenn du kannst. Der unglückliche Herr Pilsudski auf seinem herrlichen Pferd. Ist ja keine Kleinigkeit, die Polen bei der Stange zu halten, da jeder gern trinkt und für sein Leben gern fremde Frauen kneift. Außerdem ist jeder von ihnen so rabiat und wild, man hat Angst hinzuschauen. Armer Herr Masaryk mit seinen Tschechen, die noch viel ärger sind, so nachgiebig und ängstlich, kaum daß etwas raschelt! Was erst, wenn sie ein deutsches oder russisches Wort hören? Die brauchen nur ihren Knödelteig und viel Bier, soll sich der arme Herr Präsident den Kopf zerbrechen über Vertragsunterschriften, Anleihen, Forderungen und Kapitulationen. Panje Bürger, stolze Söhne unseres Jan Hus, ich schaffe auch nicht alles allein. Stoßt mich bitte etwas an, wenn ich aus der Kurve gerate, dann setzt euch wieder, trinkt euer Bier und plaudert mit dem trottligen Soldaten Schwejk, der nicht bis drei zählen kann. Bei Gott, ohne die zwei, drei klugen Köpfe, ohne den Dreimächtepakt, ohne die Kleine Entente und den Versailler Vertrag hätten die Schufte von links und rechts alles zerstört und vernichtet. Brüder, schießt nicht auf eure Brüder, sie sind euresgleichen, stecken nur in anderen Uniformen als ihr, das heißt, sie sind unsere Brüder. Kleider machen keine Leute, kommt, laßt uns einig sein, daß wir einig sind und ein Volk, nur verstehen tun wir uns nicht, weil wir an verschiedenen Orten leben und verschiedene Religionen haben. Könnten sich nur unsere Minister und andere kluge Leute in einem Spiegelsaal versammeln und sehen, wie blaß sie sind, um dann mit allen das Friedensabkommen zu unterschreiben. Was vermag ein Ungar allein außer Paprikasch kochen und mit einem andern Ungarn Ungarisch sprechen? Das ist doch nichts. Es sei denn, er versuchts mit einem Tschechen, mit einem Rumänen, wenigstens in Zeichensprache. Vor allem, wenn es um Geschäfte geht. Er hat für sie die Horgošpaprika und sie für ihn die Feinmechanik des Schraubstocks und Solinger Löffel und Gabeln. Weder kann der eine ohne Paprika noch der andere ohne Schraubstock. Jeder braucht das Ganze, nicht nur eine Hälfte. Ich liebe es, wenn man mir die Europakarte in Form mehrerer Gestalten zeichnet. Was für ein Gedrängel, einer liegt auf dem anderen. Von unten, von Portugal aus, eine Jammergestalt in der Ecke, über ihm hat sich Spanien breitgemacht wie das letzte Frauenzimmer, drall und unzüchtig, obendrein noch paffend. Gleich darüber, ohne hinzusehen, der Franzose, etwas tiefer der Italiener, in der Pose eines Bombenwerfers, links Korsika und Sardinien, zwei Inseln, verbunden durch die Gestalt eines Jungen, den man nur von hinten sieht, er muß wohl gerade pinkeln. Eine furchtbare Baben als England, die Insel Irland wie ihr Hündchen. Schweden und Norwegen auch ein großes Doppeltier, obwohl mit ziemlich erschrockenem Ausdruck. Darum macht sich darunter der kleine Däne wichtig, als zupfe er Gott am Bart. Doch er ist ein Niemand. Bleibt der schrecklich aufgeblasene Deutsche, der sich ausgebreitet hat, so weit er nur konnte, unter ihm unser Österreicher, obzwar eingebettet in unsere serbische Mütze, dann der gräßlich arme, weinende Türke und über allen die grausigste und größte Gestalt, der Russe, ihm ist ja alles egal, weil er so riesig ist, auf dem Rücken schleppt er einen Sack, darauf steht der Name des Landes, welches er darstellt. Eine alte Karte, aber ungeheuer wahr, jetzt hat sich einiges geändert, doch ich liebe sie und habe sie mit Rajsnegeln angeheftet, an den Rändern ist sie ausgefranst. Ewige Götzen halten Wache bei den Seelen. Zeitgenössischer Moloch und Weltsphinx. Stellt euch nur den Vergleich mit einem Raubtier vor, das Fragen stellt wie der gescheiteste Lehrer. Weißt dus, gut, sonst Kopf ab. Wir befinden uns auf der Scheidelinie aller brennenden Weltfragen, an der Schwelle zum neuen Jahrhundert, und nicht ohne Grund fürchten wir die Zukunft. Bourke, Durham, Elgin und Grey, dazu Lord Salisbury und

Balfour, alles Engländer und doch so unternehmungslustig. Haben sie es nötig, ihren schönen Lindenblütentee nachmittags um fünf stehenzulassen und sich mit den schwarzen Zigeunern in Indien oder noch Schlimmeren in Afrika herumzuquälen? Statt mit einem Schuß den Löwen zu erlegen und zur unvergleichlichen Gemahlin und dem Sohn zurückzukehren, der schon Pilot des ersten Aeroplans geworden ist, müssen sie in der ganzen Welt alles für das Imperium zusammenraffen, als ob dafür später jemand danke schön sagen würde. Anfangs schaut der Engländer nur auf Haus und Besitz und wie den Garten gestalten, doch packt ihn das innere Feuer, so setzt er sich völlig ein, zu Pferd wie auch zu Fuß, quer über die ganze Weltkugel, das macht ihm keiner nach. Gibt es eine goldene Vase auszubuddeln, eine depperte Felseninschrift zu entziffern, oder sind zwei Flüssigkeiten durchzuschütteln, damit eine dritte herauskommt, und zwar durch eine schreckliche Explosion, von der alle Scheiben bersten, dann ist er der erste. Stets sucht er das Abenteuer, zu Wasser und zu Lande, aber erst im Alter, wo er sich nicht mehr rühren kann, verlangt er Tinte und Papier und schreibt in Pantoffeln und im stillen Winkel alles von Anfang bis Ende nieder und lügt um keinen Zentimeter. Das ist ihr Gedächtnis und ihre Anständigkeit, schon an ihren Augen abzulesen, und nicht wie manch andere, ich will sie lieber gar nicht nennen, Sie wissen schon, wen ich meine. Immer quälen mich diese gelehrten Leute und was sie alles wissen, gemessen an Handwerkern und anderen gewöhnlichen Menschen. Genügt schon, ihn zu sehen, dort in der Akademie der Wissenschaft oder im Ohrensessel, wo er ein Buch liest und gedankenversunken in den

Park blickt. Gleich weiß ich, er ist was Besonderes, tüftelt was Besonderes aus, würde aber niemals den Hobel oder den Schmiedehammer in die Hand nehmen, um auf ein Brett oder Eisen einzuschlagen, daß es nur so kracht. Nie ist er eilig, ohne Unterlaß notiert er, zeichnet und radiert, später erhebt er sich aus dem Sessel, hüstelt und sagt, er habe soeben den Zeppelin erfunden, einen schrecklichen Ballon voll von etwas Leichtem, der in die Luft steigen und dort für alle Ewigkeit bleiben könne. Das wär ja schätzenswert, würde er deshalb nicht so viel Geld scheffeln. Wieder werden die kleinen Leute draufzahlen, wenn der Ballon platzt und in Fetzen runterfällt, zusammen mit dem leichtgläubigen Pöbel, der sich zu allem drängt. Aber manchmal geht es überhaupt nicht fein und ruhig zu, sie zanken sich, wer sich was ausgedacht hat und wer der erste war, Mauser soll das Schießgewehr erfunden haben, die Brüder Maxim das MG und M. Laubenf das Unterseebot, obwohl es besser gewesen wäre, sie hätten zu Hause Domino gespielt, statt daß andere ihr Leben lassen mußten wegen ihrer Späße. Oder Daimler und Röntgen, Koch und Bell – bis ihre Medizin, ihr Feuerlöscher und ihr Impfstoff wirkten, haben viele Elende wegen der Experimente gegen die Tollwut das Leben verloren, und viele Häuser sind niedergebrannt, weil die Pumpe noch nicht funktioniert hat. Obzwar, ich will mich nicht versündigen, denn sehe ich sie auf einem Galaempfang ordenbehangen und in Lackschuhen, möchte ich trotzdem heulen wie niemand sonst, weil sie doch die größten auf der Welt sind, sollen sie haben, was sie wollen, Geld, Ruhm und schöne Frauen, Gott mit ihnen, sie haben es verdient. Wieviel giftige Gase sie schon eingeatmet haben! Von tollwütigen Hunden haben sie sich beißen lassen und beim Springen vom Eiffelturm Kopf und Kragen riskiert – deshalb genießen sie nun auch diesen Ruhm, der ihnen zusteht. Lieber Herr Herzl, denken Sie tatsächlich, das jüdische Volk sei etwas Einheitliches, oder ist es deshalb zerstreut zwischen allen, damit überall auch ein paar kluge Köpfe zu finden sind? Berühmter Herr Zola, wollen Sie wirklich Ihre Hand ins Feuer legen für diesen unglückseligen Herrn Dreyfus und seinen sehr komplizierten Namen? Kommen Sie, überlegen Sie sichs gut, Sie haben Kinder und mehrere Frauen, wer wird die alle ernähren, wenn Sie so enden wie dieser Herr Kapitän. Hören Sie, Herr Lesseps, wollen Sie wirklich all den Wüstensand ausheben, um das Wasser zweier Meere einzulassen? Und wenn die Leute mit den Schaufeln absaufen, ehe sie beiseite springen können? Und all das in dieser schrecklichen Sonne? Was den Schuft Kaseri betrifft, der durch jedes Rosenbukett auf einen Präsidenten schießt, so habe ich nichts zu seiner Verteidigung vorzubringen, außer daß er irrsinnig couragiert ist und jeden direkt in den Kopf treffen kann. Die Schwarze Hand, Volkes Wille und die Freischützen. Allein schon die Namen, wer hätte je gedacht, dahinter stecke was Gefährliches. Eher würde ich meinen, es sind Sokolturner und Pfadfinder, doch schießen tun sie, daß es nur so staubt. Aber daß sich Mary Vetsera so in den Herrn Mayerling vergaffen würde, noch dazu beim Frühstück vor jenem Spiegel, hätte ich mir nicht träumen lassen. Wenn es nur das verfluchte Erdöl nicht gäbe, diese schreckliche Flüssigkeit, wegen der auf der ganzen Welt Blut vergossen wird. Alles nur, weil ein müßiger Beduine auf seinem Hof den Finger in den Sand steckte, lang, lang ists her, und das schwarze Unglück sprudelte und übergoß den Mann, recht geschah ihm. Und als die Indianer, die Schwarzen und andere anfingen, daran zu lecken und zu schmecken, und erkannten, das ist nicht zum Essen oder Trinken, da erfanden sie das Anzünden, und sieh an, nun brennt es allerseits, in den Fabriken wie auch im richtigen Krieg, es blitzt nur so. Kommt zur Vernunft, Leute. Ihr befehdet euch doch auch nicht wegen einer Waschküche oder Zeitungsbude. Ob die Grenze hier ist oder da, wen kümmerts, die Wäsche muß gewaschen werden, egal wo, und genauso mit den verfluchten Zeitungen, du mußt sie lesen, obwohl sie oft nur voll sind vom Schrecklichsten und Schlimmsten. Recht so, setzt euch manierlich an den grünen Tisch, nehmt den Zirkel und zeichnet mit Bleistift und Lineal schön auf, wem was gehört und weswegen. Später leert ihr eine Flasche Šampus auf ihn, und dann wieder alles von vorn, nur wird dieses Dorf dann einen deutschen Namen haben und jener Fluß einen ungarischen. Einzig die Fische wissen nichts davon, ihnen gehts wie immer. Wie leichtfüßig sie das Weiße Haus betreten, Downing Street und das Haus der Lords, obwohl auch Alte hineingehen. Stets ein Haufen Arbeit, das ist an den Dokumenten zu sehen, die sie von Saal zu Saal schleppen, natürlich fällt auch mal ein Papierchen herunter und niemand hebts auf. Und dann das Herumgerede, das Konferieren, alles wegen der Insel Island, die an sich nur ein Stückl Eis ist. Jeder auf seiner Seite, doch ohne jede Begründung. Solidarisch vereinter Bund gegen das panslawische Germanentum. Ebenso die dunkle Sekte der schwarzen Nigger. Obzwar ohne Drohungen, denn alle sind Diplomaten. Niemand würde sich zurechtfinden, gäbe es nicht einen Dolmečer. Republikanisch-monarchistische

Organisation für Verbindungen und Isoliertheit. Der Völkerbund gegen die Volksfront, was ja im Grunde ganz ähnlich klingt. Hat der mit der Brille nicht zuerst dafür und jetzt dagegen gestimmt? Nein, zwei sehen nur gleich aus. Ja, ja, das ist teuflisch. Einer wie der andere und alle in neuen schwarzen Anzügen, es sei denn, einer trägt eine Nelke im Knopfloch oder einen Kamelknochen im schönen schwarzen Haar. Im Namen des Dominions und des unabhängigen Fürstentums Lollipop. Ich bewundere es, was sie alles beschlossen haben, über die Köpfe des Volkes hinweg, aber bei Gott, sich später daran halten zu müssen, das ist ein anderes Kapitel. Alles nur, weil die vier sich auf das Kanapee setzten, Kaffee tranken, Feingebäck futterten, dann zum Šrajbtiš schritten und das Papier mit dem Siegel darauf unterschrieben haben. Oder sie treffen sich in der afrikanischen Einöde, jeder ist aus seinem Winkel der Erde angereist, als Beduine verkleidet oder als Frau, damit niemand sie erkennt, und erst im Saal ziehen sie sich aus, und es zeigt sich, wer der Chef vom größten Staat der Welt ist. Je geheimer, desto mehr wird darüber geredet, vor allem von den verschiedenen Tagedieben wie Kammerdienern und Zimmermädchen: Ich hab ihm die Mantille gehalten, und ich ihm im Schlafzimmer Himbeersaft eingeschenkt, doch was sie noch getan haben, würden sie nicht mal dem eigenen Mütterlein sagen. Lauter putzige Berichte kleiner Leute, die damit Bekanntheit erlangten, ob sie wollten oder nicht: Wie ich durchs Schlüsselloch des Premiers oder Präsidenten geguckt habe. Das Potsdamer Treffen von unten gesehen. Notizen von jemandem, der sich unterm Tisch versteckt hatte. Die Teheraner Konferenz durch die Augen eines geborenen Teheraners, der spielt, er sei keiner. Angeblich einer der Begleiter, nur schwarz, weil er sich gesonnt hat. Einer dachte, ein anderer ließe ihn rein, und der dachte, er sei der erste gewesen. So schaffte er es bis ins Kabinett, aber eigentlich wußte niemand, wer er war. Er wurde zusammen mit dem Oberkommandierenden photographiert, weil alle annahmen, er habe eine besondere Mission. Doch es war die reine Neugier. Die Erinnerungen eines neugierigen Mitglieds des Gefolges, nur der eigenen Neugierde verpflichtet. Hätte alle erschießen können, wär es ihm nur eingefallen und hätte er ein Schießeisen dabeigehabt. An solche Details erinnern sich nicht einmal die Generäle, die den Frieden unterzeichnet haben. Doch er hat alles notiert, weil es ihn nicht interessiert hat: Der versengte Teppich, wegen der Nervosität beim Vertragsabschluß. Das Geheimnis des kleinen Aschenbechers, der sich nicht dort befand, wo er hätte sein sollen. Interessiert die Leute mehr als Krieg und Frieden – und als ein Vertrag, der nur auf dem Papier steht. Die ihn schließen, schwören drauf, schlagen drei Kreuze, knien nieder, unterschreiben, lesen aber erst danach, was sie unterschrieben haben, weil sie im Gewühl nichts sehen konnten, dem einen ist der Kellner auf die Brille getreten, aber gesagt hat er nichts. Das soll ich unterschrieben haben, ich bin doch nicht wahnsinnig. Nie und nimmer. So viele Reparationen für nichts. Oder ein Teil der südlichen Provinz soll zur nördlichen. Nein, niemals. Das ist unser Volk, und wir beschützen es, auch mit Gewalt. Und das Licht beim Unterschreiben war so schwach, nichts war zu sehen. Außerdem ist ihm das Papier verkehrt herum gereicht worden, wie sollte er erkennen, worum es geht. Er wollte ja alles selber machen und nicht die Sekretärinnen, die sich pausenlos in einen von der Garde oder in irgendwelche Piloten verlieben und deshalb nicht wissen, was sie tippen. Wenn wir dürften, würden wir ein Amendement aufsetzen, welches das vorherige für nicht unterzeichnet erklärt aus den weiter unten angegebenen Gründen und im Zusammenhang mit der Deklaration der Menschenrechte und Unabhängigkeit, die vor zweihundert Jahren unterschrieben wurde. Wir bitten Sie sehr, daß wir ohne Gewalt, Annexion und Referendum auskommen, sonst bekämen Sie nicht mal ein halbes Prozent. Wir möchten keine Enquetekommission entsenden müssen, die sowieso auf unserer Seite ist. Das würde jeder, ob anwesend oder nicht, bestätigen. Ad acta und Punktum. Die sind ja nicht verrückt, sie treffen sich nicht in Spelunken oder Bahnhofswirtschaften, sondern mindestens im ehemaligen Königsschloß, zwischen lauter Antiquitäten, wo du aufpassen mußt, in der Eile nichts kaputtzumachen. Und die Schwäne gucken aus dem Teich und denken sich ihr Teil. Nie hätte er unterschrieben, hätten sie ihn nicht ins Schloß von Versailles gebracht, wo du dich in einer Unmenge von Spiegeln erblickst und gleich in die Hosen machst. Anders wäre es, das Volk zu fragen, Leute, wollt ihrs so oder so. Wollt ihr noch ein bissl Diktatur und all diese Schweinereien oder was Besseres? Nein, na dann in Ordnung, sagts nur, fordert es, euer Wort ist uns Gesetz. Wir sind nur Führer, um euch alles zu erfüllen. Haben nur diese Aufgabe. Hört unsern stolzen Präsidenten. Die Stimme von Primo Rivera, einem weisen Staatsmann und feinen Menschen. Gleichzeitig Vater der Nation und der Familie. Seine Kinder verwechselt er mit den Bauern, die auch seine Söhne sind, nur kennt er sie nicht persönlich. Und wer wollte, könnte sofort seinen Platz einnehmen. Herr Zamorra oder General Franzisko. Wer auch immer. Ich trete freiwillig zurück, wenn die Masse unserer Bauern und angesehene Einzelpersonen das verlangen. Nur bitte keine Schießerei, denn meine Tante kränkelt und ist gerade eingenickt. Und mein Kleiner hat Scharlach, er braucht die heilige Ruhe. Stürmt nicht den Haupteingang des Parlaments, das würde unersetzlichen Schaden anrichten, aber den Schlüssel zum Dienstboteneingang wäre ich bereit durch mein Zimmermädchen zu übergeben. Schwerlich ginge das lange gut, käme nicht von Zeit zu Zeit einer mit Bart, oder wer sonst die Macht hat, auf die Idee, etwas zu reformieren. Alles, was vorher war, ist Dreck, jetzt erst wirds richtig werden. Und die neben ihm erblassen vor Neid und sind wahrhaftig erstaunt. Wir waren doch bei ihm, hautnah, doch das wäre uns nie und nimmer eingefallen. Wo hatte er nur diesen Zettel, in welcher Brusttasche, daß ihn niemand entwenden und ihm zuvorkommen konnte? Wirklich ein Gauner, zu allem bereit. Ein Fischotter. Teuflischer Untergebener. Und zwar durch seinen teuflischen Stil und seine teuflischen Zeitungen, die man sowohl auf dem Klo als auch beim Barbier liest. Er spricht den kleinen Leuten aus der Seele, nicht mal sie selbst wissen, daß sie so denken. Will es nicht im Guten und mit Hilfe der Feder gelingen, beginnt die Schießerei. Meist wunderbare Studentinnen und fleißige Schüler, die die Dummheit um sich herum nicht mehr ertragen können. Sonja Petrovska und Vera Zasulič, obwohl letztere Jüdin. Jede zielt piffpaff auf ihren Kaiser oder Thronfolger oder Polizeichef! In Gottes Namen, warum, Herr Halturn, Herr Axelrod, was hat Sie denn dazu getrieben? Nein, ich wars nicht, er.

ICH SCHREIBE BÜCHER UND ER SCHIESST, das ist die Arbeitsteilung. Und später finden sich der eine, der andere und der dritte in der Geschichte wieder, alle außer dem erschossenen Polizeichef, den kennt wie eine krepierte Katze niemand. Wir wollen nur die Stützen der Gesellschaft mit Dynamit in die Luft jagen, ansonsten sind wir fleißige und friedfertige Bürger. Mein Papa ist Eisenbahningenieur, meiner arbeitet im Bergwerk. Wir wollen nur den töten, der gegen uns ist, die anderen nicht im Traum. Das sagt unser großer Bakunin, der viel raucht. Nur den Bauern muß man an die Seele rühren und den fleißigen Studenten und den Sozialdemokraten. Immerfort stellt jemand Fragen und gibt selber die Antwort. Was tun, wohin und weswegen? Der Bauer glotzt nur und versteht nichts, bis es ihm der Frager erklärt: Das und das, dahin und deshalb. Die Herren Baldwin, Balfour und Lord Asquith. Prachtvolle Männer, kräftig, wenn auch nicht mehr jung, in guten Anzügen und aus angesehenen Familien, aber bei uns haben sie viele Scherereien wegen ungelöster Probleme. Besser, sie ließen Danzig, die Dardanellen und die Ostfrage zum Teufel gehen – einen Kognak nach dem Essen und Šlus. Wer soll das klären und gegen wen. Antisemitismus gegen Philosemitismus, was dasselbe ist, nur umgekehrt. Warum tragen sie das Ganze nicht auf dem Berliner Kongreß, der Pariser Konferenz oder dem Haager Gerichtshof vor? Armer Aristide Briand, er hatte vor dem Krieg auch hier bei uns eine Straße, aber jetzt ist er eine Null. Hinter wieviel Rednerpulten hat er gestanden? Alles wegen nichts und wieder nichts. Demokraten, Radikale und Sozialisten gegen Republikaner. Jeder wählt eine Richtung, die mit fremden Richtungen kollidiert, dann ist niemand schuld. Sie hätten sich vorher besprechen sollen und nicht mitten im Krieg, wo es nichts mehr zu besprechen gab. Sprechen die Kanonen, schweigen Wahrheit und Vernunft. Auch der feine Herr Beneš hat mich später sehr enttäuscht. Er ist Tscheche, nur das verzeih ich ihm, weil die am Ende immer die Angeschmierten sind. Wenn es nur nicht zum Bürgerkrieg kommt, denn der ist noch schlimmer. Da schießt auch, wer kein Soldat, sondern Bürger ist, er heißt ja auch nach ihm. Ein Beamter im Regenmantel oder ein Lehrling mit Schirmmütze hockt in einem Haustor und schießt auf einen Lehrling oder Lehrer auf der anderen Straßenseite, ohne vorher gefragt zu haben, wer es ist, auf den er schießt. Und was sollst du sagen, wenn dich so einer kontrolliert? Du gehst gerade Milch und Brot holen, wenn es überhaupt Brot gibt, oder in die Apotheke für Aspirin, wegen Kopfschmerzen. Bist du für die oder für die? Aber sie sind sich haargenau gleich. Du mußt dich sehr schlau anstellen, um durchzukommen. Das ist nicht wie die gewöhnliche Wahl für das linke oder rechte Zentrum. Jeder hat seinen Kandidaten, sein Parteiwappen und darauf ein Werkzeug, einen Vogel oder einen unverständlichen Buchstaben. Doch zu wem du gehörst, weiß nicht einmal die Geschichte, da sie noch ungeschrieben ist. Am liebsten hab ich den Anšlus oder das Direktorium, die Vereinbarung oder den Kompromiß, dann weiß ich, ich habe es mit gescheiten Leuten zu tun, ihr Ziel ist nicht, sich im vollgelaufenen Schützengraben abzuschlachten oder eine Handgranate auf die Štreke zu werfen. Einer sagt, so und so ist es, und du gehorche entweder oder schlage mit dem Kopf gegen die Wand, aber schweige. Du hast blind unterschrieben, egal ob einen Wechsel, die Stromrechnung oder die bedingungslose Kapitulation. Hättest früher hinschauen sollen, jetzt ist es zu spät. Wer die Curzonlinie gezogen hat, muß sich auch nach ihr richten und sie nicht ausradieren oder hin- und herverlegen oder sie ohne gültige Papiere übertreten wollen. Was ist, ist. Ich weiß nicht recht, für wen ich sein soll. Für Edward Grey, für den alten Clemenceau oder für den unglücklichen Gandhi, der sich totgesehnt hat nach allem. Der erste ein wunderbarer Baron, der zweite ein kluger Bauer und der dritte geht nackt und barfuß, bettelnd, doch nicht für sich, sondern fürs ganze Volk. Jeder groß auf seine Art, das verwirrt mich auch in meiner Entscheidung. Und wer hat sich wohl all die großen Dinge ausgedacht, wie den Generalstreik, die Weltausstellung und den Ersten Weltkrieg? Kann wohl nicht derselbe gewesen sein, wär zuviel für ihn, all diese Begebenheiten zu erdenken. Sondern der eine dies, der andere was ganz anderes. Ich vergaß die Völkerwanderung von Nord nach Süd und umgekehrt, als sie gesehen haben, da unten gibts nichts, viel besser wars da, von wo sie kamen. Wie bei einer Wirtschaftskrise. Warum haben sie nicht vorher besprochen, wieviel teurer eine Ware werden soll, und beizeiten eingekauft, statt dann später, o Mutter mein, was mach ich ohne Kaffee, Baumwolle und Erdöl? Alles keinen Pfifferling wert, denn wenns sein muß, kommt man auch ohne aus. Woher haben sie nur die feinen Namen, Hamilton, Haig und Lord Halifax, jeder mit diesem H, was ist dann erst mit den anderen Buchstaben? Und sehen Sie bloß die Courage des Lord Kitchener, stellt sich vor die ganze Armee und brüllt Vorwärts!, obwohl von allen Seiten die Kugeln pfeifen. Oder Kemal Pascha – allen Türkinnen riß er den Schleier runter. Die Ehemänner hätten ihn zerquetschen können wie eine Laus, so viele sind sie, obendrein fürchterlich rabiat, das wissen wir hier noch von früher. Aber der Filou hoffte, sie würden ihm später ein Denkmal errichten, seinen Namen mit goldenen Lettern anbringen, und so hatte er keine Angst. Béla Kun könnte ich dazurechnen, der sich dick, wie er war, getraut hat, vom Balkon in Pest zu reden, obwohl er eine riesige Zielscheibe abgab. Dann der verrückte Lawrence von Arabien, was hatte der dort im Sand zu suchen, wo er sich nur verirren konnte, doch er trabte weiter, vom einen Ende Schwarzafrikas bis zum anderen, ohne Furcht vor Löwen, Schlangen und dem grausamen Durst, denn nirgends war auch nur ein Tropfen Wasser. Imponierend der Pakt in Locarno, in Lausanne und Genf, und was für schöne Orte diese Schlaumeier immer gefunden haben, um sich hinzusetzen und unbesehen die Papiere zu unterschreiben. Soviel gegenseitiges Vertrauen. Natürlich war das in der Schweiz, dort wird nicht gelogen, und jeder glaubt dir aufs Wort. Und überall die Schifahrer, Uhrmacher und die, die auf den Apfel auf dem Kinderkopf zielen. Tatsächlich eine Welt für sich, etwas Besonderes, ich war immer sehr zufrieden mit ihnen. Denken Sie, mir fällt es leicht, den verfluchten Pakt mit Deutschland zu unterzeichnen? Sie sehen doch, von allen Seiten krachts, man muß den Kopf einziehen. Sie sind nicht ganz bei Trost. Der arme Herr Pétain, hochbetagt, und muß sich vor diesem unseligen Hitler verbeugen, der vor Überheblichkeit nicht weiß, wo er ist und was er tut. Aber auch er wäre nicht so unerträglich, hätte er nicht diesen Hinkegoebbels, der ihn zum

Schlimmsten anstiftet, und später dann tuts ihm leid. Auch er ist ein Mensch, hat aber schlechte Ratgeber, das ist schlimmer, als ohne Hand und Bein zu sein. Hätte mir jemand eingebleut, ich sei Hitler, und mir noch den verfluchten Schnurrbart angeklebt, mich von hinten geschubst, ich soll vom Balkon runter zu dem ganzen Pack reden, ich hätte völlig anders gesprochen, das muß ich Ihnen nicht besonders erklären. Liebstes Volk, deutsche Männer und Frauen. Wenn ich auch Hitler bin, so werde ich doch nicht all die Sauereien tun, zu denen mich diese Tiere mit menschlichem Antlitz zwingen. Der eine fett, der andere mit gebrochenem Bein, sie alle treiben mich zum Ärgsten, aber in mir steckt noch etwas Menschliches, und ich werde es nicht tun. Wozu sollt ihr alle im bösen Krieg fallen, den ich nicht einmal dem kleinsten Nachbarland erklären werde, nein, umgekehrt, die Friedenshand werd ich ausstrecken. Und ihr, meine lieben deutschen Frauen, warum solltet ihr euch alle in mich verlieben, erstens bin ich gar kein Mann, glaubt mir bitte, zweitens habt ihr so wunderbare Männer, daß ich ganz neidisch bin. Ihr vergeudet nur Tinte und Papier, um mit mir ein Stelldichein bei der ersten Säule auf der Brücke zu verabreden, ich habe keine Zeit dafür, und würde mich einer meiner Burschen dabei ertappen, wär der Teufel los. Ich möchte nur, daß ihr fleißig in der Fabrik arbeitet, liebe Männer, dann nach Hause geht und eure herrliche Blondine oder Brünette küßt, jeder die seine. Ach, hätte mir der liebe Gott doch nur fünf Minuten geschenkt, damit ich wie Charlie Chaplin in seine Haut schlüpfe. Ich, Laura, Mutter und Großmutter, hätte ihm den Marsch geblasen, soll er denken, was er will. Auch der unglückliche Goebbels wäre nicht so blutrünstig, wenn ihm die **UNVERGLEICHLICHE ZARAH LEANDER** einen kleinen Wink gegeben hätte, sie wolle mit ihm ins Kino. So aber, ein Hinkefuß, kein Mädel liebt ihn, und nichts war mit Kino. Jeder an seiner Stelle würde sich ärgern, mit dem Fuß aufstampfen, wenigstens mit dem gesunden, sich zu Boden werfen, die Mutter anflehen, aber die Unglückliche ist längst tot, weil sie bis zuletzt als Näherin gearbeitet hat. Ich verstehe sie ja alle, möchte darum immer vieles reparieren, und manchmal gelingt es mir auch, man muß mich nur lassen. Ich würde auch die Fremdenlegion verbieten, denn da weiß niemand, wohin er gehört und warum er dort ist. Angeblich bewachen sie etwas, doch da, wo sie sind, gibts nur Sand. Wer sollte den denn wegtragen? Doch vielleicht stammen sie alle aus sehr verarmten Familien, und so ist es für sie am leichtesten, denn niemand fragt sie danach. Und die Freimaurer. Weshalb so geheim, niemand will ihnen was tun. Sie sollten einfach sagen, wir sind die und die, Geschäftsleute und so, nur eben Freimaurer. Wen stört das? Ich zum Beispiel, ich bin eine gelähmte Frau, kann nicht laufen, aber niemand hat was dagegen. Jeder hat einen Webfehler, und trotzdem lebt er. Aber die kriechen nur in die Ecken und werden darum grundlos verdächtigt. Doch würden sie sich vorwagen und was Geistreiches aus ihrem Leben und dieser Untergrundpartei erzählen, würde jeder gern lachen und sie viel mehr schätzen. Ich seh ja auch lieber die Diplomatie in Zylindern und Ballkleidern, jeder ist zu jedem nett, alle lachen, küssen der Frau des ärgsten Feindes die Hand, aber gleichzeitig senden sie ihrem König oder sonstwem eine Depesche, sofort solle eine Bombe auf die Residenz von dem geworfen werden, dessen Frau sie gerade so innig die Hand geküßt haben. Ewig sitzen sie am grünen Tisch, als wollten sie Billard spielen, jeder die Akten vor sich, sie trinken nur Wasser, irgendwelche schönen Mädchen an ihrer Seite übersetzen, und was sie unterm Tisch tun, ist ihr Geheimnis. Sobald sich einer im fremden Land befindet, geht es ihm besser, das ist ja bekannt, niemand darf ihm Böses antun oder ihn verhaften, alle laden ihn zum Abendessen ein, Champagner gratis und schreckliche Fischgerichte, die würde ich nie essen, alle tragen Lackschuhe und schreiten über Perserteppiche wie die Prinzen. Selbst wenn sie sich bekriegen, müssen sie nicht in die Schützengräben wie der Pöbel, sie werden wegexpediert und sitzen bis zum Kriegsende in einem Schweizer Hotel. Man liest es ihnen an der Nasenspitze ab, daß ihnen nie etwas Schlimmes widerfahren wird. Dann ist auch jeder von ihnen ein echter Herr. Hätte unser Dragomir wenigstens ein Viertel einer Fremdsprache gekonnt, Deutsch zum Beispiel, statt den Flittchen nachzulaufen, er würde jetzt im Außenministerium sitzen, wenn er nicht vorher mit der, die übersetzt, etwas angestellt hätte. Am grünen Tisch markieren sie stets den feinen Herrn, als könnten sie kein Wässerchen trüben, doch sobald sie im Salon die Papiere unterschrieben haben, ballern sie aus allen Rohren, daß es nur so qualmt. Und rufen sie die Journalisten, um zu sagen, was hinter verschlossener Tür und am grünen Tisch los war, mußt du dreimal gescheit sein, willst du kapieren, was jetzt ansteht, du darfst nichts von alldem glauben, was der alte Brillenträger faselt, denn am nächsten Tag gibts schon Krieg, hast kaum Zeit, dein Bündel zu schnüren. Sie haben es im Blut, das eine zu sagen und das andere zu denken, deshalb hüte dich, leg dich nicht mit ihnen an. Das ist die ganze Weltpolitik, darum mag ich solche wie Hitler und Stalin, immer frei heraus, wir werden das und das tun – und morgen kommts auch tatsächlich so. Und noch schlimmer. Eine Million Kilo Eisen auf die Köpfe, da sieh zu, wo du bleibst, er hat dich ja gewarnt, kannst nicht sagen, er hätte es versäumt. Nett, wie die beiden sich die Hände gereicht haben beim Pakt, dabei haben sie gelogen, faustdick, und nachher – was bin ich blöd gewesen, ihm zu glauben. Für mich wäre es die größte Genugtuung, wenn es ihnen genauso erginge wie dem einfachen Volk. Das Netteste an der Diplomatie ist ja, wie aus nichts etwas wird. Der Diplomat sitzt in seinem Zimmer, und plötzlich kommt ihm eine Idee, er ruft verschiedene Personen an, sagt dem einen dies, dem andern das, alles vermengt sich, später geht er auf den Empfang eines Kollegen, besieht sich, was er angerichtet hat, wie sie sich schon zanken, geht zurück in den eigenen Salon, trinkt in Ruhe ein teures Getränk und legt sich schlafen. Nur aufgepaßt, daß die andern nicht merken, wer es angestiftet hat, denn dann wär er am Ende. Zuerst der Opiumkrieg, dann der Zwischenfall in Mukden und zur Krönung das Gentlemanagreement. Das hab ich auch schon bemerkt: kein Abkommen, ohne daß vorher Köpfe rollen. Mir ist eine provisorische Regierung lieber als eine längere, denn erstere besteht nur von heut auf morgen, ist nicht so verdammt machthungrig, und übermorgen soll sich jemand anderes über die Staatsgeschäfte den Kopf zerbrechen. Seht, wir selbst haben nichts davon, wir sind nur für das Volk da und vertreten die Interessen der Mehrheit, die wir wie unsern Augapfel hüten. Nur Ordnung muß sein, die Zigeuner dürfen nicht stehlen in den ramponierten Geschäften. Bitte keinen Škandal hinsichtlich der Unmoral in Kinos und Gaststätten. Nicht einfach jeder, wie er will. Bitte nicht alle möglichen Fahnen und Abbildungen der größten Schufte der Geschichte auf den Balkons, sondern nur eine Fahne, ein Portrait, alles andere zum Teufel. Das ist unser Provisorium. Wir sind im übrigen Leute verschiedenster Fachrichtungen, Ingenieure, Chemiker, Professoren, unsere eigene Arbeit leidet, und darum haben wir unterschrieben, daß unsere Regierung nur sechsunddreißig Stunden dauern wird und keine Minute länger. Kommen Sie, Herr Kerenski, wenigstens Sie haben Zeit, lassen Sie uns nicht im Stich. Nein und nein und nein! Ganz der wohlerzogene, aber unerbittliche Soldat. Seit Generationen waren es nur Offissiere. Das ist lobenswert. Obwohl er selbst gegen jeden Fortschritt und anderes Positive war. Bei ihnen klappt alles wie am Schnürchen. Und Herr von Bülow, ein Weltmann, hat sich nicht geniert (und es war ihm auch nicht zu langweilig), bis ans andere Ende der Welt zu gehen, um irgendeinen Vertrag über die Mandschurei zu unterschreiben. Als ob er nicht auch ohne hätte leben können, mit seinem hohen Gehalt als Präsident. Und was nicht drei, vier Männer alles beim Tee im Salon aushecken! Los, laßt uns Venezuela blockieren, morgen fangen wir mit dem Krieg der Engländer gegen die Buren im untersten Eck von Afrika an. Einen Monat noch, und wir hetzen die Russen gegen die Japaner auf und umgekehrt, mal sehn, was wird. Und was sie sagen, geschieht wirklich. Ich versteh nur nicht, weshalb die Russen mitsamt ihrem Land Lust haben, sich mit den kleinen Wesen von der Insel zu prügeln, doch sie wollen sich auch mal amüsieren. Heute die eine

Duma, morgen eine andere, Parlament auf Parlament, Reformen gegen Reformen, schon revoltieren die verrückten Matrosen von der Potemkin wegen all der Veränderungen, die sie nicht kapieren. Andrerseits haben sie, weil ständig auf dem Meer, Übersicht über die ganze Chose an Land und sagen deshalb: Schicken wir denen mal zwei, drei Granaten rüber, mal sehen, was sich tut. Die Politiker kriegen das Reisen nie satt, wissen nie, wo sie frühstückten und zu Mittag aßen, und wo zu Abend, ist auch ein großes Fragezeichen. Andauernd packen sie den Koffer aus Krokodilleder, dann in den Zug, aufs Schiff oder in das Flugzeug, ist ihnen Wurscht, mir wärs das nicht. Herr Izvoljski, kommen Sie zu uns nach London, und unser König Edward der Siebente ist am Donnerstag bei Ihrem Nikolai. Chamberlain soll in das schreckliche Afrika, wo ihn jeden Augenblick die Schwarzen aufessen können, doch er hat ja diesen Beruf gewählt, und deshalb muß er. Seid ihr Buren denn plemplem, Krieg zu führen gegen die Engländer, und ihr Bulgaren gegen die Serben und vorher gegen die Türken. Zählt erst mal bis hundert, und wenn ihr danach immer noch der Meinung seid, dann los. Keiner soll auf einen Vogel feuern, die drüben könnten das falsch verstehen. Aber dann ists zu spät. Ehrenwort, haben wir nicht getan, wollten nur den Piepmatz treffen, der uns nervös gemacht hat. Zwei Millionen Tote wegen eines blöden Jägers. Ich mag, wenn nachgedacht wird, wenn die Politiker miteinander tuscheln, Abdikationen unterzeichnen, Memoranden und Ultimaten, später soll kommen, was kommen muß. Aber wozu brauchen die irren Iren diese Partei, die niemandem etwas bedeutet, nur die Engländer werden sie ihretwegen noch mehr hassen. Sinn Fein gegen die Krone. Das Ganze in einem Film oder Sportklub, von mir aus. Aber so verliert stets einer unnötig seinen Kopf. Sehen Sie die herrlichen Männer Quartett spielen. Herr Dvořak, Herr Elgar und Herr Rachmaninow. Alle drei ziemlich alt, doch fällt es ihnen nicht schwer, die Violine zu nehmen und gemeinsam für uns die eigene Komposition zu spielen, die die Natur schildert. Worin liegt ihre Größe? Nur darin, daß sie sich in ihr Kabinett setzen, in ihren Lehnstuhl, den ich liebend gern zum Fernsehgucken hätte, und dann sehr nachdenklich werden. Im Vorzimmer müssen alle auf Zehenspitzen gehen, bis dem was einfällt, dann haut er nur auf die Klingel, und gleich kommt jener General, eine Art Adjutant, und schreibt auf, was der große Mann zum Wohl des ganzen Landes erdacht hat. Entweder neutral bleiben, dann kann einem niemand was, oder das Abkommen unterschreiben, sogar mit dem ärgsten Feind, zum selbigen Zweck, oder gleich mit dem Bau jener Fabrik beginnen, in der hergestellt wird, was es sonst nirgends auf der Welt gibt. Hauptsache, der Adjutant schreibt alles richtig auf, nicht, daß er sich verhört und sie, erst wenn der Vertrag unterschrieben und die Fabrik errichtet ist, einsehen, daß sie weder mit den Schuften etwas unterschreiben noch die Fabrik auf die Bergspitze hätten setzen sollen, denn nicht einmal ein Ziegenpfad führt hinauf. Alles hängt ab vom Depp, der aufschreibt, darum ist wichtig, daß er nicht das Schlußlicht im Schreiben und Denken ist. Hören Sie, meine Herren Abgeordneten und mein liebes Volk. Ich, als Nachbarspräsident, reiche Ihnen die Friedenshand, obzwar ichs nicht dürfte wegen des schrecklichen Schlachtens im letzten Krieg. Nein, nicht unserm, dem Ihren. Doch ich bin unendlich gütig und paraphiere dies deshalb, sollen künftige Generationen darüber urteilen, ob ich Ihr Vertrauen mißbraucht habe. Wie er ihnen das zu sagen weiß, als wären sie in dieselbe Grundschule gegangen. Nur etwas blaß ist er, doch um so schöner. Ich, Ihr Nachbar, würde vom Parlament die Zustimmung einholen, Fabrik, Brücke und Ziegelei zu bauen und die Kegelbahn hinter der Fabrik, ich weiß ja, was unser Volk braucht, und Sie beurteilen dann, ob es richtig war. Wenn unser Arbeiter keine Brauerei braucht, dann weiß ich nicht, was er überhaupt braucht. Versucht mal, wie das liebe Vieh von morgens bis abends zu arbeiten, ohne zum Šlus den Durst mit einem Kriegl Bier zu löschen. Wär denn das zuviel, ein Kriegl, nach all dem Wühlen im Erdreich? Oder eine Fußballübertragung, wenigstens einmal die Woche. Ohne so was mag er gar nicht auf den Hochofen klettern, von dem er runterstürzen könnte, wenn er nervös ist. Ich sage euch, das ist sehr wichtig für seine persönliche Entwicklung, innere wie äußere. Fragt die Ärzte. Jeder spende eine Kleinigkeit, ich gebe meine goldene Uhr, sollen sie die einschmelzen, für was auch immer. Seine Beispielhaftigkeit ist wahrlich ansteckend, so daß sogar ich im Rollstuhl meinen Goldzahn, hätt ich denn einen, aus dem Mund holen würde. Viele haben einen, aber schweigen still, als wär ihr Maul voll Wasser. Was für ein Land, welche Bescheidenheit! Wiederum **MARSHALLPLAN GEGEN MONROEDOKTRIN**, doch in Wahrheit angeblich der Vertrag von Locarno in Verbindung mit der MacMahon-Linie. Das ist alles eingetragen in die Weltkarte, damit man weiß, wo was ist. Eine Art Inhaltsverzeichnis der Geschichte, sehr spannend. Erst damals sah ich die großen Vier und die sieben Zwerge. Unmöglich. LBJ, Harry Lime und Bobby Watson. Wo denn? Da, in der ersten Reihe. Das wird meine Danica bis zum Sanktnimmerleinstag nicht verstehen. Jetzt wird der Vertreter dieser Kuomintern sprechen. Praktisch ein Chinese, obzwar er das nicht zeigt. Alles wegen dem verfluchten Erz, einer hats, der andere nicht. Selbst schuld, warum hat er nicht auf seinem Hof gebuddelt, was der Schoß der Erde birgt. Weißes Gold, schwarzes Gold, blaues Gold und gelbes Gold, das eigentliche Gold. Gerade dies ist Stolperstein und Verführung für jeden anständigen Menschen, besonders für Diplomaten. Wir sollen für die Gründung dieses Staates sein, der völlig künstlich ist. Und in ihm ein künstliches Volk, Kunstbäume, sogar künstliche Erde, ist aber gar keine, nur irgendwie Masse. Mich beruhigt allein, wie alle applaudieren und den Šampus austrinken, obwohl das manchem seines Alters wegen schaden dürfte. Würde sich wenigstens deren unmenschlicher Clan nicht einmengen, aber der ist überall. Der Minister, seine Schwester, natürlich Filmschauspielerin, und die Cousine, mit dem Präsidenten des Dominions verheiratet. Die drohen, was das Zeug hält, stinken von Geld und haben ein eigenes Rettungsboot. Solange der Schandfleck jener Affaire mit dem Parfum nicht ans Tageslicht kommt. Wir bitten nur, das Protektorat über sie zu erhalten, ohne uns können die sich sowieso nicht rühren. Sie wollen es so! Fragt das Volk mit einem Plebiszit, das Resultat steht ja jetzt schon fest! Alle sind dafür, die Entwicklung der Region zu fördern, nur damit es zum Referendum, zur Ratifizierung und Autopsie kommt. Was einmal entschieden wurde, das soll auch sein, kraft des Siegels und der eigenhändigen Unterschrift der Berufensten. Ihr Wort ist Gesetz. Er wird es nie brechen, und wenn sie ihm die Haut abziehen. Nie. Jeder unterschreibt das fremde Papier, reicht es dem nächsten weiter und der wiederum einem andern. So daß jeder die Vollmacht und schriftliche Garantie des Gegners hat, sollte es je zu einem Prozeß kommen. Da herrscht tatsächlich Ordnung, und nicht, daß einer zerreißt, was der andere geschrieben, oder vor aller Augen das ganze Papier verschluckt. Dann gäbs keine Rettung mehr. Wir sollen den Rajhstag angezündet haben, seid ihr denn bei Trost? Kein Jude, kein Russe, sondern ein Bulgare? Wann hat schon ein Bulgare etwas angezündet? Wir pflanzen nur die Paprika an und lesen lehrreiche Bücher. Ich habe in dem Augenblick auch gelesen, hier, das Buch steckt noch in der Gesäßtasche. War es nicht vielleicht der Rajsmaršal, ein feiner Herr? Raucht nicht, stellt nicht den Weibern nach. Spielt nur manchmal im Kreise seiner Liebsten Šnapsl und kauft hier und da eine Skulptur. Auf einer Billigauktion, weil er so feinfühlig ist. Drohen Sie nicht. Nein, drohen Sie nicht! Er wird Sie bei seinem Onkel verpetzen, der zufällig Rajsfirer ist, dann werden Sie Ihr blaues Wunder erleben. Ich habe saubere Hände, und im erwähnten Buch gibt es die Stelle, wo ich aufgehört habe. Da steckt ein kleiner Kamm, mit dem ich mich in der Bibliothek kämme, in den Pausen, man kann ja nicht nur lesen. Wir wissen ništ, haben ništ gehört, sind nicht von hier. Sind zufällig vorbeigekommen, da sag ich zu meiner Frau, guck bloß, der Rajstag brennt. Das war alles. Die Beweisführung, die Zeugenaussagen und Appellationen sind beendet. Für alles den Niederländer schuldig sprechen, der angeblich in einem Kanal geangelt hat, in dem es keine Fische gibt. Seine Angel fand man in der Tasche der Schwägerin des Amtsdieners. An den Galgen, die Angel konfiszieren, aus der Liste der Lebenden streichen. Er soll verraten haben, wie viele Diebe Frankreich hat, und jedes Kind weiß, sechs sind es. Und auf dem Zettelchen war die Kammer eingezeichnet und wo die Wache Bohnen mit Speck kocht, doch in Wirklichkeit war es ein Kreuzworträtsel, das er sich während der Bahnfahrt ausgedacht hatte, und das hat ihn den Kopf gekostet. Geschieht ihm recht, was ist er so verrückt, Blödsinn zu zeichnen. Ansonsten rein wie eine Träne. Ihr Herren Richter, das werdet ihr im Alter schwer bereuen. Alles wird euch vor Augen stehen. Er soll die eigene Unterschrift gefälscht haben? Warum? Eine fremde ja, aber die eigene, das wär doch zu dumm. Er ist dem Mörder nur ähnlich, trägt denselben verdammten Bart, und der Amtsdiener war betrunken, für ihn sahen alle gleich aus. Wer will schon für einen anderen hängen. Ihr Geschworenen, Frauen und Männer unserer Heimat, denkt doch etwas nach, kommt zur Vernunft, und dann geht in Ruhe nach Hause zu euren Lieben. Der Gerechtigkeit wurde Genüge getan. Und wie der stets genau die Ecke trifft, in die er nach der Exekution die verfluchten Handschuhe wirft! So ist es eben, der Bankier hat tatsächlich sein eigenes Geld gestohlen, weil seine Frau nicht mal das Kleingeld für die Tram rausrückte, auch nicht schön. Ich bin für jede parlamentarische Parlamentsreform – schon deshalb, weil sie ein Resultat der brillanten Parlamentsdebatte ist, die Eindruck geschunden hat. Zuerst erhält jeder das Wort, geht zum Rednerpult und spricht. Nie würde er von seinem Platz aus brüllen, erst recht nicht dem Vorredner mit dem Revolver drohen. Erst wenn jeder gesagt, was er auf dem

Herzen hat, stimmt jeder nach seinem Gusto ab, und man einigt sich in allem. So wurde auch der Vertrag von Rapallo unterzeichnet, der Dreierpakt und das Gesetz von Trianon. Geschah aber nicht alles am selben Ort, das eine war in Rapallo, das andere in Trianon, und wo das dritte zwischen den dreien, weiß ich nicht. Ich mag es, wenn jeder seinen Platz in der Geschichte erhält, alles geordnet ist, nicht durcheinander und alles auf einmal und dann wieder hundert Jahre nichts, nur dummes Schach und Kartenspiel, davon kann man nur verblöden. Nichts geht ohne solche Leute wie Herr Pilsudski, Herr Rathenau und Herr Primo de Rivera. Alle schnurrbärtig, uralt, aber schreien können sie noch. Rasputin liegt mir weniger, wegen dem Bart, dem schmuddligen Umhang, unter dem er vielleicht die Axt verbirgt. Er war recht mißmutig, darum taten ihm alle schön; wenigstens die Zarin oder sonst jemanden könnte er doch anlächeln. Aber nein, ums Verrecken nicht. So ist es eben auch zu seinem Unglück gekommen, daß ihn mitten auf der Straße ein Neider durchgesägt hat. Als wäre er ein Stück Holz. Die Zarin weinte und ich mit ihr. Wie auch nicht, er war ihr ein und alles, und was noch, darf ich nicht sagen. Schwarzer Mann, benimm dich, als wärst du weiß, erlaube, daß wir dir beibringen, Schuhe zu tragen und die Zähne zu putzen, denn das ist zu deinem Wohl. Außerdem hast du Glück, stehst den ganzen Tag in der Sonne und kippst nicht um. Gäb uns nur der liebe Gott, so schwarz zu sein. Das ist wirklich dein großes Plus gegenüber uns anderen, auch den Gescheitesten. Soll dich nur kein verfluchter Löwe beißen, die gibts dort wie bei uns die Ameisen, nur viel größer. Sei du nur brav, dann schmiert dir dein weißer Bruder Butter aufs Weißbrot, du wirst jauchzen vor Wonne. Kannst nicht ständig deinen Onkel essen, der an Lungenentzündung starb, oder das Nachbarskind, das sich auf deinen Hof verirrt hat. Das gehört sich doch nicht. Wo ist mein Kind, und dann: der Nachbar hats zum Frühstück aufgegessen! Obwohl es dümmlich war und so, es war doch unsers, und gerade jetzt könnten wirs brauchen. Der unglückselige Herr Gembes in Ungarn, dem die Juden richtig lästig wurden, so daß er die Schaufenster ihrer Läden einschlagen mußte, dieser feine, wohlerzogene Mann! Die anderen, Daladier, Ramsay, MacDonald, Dollfuß, der kleinwüchsige, sie alle pfuschen nur herum, gehen irgendwohin, schreiben Briefe und verschiedene Memoranden, doch am Ende kommt bei alldem nichts raus. Wo warste, nirgends, was tatste, nichts. Darüber verzweifelt jeder Präsident, deshalb tun sie mir auch so leid. Sie haben auch eine Seele, Familie und ihr Leben, welches sie eigentlich nicht haben. Erst in der Krise sieht man, sie sind Opfer von uns, denen alles egal ist. Ich bitte Sie, dieser Lázaro Cárdenas! Mit dem wunderbaren Namen könnte er in jedem Staat Filmschauspieler sein, doch als Präsident von Mexiko muß er sich quälen, die Hälfte des Volkes ist nackt und barfuß, nur jeder zehnte kann seinen Namen schreiben. Aber Herr Asaña oder Herr Leon Blum sind auch nicht besser dran, nur weil sie in Europa leben. Keine Rede davon. Emil Haša, den Tschechen, hat es noch am schlimmsten getroffen, denn die Seinen schlagen sich gern, und so klirrt unter seiner Nase ständig ein fremdes Gewehr. Jeder in einer Position tut mir leid, und ist er dazu noch Tscheche, bin ich richtig verzweifelt, was er tun wird. So einer weiß nicht mal, wie man das Gewehr auseinandernimmt und wieder zusammensetzt, und erst recht nicht, wie man schießt. Wenn er auch den Abzug fände, er müßte auch zielen können, aber auf den Feind, nicht auf die eigenen, ahnungslosen Leute. Was Kriege betrifft, so gibt es ganz abscheuliche. Im Schützengraben zermalmt zu werden, weil der an der Kanone nicht lange fackeln kann! Aber man muß zugeben, auch allerlei Schönes kommt vor, besonders am Ende, wo alle den luxuriösen Pullmanwaggon betreten, in dem ich seit über siebzig Jahren nicht mehr war, um die Akte zu unterschreiben, ein Štamperl Sliwowitz zu trinken und sich vor den Augen der Welt die Hände zu reichen. Siegern wie Besiegten steht eine Träne im Aug, man sieht, es sind Menschen aus Fleisch und Blut, keine Marionetten, die von dritter Seite dirigiert werden. Auch ohne die Sprache des andern zu verstehen, sagt jeder, so gut er kann, prosit, und dann gehen alle nach Hause. Der eine, um das Zerstörte zu reparieren, der andere, um zu feiern, weil er dem ersten alles bis aufs letzte Dach zerstört hat. Wenn das kein Genuß ist! Undenkbar, daß der besiegte General schmutzig, in Fetzen und barfuß vor den Sieger getreten ist, der seinerseits nur so glänzte von Schuhcreme, Brillantine und Eau de Cologne. Ich hab ja gesagt, auch der, der den Krieg total verloren hat, ist schick und glatt rasiert, jeder Abgebrannte auf der Straße könnte neidisch werden und würde gern an seiner Stelle sein und die Kapitulation unterzeichnen. Ihr werdet euch doch nicht das ganze Jahr mit diesem verfluchten Verdun abquälen. Eine Wiese und ein paar Hügel. Wer hat denn so was nötig. Und was kann alles passieren bei der höllischen Schießerei. Du weißt nicht, wer auf welcher Seite ist, kennst sie nicht, schießt aber wie verrückt. Aber es sind

Deutsche, also ist es in Ordnung. Hören Sie, Herr Foch, Herr Pershing und Herr Diaz. Ich weiß wirklich nicht! Ist es denn notwendig, daß Sie sich mit den anderen Herren herumschlagen, die auch Herren sind wie Sie. Hören Sie, Herr Hindenburg, versuchen Sie doch etwas am grünen Tisch. Sie sind doch vernünftig. Wenn das Teufelsschiff schon untergegangen ist und keine Hilfe mehr möglich war! Der wunderbare junge Flieger Ginemer stürzte direkt aufs Feld. Arme Mutter, die alte Frau Ginemer. Und der Vater, der alte Herr Ginemer. Hätte ich nur ihre Adresse gehabt. Doch nicht die Kugel ist das schlimmste, sondern der schreckliche Schlamm. Ich kann gar nicht hinsehen, ohne den Schlamm aber würden sie sich wohl gar nicht bekriegen. Der Halunke wartet ja nur auf den Regen. Erst dann brüllt er Vorwärts und all die anderen Dummheiten. Könnte mir das nur einer erklären. Und würden sie wenigstens ihre Kriege im Glatten und Sauberen führen und nicht so. Über Berg und Tal und im Schnee. Das ist ja kein Rodeln. Keinem von uns würde ich das erlauben. Sind so prächtig angezogen und sollen sich in den Dreck schmeißen. Mich brächte keiner dazu. Hätten sich nur Herr Poincaré, Herr Asquith und unser unglücklicher Franz Josef getroffen und besprochen. Und Albert und Herr Bethmann Hollweg, wären sie nur gerufen worden. Ich finde, sie sollten den Kriegsschaden vorher, vor dem Krieg bezahlen und dem und dem ein Stück Land geben. Jedem, wies ihm gebührt. Aber doch nicht so. Ich weiß nicht, wozu so viele Kasernen und Gewehre, bei so wenig Wild, aber sollen sie das klären, ist nicht meine Sache. Unglückliche Soldaten, wissen nicht, was sie hier sollen, in diesem abscheulichen Herumgeschlachte, niemand hat ihnen was gesagt. Was, wir sollen auf die andern feuern? Nicht möglich. Mit Hilfe von Feuerwaffen und abgeschraubten Handgranaten? Jeder, wie er meint und kann? Dann ja. Nur sagt es uns bitte, damit wirs wissen. Wir sind kleine Handwerker, Verkäufer von Damenwäsche, einberufen als letztes Aufgebot des königlichen Kriegsministeriums. Das ist etwas völlig Neues für uns. Könnt ihr uns nicht einweisen? Warum müssen wir diese schrecklichen Schlachtemesser oben am Gewehrlauf haben, das stört doch nur. Wir könnten, Gott bewahre, einen Kollegen erwischen, einen von uns oder einen Kamerad Gegner. Auch Verbandszeug sollten wir zur Hand haben, wenns passiert, Mensch ist doch Mensch. Und erklärt uns noch, ob wir guten Tag oder was anderes sagen sollen, bevor wir in deren Graben springen, oder gleich losschießen und die anderen Schrecklichkeiten tun müssen. Wir möchten nur richtig eingewiesen werden, damit später nicht ein Fehler passiert, der uns überrumpelt. Und wie steif dieser Jäger mit dem Gewehr auf dem Stuhl sitzt, hat sich in ein Nichts verwandelt, damit ihn das scheue Wiesel und der weise Fuchs nicht hören. Kein Atmen und Zwinkern, solange ihm nichts vor die Kimme kommt. Ganz Aug und Ohr, dann plötzlich bumm, direkt in den blutrünstigen Wolf, der vielleicht schon hundert Schafe verschlungen plus Rotkäppchens Großmutter. Wer soll da ihn und sein Schicksal beweinen, so ein Tierwesen, wies schlimmer nicht geht. Andrerseits muß sich der Jäger irgendwo ausleben, besser als die eigene Frau abmurksen oder die alte Mutter wegen nichts anschnauzen. So jagt er den ganzen Schrot in diese Bestie, erhält später noch einen Orden, und zu Hause ist er friedlich. Nichts, nicht mal seine Hand zittert, auch vom Wolf mit menschlichem Antlitz träumt er nicht. Nein. Hochachtung auch vor den Anglern. Wir wissen ja, wie lange sie bibbern müssen in ihrem verdammten Boot, bis das Biest von Fisch endlich anbeißt. Auch der Angler hat nicht die Nerven, die ganze Nacht zu warten, und dem Fisch ist es egal, ob ihn ein größerer schluckt oder der anständige Lehrer, Vater von vier Kindern, die nichts zu essen haben. An Land gehts noch, aber sich auf dem Meer zu hauen ist viel schlimmer. Auf dem Trockenen, auch wenn die Kugel nicht wählerisch ist und das Schwert jeden zweiteilt, kannst du dich irgendwie halten; doch auf dem Schiff – wohin mit dir, wenn sie dich angreifen, dir ein Leck zufügen und du anfängst abzusaufen? Nirgends was Stabiles, nicht zufällig verlor Admiral Nelson Arm, Bein und Auge. Ein Glück, daß überhaupt was übrigblieb von ihm, als sie ihn nach England brachten. Wäre ich in so etwas hineingeraten, ich hätte vom höchsten Mast heruntergeschrien: hört auf mit diesem Terror, bis ich im Trockenen bin. Dann könnt ihr herumballern, soviel ihr mögt, aber hier auf dem Meer, zwischen den unmenschlichen Wogen, da solltet ihr euch wenn irgend möglich zusammennehmen. Andrerseits all die Begebnisse beim Schwimmen, sieh nur. Jeder würde wie eine Axt auf den Grund sinken, von wo es keine Rückkehr gibt, schlüge er nicht mit den Armen hin und her, links und rechts. Wem zum Teufel ist nur diese Idee gekommen, der sollte ein Denkmal kriegen, größer als Edison und Tesla zusammen. Immer alles für sie, aber für jemand, der Millionen vorm grausigen Ertrinken gerettet hat, bleibt nichts. Nicht einmal seinen Namen kennt man. Vielleicht hat er irgendwo die Schwimmregeln aufgezeichnet, und andere haben sie gefunden und gleich in Gebrauch genommen, obzwar er sie erdacht hat und nicht sie. Schwimmen kann und werde ich nicht, doch ich sehe gern den anderen im Bassin zu. Statt auf die schrecklichste Art zu sterben, erhalten sie noch den Pokal und werden für die Zeitungen geblitzlichtet. Lieb sind mir Aufnahmen, wo die ärgsten Konkurrenten im Bankwesen, die Herren Cobden und Bright, am kleinen Cafétisch sitzen, sich in die Augen sehen und lachen, aber was einer vom andern hält, bleibt ihr Geheimnis. Sie und andere sind durch so ein Bildchen vereint, es ist schon gelb vom Vorzeigen, aber ihm glaubt man, denn darauf sind beide wie lebendig. Unglückselige, die verurteilt sind, die Kapitulation zu unterschreiben, später spuckt das ganze Volk auf sie. **ARMER HERR QUISLING UND HERR PÉTAIN**, die dürfen nicht mal ins Café auf einen Kaffee mit Šlagobers, schon kritzelt ihnen jemand mit Kreide eine Frechheit auf den Rücken, ohne daß sies merken. Nur weil sie dem verdammten Feind die Hand gereicht haben, der sowieso in allen Punkten gesiegt hat und das Königsschloß betritt, als wärs die eigene Bude. Ich bin heilfroh, daß es in unserer einstmals großen Familie nicht einen einzigen Staatsmann gab, sondern nur Tišler, Handlungsgehilfen und Ärzte. Andersherum hätte ich mich täglich enerviert, doch das hätte auch nichts geholfen. Darum kann ich kaum erwarten, einen fröhlichen Arbeiterausflug ins Grüne zu sehen, in ihrer kurzen Freizeit von der schweren Arbeit in der Fabrik und auf dem stinkigen Lastschiff. Jeder mit der Jause im Zeitungspapier, die Schirmmütze schräg auf, und hat er noch ein Mädel dabei, ist er allen über. Dorten im Wald sind sie übermütig bis dorten hinaus, wer kann, spielt Armonika und bläst in die Posaune. Aber der Berühmteste von ihnen steigt auf einen Klappstuhl und fängt an, aus einem dicken Buch vorzulesen, vom Leben eines Landstreichers, der der größte Schriftsteller der Welt geworden ist. Einer scherzt grad mit seinem Mädel, ein anderer verschluckt sich am Sandwich und Brot mit Šmirvuršt, trotzdem ist jeder mit halbem Ohr bei der wunderbaren Geschichte, an die er noch morgen neben seiner Maschine denken wird. Und wie fein sie für diesen Anlaß rausgeputzt sind, saubere Hemden, gebügelte Hosen, wer kein Bügeleisen hat, legt die Hose unter die Matratze, und morgen ist sie frisch, wie aus der Dampfbügelanstalt. Manch einer ist im Unterhemd, auf der Schulter das tätowierte Arbeiterzeichen oder der Name seiner letzten Braut, einer krempelt nur die Hemdsärmel auf, liegt im Gras, will sich nicht schmutzig machen. Eindrucksvoll sind sie auch bei Umzügen, wenn einer von ihnen gestorben ist oder wenn sie gegen eine Verteuerung protestieren. Auf dem Platz legt sich ihr Anführer tüchtig ins Zeug gegen die Regierung, und alle schreien nach Kräften mit. Während sie zusammenkommen, von überall her, aus allen Straßenzügen, als gingen sie zur schönsten Prozession, Blumen in der Hand und im Knopfloch, tragen sie große Bilder ehemaliger Schriftsteller und jetziger Politiker mit sich, und was müßte das für ein Schuft von Gendarm sein, der in diese fröhliche, ordentliche Menge schießt. Anders wäre es, wenn sie Steine auf die Polizei werfen oder deren Mütter und Väter verfluchen würden, was die Polizisten auch schwer ertragen könnten, aber so – oder wenn sie die geballten Fäuste recken würden, da hätte der Spaß ein Ende, sie sind so viele, ein ganzes Meer von Köpfen und Fäusten, daß der Herr auf dem

Balkon es sich lange überlegen sollte, ob er einen Fluch oder eine Blumenvase auf ihre Köpfe niedersausen läßt. Eher wird er ihnen schöntun, laßt das, zum Teufel, was für ein Lärm, meine Großmutter sitzt beim Frühstück und mein kleines Kind liegt mit Fieber im Bett, es hat sich auf dem Tennisplatz verkühlt. Einige Arbeiter ziehen sich zurück, denn wer möchte schon gegen eine alte Mutter oder ein kleines Kind sein, doch der Obermacher klettert auf eine Zeitungsbude oder Litfaßsäule, schimpft von dort auf Mutter und Kind, auf den dicken Fabrikanten, doch der zittert und unterschreibt gleich ihre Gehaltserhöhung, wirft das Papier in die Menge und geht sich die Hände waschen. Und unten stehen nicht nur die Habenichtse und dreckigen Maschinisten, auch ein Mathematikprofessor hat sich eingefunden und ein kluger Lehrer, der bärtige Pope und ein bebrillter Ingenieur, sie hetzen die mit den Schirmmützen auf, und sieht es die Polizei, wirft sie sich zuerst auf die Brillenträger, doch die sind pfiffig, tauchen in der Menge unter, und da finde sie mal einer. Und wie diese Vagabunden gekleidet sind, der eine ist Krampus mit der Kette, der andere Karlo Marx, der dritte der dickste Fabrikant der Welt, letzterer hat obligatorisch ein Kriegl Bier in der Hand, damit man sieht, er ist ein Reicher und hebt gern einen, Marx hält ein Buch, der Teifi ein unschuldig Kind, grad will ers auffressen. Alle in einer Kolonne, und jeder spielt, was er angezogen hat, und obwohl sie sich sonst als Maschinist und Ladenschwengel gut kennen, mimen sie hier, sie wären Gegner. Alle sind ausgelassen, Tišler wie Šuster, schütteln sich vor Lachen, haben mehr Spaß als beim tollsten Tanzabend, erzählen davon die ganze Woche den Unglücklichen, die nicht dabei waren. Und wie sie bis ins Letzte planen, eine Bank zu plündern oder den Tresor in der Badezimmerwand des Millionärs: Zuerst wird in Schönschrift auf ein Blatt Papier geschrieben, ob er von seinem Reichtum ein Zehntel rausrücken könnte, zur Unterstützung des Vereins ehemaliger Verbrecher, die keine mehr sind und rechtschaffen von Bargeld leben möchten. Diesen Zettel soll der kleine Windhund samt einer Eiswaffel als Ablenkung dem Millionärschauffeur oder Hauswart in die Hand drücken oder, falls das nicht klappt, unter der Badezimmertür durchschieben, hinter der das Millionärstöchterlein badet. Dann die große Autojagd, alle Bandenmitglieder kommen gleichzeitig aus drei Stadtteilen, und später stellt sich heraus, hineinverwickelt waren noch der Polizist an der Ecke, der Aufpasser der Bank und selbst der Kassierer hinterm Schalter. So kommts nicht zur großen Schießerei, nur in die Luft, Warnung für die Armen, die in die Bank gelangten, weil sie arm sind, nichts als einen Dinar leihen wollten. Alles in einer Minute, und weg sind sie, weg das Geld, nur der hinter dem Schalter ist angeblich verzweifelt, schlägt vorm Direktor mit dem Kopf gegen die Wand und schreit, diese Verbrecher, diese abscheulichen Verbrecher und ähnliches. Doch auch die, die das große Geld geraubt haben, können nicht darüber verfügen, nicht einmal ein Krawattl kaufen, sie müssen alles ihrem Oberchef zu Füßen legen, der genauso reich ist wie der Bestohlene und nur sagt, in Ordnung, Jungs, auf Wiedersehen. Vielleicht gibts später einen Scheck einer Scheinfirma für Versicherungsbetrug auf ein untergegangenes Phantomschiff, das ihnen gar nicht gehört. Sie sind zwar rabiat, haben aber auch eine Ehre, nie würden sie einem unschuldigen Kind sein Sparschweinchen rauben, sie nehmen nur dem, der zuviel hat. Sie sind recht ansehnlich, mit Absicht, um Eindruck zu schinden bei einer Sekretärin oder Beamtin, die nicht weiß, wer sie sind, aber die Kasse öffnen soll, die ihnen nicht gehört. Eine große Rolle spielt dabei die Neugier. Auf Schritt und Tritt. Hören Sie, Herr Präsident. Nur zur persönlichen Information und aus wissenschaftlichem Interesse wollte ich einen Blick in die Schatulle werfen. Ihre Edelsteine als solche interessieren mich nicht. Ich soll angesehene Familien bestohlen haben? Ich wollte nur feststellen, warum sie rundum so scharf geschliffen werden und wo die Splitter bleiben, die dabei anfallen. Ich hätte unbedingt wissen wollen, wieviel Milliarden Trillionen im verfluchten Banksafe waren? Warum? Ich bin weder Finanzbeamter noch der, der sie pflichtgemäß zu zählen hat. Mich interessiert nur, warum sie aneinander kleben, wenn man sie zu völlig gleichen Päckchen packt. Warum interessiert mich, was die Dame in der Trambahnlinie Numero zwo in der Tasche hat? Nun, wegen des Vergleichs mit den Taschen in der Linie sechs und neun, die zum unglücklichen Friedhof fahren. Er hat sich reingeritten, als er geschnappt wurde mit dem vermaledeiten Gelttašerl, in dem kein Kreuzer war. Nur Schlüssel und das Photo eines Dämlacks in Gendarmenuniform. Soll man ihn deswegen durch die Gerichte schleifen und auf Anklagebänke, die für Diebe und Verbrecher gemacht sind und nicht für einen, der das Nachzählen liebt. Er muß halt immer alles zählen, jeden Mast, jedes Geländer und jeden Baum, den er sieht. Wegen der verfluchten Mathematik, der er seit drei Generationen die Treue hält. Schon sein Großvater hat versucht, die Quadratur des Kreises und den

Lehrsatz von Pythagoras auszurechnen, aber nichts war damit. Genauso der liebe Vater, nur ist er früh gefallen im letzten Krieg. Die wissenschaftliche Leidenschaft, da sieht man, wohin sie führt, und ich habe gedacht, Positives gäbe es nicht. Vieles ist nicht mit anzusehen, so wenn jemand auf tausend Arten gequält wird. Aber was nutzt das, wenn der Teufel mich treibt, auch das Äußerste sehen zu wollen, was es auch sei. Erinnert euch nur, zu was Menschen imstande sind, sie stecken ihr einen Schlauch in den Mund und schütten zehn Liter Wasser durch den Trichter, als wär sie ein Faß. Nur weil sie verbotenen Alkohol im Büstenhalter trug oder einem ekligen Luden kleine Schulmädchen zuführte, weil dem danach war. Oder sie nehmen einen lebendigen Menschen, und seis der russische Zar, binden ihn an einen Baum und sägen ihn entzwei, mitsamt dem Baum. Ich hätte schon von Stangen und Peitschen genug. Stets versuch ich mir vorzustellen, wie ich mich in einer solch mißlichen Lage verhalten würde, ich bin sicher, ich würde versuchen, sie zu überreden, mich freizulassen und sich zu entschuldigen. Verzeihen Sie, gute Frau, war ein unverzeihlicher Fehler, melden Sie das nur nicht unseren Vorgesetzten, die sind sehr streng. Wir bitten Sie inständigst, wie zu Gott. Wieso kamen die unglückliche Maggie Lerd und Nelly Burke nicht darauf, angeblich die schlimmsten Mörderinnen? Wie kann eine Frau so was tun. Glauben Sie das doch nicht. Ich soll das eigene Kind umgebracht haben? Nie. Das sind abscheuliche Lügen der Hauswartsfrau, sie ist nur neidisch auf meine Erfolge. Schlagt und hängt nicht die Menschen wegen nichts, vor allem nicht mit diesen entsetzlichen Gerätschaften, die sind für Raubtiere und Schlachtvieh, aber nicht für uns, getauft und mit menschlicher Seele. Hätte ich die Gewißheit, daß nicht jeder Trinker die Hausapotheke leer saufen würde oder das Petroleum aus dem Šnelsider und was sonst noch für Menschen untauglich ist, so wäre auch ich für die Prohibition, obwohl sich das gegen meinen Beruf als Herstellerin der besten slawonischen Weine in der Geschichte richten würde. Aber der Teufel schläft nie, jeder Säufer fände sich trotzdem zurecht, ich weiß das, und warum dann brave Leute, die gern ein, zwei Gläschen vor dem Essen trinken, in Versuchung bringen. Eher noch wäre ich für Aneksijon und Dezinsekcijon als für die Prohibicijon. Umsonst Geld ausgeben und die Polizei in jede Buchhandlung schicken, ob hinter den Büchern nicht Flachmänner mit Kognak versteckt sind, das ist doch zu blöd, als daß ich dafür sein könnte. Wir sollen alkoholische Gifte verkaufen? Wir sind unbescholtene Buchhändler und Antiquare, wir kaufen und verkaufen am liebsten ein Glas aus dem achtzehnten Jahrhundert, leicht angestoßen, sieht man aber kaum. Wir sollen mit dem Verderben kungeln, nein, wir sind Apotheker, wir kurieren das Volk mit Aspirin und gegen Tollwut. Schämen Sie sich nicht, mir, einer hochgerühmten Ballerina, unter das Tutu zu greifen, ob da nicht ein mit Bindfaden befestigtes Fläschchen ist? Wer hätte mir das denn anbinden sollen, etwa der Herr Dirigent, der mich nie angerührt hat, obwohl er genug Gelegenheit hatte. Sehen Sie nur, diese zwei Lumpen: einer dick wie ein Faß, der andere dünn wie ein Streichholz. Sie haben die Hosen vertauscht. Das Ganze geht so: Der erste gibt seine engen dem andern, und der seine weiten dem ersten, der sie mit der Hand festhalten muß. Alles auf offener Straße. Als sie sich gerade in einem Haustor oder hinter einer Mauer ausziehen wollen, erscheint ein Fräulein mit Hündchen, stößt einen Schrei aus und fällt in Ohnmacht, oder ein Wurstverkäufer pfeift die beiden an, was sie denn da tun vor aller Augen. Doch das ist noch nicht alles, sie schleppen ein Brett mit, es gehört ihnen nicht, sie stoßen es in den Lift, nicht mal der Dicke paßt rein, wie dann das Brett, sie werden verfolgt, sind mit dem Brett durch einen Obstladen getapert, alle Birnen kullern auf den Boden. Schrecken auf Schrecken und überall Schaden, wo sie auch auftauchen. Und das hingesunkene Fräulein und der genervte Metzgergeselle und der verstörte Grincajgverkäufer. Ganz zu schweigen vom Besitzer des Bretts, er ist auch ein Mensch, braucht auch Geld, lebt vom Holzverkauf. Zählen wir noch jene zwei dazu, die ohne Hosen dastehen, denn offensichtlich waren es keine eigenen, sondern geklaute, wohin soll das führen, wer läßt zu, daß so was gefilmt und von aller Welt gesehen wird? Statt daß man uns die Parlamentssitzung zeigte oder wenigstens eine andere Körperschaft im Saal oder mindestens eine kleinere Gruppe ehrbarer, arbeitsamer Leute, wo der eine dies, der andere das und der dritte was zehntes sagt, das wäre spannend und wirklich tragisch, nicht dieses Brettergeschleppe, wo sie schon eins vorm Kopf haben. Und erst das Hocken hinterm Heustadl oder auf der Bank im Park. Einer kommt von der Seite, der zweite wartet an der Ecke angeblich auf das Mädel, der dritte pfeift, liest Zeitung, verkehrt herum, er kann ohnehin nicht lesen. Der vierte, die Hauptperson, trägt Gamaschen, dann alle ins Wäldchen, die Decke ausbreiten, Primuskocher rausholen, Kaffee kochen, so tun als ob, dann räuspert sich der mit den Gamaschen, sieht sich um und sagt, hiermit ist die und die Partei gegründet, die Anwesenden sind der und der Hauptausschuß aus fünf Mitgliedern. Danach Decke ausschütteln, Kocher einpacken und jeder ab in seine Mädchenkammer. Der eine hat alles auf einem Zettel notiert, in den hohlen Zahn gesteckt, deswegen läßt er ihn ja nicht reparieren, obwohl er schmerzt. Später legen sie noch einen Zacken zu, mieten die Villa eines Ingenieurs, der auf Durchreise in Deutschland ist, reißen die Wände ein, tragen die Ziegelsteine in ihren Aktentaschen fort, bringen Bänke hinein, ich weiß nicht wie. Von überall her kommen sie an, auf dem Bicikl, zu Fuß und einer im Auto der Tarnspedition. Die Nachbarn beobachten, was geschieht, aber sie lenken ab, stellen sich als Jäger von Wildenten vor, als Wohnungssuchende, Schornsteinfeger und so weiter, bis sie im Haus ohne Wände sind, rein durch den Dienstboteneingang hinten, vom Dienstboten keine Spur, er ist in Deutschland bei seinem Herrn. Drinnen heilige Stille, kein Pieps, der, der spricht, flüstert mehr, in der letzten Reihe versteht man nichts, die andern sagen es ihnen weiter, vor allem die von ganz vorne. Der Ingenieur wird perplex sein bei seiner Rückkehr, ein Jammer, keine Wände mehr, alles zertrampelt, wenigstens sagt er es so der Polizei, aber er hat alles vorher gewußt, vielleicht sogar Geld auf sein Schweizer Konto gekriegt, das ist bis heute noch nicht erwiesen. Was haben diese Kinder damals alles angestellt, niemand dachte an Gefahr, an die widerlichen Gendarmen, die wahllos zuschlugen, egal ob Kopf oder anderes, kein Schutz, nicht mal eine vorgehaltene Büchertasche, nein, immer feste drauf auf die Ohren, bis die blau waren. Einer mit Schulmütze, angeblich aus der Quinta, aber im

Turnhemd ein Drei-Kilo-Revolver, entsetzlich. Und das ganze Gerenne und Versteckspiel mit den Gendarmen. Arme Mütter, obzwar jeder zweite keine hatte, wegen ewigem Wäschewaschen, Tuberkulose und der Vater im Wirtshaus. Dann treffen sich alle auf einem Dachboden, im Gebüsch oder auf dem Friedhof und erzählen, was wer getan und wo sie den Zettel mit dem roten Stern geklebt haben. In diesem Alter, mit so winzigen Händchen! Nicht zu glauben. Keine Tišler und Špengler mit Pranken wie Ruderblätter, sondern Fünftkläßler und der ältere Bruder von der Universität, wenns denn stimmt. Sind nicht im Lateinunterricht, verteilen unterderhand verbotene Bücher und Verbandszeug für den Fall einer Verwundung. Keine Minute für ein Mädchen übrig, nur Akten lesen, schießen lernen, jemand in den Kopf, falls nötig. Dann treffen sich die Älteren, die von der Universität, beim Advokaten, der dazugehört, und besprechen, wie sie die Post, das Telegraphenamt, die Bank und die Radiostation besetzen können, denn am wichtigsten ist, den Massen Mitteilung zu machen, alles sei in ihren Händen. Die Bank aber nur wegen dem Geld, denn ohne Geld kann man keine Gewehre kaufen. Zuerst sagt der mit Schirmmütze dem, der nichts hat, wer er ist, wie er heißt und wer ihn schickt. Dann sagt ihm der andere, der nichts hat, auch er sei zu allem bereit. Der mit Schirmmütze zieht einen abgerissenen Zettel hervor, von einer Mehltüte, mit vielen Namen und Adressen drauf, neben jedem ein Kreuzchen oder ein Kreis, wies gerade kommt. Er steckts ihm zu und brüllt, bloß niemand zeigen, in der Kneipe, beim Šnapsl, sie könnten verpfiffen werden und alles zum Teufel gehen. Der andere schwört bei seinem Leben: niemals! Dann beraten sie, was da und dort getan werden muß, und um keinen Preis darfs weitergesagt werden. Alles ist geheim und muß so bleiben. Auch vor der eigenen Frau. Denn die könnte es auf dem Markt erzählen, auch dort gibts Spione, dies nicht erfahren dürfen. Auch vor der Tante oder Cousine nicht, wenn sie nähen und Milchkaffee trinken. Wie geschickt sie sind, während sie alles besprechen, der mit und der ohne Schirmmütze, spitzeln dabei Steinchen hin und her. Und natürlich kommt der Ordnungshüter und fragt, was sie da tun. Und ob sie denn Kinder seien, daß sie Steinchen auf der Straße herumspitzeln, ihre Schuhe sind doch schon mehr als kaputt. Und sehen Sie nun ihre Klugheit. Denken Sie, die haben ihm vor Schreck gleich das Papier mit den vielen Adressen gezeigt? Pustekuchen. Nur, er möge entschuldigen, sie hätten heute freibekommen vom Chef, sie seien Anstreicher, freuten sich, spitzelten darum das vermaledeite Steinchen, außerdem warten sie auf die Verlobte von dem mit Schirmmütze, wollen ins Kino, Javor Pál und Katálin Kárady ansehen, woraufhin sie der Ordnungshüter nochmals mustert und sich dann entfernt und mir ein Stein vom Herzen fällt, fünf Kilo schwer. Später erscheint ein Mann auf einem Bicikl, aber wer er ist, wie er heißt und aus welcher Branche, ist nicht bekannt. Er sollte einen mit Schirmmütze treffen, der müßte eine Blume im Knopfloch und einen Handschuh tragen und stottern. Wenn er nur wüßte, wofür das Treffen sein soll, hoffentlich weiß es der andere, er soll nur Hänsel sagen, der andere wird Gretel antworten, und das ist es dann. In diesem Moment kommt es zu der entsetzlichen Schießerei, niemand weiß woher und warum. Wo sind die Gewehre, wo die Patronen, und erst mal muß eine Karte her, damit wir wissen, wo wir sind. Oder wenigstens artig einen Lehrer fragen oder ein gutes Bäuerlein auf dem Heimweg, wie das Dorf heißt. Oder sich einem kleinen Kind anvertrauen, das sie durch den Wald führen könnte. Ein Kind rennt nicht gleich zu den Gendarmen und erzählt alles von A bis Z. Wenn wir nur wüßten, wer schießt, unsere oder die andern? Einer hatte einen Zettel mit dem Weg, den Gleisen und dem Haus des Lehrers. Doch das bedeutete noch nichts. Sie wußten nur, wie die Tochter des Pedells hieß, und ihr Fenster sollte lichtblau sein. Aber nicht hier, im nächsten Dorf, hier ist es gefährlich. Was haben sie sich jeden Herrgottstag ausdenken müssen, um nicht erwischt oder an die Polizei verraten zu werden. Ich als Frau weiß nicht, wie ich mich in alldem zurechtgefunden hätte, ich hätte nicht mal gewußt, wen ich wo treffen sollte, und am Ende kommt der Schuft überhaupt nicht zum Treff auf jene Bank vor der Kirche. Ich kann ja nicht den ganzen Vormittag dort sitzen, vor den Augen der ganzen Welt, und in meiner Aktentasche sind Bomben, Zirkel, ein Schlauch und diverser anderer Blödsinn. Es müßte mir nur jemand das Revers hochklappen, darunter ist die Chiffre der Sparkasse, die Namensliste und anderes ins Futter eingenäht, so hart, daß es gleich zu ertasten wäre. Ich weiß nicht, der Gendarm, der mich kontrolliert, ist das unserer oder ihrer. Tut er nur so, als solle ich mit aufs Revier, als werde er uns alle drei wie Katzen gleich hier vorn an der Bogenlampe aufhängen? Dieses Gerenne und Überdenzaungespringe, dazu das Höllengeballer aus allen Waffen. So nah, das Auge einer Meise hätte man treffen können, wie dann nicht einen Menschen, der in jeder Hinsicht groß ist. Und nun die Brüder Marx, ich kann ihr Benehmen nicht gutheißen, auch wenn der eine taubstumm ist, unglückseligerweise. Sie hätten doch einfach wie alle andern auch in das fünfstöckige Geschäft hineingehen können, etwas kaufen oder auch nicht und dann auf Zehenspitzen wieder raus. Wie oft bin ich selber bei «Kastner und Öhler» gewesen oder in dem wunderbaren Vorkriegskaufhaus «Papa», aber ich habe mich immer zurückgehalten. Doch schau sie dir an, der eine will angeblich einen Ballen Stoff kaufen, er braucht ihn gar nicht, will ihn aber ausgerollt haben über drei Stockwerke, unten müssen sie denken, das Großreinemachen beginnt. Der Ältere, der klüger sein sollte, er trägt ja eine Brille, probiert die Pfeifen aus, als ob er sie alle kaufen wolle, aber er darf doch nicht das ganze Regal durcheinanderbringen und an jeder lutschen, es sind doch nicht seine. Und der dritte, der nicht mal einen Kanonenknall hören kann, will ein Saxophon und eine Pauke kaufen, ganz unsinnig, weil er nichts hört, aber nun gut, doch weshalb muß er sie dann ausprobieren, im Geschäft, im obersten Stock, und das ganze Haus und alle darin, das freundliche Personal, die unfreundlichen Kunden, von denen die Hälfte stiehlt, ja, warum müssen alle verrückt werden von der Katzenmusik des tauben Trottels? Und bis sie sich wiedertreffen, der mit den Pfeifen, der mit dem Stoff, und einen hab ich vergessen, der probiert Frauenunterwäsche an, ohne Respekt vor nichts, trotzdem, das alles geht noch, gemessen daran, wie jener **DIE SEELE DER PAUKE** erschlägt. Endlich macht die Polizei dem Ganzen ein Ende, ich liebe sie manchmal am meisten, sie einzig und allein ist die Retterin der Menschheit. Doch nun sieh dir jene an, wie schön sie sich besprochen haben, reingehen und die abscheulichen Gendarmen kaltmachen, Tisch, Stuhl und Schreibmaschine mitnehmen und dazu die zwei Gewehre der toten Gendarmen. Doch der Teufel schläft nie, denn der eine nahm an, das wird am Mittwoch stattfinden, der andere dachte, am Freitag, und hätte sie später einer verhört, würde der erste stets Mittwoch gestottert haben, der zweite Freitag. So ist zuerst einer ganz allein am Mittwoch bei den Gendarmen erschienen und bekam eine Kugel direkt in die Stirn. Freitag dasselbe mit dem andern. Da sieht man, was ein gutes Gedächtnis wert ist. Ich hatte meins schon als kleines Mädchen, und es hat mich nie im Stich gelassen, denn wurde Mittwoch gesagt, war auch Mittwoch und nicht irgendein anderer Quatsch. Verfluchter Bockmist, fluchte Peros Freund, wars Mittwoch oder nicht. Wäre meine Tante noch am Leben, sie hätte das genau gewußt, die Ärmste war viel klüger als ich, aber was hilft das nun. Habe ich Pero den Zettel von Lazo gegeben oder Lazo den von Pero, wer weiß das heute noch, wo beide einen halben Meter unter der Erde liegen, und das nur wegen des verflixten Zettels. Wenn ich mich wenigstens erinnern könnte, was draufstand, aber nein, auch das weiß ich nicht mehr, mein Gehirn ist wie ausgeblasen. Leute waren da, auch ein Mann, und ein entsetzliches Mißgeschick, aber warum und weshalb, ihr könnt mich umbringen, ich weiß es nicht mehr. Kein Wunder, der Mann erinnert sich auch an nichts mehr nach all der Zeit, er ist ja durch Himmel und Hölle gegangen, um irgendwie zu überleben. Es ist wirklich nicht leicht, über das zu schreiben, was gewesen ist, damit man herausbekommt, wie es war, denn immer wenn du es der Reihe nach von jemand hörst, schön eins nach dem anderen, ist es anders als für den, der vor ihm sprach. Verfluchte Geschichte, lauter Fallen, überspringst du eine, fällst du in die nächste, und bist du der ausgewichen, wartet eine weitere wie ein tollwütiger Fuchs auf dich. Liebe Genossen, glaubt mir, das war hier, an der Stelle, wo das Schlammloch ist, ihr müßt da jetzt nicht meinetwegen reintreten, aber da, wo der behauptet, wars nicht. Soviel Verstand hab ich, mir das zu merken, durch den Baum, an dem Stein, den Hang da. Nie sind sie unter ihrer Adresse zu erreichen, einer ist gerade bei der Tante auf dem Dorf und lernt angeblich fleißig für die Matura. Doch was die Matura ist, weiß er gar nicht, er hat zerfledderte Bücher gelesen, das Schießeisen geputzt und in Fettpapier eingewickelt im Garten begraben. Verhörte man seinen Onkel, der im Eisenwarenladen oder als fleißiger Beamter bei der Gemeinde arbeitet, würde der schwören, das sei sein Neffe, er habe nur eine Halsentzündung, muß die Mandeln rausnehmen lassen, bevor Herz und Nieren Schaden nehmen. Jetzt soll er im Sanatorium sein, doch sowie er rauskommt, wird er sich bei der Polizei melden, dann soll die ihn befragen, solange sie Lust hat. Sie werden sehen, er ist rein wie eine Träne. Doch wer ersetzt ihm später die strapazierten Nerven, die schon nach der Mandeloperation nachgelassen haben? Er als Onkel sorge für ihn, die Mutter ist vom Zug überfahren worden, der Vater, sein Schwager, im Krieg in Galizien verschwunden. So eine traurige Familie! Warum wird nicht der verhaftet, der Frau Mitrićević in ihrem Holzschuppen umgebracht hat, und wer hat denn überhaupt den Metzger Ginović überfahren, sollen sie doch die Volksschüler in Ruhe die Schule beenden lassen, damit sie Ingenieure werden können.

Obzwar die Polizei sagt, Ingenieure hängen ihnen zum Halse raus, wären sie doch nur Špengler und Šuster, mit denen hätte man es leichter. Aber dabei wissen die Polizeitrottel nicht, daß es dieselben sind. Rechne ich alles zusammen, so sind die falschen Ingenieure gar nicht viele gewesen, sie haben nur die Abläufe gut organisiert, und auf der Polizei spielten sie die Oberdummen. Wer hat wohl diese Grünschnäbel all das gelehrt, ich verstehe das nicht, es steht ja nicht einmal in den Büchern, nicht in den miserabelsten. Alles machen sie von allein, mitten im Café Korso sprechen sie über die geheimsten Dinge, indem sie ihr Gesicht, den Aschenbecher oder etwas anderes auf bestimmte Art berühren. Jeder könnte meinen, sie sind Handwerker, feiern mit dem Vorarbeiter die Geburt der Tochter vom Chef, davon handelt scheints das Gespräch. Nur faßt sich der Chef plötzlich an die Nase, und das bedeutet, ein XY soll verprügelt und in den Kanal geworfen werden, so daß niemand was sieht und hört. Hebt er die Flasche Mineralwasser mit zwei Fingern hoch, heißt das, der Chef wird in das und das Geschäft gehen, den Juwelier erdrosseln, weil der die Geheimbotschaft nicht weitergeleitet hat, wie er sollte. Von diesem Angetippe und Linksundrechtsgezeige hing die Arbeit der ganzen Partei, ja beinah der ganzen Weltorganisation ab. Er betritt den Hauseingang als Universitätsprofessor und kommt als begehrenswertes Fräulein wieder heraus. In der Aktentasche war alles Notwendige zum Bartfärben und für den kräftigen Männerkörper ein Büstenhalter mit Füllung. So was könnte nicht einmal unser Komödiant, der liebe Herr Dragoljub Aleksić, und ein anderer erst recht nicht. Einer sagt, er möchte mit dem Direktor des Wasserwerks telephonieren oder er müßte mal eben, um auf die Wirtshaustoilette zu kommen, und dann taucht er nicht wieder auf, ist nirgends zu finden, als hätte er sich in Luft aufgelöst. Er liebt auch knallrote Kleidung und einen Helm vom letzten Krieg, mit Einschußloch. Oder er macht Reklame für den Zirkus Klucki. Oder er war der Arzt im weißen Kittel, rannte einer Unglücklichen zu Hilfe, die sich aus dem dritten Stock stürzte, nachdem sie Vitriol geschluckt hatte. Wer käme auf die Idee, daß sie gar keine Ärzte sind und auch nicht vom Zirkus oder Verrückte mit einem Helm. Unangenehm würde es nur, wenn jemand den Arzt auf offener Straße fragte, wie man einen Blinddarm operiert, ein Hühnerauge schneidet oder ein Stäubchen aus dem Auge entfernt, und der Arzt hat keine Ahnung davon. Er könnte sich nur damit rausreden, daß dort drüben blutüberströmt eine arme Person liege, mit durchgeschnittener Kehle, gebrochenem rechtem Bein, vom Steirerpferdewagen überfahren, er müßte auf der Stelle hin. Aber dort, wo die angeblich Verunglückte liegt, wartet schon einer mit Aktentasche, holt den falschen Bart und die falsche Nase hervor, wird zum Supplenten am Gymnasium, der zur Botanikstunde muß, ohne einen blauen Dunst von Blüte, Polle, Stempel zu haben. Doch ehe jemand merkt, der weiß gar nichts über Blumen, ist er schon in ein Badezimmer rein und kommt raus als schöne, junge, im siebten Monat schwangere Frau. Und nun mach du, nähere dich ihr, biete an, ihr bei der Geburt behilflich zu sein, als angesehener Spezialist in Frauengeschichten. Sieh an, auch die von der Polizei haben verstanden, sich zu maskieren, und nun, wer erwischt wen zuerst und weiß, wer der andere ist. Und kein langes Gerede, der eine sei Astronom, der andere Binnenschiffahrtskapitän, und sie sind keins von beiden, keiner hat je ein Schiff gesteuert, schon gar nicht durchs Weltall. An der Hand des Ingenieurs, feiner Pinkel mit einer Havanna, da siehst du einen Ehering, doch innen ist nicht das Hochzeitsdatum eingraviert, sondern wann der Gemeindepräsident erschossen werden soll, der Ahnungslose! Der Ingenieur liest exklusive Zeitungen, blickt auf den Verkehr und denkt sich seins. Nur sollte ihn nicht der richtige Ingenieur vis-à-vis fragen, wo haben Sie denn diplomiert, wie wird diese Maschine zusammengesetzt, oder wie baut man die Brücke über den gefährlichen Fluß. Der andere verwandelt sich sofort und sagt, in Wirklichkeit sei er Landkartenzeichner, und so kommt ihm niemand auf die Schliche, denn jedes Kind weiß, wo der Nordpol ist, nämlich oben, und der Südpol unten. Er gelangt in Ruhe ans Ziel. Auf dem Platz vor dem Café warten die vieläugigen Spione, doch was haben sie davon, wo doch der falsche Geodet sich einen Theaterschnurrbart zugelegt und die Haare schwarz gefärbt hat oder noch schlimmer, wie ein Schauspieler die Pelerine schwenkt, ehe er den Fiaker besteigt, um sich umzuziehen und der ehrbare Malermeister zu werden, der er auch ist. Manchmal wars wirklich wie im Theater, alle farbverschmiert, spielen, was nicht ist, und kommen so durch. Vormittags bist du Mitar, später Pero und abends Janko, und kommst du nachts zu dieser Frau nach Hause, heiraten wollt ihr ja wohl nicht, weißt du nicht mehr, wie du heißt, und sie auch nicht. Die Frau ist auch verfolgt worden von Spionen und mußte spielen, sie sei nicht Milka, sondern Olga. Meist werden Namen aus irgendwelchen Romanen genommen, sie ziehen sich auch entsprechend an, du denkst, du siehst eine herrliche Dame auf hohen Hacken, dabei befinden sich Flugblätter im Schuh; die verteilt sie in der Universität, und der Stadtkämmerer ärgert sich beim Lesen zu Tode. Was ersinnt der Mensch nicht alles, um eine wichtige Akte, die Eroberung der Bank betreffend, über die Grenze zu schaffen, im Cigaršpic oder Cigaretl, so präpariert, daß die Akte hineinpaßt. Ein anderer tut es in die Brieftasche oder nur ins Mantelfutter. Und erst wenn sie in der Zuckerbäckerei beim Kaffee zusammenkommen, sehen sie, was zu tun ist und was der aus der Schweiz befiehlt. Ich könnt ihnen ewig zuhören, das ist schöner als jeder Šundroman, nur viel spannender. Schlau von ihnen, alle Namen, Adressen und was weiß ich noch zu verstecken, die sonst die Polizei aus ihren Briefen hätte erfahren können. Sie schreiben nicht verrückt herum wie andere, Lieber Herr Soundso, was war da und da, haben Sie das und das getan. Die sind nicht von gestern, sie machens anders. Liebe Numero dreiundzwanzig, gestern traf ich mich im Café Iks mit Numero vier, er sagte, ich solle gleich zu Numero sieben in die Straße der Kreuzungen, ihn warnen, sie sind ihm auf den Fersen, er solle sich sofort in den Zug Richtung Land hundertdreiundzwanzig setzen. Sei du dann gescheit genug, um zu wissen, daß die letzte Ziffer Wien bedeutet, die Nummer sieben ist Genosse Vojo oder Pero und das Café Iks der liebe Genosse Milinov. Wenn alle an ihren sicheren Orten sind, wechseln sie sogleich die Nummern, der sieben war, ist jetzt zwo, und der von der Nummer vier ist nun hunderteins. Eine Unzahl an Zetteln, die er dem und dem schicken mußte, Großmutter wird die gekochten Tomaten durch den Pedell zustellen, diese Ware ist jetzt nicht am Lager, wird aber sicher nächste Woche dasein. Unsere Tarnfirma bittet Ihre Scheinfirma um Lieferung von zehntausend Singer-Nähmaschinen, denn bei uns herrscht große Nachfrage nach diesem Artikel, aber in Wahrheit sind es zehntausend Maschinengewehre, die haben die Russen ergattert und schicken sie jetzt zerlegt und in Zündholzschächtelchen in die ganze Welt, und wer Geduld hat, soll sie wieder zusammensetzen und schießen, auf wen er will. Unsere hier sind sehr besorgt wegen der Hochzeit, bekamen kein Material. Das endgültige Datum der Hochzeit setzen die Genossen aus M. auf den sechzehnten Januar fest. Unser Hochzeitsdelegierter trifft um halb zehn am Bahnhof ein. Erkennungszeichen: Schirmmütze, die Akte unterm linken Arm, rote Nelke im Knopfloch. Losungswort: Hallo, wie gehts. ZZKS. Nichts weiter. Ort der Hochzeit am günstigsten unterer Saal des Turnvereins Sokol, weil im oberen an den Barren geturnt wird. Aus Sicherheitsgründen nie mehr als zwei Hochzeiten auf einmal. Keine Böllerschüsse oder ähnliche Vergnügen. Gruß vom Trauzeugen, er denkt an euch. Sieh sie dir nur an. Auf was die alles kommen. So was Geheimes, sieht aber ganz unschuldig aus. Sie haben nur die Konferenz gegen die Hochzeit getauscht. Versteht ihr? Wer käme darauf. Die Polizei hatte viel zu tun mit dem Enträtseln. Auch wenn sie dreimal klüger wäre, was sie nicht ist, gedauert hätts immer. Eine Hochzeit! Wahrlich Schlauköpfe. Niemand kann gegen eine Hochzeit sein, schon gar nicht gegen eine im Turnverein, wo doch nur geturnt wird und basta. Auch unser seliger Lazo hat gerade oben geturnt, während sie unten konferierten, wie die Bombe am besten unterm Stuhl des unverschämten Banus zu placieren wäre. Hut ab. Auch Zeitungen sind so ein Ort. Nicht von ungefähr hat unser lieber Dragomir stets gesagt, gib die Zeitung her, ich muß sehen, was los ist, und gleich las er die Annoncen. Dort stand alles, wenn man nur einen Dunst davon hatte. Verkaufe gebrauchtes Dreirad, in die Mrazovićeva vier kommen, und: Mitbringen das Komm. Manif. und andere Büch. zwecks Tausch. Oder ein Stelldichein bei der Normaluhr. Ich nehme an, die Detektive haben das Kleingedruckte auch gelesen, aber wohl kaum verstanden. Enttäuschter Künstler bietet jung. Volksschüler Gymnastikstunden, der Verbotenes lernen möchte. Das wird etwas Schweinisches sein, weiß auch der Schupo vom Karree, doch daß der Schüler ein zerlegtes Maschinengewehr im Ranzen hat, welches er dem enttäuschten Prof bringen soll, der es seinem Onkel weitergeben muß, dem Trauzeugen, davon ahnt niemand was. Herrliche Tage der Aufregung und diverser Novitäten, dagegen passiert heute rein gar nichts, ist aber auch besser so, wenn man sichs überlegt. Und was haben die alles von der Welt gesehen! Das hätten sie sich nicht träumen lassen in ihrer lausigen armen Werkstatt, wo sie Flaschen mit Sodawasser und anderem abfüllen mußten. Er war ein gewöhnlicher Hungerleider gewesen, der Nacht für Nacht sein verdammtes Brett hobelte, dann bekam er einen Zettel, den er einer Trafikantin in Wien zu übergeben hatte oder einem Zuschneider in Bratislava, und als Antwort gab ihm ein Straßenphotograph aus Abbazia das hauchdünne Papier im Mundštikl. So durchstreiften sie peu à peu ganz Europa, lernten jedes gottverdammte Land kennen, von dem wir nur mal in Erdkunde gehört hatten, wenn wir überhaupt aufmerksame Schüler gewesen waren. Manchmal gehts hoch her bei denen, der eine möchte so, der andere aber nicht, und der aus der Schweiz ist gerade nicht da, um zu schlichten. Dann ergreifen zwei die Partei des einen, drei sind dagegen, sie spalten sich, fragen sich, obs einer nicht der Polizei stecken wird, schlafen und leben in Angst, dürfen nicht mit dem Mädel ins Kasino, erst recht nicht anderswohin. Manchmal kommt es ganz gefährlich, einer liest in der Zeitung, wie der und der Schlosserlehrling unter die Räder kam oder, in Anführungszeichen, Selbstmord verübte, bis der aus der Schweiz neue Anweisungen schickt und droht, in einen Sack werde er sie stopfen, alle, und zuschnüren, wenn sie nicht aufhörten mit der Zwietracht und dem gegenseitigen Umbringen. Dann treffen sie sich in einem Nachtlokal in Frankreich, da tanzen nackte Flittchen, und jeder glotzt nur dahin, wo der Flitterstern was verbirgt, aber in Wirklichkeit besprechen die beiden nur, was sie mit dem dritten machen sollen, der nicht da ist, aber in einer halben Stunde auftauchen wird. Ob sie ihm eine Nadel ins Butterbrot schmuggeln oder ihm alles gestehen und ihn wieder eingliedern sollten. Tatsächlich gabs auch welche, wie geschaffen, einem andern was in den Kaffee zu schütten, der fällt um, ein Arzt erscheint und sagt, alles schon vorbei, nur ein Schlaganfall, ihr könnt ihn beerdigen. Der Arzt gehörte dazu, den Kaffeesatz hatte er weggewischt, bevor die Polizisten eintrafen. Nur Eintracht muß herrschen. Denn die einen möchten reformieren, was noch nicht reformiert ist, die andern alles so weiterlaufen lassen, die dritten möchten sofort die Bank ausrauben, vom Geld einen Aeroplan oder ein Unterseeboot erwerben, aber was damit tun, wissen nur sie, und daß es in einem Buch stand. Die vierten wollen weder das eine noch das andere, der Staat soll nur seinen Namen ändern, doch der König dürfte im Park bei seinen Schwänen bleiben, solange er möchte. Andere würden den König ebenfalls in Ruhe lassen, aber die Schwäne gehen ihnen auf die Nerven, die würden sie sogleich erdrosseln. Und so ist es immer spannend, selbst wo ich weiß, es muß gut ausgehen wie im Film, mit Hilfe von dem in Gamaschen, der keinen Spaß versteht und den alle wegen seines Wissens um diese Dinge wie den Teufel fürchten. Ein herrlicher Mann, weder jung noch alt, im wunderbaren Maßanzug, wie von einem Pariser Schneider, und das Zigarettl stets im Cigaršpic, weils so gesünder ist. Anbetungswürdiger Herr Meki Kudla. Entwaffnend in seiner Art, wie ein Herr. Besonders im Vergleich zu den Leuten aus seiner Kokofirma. Die gehen abgerissen, in Lumpen, einige haben ein blaues Auge, von der Gendarmenohrfeige bei der Hausdurchsuchung, ihm dagegen fehlt nichts, er ist gepudert, räuspert sich gepflegt, trägt ein nie benutztes Tüchlein in der Brusttasche, hatte die ganze Zeit über nie auch nur Schnupfen, und zusammengeschlagen wurde er erst recht nicht. Und als die aus seiner Geheimorganisation seine prunkvolle Wohnung betreten, hört er sie im Vorzimmer sagen, hör mal, Djuro, um Gottes willen, wohin hast du uns gebracht, der ist bestimmt Hersteller von Salami oder Bicikeln, soviel Schirme, wie er da in der Ecke stehen hat. Darauf Djuro: der wurde aber von allen Genossen durchleuchtet, auch von den ausländischen. Sie müssen ihm glauben, wenn ihnen ihr Leben lieb ist und sie auch zu solchem Prunk gelangen wollen, mit Vorzimmer, Schirmen und Auto vor dem Haus. Einmal wurde er versehentlich auf der Polizei verhört, auch das zum Totlachen. Den Verhörenden, Dummköpfe allesamt, verschlugs die Sprache, als sie sahen, was für einen Herrn sie vor sich hatten, und dann sagten sie, hören Sie, Herr Sozialist, in Wahrheit sind Sie keiner, wie könnten Sie Sozialist sein, so elegant angezogen nach Pariser Mode, unterschreiben Sie nur, wir waren im Irrtum, glaubten, Sie seien der falsche Ingenieur und Direktor der Apotheke, hinterher geleiten wir Sie persönlich zu Ihrer prächtigen Villa über der Stadt. Er lächelt nur, betastet seine Jackettasche mit dem geladenen Revolver, dem vielen Geld und der Namensliste seiner Helfer, die keinesfalls in die Hände der Polizei geraten darf. Jeder glaubt ihm, jeder liebt ihn, gibt ihm Geld und hilft ihm, in die Schweiz zu flüchten. Mit falschen Papieren, trotzdem kennt ihn jeder. In der Gesellschaft ist er angesehen, singt schön, spielt Gitarre, im Haus repariert er alles selber, und andererseits ist er Herrscher über die gesamte **GEHEIMORGANISATION**, unter wie über der Erde. Und in der Schweiz, wo er nicht wußte, was tun, umschwärmten ihn die Töchter der dortigen Milchschokoladenfabrikanten, unvorstellbar. Daß er Esperanto konnte, hat ihm geholfen, zwei Wörter von jeder Sprache, angeblich versteht dich dann jeder. Das hilft beim Billard und beim Šnapsl, sagst du nur ein Wort auf esperanto, ist die Partie schon gewonnen, alle denken, du bist aus einem Königshaus, nicht von einer Geheimorganisation der gefährlichsten Sorte. Komisch, wie so jemand meist einen fremdartigen Namen trägt, als wäre er Tscheche oder Deutscher, so kommt ihm die Polizei schwer auf die Schliche, es sollte aber umgekehrt sein. Wäre ich die Polizei, ich würde sofort jeden mit fremdem Namen verhaften, soll er Schimmel ansetzen, bis er gesteht, daß er ein Hiesiger ist, durch und durch. Drei in

Trenchcoats treten ein. Worüber habt ihr geredet? Wir: Über nichts, darüber und darüber. Das werden wir ja sehn. Ihr werdet gleich getrennt, der eine in das eine Zimmer, der andere ins nächste, der dritte ins Vorzimmer oder Badezimmer, sie sind nicht wählerisch. Und nun hab den Mut und lüge, du hättest ihr von einem Film mit Hedy Lamarr erzählt oder andern Unsinn aus der Konditorei, sie müßte das ja bestätigen, aber euch trennen mehrere Wände. Sie ertappen den, der lügt, sofort, und dann ab ins Kittchen. Mußt aus besonderem Stoff sein, willst du dich damit beschäftigen. Gott sei Dank waren die Meinen nicht so beschaffen und blieben am Leben. Denn daß Dragomir hinter den Mädchen her war, zählte nicht, ein Glück, sonst wäre er Staatsfeind Nummer eins geworden. Ich soll mein Mädel bei der Polizei angeschwärzt haben? Du, doch nicht ich. Nein, sie hat sich selber belastet, ihrer schwachen Nerven wegen. Warum hat sie das getan, sie wär besser in die Kur gegangen, als die ganze Schweinerei mit dem Falschgeld zu verraten. Ich habe dabei nicht mitgetan, hatte mir gerade den Arm gebrochen, war auf dem Rückweg von einem Stelldichein auf einer Bananenschale ausgerutscht. Du auf einer Banane? Hast doch nie im Leben eine gesehen, geschweige denn gekostet. Sie, Herr Richter, nie im Leben habe ich die genannte Bemba Pirkić gesehen, nur gehört, sie habe schwache Nerven und schwärze gern anständige Kaufmannsgehilfen an, sie hätten der Kasse Geld entwendet, was aber nicht stimmt. Doch er, er kennt sie gut, ist ja sein Mädel, kehrt mit ihr in die gräßlichsten Wirtshäuser ein, sie saufen, betatschen sich auf dem Klo, und niemand Anständiger, der mal muß, kann rein, eh sie sich nicht ausgetobt haben. Er, nicht ich, mein

Kaufmanns- und Sokol-Ehrenwort. Er im Turnverein Sokol und Gehilfe? Das einzige, was er tut, ist, irgendwelche Papiere zwischen zwei Kaufmannsläden hin und her zu tragen. Aber die verkaufen nicht Zucker, sondern Handgranaten, unterderhand und für die verschiedensten Schlachtfelder der Welt. Zur Entlohnung gibts Freikarten zum Fußball und ein Paar gute Schuhe vom Prinzipal, der hats ja, oder ein Škarnicl Kikibonbons. Ich soll Kikibonbons lutschen und in Pumphosen vom Alten rumlaufen, die hinten zerrissen sind? Das ist eine offensichtliche Lüge, ich kann Ihnen den Hintern zeigen, wenn Sie erlauben. Wenn ich darf und das nicht unziemlich wäre. Von alldem wurde selbst der Richter wahnsinnig und schrie: Ihr beide sagt innerhalb einer halben Minute aus, wer gegen den Staat ist und wer sich im Klo rumtreibt, damit ich weiß, wer Kittchen bekommt und wer die Ohrfeige. Da hielten beide dem Richter ihre Wange hin, doch der Teufel schläft nie, und eine Bemba oder Barika oder Bucika, immer diese Namen, kam echauffiert in den Gerichtssaal und belastete mit ihrer Aussage beide, so daß der Richter am Ende alle drei in den Knast nach Mitrovica schickte, damit sie sich dort einig werden konnten, was ist und was nicht. Und jetzt, nach so vielen Jahren, wiederum diese zwei, nur Bucika oder Brondulica ist gestorben, die Arme, und wieder Streit und Rechtfertigung, so und so wars, wer soll wissen, wies gewesen, aber es ist sehr spannend anzusehen. Und wie damals vor dem Richter streiten sie nun vor uns allen, beide schon arg alt. Schadet aber nichts, keiner schämt sich, zum Schluß geben sie sich sogar die Hände, fehlte nur, sie küssen sich ab wie Boxer, die sich gerade zwei Stunden geprügelt haben. Aber dann, im Gefängnis! Paßt ihnen etwas nicht hinsichtlich Komfort, Kleidung oder sonstwas Persönlichem, sagen sie sogleich nein, das will ich nicht, ich will das. Imposant, wie alle um sie herumscharwenzeln. Ich könnte mich ewig umsonst beschweren, der oder die öde mich an, meine leibliche Tochter oder dieser Stuhl auf Rädern quälten mich. Der da aber sagt nur so und so, ich will in der Strafanstalt Honigkuchen essen, und schon läuft der Direktor tatsächlich zum Sacher und bestellt für den Herrn Verurteilten, der ein Leckermaul ist, einmal die Woche ein Packerl von dem. Wenn ich nur daran denke, wieviel Zeit unser unglückseliger Lazo gerade damals, in jenen Jahren, in den Cafés verloren hat. Auch er hätte auf der Straße mit einem der Volksschüler zusammenstoßen können, ohne zu ahnen, was der im Ranzen trägt. Und wie sie schwankten im Suff, er und sein alter Kumpan Banjeglav, von Mauer zu Mauer, wie nur hat dieser Schüler mit dem Revolver unbemerkt an ihnen vorbeihuschen können. Und wenn sie damals alle ein Teufel von Gendarm verhaftet hätte, was wäre dann gewesen? Die zwei betrunken, das Kind mit dem Revolver. Weiß Gott, wie sie sich zurechtgefunden hätten. Doch besser, daß jeder seiner Wege gegangen ist. Unser Lazo hätte sich wirklich nicht für so was geeignet. Trinken, reden, das ja, aber Feuerwaffen, verbotene, niemals! Er hätte bestimmt jedem, der sich zu ihm setzte, erzählt, er sei der und der und wolle den Ministerpräsidenten um die Ecke bringen. Ein wunderbarer Film, wenn auch mit Krieg. Der Kommandant mitten in der entsetzlichen Schlacht, bis zu den Knien im Blut, seine Ordonnanz gefallen, ein in tausend Stücke gerissener Hund, aber er kümmert sich um ein Vögelchen mit gebrochenem Bein. Ich muß heulen, kanns nicht aufhalten, es läuft nur so aus mir heraus wie aus einer Vaserlajtung. Denken Sie nur, in diesem Schlamassel hat er die Kraft, sich mit einem kleinen Vogel zu befassen. Das ist stark. Schon aus Nervosität hätte er das Vögelchen in der Hand zerdrücken können. Aber nein, er tut es in sein Hemd, und wer weiß, wo es geblieben ist. Mit etwas mehr Glück wäre es ausgestopft im Museum gelandet. Und erst Lenin! Wie er in seinem Arbeitszimmer auf dem Fußboden schläft. Die Arbeiterin näht von früh bis spät, weil sie ein Kind erwartet, ihr Mann bewacht mit entsichertem Revolver den auf dem Fußboden, der partout nicht in ihr Bett wollte. Hat nur die Schuhe ausgezogen, den Anzug anbehalten, ein Buch unterm Kopf. Und als sie wieder aufwachten, war die Revolution schon fertig, Lenin zog sich die Schuhe an und ging sogleich mit falschem Verband eine Rede halten. Was er denn da habe, fragte ihn noch unterwegs ein Polizist, und er nur: Zahnschmerzen. Außerdem trug er die falschen Haare, ging ohne Glatze. So blieb er am Leben, denn wäre die Perücke samt allen gesunden Zähnen bemerkt worden, wärs ihm schlecht ergangen. Hört, wer kann uns verübeln, daß der Umsturz nicht fröhlich war? So spricht nur ein sehr Heikler oder einer mit Magengeschwür, den alles enerviert. Nur wegen der paar Toten und Verwundeten auf dem Platz? Zum Teufel, jemanden darf doch wohl eine Kugel treffen. Immer noch besser als Tuberkulose in Folge schlechter Lebensbedingungen oder unter die Tram Numero zwo geraten wegen der Rennerei morgens zur Fabrik. Denken Sie nur an die schrecklichen langen Monate im Krankenbett, während zu Hause die Kinder warten, was ist dagegen die heilige Kugel mitten ins Herz, mit der man in die

Weltgeschichte eingeht. Und seht nur diese Gesichter, dieses breite Grinsen. Wie die verrückteste Reklame für Charlie Chaplin. Oder wie der Kommandant auf dem Pferd wiehernd lacht, als er in das Parlament geritten kommt und die Stute die Treppe herunterrutscht. Er konnte sie nicht aufhalten, ehe er nicht eigenhändig den verdatterten Präsidenten samt Sekretärin mit Brille erschossen hatte. Und dann, als alles vorbei ist, dieses Lied vom Dach der Post herunter und der Tanz auf den zerstörten Trambahnschienen? Dazu sagt ihr nichts? Das ist nichts für euch? Erinnert euch doch nur an die mißmutigen Gesichter vorher, am Postschalter, beim Metzger und im Geschäft für Nürnberger Lebkuchen. Jeder zählt nur sein Geld, zahlt oder tuts in die Kasse, und so verstreicht der Vormittag. Aber nun sehen Sie dies. Sie dringen in Paläste ein, werfen Tische und Stühle die Treppen hinunter und stecken das Schloß in Brand. **ES LEBE DER 35. MAI!** Er lebe! Sie zerbrechen alles aus Glas und in der Bank zerreißen sie das Geld und die Akten, sie werden das nicht mehr brauchen, alles wird es für umsonst geben. Aber später: lange Schlangen wegen Brot, nie genügend Geld, sie müssen es auf Pferdewagen transportieren. Eine Rasur drei Millionen, ebenso eine Schachtel Streichhölzer. Nie im Leben würde ich rauchen. Allerlei Theater, das Kind weint, das Flittchen treibt sich auf der Straße herum, der Mann ist betrunken. Gott sei Dank hat unseren Lazo niemand photographiert. Das wär ein Škandal gewesen. Wer das Glück hatte, in dem Augenblick nicht auf der Straße zu sein, hat überlebt. Während eines Umsturzes kommt es zu Schweinereien, das gehört dazu. Nur meiner verrückten Danica will das nicht in den Kopf, immer protestiert sie.

Sobald so was passiert, sie raus aus dem Zimmer, will erbrechen. Ich kann das Erhängen eines lebendigen Menschen mit ansehen, ich weiß, er ist schuldig, und früher oder später müssen wir alle sterben. Woher kommt ihr, ihr guten Leute? Aus Kronstadt. Ich fürchte mich nicht vor ihm, träume auch nicht von ihm. Er hätte beizeiten bedenken sollen, daß er in der falschen Uniform auf der falschen Seite kämpft. Er hätte sich ausrechnen können, wie es kommen würde. Nun fleht er umsonst, sagt, er habe vier Kinder. Der ihn aufhängt, hat auch ein Gehör, was hilfts. Die Gerechtigkeit fordert ihr Recht, das Volk dürstet nach Blut, solange so etwas andauert, nachher läßt es nach. Jedem wird das Schlachten irgendwann zu bunt, und nach dem Krieg amüsieren sie sich alle wieder, die Deutschen knutschen mit den Französinnen, obwohl man sich vorher nie gesehen hat. Das alles wurde auf einem Bahnhof aufgenommen, doch niemand weiß, wohin man reisen soll, denn der Krieg ist zu Ende. Jetzt sind auch Krasin, Struve und Bogdanov da, jeder maskiert, als Blinder, als Blindenführer, und der dritte ist auch krank, sagt nur nicht wovon. So überschreiten sie ohne Paß die Grenze, und gleich hinter der nächsten Ecke nehmen sie die Blindenbrille ab, und der eine ist nicht mehr der Bruder des Onkels, und gleich legen sie los mit Bombenschmeißen, daß es ein Vergnügen ist. Der dumme Wachmann schlägt sich später mit der Faust an den Kopf. Wie konnte ich nur so blöd sein, den Anführer nicht zu erkennen, nur weil er sich rasiert hatte und das Auge verbunden, als wäre er ein verwundeter Franzos. Dann, nach all dem Durcheinander, tritt der Mann mit Pelzmütze und Brille auf das Dach des Theaters und sagt zum Pöbel unten, nun ist Schluß. Applaus, als gäb es Eierkuchen und Wein umsonst. Ein Ungar, trotzdem beliebt beim Volk. So sehr, daß sie in einer Metzgerei seinen Kopf aus purem Fett gemeißelt haben, als Augen zwei Pfefferkörner, weil seine so klein waren. Und jeder, der ihn sah, sagte gleich, das ist der abgetrennte Kopf von dem, der vom Theater herunter gesprochen hat. Ich versteh nur nicht, was mit Trotzki los ist, ob er dafür oder dagegen ist. Er hat sich ja solche Mühe gegeben, als er auf jener Bühne stand, mit der Faust hat er auf den Tisch geschlagen, und auf einmal soll er dagegen sein. Ich glaube, jemand hat ihn angeschwärzt, um ihm in den Rücken zu fallen. Aus purem Neid. Das hörte auf, als er die Papiere zurückbekam, die ihm der verrückte Anwalt geklaut hatte. Und der Prozeß wiederholt wurde. Sie werden sich später sicher bei ihm entschuldigen müssen für die Sauerei. Obzwar es viele gibt, die sagen, er ist der Schlimmste, so viele Edelsteine habe er gestohlen, daß er nicht wisse, wohin damit. Und jedes von ihm verfaßte Buch soll angeblich von Schweinereien nur so strotzen, er treibts ganz arg, sagen sie, mit Photos der vulgärsten Huren in allen Posen, ein Leser, heißt es, konnte kaum widerstehen, so die Beichte dieses Sünders. Und das wird ohne Polizeiaufsicht vertrieben, wer erlaubt denn so was? Lieber Herr Trotzki, Freund und Genosse. Was haben Sie da angerichtet. Ich wundere mich, ehrlich. Genügte Ihnen nicht die Achtung ganz Rußlands, des früheren wie des jetzigen? Vor Ihrem Verstand und Ihren Büchern? Obwohl, Ihren Feinden gegenüber waren Sie nicht gerade mitfühlend, das ist aber in Ordnung. Nur haben Sie dann alles abgestritten und sind ins ungewisse Konstantinopel verzogen. Was haben Sie als Intelligenzler und Jude bei den Türken zu suchen, unsern schlimmsten Feinden? Nur wegen der zwei, drei Worte gegenüber Stalin, bei dem einen Frühstücksmahl. Überlegen Sie sichs, schreiben Sie einen Brief an den, der Sie so schätzt wie alle anderen, er wills nur nicht zugeben, hat auch seinen Stolz. Ich an seiner Stelle würde verzeihen. Er ist doch auch Russe, egal ob jüdisch oder nicht. Er hat das Recht, in Rußland zu leben und nicht Gott weiß wo. Ich persönlich stimme der Gründung der kleinen Entente zu, verstehe nur nicht, wie es dazu kam. Ist das eine Firma oder ein Gesellschaftsspiel, die alten Photos sagen mir darüber nichts, auf denen nehmen sie nur die Zylinder ab, und gezeigt wird, was die Hauptstadt Griechenlands und welche die von Rumänien ist, aber das wußte ich schon. Aber ich weiß nicht, was die Menschewiken wollten, da sie ja, wie schon der Name sagt, eine Minderheit darstellten. Statt in der Ecke zu sitzen und die Klappe zu halten, möchten sie mit Lenin disputieren, einem Führer des ganzen Landes, des eigenen sowie anderer. Aber weder haben sie so eine schöne Glatze noch diese Weste, ohne die er nicht mal ins Bad geht, und schon gar nicht die Krawatte, mit nichts können sie konkurrieren, nein. Eine Strafe Gottes, was der herrliche Herr Eliot Ness alles auszuhalten hat, weil er sich von Berufs wegen mit dem schlimmsten Gesindel der Unterwelt Amerikas befassen muß. Kommt doch zur Vernunft, ihr Mister Gangsters, wie könnt ihr nur mit verbotenen Getränken handeln, jedes Mädchen mit der Pistole bedrohen und den Polizisten abmurksen wie einen Spatz. Das geht nicht, meine Herren, selbst in Amerika herrscht irgendeine Ordnung. Und der Herr Detektiv, den ich wegen seiner Gerechtigkeit am meisten liebe, hat soviel vollbracht, ein Denkmal sollten sie ihm errichten, ihn nicht erst jetzt filmen, wo er nicht mehr am Leben ist. Hätte ich nur damals, während der Prohibicijion, Ordnung schaffen dürfen! Auch ich habe Wein verkauft, im ganzen ehemaligen Königreich, ich verstehe was davon. Hören Sie, lieber Herr, ich weiß, dieser Artikel ist gesetzlich verboten, aber ich weiß auch, wie Sie sich fühlen. Sie sind ein Gläschen nach dem Mittagessen gewöhnt, und nun müssen Sie sich gedulden, bis das Gesetz geändert wird. Gesetz ist Gesetz, jedes wird mal geändert. Aber weil Sie das so nervös macht, schicke ich Ihnen eine Bekannte, Hausschneiderin nennt sie sich, nein, natürlich, Ihre Frau braucht kein Kleid, Sie haben ja keine Frau, meine Bekannte wird was unterm Rock hervorholen, einen halben Liter, damit Sie fürs erste versorgt sind. Ich bitte Sie nur, stürzen Sie sich nicht gleich an der Tür auf sie, vor allem nicht, wenn sie wegen des Flachmanns den Rock hebt, sie ist eine unbescholtene Frau aus der Familie meines Mannes, ich fühle mich verantwortlich für sie, und geben Sie ihr nur, was auf dem Zettel steht, lassen Sie sie ziehen und seien Sie zufrieden, erlangt zu haben, wonach Sie sich in Ihrem großen Durst gesehnt haben. So kann man das alles ordnen und in Ruhe besprechen, bloß nicht gleich die Knarre ziehen, Kopfschüsse anbringen, denn wer hat was von verspritztem Gehirn, weder der Schütze noch der Besitzer des Hirns. Woher nahm er nur den Mut, ins Badezimmer des deutschen Oberbefehlshabers einzudringen und das unsägliche Gift in die Schichtseife zu tun. Der Befehlshaber seifte sich ein, fiel in die Wanne und war dahin. Und wie er sich an die Sekretärin rangemacht hat, kurzes Techtelmechtel, und ruck zuck mit ihr ins Schlafzimmer, und dort konnte sie sich nicht mehr beherrschen, gab ihm die

Unterlagen mit der Aufstellung der Tanks und Panzerwagen, und er damit ab zu unseren, so wußten sie dann alles. Liegt ihm im Blut, das Spionieren, ob im Café oder beim Zigarettenkauf, er ist ganz Ohr, wie das Ohr auf unserer Vorkriegsreklame für Federhalter, hört alles, muß nichts notieren, geht schnurstracks zur Polizei, berichtet dort wortwörtlich alles dem, der ihn bezahlt. Das sind die wirklichen Helden der Untergrundfront, alle Ehre, ohne sie würden wir gar nicht wissen, was die Teufel mit menschlichem Antlitz jenseits der Grenze denken. Von den Fremden war Sorge so einer, halb Russe, halb Japaner, mit einer Antenne im hohlen Zahn und im Cigaršpic einen ganzen Sender. Entsetzlich, mich schauderts. Halten sich in einer Art Kloster auf, wo sie niemand vermuten würde. Der junge Offissier Mirko, als Nonne verkleidet. Gütige Mutter, was der alles weiß. Nimmt seinen Revolver aus dem Gebetbuch. Halt, im Namen des Volkes, Sie sind verhaftet. Sie, ein Volkspfarrer, und nun so was. Immer ist der treue Hund Kastor dabei. Such Kastor, hierher Kastor, Kastor dorthin. Auch der Hund hat eine Seele, doch sie jagen ihn pausenlos herum. Der Arme muß bei der Polizei Dienst tun, statt auf einem Bauernhof zu sitzen und an einem feinen Knochen zu knabbern. Die Polizei gibt keinen Knochen, er soll ja dem Spion ans Hosenbein. Der junge Adjutant Jovan sagt, die Aufgabe ist erfüllt, Genosse Mirko. Der wischt sich den Schweiß von der stolzen Stirn. So was liest das Volk lieber als von einer siebenköpfigen Familie, die im Schlaf erstickte. Oder einem Kleinkind, das in einer Bierflasche gefunden wurde, die amtlich verschlossen war. Wer wirft denn so mit Kindern um sich, das ist ja entsetzlich und schärfstens zu verurteilen. Manche haben überhaupt keins, andere bewahren ihre in Flaschen auf. Es sagt sichs leicht, ich war da und da, hab so und so viele umgebracht, bin dann durch ein Wasserrohr gekrochen und glücklich in Moskau angekommen. Das kann jeder. Doch kannst du dazu noch ein Volkslied singen oder eine schöne Vorkriegsmelodie spielen, das macht dir nicht gleich jeder nach, obwohl, ich weiß nicht, wie du zu einer kleinen Mundharmonika kommen solltest. Aber genau so einer war der vorgestern, wollte gar nicht aufhören zu musizieren. Soviel ich gesehen habe, war er zu mehr bereit, vielleicht hätte er seine Švarckinsleraj vorgeführt, aber da kam schon ein anderer an die Reihe, und so blieb keine Zeit mehr. Er hätte alles gegeben, ist schon fast dran gestorben. Wenn du nur eins bist, zum Beispiel Tišler oder Schriftsteller, bedeutet das, du kannst nur Tische reparieren oder Bücher schreiben, doch kann jemand außerdem noch das und das, ist er ein richtiger Mensch, unterstützen sollte man ihn, ihm nicht die Laune verderben, wenn er bereit ist, alles zu zeigen, was er kann. Aufzeichnungen soll er gefunden haben in einem Büchlein und auf dem Deckel des Schuhkartons, auch auf der Rückseite der Stromrechnung. Glücklicherweise mit Tintenstift, sonst wärs schon verblichen oder jemand hätts ausradieren können. Er schwört beim Leben seiner Mutter, es gibt einen abgestempelten Brief. Vladimir Iljič Karlos und Šći Gevara. Der Vorname ist gleichzeitig der eines wohlschmeckenden russischen Gerichts, der Name hinten kommt von Gewehr, weil er von klein auf geschossen hat. Karlos soll sich herleiten von dem großen deutschen Kaiser, das hält er aber geheim, weil er sich dessen schämt. Dieser Einfallsreichtum ist bei ihnen nur in wissenschaftlichen Kreisen bekannt. Aus nichts etwas. So auch mit den Worten, am Anfang war ja nur ein Wort und hieß nur das Wort. Durch Addition entstanden zwei Wörter, später weitere. Wie bei der Zellteilung, aus zwei vier, dann acht, bis zu Millionen, Trillionen, doch dann sind es schon zu viele. So entstehen die Riesen, denn sie haben viel mehr Zellen als nötig. Ich weiß nicht, was mir schwerer gefallen wäre, Botanik oder Sprache. In welchen Büchern hat er das gefunden? Er hat alles ausgeschnitten, das kommt ihm nun zugute. Hat es numeriert, von eins bis hundert und weiter. Ganz kleingedruckt, doch bis ins letzte Komma genau. Er beruft sich auf einen Professor, den ihm ein Bekannter gesagt hat, der sogar in China und noch Gott weiß wo war, dort das vergrabene Röllchen fand oder die Inschrift an einem Baum. Der Weg zur Wissenschaft und bis ins letzte Geheimnis, das keins mehr ist. Er hat korrigiert, ergänzt und aufgeschrieben, nach mündlichen Notierungen des Ureinwohners der Insel, die später von einem Vulkan verschluckt worden ist. Also das letzte vom Übriggebliebenen, und wär er nicht gewesen, gäbs nichts. Zum Glück sind die Wissenschaftler so eingeteilt, daß jeder nur eins erforscht und sich nicht alle aufs Schießpulver oder die Palmerstrümpfe werfen, und später gibts von dem einen zuviel und vom andern zuwenig. Natürlich streiten sie sich auch, wer sich als erster diesen dünnen Faden ausgedacht hat, sie ziehen vor Gericht und in den Justizpalast, doch einer wie der andere ist im Recht, weil beide an ein und derselben Sache gearbeitet haben. Ist leicht, Erde umzugraben, wenn du die richtige Schaufel hast und stark wie ein Gaul bist. Doch sieh dir den Historiker oder einen anderen Professor an. Was muß der alles konstruieren und miteinander verbinden, was nie miteinander in Verbindung stand. Name mit Namen, Ort mit Ort, damit einem Trottel in seinem sowieso leeren Kopf wenigstens etwas klar wird. Nennt er sich Gorki oder aber Peškov, das heißt Fußgänger, weil er viel zu Fuß gegangen ist? So ein Name, das ist eben Schicksal, er begleitet ihn fortan durchs Leben. Belegt mit Aufnahmen und Zeichnungen aus der ersten Schulzeit. Er soll in einer Straße gelebt haben, inzwischen ist sie bebaut, der Name geändert. Sein Haus längst abgerissen, dort soll nun ein Fußballfeld oder Spielplatz sein. Offenbar keine Erinnerung mehr, wer da gelebt hat. Alle längst tot. Keine Redeentwürfe, keine Notizen. Alles nur aus dem Kopf. Ob Sommer oder Frühling, Regen, wieviel Uhr. Längst vorbei. Irgendein Schusterlehrling von gegenüber trug gerade Müll heraus, sah einen von ihnen im Hauseingang verschwinden. Vielleicht hätte er ihn wiedererkennen können, doch sechs Monate später wurde der Arme, der unachtsam war, von einem Lift zerquetscht, und so ist auch von ihm nichts Besonderes mehr zu erfahren. Oder eine Hauswartsfrau, die eine herrliche Brosche geschenkt bekam, damit sie nichts verrät, der könnte sich erinnern. Aber nein, die Arme starb bei einer Entbindung, und der rabiate, saufende Ehemann brachte die Brosche noch im selben Monat bei der Tombola durch. Alles unterm Schleier des Geheimnisses, niemand erinnert sich mehr, und darum steht es jetzt so in der Geschichte geschrieben. Die unbekannte Konferenz, in einer Straße, die es nicht gibt, im Jahr X, weil man Datum und Zeit nicht wissen durfte. Einer hätte sich erinnern können, weil seine Großmutter am Vortag Namenstag hatte, aber er lebt nicht mehr, erst recht nicht die unglückselige Großmutter. Vielleicht Aufzeichnungen und Rechnungen der Trafikantin an der Ecke, stünde fest, die Ecke gibts und in der Straße ist überhaupt eine Trafik. Ein schwerer Weg für jeden Historiker. Wer soll sich in dem ganzen Versteckspiel zurechtfinden? Verfluchte Historie und ihre verborgenen Winkel, wer käme da hinein, ohne sich von Buchstabe zu Buchstabe zu hangeln, und wiederum nicht die Spur einer Spur, nicht mal eine halbe. Und welcher Teufel schreibt das auf und merkt es sich, wenn es niemanden gibt, der zu fragen wäre, und keiner antwortet. Obendrein noch Danica und ihre ewigen Verrücktigkeiten gegen alles! Die ganze Historie sei eine Intrige, eine der schlimmsten Schweinereien, doch ich denke trotz allem, dem ist nicht so. Wie kann man nur so etwas denken, wenn man sich ansieht, was in der Geschichte alles gemacht, besprochen und vereinigt wurde. Ohne Geschichte wäre jeder für sich allein geblieben, schlimmer noch, auf dem Baum, in der Höhle, so aber gibt es Städte und Straßen, und wer kann, soll promenieren, wer nicht, soll in der Fabrik arbeiten, jeder so gut er kann. Besser als nichts. Die Anführer malträtieren alle und raffen alles an sich, und zwar nicht für das Allgemeinwohl und eine hellere Zukunft. Aber auch sie müssen sich mal austoben, bei einer Jagd oder mit einem Filmstar, wollen mal weg, die Welt sehen, sitzen ja immer nur in ihren vier Wänden, unterschreiben einen Haufen Akten, haben nicht mal Zeit zum Essen und Schlafen. Was, wenn etwas ununterschrieben bliebe, obwohl es zur Unterschrift vorbereitet war? Es wäre verloren. Denn sowie seine Paraphe, zwei, drei Buchstaben, nicht zu sehen ist, hätte ein anderer gleich das Recht, nein zu sagen: so nicht, die Frist verstrichen, alles umsonst. Allein deswegen möchte ich keine Königin sein und Präsidentin nicht für eine halbe Stunde, wegen des verrückten Unterschreibens, beim bloßen Gedanken daran tut mir schon der Ellbogen weh. An der Geschichte liebe ich am meisten, daß sich auch in der schlimmsten Zeit, wenn man nicht weiß, wo einem der Kopf steht, immer ein Mensch findet, der sagt, hierher, mir nach, ich bin die Rettung, wenn ihr an mich glaubt; und dann kommt alles so wunderbar in Ordnung; nur zwingt er später jedem Barbiersalon sein Portrait auf, in jedem Klo muß es hängen, in jedem Firtel sein Denkmal stehen, obwohl es ihm so wenig ähnelt wie mir, ganz zu schweigen von den Reben, die ihm zu Ehren gepflanzt wurden. Als wünsche sich nicht jeder König oder jede Präsidentin, sein oder ihr Volk möge reich und glücklich und zufrieden sein. Nur haben sie nicht genug Zechinen, um allen zu geben, auch würde mancher Frechdachs das Doppelte wollen. Er aber würde es tun, wieso auch nicht, es würde ja nur für ihn sprechen. Er ist doch nicht so blöd, am Ast zu sägen, auf dem sie hocken, oder eine Revolte heraufzubeschwören, die gerade ihm schaden könnte. Auf keinen Fall. Wenn doch nur jemand das alles im Sinne eines Gesetzes der Gleichheit für alle formulieren könnte, und nicht Streit und Beißerei wegen nichts und wieder nichts. Wenn es ihnen doch nur gelänge, das goldene Schlüsselchen zu finden, welches jedes Schloß öffnet, oder jenen Balkon hochzuklettern, auf dem oben das Buch liegt, in dem steht, wie es sein sollte. Oder ein Engel könnte ihm im Traum flüstern, wie er mit dem Volk umgehen soll, und er würde das natürlich gleich befolgen, im selben Augenblick. Ebenso Kossuth und Franklin, der außerdem den Blitzableiter erfunden hat, ohne den unsere Kirche in Grunt schon oft wie eine Zündholzschachtel gebrannt hätte. Ebenso Lenin, sonst eher streng. Alle wollten sie etwas dazu beitragen, nur wurde der eine niedergeknallt, der andere bekam Lungenentzündung, der dritte ertrank. Und das im besten Mannesalter, wo du alles aus dem Handgelenk schüttelst, für dich wie für die anderen. Ich finde es allerdings unverzeihlich, wenn sie die Wahlen verlieren – nicht hoch, knapp hundert Stimmen –, aber so tun, als wärs das Ende der Welt, sich an die Brust schlagen und vor dem ganzen Volk in Tränen ausbrechen. Sie stünden nun auf der Straße, wären mittellos, müßten sich deshalb in den Brunnen stürzen. **ZUR HÖLLE MIT DEN WAHLEN**, das wichtigste ist, am Leben zu sein und gesunde Kinder zu haben. Einmal erwischts den, ein andermal jenen, doch das Leben liegt noch vor euch. Bitte keinen Ärger deshalb. Anscheinend wollte das Volk euch wirklich nicht, dafür klappts ein andermal. Nur müßt ihr dann eben viel besser sein, euer Betragen ließ zu wünschen übrig. Ihr könnt nicht vom Rednerpult herab den lieben Herrgott verfluchen, die unten sind sowieso schon rabiat genug und gieren nach Mord und Totschlag. Ihr müßt ihnen schöntun, und dann vorwärts, ganz ruhig. Etwas mehr Geduld, dann könnt ihr wieder aufs Pferd. Bis dahin lest was Schönes, geht mit euren lieben Familien an die frische Luft, seid maßvoll im Essen, das Volk mag Fettsäcke nicht, achtet auf eure Kleidung. Im Knopfloch eine Blume, aber keine Flecken und so was. Aber zu sehr rausgeputzt ist auch gefährlich. Laßt lieber zwei oder drei Ringe in der Schatulle, Hauptsache, ihr verschließt sie vorm Rausgehen, denn der Bösewicht wartet nur darauf. Achtet auf euren Umgang und wer links und rechts von euch steht. Am besten wäre, ihr könntet einer Kleinigkeit wegen in Haft genommen werden, dann in den Hungerstreik treten oder eine Proklamation in einem Brotlaib rausschmuggeln. Das mögen die Leut. Später rollen sie euch den roten Läufer aus, vom Knast bis zum Parlament. Ist nur ein Schritt. Hab ich x-mal gesehen. Das sind meine Ratschläge für den, der Erfolg haben möchte, höre sie, wer will. Was hätte ein Herrscher anderes zu tun, als für alles größtmögliche Sorge zu tragen: die Städte von Kopf bis Fuß reinlich zu halten, Brücken zu bauen, wenn ein Fluß da ist, sonst drängeln sich die Leute im Boot, bis es umkippt; und wo nichts ist, nur kahles Feld und ganz große Leere, prunkvolle Säle erbauen zu lassen, mit wunderbarem Parkett und Brillantlustern, krumme Straßen begradigen, damit auch Blinde schnurstracks bis zum Heim kommen, ohne mit der Nase gegen die Mauer zu stoßen, jeden Teich austrocknen bis zum letzten Tropfen, die lieben Frösche müssen schon sehen, wo sie bleiben, und, wo nötig, einen Damm gegens Wasser errichten, nicht daß es auf unsern Hof kommt und Vieh und Kinder ertränkt. Zum Schönsten in der Stadt gehören für mich die Denkmäler der Großen, mit denen wir uns vor jedem sehen lassen können. Vor allem deshalb, weil sich in der Haltung, mit der einer zu Pferde sitzt und die Schriftrolle mit den zwischenstaatlichen Verträgen entfaltet, sein ganzes Leben ausdrückt. Und wenn er Wissenschaftler war, machen sie ihm ein Vergrößerungsglas, durch das er wie auf einen Käfer sieht, doch Lupe und Käferchen existieren nicht, sie sind aus Eisen, nicht mal Blitz und Donner können denen etwas anhaben. All die Kleinigkeiten, die er gern in der Hand hielt, ein Taschentuch oder die Peitsche, wenn er viel mit dem Volk zu tun hatte, oder einen Regenschirm, falls er kälteempfindlich war, alles das ist so fein ausgearbeitet und schon aus einem halben Kilometer Entfernung zu erkennen, daß jeder weiß, wer auf dem Sockel steht. Häßlich nur, wenn der Mob ihn zerstören will, weil er es nicht mehr wert sei, da oben zu stehen. Schreckliche Bilder, ich überspringe sie meistens. Denken Sie nur an das ungetüme Eisen, an einem Strick wird es heruntergerissen. Am schlimmsten ist es, wenn er in zwei Hälften zerbricht und nur die Beine bleiben oben oder die untere Hälfte vom Spazierstock oder nur die Stiefel, in denen er durch die Jahrhunderte dort gestanden hat. Es fröstelt mich, wenn sie auf denselben Sockel dann ihren Mann stellen, von sehr ähnlicher Statur. Nur hatte der frühere eine Blume in der Hand und dieser einen Säbel oder ähnliches. So ein Hauptkommandant muß sich während des unseligen Kampfes vielerlei ausdenken. Nie mischt er sich unter den Pöbel, er könnte zertrampelt und erschossen werden, und was würde dann aus der Armee, wer könnte sie befehligen? Nein, er findet stets eine Anhöhe, einen Turm oder einen Berg. Und dann von da aus. Blästs zu arg, stellen sie ihm ein Zelt hin, malen ein rotes Kreuz drauf, damit ihn niemand bombardiert und er ruhig zusehen kann, was unten geschieht. Drinnen im Zelt diverse Lustbarkeiten, ein Grammophon, reizende weibliche Bedienung, denn das trägt dazu bei, besser zu befehligen und den Krieg zur allgemeinen Zufriedenheit rasch zu beenden Von Zeit zu Zeit müssen wir für diese Armeeführer Verständnis haben, ob sie nun auf dem Pferd sitzen oder beim Abendbrot im Salon oder vom Balkon aus zum Volk sprechen. Auch ihre Nerven sind keine Drahtseile, die alles aushalten. Solche Waffen, furchtbar viele Soldaten, Panzer und Aeroplane, und sie sollen an der Grenze haltmachen? Man muß ihnen auch mal was durchgehen lassen, wenn sie schon drauf und dran sind, den tiefen Süden zu okkupieren, wo niemand was tut, die Felder vernachlässigt sind, die Leute arm und nackt, sie aber würden das im Handumdrehn in blühende Gärten verwandeln. Tretet bittschön nur ein bissl beiseite, damit die furchtbare Artillerie vorbeikann, danach wird für hundertfünfzig Jahre wieder heilige Ruhe herrschen. Wirklich. Ihr müßtet nur die bedingungslose Kapitulation in jenem Waggon unterschreiben und ein Telegramm ans Oberkommando senden, mit Glückwünschen fürs nächste Jahr, da dieses nun schon am Ende ist. Ihr werdet tolerieren, daß deren Soldaten eure Fabriken und Brücken bewachen, das ist auch für euch sicherer. Erstens, weil sie mehr Soldaten haben, zweitens, weil sie viel pedanter sind als wir. Gott mit uns. Soll nur der liebe Gott auf sie aufpassen und durch sie auch auf uns. Damit eine Ordnung rausschaut bei dem Aufgepasse und nicht alles nur Chaotik ist. Überhaupt sind sie ja wahre Teufelskerle, lachen auf ihren Motorrädern, gehen durch Feuer und Flamme. Und sobald etwas Zeit ist, liegen sie längelang im Heu und lesen die großen Dichter ihres Volkes. In voller Kriegsmontur und Helm, aber mit ganzem Herzen bei der Lektüre. Jeder hätte eine glatte Eins in diesem Fach, wie auch in allen anderen. Gott bewahre, es fände sich ein Fleck auf ihnen, oder man würde sehen, sie haben im Heu geschlafen. Jeder hat eine Zahnbürste, sein Manikircajg und seine Chlorodont. Alle Zähne ebenmäßig, perlweiß. Sieht großartig aus, wenn sie dich anlächeln, wenn nicht, mußt du ihnen was getan haben, denn an und für sich lächeln sie. Nicht mal Napoleon war so hungrig nach Eroberungen, denn es ist ja nicht leicht, zu Pferde über die ganze Erdkugel zu fliegen, ohne zu wissen, warum eigentlich. Aber etwas hat ihn getrieben, ihm ins Ohr geflüstert, vorwärts zu stürmen, und so konnte er nicht stehenbleiben. Alle sind unterwürfig vor ihm, doch daran sind sie selber schuld. Wie oft hat er am warmen Ofen im Zelt aus Seide gesessen und gesagt, es ist genug. Doch die verderbten Generalitäten rundum sagten, Imperator, wie wärs noch mit diesem Land und jenem, hier gibt es so schöne Seen, da so liebe Frauen und dort herrliches Obst, und er, na ja, es ist leicht, den Fisch ins Wasser zu locken, also los. Auch in Polen wird es Ihnen gutgehen, in Deutschland und besonders in Rußland, doch das war ein Irrtum. Und was dann kam, weiß man ja. Ich aber meine, seine Seele war nicht schlecht, nicht habgierig, sondern es stand geschrieben, er müsse durch die Welt irren wie ein Verdammter. Courage, vor allem Courage. Die superschöne Filmdiva habe ich satt, das Brillantengeglitzer, der Duft bis zu mir herüber, dabei ist sie dumm, dümmer, am dümmsten, springt auf den Stuhl, wenn sie eine kleine Maus sieht, greift dem Bürochef an die Hosen, als hätte der nicht Familie und eine prächtige Frau zu Hause. Viel lieber habe ich den verbissenen Soldaten, der mit seinem Bajonett in den fremden Schützengraben springt und in den erstbesten Deppen reinsticht, der dort mit seinem Kochgeschirr steht und sich wundert. Das ist doch was – nicht erst einen Rosenkranz beten, bis der Stoppelhopser fertig ist mit seinem Mittagessen, und erst danach wird Krieg geführt. Das sind keine Kinder mehr und nicht im Hort, wo Ringelreihen geübt wird. Da mußt du schlagfertig sein, entweder du ihn oder er dich. Besser ersteres als zweiteres. Sie sind doch nicht für umsonst durch Morast und Regen bis dorthin getrieben worden, zu Fuß und zu Pferde und im stinkenden Viehwaggon, damit ihnen zum Schluß, wenn sich endlich die Gelegenheit bietet, einen Fremden zu durchbohren, die Hände gebunden sind oder ihnen schlecht wird. Sie sind ja nicht herbeigeeilt, um auf die Schufte des andern Landes zu spucken, sondern um sie je schneller je besser um einen Kopf kürzer zu machen, und danach kehren sie fröhlich heim zu ihren Kinderchen. Da ist nicht lange nachdenken, ob so oder so. Ich seh mir das von früh bis spät an und habe mich so eingelebt, daß ich jedes Kommando auf deutsch oder in unserer Sprache auswendig weiß. Auch ich könnt kommandieren, von meinem Rollstuhl aus, der Schlag soll mich treffen, wenn das nicht wahr ist. An einem Präsidenten weiß ich zu schätzen, wenn er sich nicht vom einfachen Volk unterscheidet, vor allem nicht vom Schnellgehmeister oder dem besten Ruderer und schon gar nicht vom tollsten Filmkomiker, und die werden sich später dafür erkenntlich zeigen, tausendfach. Wenn die Wahlen anstehen, werden Ruderer, Schauspieler und Athletiker ans Mikrophon treten und sagen, dieser Herr ist uns lieb und verdient, Führer des ganzen Volkes zu sein. Der Schauspieler imponiert mir besonders, er vergißt völlig, wie üblich zu grimassieren, wenn er mit Torten wirft, nein, er ist ganz ernst, sagt, die Sache ist die und die, wählen Sie den und den, sonst wirds nie mehr die Späße geben mit dem Kompagnon zusammen, der ihm gleicht wie ein Ei dem andern. Um Essen und Trinken geht es denen nicht, das haben sie zu Hause schaufelweise, aber gesehen werden möchten sie mit so reichen und wunderbaren Leuten, wie sie selbst es sind. Da passiert stets auch irgendwas, einer wird mit einem Mädchen aus der anderen reichen Familie gesehen, ihr Verlobter hat sich gerade das Bein gebrochen, und das ist gut so, denn er liegt im Krankenhaus. Hören Sie, Miss Glamor Gloria, mich interessiert nicht Ihr Geld, das hab ich selbst bis oben hin. Aber könnten Sie so gut sein und mir als Vorschuß einen Kuß geben, das wäre viel mehr wert. Ich weiß an dem die feine Art zu schätzen und den Respekt, den er sich vorm letzten Habenichts oder dem Ziegeleiarbeiter abnötigt, er kann mit jedem. Den Arbeiter fragt er: Ist der Hammer zu schwer, den Bauern, wie stehts mit dem Pflügen und Mähen, und den Zigeuner, warum bist du so schwarz. Sieht er einen ohne Bein, sagt er gleich, in Wien gibt es einen Arzt, der auf Wunsch ein neues annäht, nur ist das jetzt noch zu teuer. Warum nicht solche kleinen Ereignisse aus dem Privatleben eines großen Mannes zeigen. Lobenswert, wenn sie im Programm einen General bringen, der in der Badewanne sitzt oder sich vorm Spiegel rasiert. Zumindest sieht dann ein Armer, um den General schwirren nicht fünfundzwanzig verschiedene Diener herum und besorgen das Einseifen, Kämmen und Schuheputzen. Nein, er macht alles selber. Und nie würde er sich mit der Klinge ritzen, obwohl seine sicher die schärfste der Welt ist. Nein, sondern vorsichtig und aufmerksam bis zum letzten Härchen, wie könnte er sonst eine halbe Stunde später einem andern Machthaber die Hand reichen, wenn die Stoppeln sprießen, wo sie nicht sollen. Jetzt hat er sich schon mit dem wunderschönen Handtuch abgetrocknet, ordentlich die Zähne geputzt, die Krawattennadel mit Brillant gefunden, die Jacke angezogen, alles alleine, und ist wie neugeboren aus dem Bad getreten. Das hat mir in den letzten Tagen am meisten gefallen, wiederholt werden sollte es, damit man die Kleinigkeiten, die mir entgangen sind, noch einmal sehen kann, denn das Bild ist schneller als ich und schneller als meine armen alten Augen. Ich weiß nicht, was schlecht daran sein soll, wenn ein Staatsmann zeigt, wie er Mais pult, mit der Sichel mäht oder Motorrad fährt. Er darf nur nicht staubig werden, den schönen Mantel nicht mit Maschinenöl beflecken oder sich den Finger brechen, denn er muß ja den abessinischen Negus empfangen, mit der englischen Königin zu Abend essen und den Präsidenten Frankreichs ins Kino begleiten. Das wäre unmöglich mit einem Gipsverband oder Flecken auf den Hosen, außerdem hat er keine Zeit, sich umzuziehen, denn jede seiner Minuten ist kostbar. Lieber Gott, könnte doch einer von uns, was der kann. Einen Baum pflanzen, Radio hören und einen wundervoll tröstlichen Brief an die Eltern des Mädchens schicken, das mit dreizehn aus purem Mißgeschick und ganz unvorbereitet ein Kind zur Welt brachte. Für alles findet er Zeit, dem Alten über den Kopf zu streicheln, dem Kranken die Aspirintablette selber in den Mund zu schieben und dem Busfahrer mit sechs Kindern eine wertvolle Uhr zu schenken. Zehn Sekretäre folgen ihm auf dem Fuß, um der Nachwelt zu überliefern, was er alles in diesen paar Minuten zwischen Sitzung und Empfang getan. Natürlich hat er einen genau ausgearbeiteten Plan im Kopf, damit er auch überall hingelangt und alles erledigen kann. Pausenlos zwei, drei Staatsleute auf einmal, einer schützt die Augen vor der Sonne, der zweite lacht, der dritte raucht. Doch sie machen auch Witze, kratzen sich die Nase, wenns juckt, klatschen sich auf die Schenkel, obwohl die ganze Welt und Krieg und Frieden von ihnen abhängt. Sie haben viele Sorgen, sind aber meist guter Dinge. Stellen Sie sich vor, er als Kommandant und Krieger muß einem dummen Bäuerlein erklären, daß es am Griff anpacken muß, nicht an der Schneide weiter unten, die Schneide muß in die Erde, dann alles zusammen mit dem Riemen am Pferd befestigen, dem Gaul das Richtige zurufen, damit er geradeaus zieht, nicht quer. Daß dies Rindvieh von Bäuerlein trotz seiner Jahre nicht pflügen gelernt hat, den Pflug scheut wie der Teufel das Weihwasser, das müßte man wirklich am strengsten bestrafen. Wenn der Kommandant nicht in diesem Moment zu Pferde vorbeigekommen wäre und den Bauern nicht hätte rumhantieren sehen auf dem Felde, erschrocken, der Idiot könnte sich schneiden, dann wäre keine Furche zustande gekommen. Unglückseliges Bäuerlein, schießen muß der General – soll er jetzt auch noch deine Arbeit tun? Dir beibringen, wie man den Löffel mit Polenta hält, damit du ihn nicht zum Ohr führst, das nichts davon hätte? Dir auch noch helfen, Vater zu werden? Ehe du dich umgedreht hast, wird alles zugrunde gehen. Geliebter Führer, Vater der Heimat, lieber Mareschall und caro Signore. Großartiger Benito. Quälen Sie sich nicht, lassen Sie sich nicht von Dummheiten beirren, warum um Gottes willen sollten Sie pflügen, es gibt ja uns, die jungen und kräftigen echten Bauern. Sie könnten sich schneiden und verheben, das haben Sie wahrlich nicht nötig. Wir sind nicht einverstanden, daß Sie das unerprobte Flugzeug chauffieren oder die höllischen Rennen mit den Wahnsinnsautos fahren. Auf keinen Fall! Sowieso meinen alle, Sie sind in allem der Beste. Wir wissen, selbstverdientes Brot schmeckt am schönsten, aber trotzdem. Er sollte nicht Sieger beim Rennen in Monza werden können? Er kann. Hau ruck und hurra. Dem geliebten Sieger und Vater meines neunten Kindes. Sie wissen ja nicht, das ist in jenem süßen Traum passiert. Zuerst werde ich Ihnen ein kleines Baby schenken, dann fertige ich Ihr Portrait aus Perlmutt an. Knopf an Knopf. Ich mit Knöpfen, meine Nachbarin mit Sicherheitsnadeln. Alle von uns befruchten Sie auf dem hohen Apennin, aber wissen es nicht. Mein Mann ist völlig einvernehmlich, wegen hohen Alters und Ihres Rechts des Stärkeren. Werde ihn einfach Benito nennen. Damit auch er in der Staffel Ihnen zu Ehren laufen darf und erster wird in der Aktivistenbewegung unseres geliebten Italien. Sowieso ist mir der letzte Hallodri, aus dem ein lobenswerter Mann wird, lieber, denn hab ich gleich den Besten, wird der nur schlechter, nicht besser, weil das beinah unmöglich ist, im Roman wie im Leben. Ich habe nichts gegen den phantastischen Zigeuner, den Kesselflicker, im Gegenteil, ich würde ihm sogar geben, was ich selber nicht besitze, vor allem, wenn er etwas aus seinem Leben vorsingt, das alles in allem düster und fröhlich in einem ist. Er flickt wenigstens Zinkwannen und anderes nicht mehr in Gebrauch Befindliche; der widerwärtige Dieb dagegen, nie kriegt er genug, greift nur in fremde Taschen, auf dem Bahnhof oder im Café, und zählt erst daheim, zu wieviel er auf diese fürchterliche Art gekommen ist. Ich weiß, auch bei ihm zu Hause brüllen die Bälger in der Wiege und die treusorgende Frau verabschiedet ihn mit Tränen in den Augen, wenn er abends zu seiner unguten Tätigkeit aufbricht, den Sack auf dem Rücken, und so kommt auch in mir eine Art Mitleid auf. Obwohl, wie im Film gezeigt, das grauenvolle

Gesicht, die Narbe von der Wirtshausschlägerei, ein Auge noch zu vom letzten Knast – vielleicht ist da Mitleid nicht angebracht. Ganz recht, wenn sie einen echten Dieb zeigen, wie und warum er stiehlt, wie er mit seinen Teufelsfingern wie mit Scheren hantiert, sich damit wie zufällig dem armen Opfer, dem ahnungslosen, nähert, auf der falschen Körperseite, während er auf der richtigen an der Brieftasche operiert. Und das arme Fräulein, wenn es die Pidikir zahlen muß oder die fabelhafte Unterwäsche, aber nicht kann, weil ihr kein roter Heller geblieben ist, aber ich hatte doch, Ehrenwort, mein Geld war in der Handtasche, und die Verkäuferin wiederum, die schaut sie nur an, denkt sich ihrs. So berichtet der Dieb von den Grundlagen seines Fachs und wie das Verscherbeln des Diebsgutes vonstatten geht, damit es jeder lernt und später nicht überrascht tut und zur Polizei sagt, ich wußte nicht, es ist ein gestohlenes Radio, das ich unterderhand zum halben Preis bekam, um den Viertelwert, soll besagen, für einen halben Dinar. Alle Achtung. Ein bettelarmer Student mit siecher Mutter muß das letzte vom Haushalt zu Geld machen.
Hat nie eine Universität von innen gesehen, nur die Diebshochschule, da hält er Vorträge, wie man mit leichter Hand in eine tiefe Tasche langt. Ebenso lehrreich der Selbstmörder, dem der Strick riß, die Kugel im Lauf steckenblieb und dem auch **DAS ABGESTANDENE APOTHEKERGIFT** nicht mehr half, von dannen zu gehen. Was der alles an Gedanken mitzuteilen weiß, während er zum verfluchten Strick aufs Hockerl klettert, bevor er das Gepanschte schluckt, oder sich mit der Pistole direkt ins Herz schießen will! Nie wieder wird er es versuchen, er kann es niemandem empfehlen – nicht wegen des

Todes, der ist nichts, sogar eher selig machend, wenn du verzweifelt und blank bist; sondern wegen der Angst, die ist am schlimmsten. Ganz anders erzählt der Soldat im Schützengraben, er kann kaum das Trompetensignal erwarten, um aufzuspringen und vorm Graben gleich längelang zu fallen, für Ehre und Stolz. Als Kind auf seinem Stühlchen ahnte er nicht, wo er heute sein würde. Etwas muß ihm erschienen sein, im Bach oder im Brunnenwasser, oder eine Stimme hat ihm eingesagt, was er zu tun habe, um solchen Ruhm zu erlangen. Oder im Brot fand sich ein Zeichen während des Frühstücks, oder die Kuh hat ihm was ins Ohr geflüstert, oder er trat auf einen Stein, unter dem alles geschrieben stand. Allein aus sich heraus kann der Mensch das nicht. Es heißt, alles habe er in einem Buch gelesen, als er noch nicht lesen konnte. Irgendwas von Früherem war in ihm, wie bei Napoleon, von dem die Rede geht, er habe sein Schicksal in einer Mehlsuppe geschaut. Lev Tolstoi genauso, in der Rinde einer Buche. Geh und schreib ein dickes Buch, er setzte sich hin und tat es. Das kennt jeder große Mann, darf es aber nicht zugeben, weil es ihn kleiner machen würde. Und wie er als Kind aussah, all die fabelhaften Photos, von unbekannten Photographen photographiert, ein wenig vergilbt, trotzdem ist das Kind auf dem Karussellpferd zu erkennen, benebelt von der rasenden Schnelligkeit, und auch wenns nicht dieselbe Person sein sollte, ähnlich ist sie ihr allemal. Immer gibt es einen Pedell aus der Volksschule, der noch lebt und erzählt, man hätte gleich gesehen, aus wem etwas Großes wird, obwohl der Betreffende in allen Fächern außer Turnen eine Fünf hatte. Den Mitschüler gibt es auch noch, sie haben Briefmarken gesammelt, und noch heute versteht er nicht, wie der es fertiggebracht hat, ihm für zwei nicht so wertvolle fünf teure abzuluchsen. Der hatte eben das Talent, jeden für einen Jux zu gewinnen, also Äpfel zu stehlen in Nachbars Garten, Sand zu schütten ins Tintenfaß des Professors, und dann brumm ihm eine Fünf auf, wenn dus übers Herz bringst. Der Meister hat an ihn als Handwerker auch die schönsten Erinnerungen, hat ihm alles verziehen, weil er die ganze Werkstatt ergötzte mit seinen Geschichten über den Film vom Abend vorher. Der Meister und die anderen hielten sich den Bauch vor Lachen, wie er von Harry Piel sprach, das war komischer als der Film, egal, ob unterdessen die Maschine so heißgelaufen war, daß das Gewinde brach. Weil mein eigenes Leben schon so lange währt, sehe ich mir so gern fremde Lebensläufe an, vom ersten bis zum letzten Tag, den ganzen Lebensweg, mit jedem Steinchen, über das er gestolpert ist, sich aufrappelte und weiterging. Im Anfang abgerissener Lehrling in der Werkstatt, dann sehen wir ihn schon mit dem wundervollen Mädchen auf dem Bicikl, mit der Verlobten, einer ganz anderen inzwischen, dann bereits in einem Krieg, mit zwei, drei Sternen auf den Schulterklappen, kein gewöhnlicher Muschkote, danach im Auto, später spricht er schon vom Balkon runter, und schwuppdiwupp sind Zylinder und Krone da, ein Schlachtschiff, auf dem er schnurstracks zum König von England fährt, als wärs nichts. Sagen Sie selbst, ist es nicht herrlich und interessant, das Leben, lebenswert, und nicht sich jeden Augenblick wegen nichts aufhängen wollen, am Baum, oder Säure schlucken, die Pulsadern aufschneiden. Dieser Lehrlingsdummi hats beinah leichter, was zu werden, als jemand aus gutem Hause, der mit Milch, Brot und

Buchteln aufgezogen wurde und später nur Golf spielt – ein Schürzenjäger, der den ganzen Familienbesitz durchbringt; und der andere, ein ehemaliger Metzgergeselle, hängt ihn, mit Hilfe anderer Gesellen, zum Exempel an den Beinen auf. Die Karriere ist etwas vom Schönsten, eben weil aus einem Habenichts der Mann im Frack wird, mit Orden und weißem Taschentüchlein, er steht neben einer Traumfrau beim teuersten Auto, denn er hat das ganze Leben über gearbeitet, Klavier gespielt oder viele Reden gehalten. Sicher wurde er nicht sofort auf jenen fahnenbehangenen Balkon gelassen, ungewaschen und unreif, wie er war, schön geschwitzt hat er bis zum Erwachsenwerden und bis er die Entscheidungsträger überreden konnte, auch ihn mal sprechen und die Trompete blasen zu lassen. Als sie seinen Verstand erkannten, den geringen, und das bißchen Talent aus den Bergen, gaben sie ihm alles und jedes, bis er sie überragte, sich noch schöner trug als sie, man photographierte ihn für die Zeitungen, steckte ihm Geld zu, und später konnte er sich alles kaufen, soviel hatte er – sieh mal an, wie der Schlaukopf das alles bewerkstelligt hat. Alle naselang erzählt so einer sein ganzes Leben, kehrt nichts unter den Teppich, nein, steigert sogar das Schlimme, als er noch nackt wie Jesus und hungrig wie ein Wolf war, jetzt aber sitzt er im Fauteuil, alles um ihn herum funkelt und glänzt, und er, als säße er seit jeher hier, antwortet knapp, die Reporterin muß die Ohrlöffel aufstellen, um zu kapieren. Dann steht er einfach auf, krempelt die Ärmel hoch, schlürft ein rohes Ei und singt aus dem Stegreif ein Lied über den russischen Zaren oder etwas anderes Schönes fürs Ohr. Guck dir den Lumpen an, hat so einen Lehnstuhl ergattert und war doch winziger als ein Mohnkorn, bevor er an ihm nur schnuppern konnte, ist Malergeselle oder gekündigter Tischler oder so was gewesen, hat dann den Knigge gelesen und wie mans mit Frauen anstellt, ging zur Arbeiterfete, von da zum Angestelltentee, kämpfte sich durch die Cafés für Bessersituierte, und sieh an, plötzlich sitzt er im Ministersalon. Die wissen nicht, wer er ist und woher, aber sie sehen, wie seine Augen blitzen und wie die Frauen ihn anhimmeln, und er spricht ohne Patzer bei Dativ und Akkusativ. Dann gibts im Salon Aufregung um die Wahlen des Vizepräsidenten vom Handwerkersyndikat und des Gemeindepräsidenten, der eine ist krank, der andere will nicht, aber der gutaussehende ehemalige Handwerksgesell räuspert sich nur, bis jemand sagt, das ist unser Mann, jung, gutaussehend, klug, ein einmaliger Landsmann, der wird alles bis auf die Grundfesten durchrütteln, und wahrlich, so ist es gekommen. Schon wirbelt er in und außerhalb der Gemeinde herum, sucht sich Diener und Spione, betreibt einen Zwischenhandel mit Waffen, und eines schönen Tages ziehen er und seine zusammengestoppelte Truppe zur Post, auf die Bank, ins Königsschloß und verkünden, das ist nun alles unser, wir sind die wahren Führer des Volkes, nicht die blöden Greise in Zylindern und Ballkrinolinen. Hand aufs Herz, wenn ich mir andrerseits deren Leben ansehe – ein Arzt, ein Advokat oder der Universitätsprofessor habens leicht dagegen. Die müssen kurieren, advokatieren, egal, wer auf dem Thron hockt. Aber die Politik ist teuflisch, die reinste Klassenlotterie. Bist schneller raus als drin. Eine durch und durch unsichere Existenz. Würde sie keinem von uns wünschen, obwohl ich jeden schätze, der sie noch ausübt. Der Arzt nimmt eine Säge, sägt das Bein ab, und fertig. Der Advokat bringt den Verbrecher an den Galgen und wäscht seine Hände in Unschuld. Was aber kann der Politiker tun? Er muß sehen, woher der Wind weht und ob er ihn nicht wegfegt. Hält er sich im Windschatten, nimmt gleich ein anderer den Platz, den er wollte, wie soll er sich da nicht von früh bis spät enervieren, und dafür hält er sich ja noch gut. Ich versteh nicht, warum ihn nicht schon in der Jugend der Schlag trifft. Kann sein, er ist zu halsstarrig. Ich bewundere ihn mächtig. Schuhe, Brillen oder sonst Nützliches kann jeder machen, doch die Politiker machen nichts, sie halten nur Papiere in den Händen, dabei haben sie alles gemacht, das Gesetz, den Staat, die ganze Welt. Bei Gott, aus nichts machen sie etwas. Aus purer Luft. Und Schuster und Optiker glotzen weiterhin ihre Sohlen und Gläser an, rühren sich nicht aus dem Eck. Nur später wirds heikel. Die meisten kriegen einen Fußtritt. Dann wars umsonst, daß du auf jenem Balkon photographiert worden bist, die Schere wird genommen, und rausgeschnitten wirst gerade du, auf dem Photo bleiben alle außer dir. An der Stelle steht jetzt eine geschwärzte Mauer. Wie viele waren einst was und sind jetzt der letzte Dreck. Angefangen vom unglücklichen General Röhm, der dem verdammten Hitler half, den Thron zu besteigen, und derselbe hat ihm später stumm den Hals umgedreht. Solche gabs auch anderswo, muß sie nicht alle nennen, bin ja nicht ich die Verrückte. Wie haben sie gestrahlt während mancher Paraden, als obs morgen nicht geheißen hätte, Marsch raus, ich will dich nie mehr sehen! Arme Leute, was nehmen sie nicht alles auf sich wegen der verflixten Politik. Um manch einen hats mir leid getan, was meinst du, welchen Komfort er gewohnt war, und dann auf einmal eine kleinere Wohnung, kleineres Gehalt, und obendrein zeigen sie mit dem Finger auf ihn. Er ist eben kein Engländer, der zwar den Ohrensessel des Präsidenten räumen muß, aber wieder in sein Schloß zurückkann, seine Hunde behalten und im Vorzimmer vom Ausmaß eines Fußballfeldes die Gemälde der Urahnen betrachten darf. Dieser hier aber hat nichts, wo er hingehen kann, zurück aufs Dorf will er nicht, und die Šnajderwerkstatt, in der er arbeitete, ist noch während der Bombardements zerstört worden. Wer hätte das gedacht, als sie zusammen auf der Bühne standen in einem Meer von Blumen, Fahnen und anderem, aus einer Flasche tranken und sich wie Brüder umarmten, daß nur zwei Wochen später einer dem andern den Hals umdrehen würde, denn der eine soll Volksfeind sein und der Halsumdreher angeblich nicht. So viele gemeinsame Jahre in diversen Holzschuppen, Fabrikmagazinen und anderswo, streng geheim und vertraulich, stets auf dem Pulverfaß, für dieselbe Sache, und dann auf einmal auf entgegengesetzten Seiten! Zuerst die wundervolle Jugend, er stets im weißen Hemd, sie im weißen Kleid, er die Ärmel hochgekrempelt, es ist sehr heiß, nur manchmal fällt etwas Schnee, doch der taut sofort, immerzu laufen sie über die Wiese, aber wenn sie den Hain erreichten, würde er sie nie anrühren, nein, er schreibt ihr nur etwas ins entzückende Poesiealbum, das genügt ihr. In der Fabrik später dasselbe, sie arbeiten Maschine an Maschine, sehen sich pausenlos an, aber nicht zu oft, damit ihr der Finger nicht in die Maschine gerät, nur gerade eben so, wies der Anstand gebietet. Weiter dann im schrecklichen Krieg, wieder sind sie beisammen, ihm wird ein Bein abgenommen, sie hält, was davon übriggeblieben ist, sehr tapfer, weint nicht, das würde sie nie tun. Und wieder laufen sie schön herum, er mit dem künstlichen Bein, es geht alles, wenn er nur will. Diese Freude, obwohl zu neunt in Zimmer und Küche. Jeder werkelt, obzwar der andere stört. Einer dreht Fleisch durch den Wolf, der zweite schlägt einen Nagel in die Wand, der dritte liest Zeitung, der vierte sieht aus dem Fenster, die Mutter schimpft, der Vater kommt aus dem Klo, das Kind lernt in dem Wirrwarr Erdkunde. Dann erscheint noch der Postbote oder ein Nachbar, dumm wie sie alle, und ein Mann, der vorgeblich ein Inserat «Pianino zu verkaufen» gelesen hat, die haben aber gar keinen Platz für ein Klavier, höchstens auf ihrem Kopf, und er kein Geld zum Kauf, alles Lug und Trug, er möchte sich nur hinsetzen und umsonst eine Tasse Kaffee trinken. Dies ist noch nicht alles, immer fällt einem vom Wasser- oder Elektrizitätswerk ein, zu Zeiten, da sie anderweitig beschäftigt sind, Geld einzutreiben, wieso bringen sie die Leute in die fatale Situation, ständig zur Brieftasche greifen zu müssen, die sowieso leer ist. Späße ohne Hand und Fuß sind das, wer denkt sich die bloß aus. Doch wunderschön ists trotzdem, diese Begebnisse anzusehen, wüßte ich seine Anschrift, ich würde ihm zum Namenstag gratulieren, obwohl er ihn vielleicht gar nicht feiert. Stirbt ihr bester Mann, hüllen sie ihn in Wachs, wie die Biene in Bernstein, nur sehr vergrößert. Ich würde ihn gern auf einem Photo sehen, auch wenn es heißt, er ist sehr geschrumpft. Von der Luft. Drinnen hat er eine Glühbirne, sie leuchtet ihm durch die Haut. Am liebsten habe ich es, wenn der Russe zu Gott betet, sich ans Klavier setzt, mit verbundenen Augen, und spielt, was er weder wußte noch je gehört hatte. Oder er muß den Namen einer armen

Unglücklichen in der letzten Saalreihe erraten sowie die Ausweisnummer ihres Onkels. Was ist wohl bei denen im Hirnkasten los? Das weiß nur der liebe Gott, darum bekreuzigen sie sich so oft. Er starrt den Pokal voll Wasser und Blumen an, und der Pokal samt Inhalt setzt sich auf dem Tisch in Bewegung und tanzt Kasatschok. Allein auf dem Weg der Suggestion und mit Hilfe der schönen schwarzen Augen von der, dies macht. Sie kann dein völlig krummes Bein begradigen oder dir das einst bei einem Zank verlorene Auge zurückgeben. Hätte sie doch schon während des Krieges gelebt und allein mit Blicken den verfluchten deutschen Panzer aufgehalten. Immer legen sie die Stirn in Falten, wenn ein Schriftstück unterzeichnet werden muß, als wollten sie streiten, grad nachdem sie die Ausfuhr ganz Sibiriens nach woandershin besprochen hatten, im Tausch gegen wunderschöne Maschinen, das schmackhafteste Suppengrün und die wunderbarsten Palmersstrümpfe. Andere haben einen traurigen Ausdruck, wie der Schriftsteller, der unter der Tuberkulose eines unglücklichen Volksschülers leidet, oder wie die, die Schwanensee aufführen und zum Tod auf offener Bühne verurteilt sind. Das Volk liebt es, wenn so was passiert, es drängelt sich gradezu danach. Imponierend das Engagement und der Glaube an jeden Teufel. Alle für einen, einer für alle. Im Guten und im Bösen. Und jeder kennt seine Rolle, aber wie nur, bei dem Gerenne und Getöse von morgens bis sonstwann. Die Soldaten marschieren, die Arbeiter bauen Straßen, die Mütter geben den Kindern die Brust. Alle zuhauf grüßen das offene Auto, in dem der Firer steht und winkt. Während er vorbeifährt, lassen sie weder die Schaufeln los noch die Kinder von der Brust, sondern alles geht weiter,

nur winken tun sie mit einer Hand. Und die Bäuerin, der der Führer die Wange streichelt, schämt sich nicht, auch der Chauffeur des schrecklichen Lasters nicht, die schwielige Faust hingestreckt, mit der er noch gestern bis zwei Uhr nachts für irgendeinen Sizilianer gepflügt hat. Niemand rebelliert, niemandem ists unangenehm, alle sind Kameraden, als hätten sie gemeinsam die Schafe gehütet und dieselbe Schulbank gedrückt. Die kräftige bayerische Blume im Steinkrug. Die feste Hand des Alten hält die gerechteste Zeitung der Welt. Der vollblütige Greis, der ohne Brille liest und immer noch kann, wie alle seine Volksgenossen. Stets dieselben stolzen Steinbrüche. Mit den Arbeitern, unseren Kindern, durch dick und dünn. Durch Arbeit und Freude bis zum Endsieg.
DIE ORDNUNG EUROPAS. Drei Grazien wachen über allem. Der Firer wählt die schönste aus, von ihrem Inneren her. Aber eigentlich will er keine für sich selber, denn seine Erwählte ist sein Land. Verheiratet mit Deutschland, nach uraltem Recht, das strahlt aus seinem Blick vom Eiffelturm. Wahrlich wie photographiert und nicht gepinselt. Während sie Violine spielt hoch über dem Rhein, damit der Feind die traurig-zarte Stimme des Feindlandes hört. Der feše Leutnant auf Urlaub mit seiner Verlobten und der Blume, die selbst noch im schlimmsten Krieg zu finden ist. Jeder hatte eine Verlobte, der er die Treue gelobte, was schon aus dem Wort hervorgeht. Jede Verlobte gelobte Treue, auch nach seinem Schlachtentod, dem sozusagen unausweichlichen. Herrliche nackte Mädels zu Besuch bei der müden Kompanie. Weiß nur nicht, warum sie sich ausgezogen hatten bei der Eiseskälte, vielleicht ein Soldatentraum, denn sie lagen im Fieber. Leda, der Schwan, die Danaë, ein

gesamtbiblisches Thema. Obendrauf der Soldat, er schiebt Wache. Nimmts nicht übel, obzwar, mit Tieren wars strengstens verboten. Sagen des klassischen Altertums. Die Deutschen sind wie die alten Griechen, nur besser erhalten. Die deutsche Leda, gschamig, aber kräftig. Während des Akts hält sie die Hand vor die Augen. Auf dem Stier genauso, während der Entführung. Der Stier ist eigentlich Symbol des Panzers, der ja wegen seiner vielen Teile viel schwerer zu malen ist. Oftmals die drei Grazien, eine berührt die andere. Die Ärmsten, was sollten sie machen, ihre Männer waren so weit weg. Trotzdem wird die schmerzergriffene Verlobte ihrem gefallenen Soldaten einen Soldaten gebären, alle Achtung, haben während des kurzen Urlaubs von ganzem Herzen geackert, nicht zu knapp, nein, nein. Nackicht mitten im Feld. Mehr so symbolisch, denn alles gebiert. Sehen Sie sich bloß diese Farben an, die Personen, wie lebend. Noch nie so von Menschenhand gemalt. Keine Photographie in Farbe? Bei dem dunklen Ton, der heller wird. Die Gegend eigentlich nur das Dekor für das menschliche Leben. Auch die Schafe. Und diese deutsche Gelassenheit. Der alte Saatsmann und sein kräftiger Schwung. Alle im Bild schauen zu einem Punkt außerhalb des Bildes. Ein ganz ordentliches Stilleben. Das schön geschlachtete Hühnchen schmackhaft gebraten, Kohlrabi, die sowieso keinen Schmerz empfinden. Manchmal sagt eine Zwiebelknolle über das Schicksal eines Volkes mehr aus als das Volk selbst. Der Diskuswerfer, der gegen seinen Willen übers Stadion hinweg wirft. Die Sportler werden den künftigen Krieg nur mit ihren Requisiten führen. Sport, ein Krieg im kleinen. Obwohl die Hauptperson nicht anwesend ist, weil zu beschäftigt. Nur noch die Russen sind zu so etwas fähig, sie waren mit den Deutschen einmal ein Volk, später trennten sie sich. Und dann der überaus geschätzte Reiseschriftsteller, der alte Gide, obwohl ein Franzos. Er sollte nur aufschreiben, was er gesehen, Punkt für Punkt. An seiner Seite ein geschickter Begleiter, der seine Aufmerksamkeit auf das Wichtige lenken soll, nicht auf das Unwichtige, das ihm immer schon näher war. Ist er allein, fällt sein Blick zuerst auf eine Bananenschale oder ein nacktes Straßenkind, nie sieht er die Dampfmaschine unter Volldampf oder das wundervolle Bild des Präsidenten, sechs Meter hoch, jedes Haar einzeln zu erkennen, erst recht das Lächeln und all das andere. Für mich ist noch wichtig, daß die fleißigen Arbeiter auf einen Gast mit Notizbuch nicht vorbereitet waren, erst als er die Fabrik betreten hatte, schlugen sie wie wild auf das Eisen ein, vorher und nachher aber nicht. Das durfte und sollte aber nicht so sein, du heilige Eintracht. Wer fleißig ist, ist das von Geburt an, tut das nicht zur Schau oder wegen des Hungerlohns. Wie gern würde er dem freundlichen Begleiter sagen, ich hab Zahnschmerzen und bleibe im Bett, doch der antwortet, das täte ihm leid, er wird einen Arzt mit der Zange holen, darauf wieder er, nein, nicht nötig, es geht vorbei. Kaum ist er den Begleiter los: raus auf die Straße, zwischen den fröhlichen Pöbel, mitten ins Gedränge, das Spiel um einen Dinar, obwohl alle in Lumpen stecken. Wie schön er mit den Elendskindern spricht, die nichts anhaben, seine Sprache nicht verstehen, aber sie lachen ihn lauthals an, so warm wird ihnen ums Herz. Warum sind sie nur so nackt und verlaust, sie könnten sich doch schön abseifen, saubere Hosen anziehen und dann zum Volksmusikständchen in den Park. Doch für sie, für sie ists schöner so, nur jagt sie die Polizei, na ja, warum wohl. Was für eine Geduld der Alte aufbringt, das ist einzig. Auch mit dem Polizisten spricht er ganz frei, er soll sie doch lassen, wie sie sind, wenn es ihnen gefällt. Der Polizist hat auch nichts dagegen, solange kein Zeitungsphotograph vorbeikommt, denn sonst, wehe ihm. Wohin der Alte auch kommt, er ordnet, was zu ordnen ist, regelt alles, nicht mal die Nase putzen können sie sich ohne ihn. Er hat wirklich vielen geholfen, Hut ab. Hat sich sehr daran ergötzt, wie in der Fabrik jeder seinen Platz an der Maschine hat, niemand drängelt sich um den Knopf, laß mich mal drücken, nein, laß mich. Nein. Keiner schreit oder bestraft den anderen. Alles läuft wie am Schnürchen. Wie sie reingehen, so kommen sie nach acht Stunden auch wieder raus, wie aus der Kirche. Sie hinterlassen alles sauber, die nach ihnen kommen, krempeln nur die Ärmel hoch, und weiter gehts. Aber nicht nur das. Was für Wunder hat er allein schon auf der Straße gesehen, wo eigentlich nie jemand ist. Aber wenn er jemand traf, mußte der gerade ein Einschreiben irgendwo hinbringen oder in dem und dem Haus eine vom Wind eingedrückte Scheibe ersetzen, oder einige trugen ein Stück von einer Fabrik in die andere, weil sie es in der ersten nicht brauchen, es in der zweiten aber grade fehlt. Und das ist alles. Nie würde einer ziellos herumtorkeln. Geht einmal einer vorbei, ohne was zu tragen, keine Depesche, kein Fensterglas, kein Teilchen aus der Fabrik, muß er sich die Hand an der Maschine geschnitten haben und geht zum Arzt. Wie man am Blut sieht, das hinter ihm hertropft. Plus Straßenfeger, der mit dem Besen alles wegwischt. Erst wenn die Maschine repariert, die Hand verbunden, die Depesche da ist, wo sie hinsollte, erst dann kommen sie heraus, trinken Bier aus einem großen Kriegl und hören dem Führer im Radio zu. Das gefällt ihnen, er redet keinen Blödsinn ohne Sinn und Verstand, sondern jeder soll wie ein Tier schuften, solange er kann, und danach erst raus und nach Herzenslust Bier trinken, aber zurückhaltend, auf die Straße kotzen ist verboten, es ist nicht schön, wenn ein anderer immerzu hinter dir herwischen muß. Wo der alte Knabe überall war, wahrlich eine gute Kondition. Schaute in der Gemeinde vorbei, wo alles nur so dröhnt vom Stempeln, jeder muß richtig sitzen, wehe dem Flittchen, das ihn da statt dort draufdrückt, schaute auch im einfachen Zuhause vorbei, wo beste Ordnung herrscht. Alle tragen das kleine Abzeichen und freuen sich darüber. Undenkbar, daß sich die gute Mutter mit dem Großvater hinlegt, das Kind die Teller abtrocknet, der Vater die Wäsche macht. Nein, eins nach dem andern und wer mit wem darf. Absichtlich hat er nachgesehen, ob der Vater vielleicht um die junge Hausgehilfin herumschleicht und um die jüngere Schwester der Frau. Aber nein. Und sehen Sie sich das an, hier war vorher nichts – ein kahles Feld. Und jetzt, mitten auf dem Stoppelacker, eine Fabrik. Sehen Sie nur die arbeitenden Arbeiter, besonders den größten. Der steht nicht neben der teuren Maschine und bohrt in der Nase, nein, er preßt das Eisen mit Kraft in die Öffnung, und auf der anderen Seite nimmt ein viel kleinerer, der ebenfalls lacht, die fertigen Löffel und Gabeln in Empfang. Alle fünf Minuten ein komplettes Escajg für sechs Personen, die kleinen Kuchengabeln schaffen sie noch nicht. Doch leben kann man auch ohne sie. Aber sehen Sie den schicken Aufseher, jeden Löffel trägt er in sein Notizbuch ein, der Kerl, aber die Hand geht von allein in die Hosentasche, und zu Hause kommen vierundzwanzig Messer heraus, die sie gar nicht brauchen, sie sind nur zu dritt. Aber deshalb müssen zwanzig Arbeiter in der Kantine mit den Händen im Brot wühlen, statt es regulär mit dem Messer schneiden zu können, das vorher an der Hose abgewischt wurde. Der Aufseher kann auch amüsant sein, manchmal spielt er Mundharmonika, damits denen an den Maschinen leichter von der Hand geht. Er schafft es noch, alles aufzuschreiben und in den Spiegel zu sehen, ob der Scheitel sitzt, bevor er zum Direktor muß, der Wert darauf legt, daß der Aufseher ordentlich ist. Was sie im Kontor tun, ist ihre Sache, nicht jeder schaut ja den Frauenzimmern hinterher, oftmals sind das sehr unordentliche, und dann ist ein gleichartiger Junge schöner, aber das geht niemanden was an, sagte ich ja schon, Hauptsache, die Fabrik arbeitet wie sichs gehört und jeder Löffel ist an seinem Platz. Und was sagen Sie zu Čkalov? Zu seinem unvergleichlichen Flug über den Nordpol, unter der Brücke durch und rund um den Turm der Sowjets? Das vom Schlaraffenland erzählte mir damals unser einstiger Bekannter Franc Štekenšnajder, aber wir haben ihm nicht geglaubt, er hat sich gern mal ausgedacht, was es nicht gibt. Jetzt aber sehe ich, daß alles so ist, wie ers gesagt hat. Das ganze Dorf liegt zwischen Bäumen, die Äpfel fallen einem in den Schoß, ein Tag zum Arbeiten in Feld und Flur, aber wer wird so blöd sein, wenn schon alles da ist. Der Kolchosaufseher kommt auf seinem Schimmel und zahlt die Gehälter aus, dann kehrt er zu seinem Haus zurück, die reinste Pracht. Die Wissenschaftler haben neue Obstsorten erfunden, du weißt nicht mehr, ob du gleichzeitig Orange, Gurke und Banane ißt, du erkennst es nur, wenn du die widerwärtige Haut und die Dornen abziehst, denn innen ist noch eine Rose eingeflochten. Es gibt keine Kranken mehr, jeder lebt zweihundert Jahre, darum gibt es viele Greise, sie sind fast taub und brüllen, wenn sie vom achtzehnten Jahrhundert berichten, so daß unsere verrückt werden von dem Geschrei. Und erst die Eisenbahn! Wie lustig die in den Schienen springt mit ihren fünf, sechs Waggons, und in einem sitzen wir. Alles wegen der verflixten Maschine vorne. Ohne Lokomotive wäre der luxuriöseste Waggon nichts wert. Ich habe es persönlich gesehen, ich, ein Franzose, wie wunderbar sie arbeitet, nur mit Hilfe des Wassers, das zwei bescheidene Arbeiter auf einer Station einem Faß entnehmen. Das Wasser ist schon kostenlos, es muß sich nur noch erwärmen, dann fährst du ohne Halt und Ende. Aber am besten gefällt mir, wie fröhlich sie alle sind, die beiden Wassereinfüller, der rußige Lokomotivführer, der sich mit der Kohle plagt, und die Fahrgäste. Was für ein Gedränge. Aber selbst in der schlimmsten Menschenmasse findet sich ein Kašperl, und auch wenn der Spaß mit den Schachfiguren nicht in Betracht kommt, wegen des Gerüttels im Zug, kann er doch mit einem Damentaschentuch eine künstliche Maus falten oder einen Schwindel erzählen, angeblich selbst erlebt, also erstunken und erlogen. Wenn er obendrein noch den Flachmann mit Sliwowitz rausholt und jedem einen Schluck gibt, egal ob einer Grippe oder Schnupfen hat, dann geht es nur noch darum, daß alle einen Schwips kriegen und das wunderbare Lied von der Wolga und ihren Nebenflüssen singen. Und nichts, weder der Gestank von Fußlappen und Gummipampuschen noch der

Tabak in Zeitungsblätter gerollt, nichts kann die Freude aufhalten, alle haben sie rote Wangen und strahlen, zum Auffressen süß. Soviel aus meinem Reisenotizbuch. All das habe ich mit eigenen Augen gesehen, niemand kann das Gegenteil behaupten. Ganz objektiv und in Einklang mit meinen eigenen Ansichten. Fand bestätigt, was ich schon vorher gedacht habe. Pah, sieh dir mal an, wie der alte Bock sich um die wunderbare Jugend bemüht. Zupft dem einen die verrutschte Fliege zurecht, bürstet einer andern den Rock ab, denn hinten sitze ein Fussel, und so alles in dem Sinne. Wahrhaftig ein Apostel der menschlichen Annäherung. Denken Sie nur, er ist Franzose, die anderen sind Russen, vereint im selben Coupé, in dem man kaum atmen kann. Das Gedränge macht ihm am meisten Spaß. Niemals würde er eine breite Straße nehmen, wo nichts und niemand ist, davon hat ja keiner was, sondern immer mitten rein in die schlimmste Menschenmenge vor einem Geschäft, ohne daß jemand einen blassen Dunst hat, was da verkauft wird. Auch ich sehe gern, was ich nicht verstehe, das stört mich überhaupt nicht. Manchmal werden an zwei, drei Tagen ununterbrochen Reden übertragen, aus einem großen Saal, vielen könnte es vorkommen, als sei es immer ein und dieselbe, aber so ist es nicht. Sonst würden nie soviel kluge Köpfe in so einem Rauch sitzen, was jeder einzelne auspustet, genügt, damit alle ersticken. Muß ein wichtiger Grund sein, wofür sie das auf sich nehmen. Zuerst kommen die am besten Gekleideten auf die Bühne und setzen sich an den langen Präsidiumstisch. Bis jeder jeden begrüßt hat, der Stapel Depeschen und Ansichtskarten aus aller Welt verlesen wurde, jeder im Saal aufgerufen worden ist und gesagt hat, wann er geboren, wer Vater und Mutter sind und so weiter, ist der Tag um. Dann stehen alle auf, singen die Hymne, und erst morgen beginnen die Reden, hauptsächlich spricht einer, nie die Hauptperson, sondern der daneben, viel jünger, er bemüht sich, sehr wortwörtlich aus den Akten vorzulesen, die allen beim Einlaß gegeben wurden, und nun folgen sie mit dem Finger jedem der Sätze. Wie kann er sich einen Fehler leisten, wenn er weiß, die zweitausend verfolgen jedes seiner Worte, jeder hat sie gedruckt auf dem Schoß. Frag mich nicht, warum er überhaupt vorliest, wo es jeder still für sich zu Hause lesen könnte. Aber du kennst ja unser Volk. Ich werde lesen, Ehrenwort, gleich nach dem Essen – aber dann: den Löffel weggelegt, alle viere von sich gestreckt, die Akte bleibt ungelesen. So aber können sie sich nicht drücken, der Mann auf der Bühne müht sich fünfeinhalb Stunden lang, laut vorzulesen, nur zwischendurch nimmt er mal einen Schluck Wasser. Danach ziehen sie allerlei Zettel aus den Taschen, beginnen selber vorzulesen, nur viel kürzer. Nie Streit, jeder spricht wie der vor ihm, nur die Stimme ist anders, eine weibliche oder männliche. Ich merke gar keinen Unterschied. Nach drei, vier Tagen freuen sie sich wieder und singen, wahrscheinlich weil sie nun alles gelesen haben, das Fernsehen hat alles übertragen, und die zu Hause konnten sehen, wie ordentlich und brav sie im Saal gehockt haben. Das dauerte wahrlich lange, aber am Ende war es doch irgendwie gemütlich. Ich sehe das immer gern und freu mich aufs nächste Mal. Wenn eine Tätigkeit lobenswert ist, dann die der verrückten Dirigenten, volle zwei Stunden fuchteln sie mit dem dünnen Stöckchen herum, du glaubst schon, es bricht, oder schlimmer noch, seine Hand. Doch stellt euch vor, es gäbe dieses in Anführungszeichen gesprochene «Gefuchtel ins Leere» nicht. Die Musikanten unten, unter ihm, sind sowieso meist schläfrig oder in Sorge um ihre Familie, der eine wird von seiner Frau mit einem Kollegen vom andern Orchester betrogen, einer andern ist die Mutter krank, im letzten Stadium, ganz schlimme Situationen, da kann es ihnen doch weder ums Musizieren noch um die Freude gehen. Deshalb haben sie ja ihren Dirigenten, der angeflogen kommt nach einem Stelldichein und dem alles gefällt, was sie für ihn spielen, da kann das Wetter noch so schlecht sein, er schreit sie nur kurz an, nicht an die untreue Frau oder kranke Mutter zu denken, und dann legen sie nach Herzenslust los, so gut sie eben können, und das ist dann für ihn das größte Glück. Stellt euch vor, es gäbe ihn nicht, jeder ginge eigene Wege, einer in Dur, der andere in Moll, und direkt tragisch wäre es, wenn jeder für sich sein Lieblingslied tuten würde, das er schon im Kinderwagen von der Großmutter gehört hat. Wer möchte solcher Katzenmusik lauschen wollen, lauter Prominenz im Saal, schwarzgekleidet, weiße Fliegen, die Eintrittskarten teuer wie Gold. Und sollte sich doch einer vergessen und mit so einem Kinderliedchen anfangen, dann hat der Dirigent schon das lange Stöckchen parat, haut ihm auf die Nase, und der wird sich hüten, es noch mal zu versuchen. Tatsache, wenn irgendwer einen Führer braucht, dann diese Horde Musiker, die mir persönlich sympathisch sind, doch je besser du sie in Schach hältst, um so besser werden sie und spielen herzzerreißend schön. Ich verstehe die Frauen nicht, die sich mit Politik abgeben und während der Sitzungen Akten herumtragen. Für mich sehen sie alle gleich aus, schön, aber bescheiden angezogen, Rock und schneeweiße Bluse, kein Schmuck, nur eine Spange von Großmutter, die Haare streng, straff, glatt, flache Absätze, obwohl sie oft klein von Wuchs sind, keine lacht, denn lacht ein Frauenzimmer, würde es gleich in den Hintern gekniffen, damit müssen sie rechnen, aber ich denke, es liegt ihnen auch nicht viel daran. Stets tragen sie Sorge um Kinder, Krankenhäuser, Bettler und Arme, das liegt den Frauen, doch manch eine, die etwas rabiater ist, steckt ihre Nase in schwierigere Dinge, zum Beispiel Bergwerke, Forstwirtschaft und noch ärger, oder sie kümmert sich um die Inneren Angelegenheiten, dann gibts aber gleich was auf die Finger, und sie zieht sich sofort zurück. Wer kann das auch zulassen, so eine magere Person und zerbricht sich den Kopf über Justiz und Pöbel, der die Todesstrafe verdient, was hat sie schon davon! Warum sollte sie sich dem aussetzen? Kinder und Schule ja, aber was anderes nicht. Vielleicht sind sie daheim zu ihren Kindern immer freundlich, falls sie welche haben, aber im Parlament sind sie griesgrämig, was gäbe ich darum, schenkte mal eine mir oder den anderen Zuschauern im Lande ein Lächeln. Sie muß nicht gleich eine Kichererbse sein, das verlangt ja niemand, aber immer so verschlossen! Der Mann da, Abgeordneter oder Minister, wird sie ja wohl nicht gleich auffressen, wenn sie mal lächelt. Sie hat auch eine Seele, zum Teufel, ob Ministerin oder mit andern schweren Pflichten beladen, auch sie muß sich mal Luft verschaffen, niemand würde ihr das verübeln. Das Leben fordert seinen Teil, nicht nur das verflixte Aktenlesen und die Notiz mit dem Rotstift, wie in der Schule. Ich weiß nicht, was ich anfangen soll mit **DANICAS MISSTRAUEN** gegen alles und jeden. Im Laden will sie einer um einen halben Dinar betrügen, in der Tram will ihr einer an die Tasche, die Welt besteht doch nicht nur aus Dieben und Halunken, die nichts als Stehlen und Rauben im Sinn haben. Sie ist ständig in Opposition. Nichts, was ihr vor die Augen kommt, ist gut genug. Entweder ist der Film blöd und das Ende taugt nichts, oder die Nachrichten sind zu schrecklich, als wäre daran das Fräulein schuld, das sie verliest, oder der Vortrag über unsere wichtigsten Probleme ist für sie die reine Qual. Besser, sie hörte von Anfang an zu, als in der Mitte reinzuplatzen und gleich loszukritteln, wieder dieser Trottel, hat der Dummkopf nichts Gescheiteres zu tun, als von Traktoren und Kohlebohrern zu erzählen, der denkt wohl, wir sind alle Ochsen, das treibt einem die Schamröte ins Gesicht. Echt Danica, und wenn ich mich enerviere, dann ihretwegen. Denkt sie denn, dem Mann fällt es leicht, all die Zahlen im Kopf zu haben, und er fühlt sich wohl in Winteranzug und Krawatte bei der Hitze unterm Scheinwerfer, er kann ja kaum das Papier vor sich entziffern. Ich möchte sie, die Obergescheite, mal an seiner Stelle sehen, soll sie doch vorlesen, auch das, was sogar jemand anderer für sie geschrieben haben könnte. Dem hier ist es aber geradezu an der Nasenspitze abzulesen, daß er das selber verfaßt hat, aufgestöbert in wer weiß wieviel Büchern, dann kombiniert, damit es was hermacht. Hat sie denn keine Ahnung, was es heißt, einen Vortrag über einen Gegenstand zu schreiben und nur über ihn und nicht über tausend andere Dummheiten. Hat sie nicht genug Grips, um zu wissen, wie das verfluchte menschliche Gehirn sich anstellt, ständig springt es hin und her, nur um nicht beim Thema bleiben zu müssen. Wenn schon über Eisenbahnen, dann nur über Eisenbahnen, wenn Butterherstellung, dann nur das und nicht plötzlich über Charlie Chaplin oder Pferderennen, für mich persönlich der größte Unsinn auf der Welt. Wie überhaupt jeder Wettlauf. Zehntausend Kilometer rennen für nichts, nur damit du am Ende ohnmächtig in eine Decke gewickelt wirst, wenn dich der Šlag nicht schon auf halber Strecke getroffen hat, hitzehalber und wegen des irren Tempos. Aber den, der über Butter und diese Zahlen spricht, finde ich besser und schöner, ich bin neugierig, will alles wissen. Stellen Sie sich vor, sie entsteht aus gewöhnlicher Milch mit Rahm drauf, abscheulich, das mochte ich nie, als Kind nicht und heute auch nicht, doch Butter, das ist was ganz anderes. Dies ist die Milch, das unsere fleißige Mitarbeiterin, die sie umrühren wird, und das dort will jeder unter dem Namen Butter im Geschäft kaufen. Punkt eins, zwei und drei. Er zeigt mit einem Stock wie ein richtiger Lehrer auf die Butter, auf das arbeitsame Mädchen. Ist alles noch extra bezeichnet auf einer Papptafel. Das, dies, jenes. Wenn einer den Lehrerberuf nicht anerkennt, so kann ich ihm auch nicht helfen, die Frechheit ist unverzeihlich. Seinetwegen sitzen andere Leute nächtelang, schreiben dies und das von da und dort ab, damit irgendwie ein Drittes entsteht, aber der Kritikaster, der drückt eben nur den Knopf und meckert, alles sei langweilig. Kapiert er denn nicht, daß er ohne den armen bebrillten Erzähler niemals wissen würde, wie gebuttert wird, er hat es schon früher nicht gewußt, wie dann jetzt erst, wos immer weniger Menschen gibt, die tatsächlich irgend etwas wirklich wissen. Aber hier stellst du nur den Apparat an, setzt dich davor und erfährst, was nicht einmal der

Papst in Rom gewußt hat. Unglaublich bescheiden, diese Erzähler, trotz ihrer Position, plustern sich nicht auf mit ihrem Können, das anderen fehlt. Schön, wie sie alle gleich gekleidet sind, in Blau, wie einst die Herrschaften, nicht bunt wie die Gockel, denn das stünde ihnen nicht. Bescheiden, ordentlich, schön, niemand unrasiert oder vernachlässigt, Gott bewahre. Wunderbar anzuschauen, wie alle im Saal die Hände heben beim Abstimmen wie ein Mann. Keinem fiele ein zu grinsen, in der Nase zu bohren oder die Hand da zu haben, wo sie nicht hingehört, nein, sie sind ernst wie auf einer Beerdigung, so muß es auch sein, mit diesen ernsten und unaufschiebbaren Papieren in den Händen. Ich weiß nur nicht, wie es ihnen gelingt, keine Miene zu verziehen bei der ewigen Photographiererei, nicht einmal Rudolfo Valentino würde das aushalten. Nie habe ich einen beim Einnicken ertappt, während auf der Bühne der Redner am Reden war und ich den ganzen Tag nur zusehe, um jemanden zu ertappen, bin eben auch mal eine ganz Gemeine. Alle naselang eine Sitzung, jede in einem andern Saal, ich kenne ihn schon jeweils von den Bildern und Blumen, denn die Sitzenden sind dieselben, sie machen nicht den Unterschied aus. Ich weiß nur nicht, wie sie es fertigbringen, diese Unmenge an Papieren vollzuschreiben, aus denen sie vorlesen. Angeblich haben andere das alles für sie geschrieben, aber das kann ich nicht glauben. So schön und prächtig angezogen, von Kopf bis Fuß ein Prominenter, und was er sagt, soll sich ein Trottel für ihn ausgedacht haben, den kein Mensch kennt? Das kann nicht sein. Versuch mal, nur für zwei Minuten, diese vielen Worte auszusprechen, du wirst sehen, wie sich die Zunge verknotet, keine Silbe kriegst du mehr raus, und er hält zwei Stunden lang so eine Litanei, obendrein geordnet, klug, als redete ein Buch. Würden Leute, die früher geschrieben haben, zum Beispiel Vuk und Štrosmajer oder unser Großvater Teodor, plötzlich in ihrem Grab erwachen, sie müßten sich an den Kopf fassen wegen der Klugheit unseres heutigen Redners mit dem schönen Krawattl. Bei allem Rešpekt, aber dem wären sie nicht gewachsen. Er weiß alles, als hätte er bis in die letzte Ecke der Weltkugel gespäht, er schnurrts nur so runter, schneuzt sich nie, nimmt nur einen Schluck Wasser, damit jeder sehen kann, er ist kein Säufer, sondern ein anständiger Mann, Familienvater und ein ordentlicher Mensch. Oder nimm unsern Trkulja, wie er sich auf der Straße die Schuhe putzen läßt, was auch manchmal ins Bild kommt – er streichelt den Zigeunerbub, der sie ihm blank wienert, und der erzählt später beglückt, er putzt dem vom Fernsehen, der alles so sagt, wie es ist, die Schuhe. Ich habe früher gedacht, wer sich mit Politik abgibt, hats leicht, aber jetzt sehe ich ein, ich hatte unrecht. Was haben sie denn von diesem Gerenne von Sitzung zu Sitzung, das Sitzen allein ist ja schon zum Jungehundekriegen und dann das endlose Gerede, wo jede Rede obendrein von A bis Z vorher bekannt ist, aber der Zuhörer muß den Ahnungslosen spielen. Muß schauspielern, um das Fünfstundenreferat durchzustehen, darf nicht einschlafen, sich nicht vor Nervosität den Rükken kratzen, obwohl er gebadet hat und blitzsauber ist. In den vergangenen dreißig Jahren hat sich jeder für diese Situation etwas zurechtgelegt, der eine denkt unentwegt an eine bestimmte Filmschauspielerin, die er hundertmal an- und auszieht, der andere trainiert das Schlafen mit offenen Augen, der dritte die blind gespielte Schachpartie mit dem unbekannten Weltmeister. Der vierte glotzt, als wollte er den Redner vor Liebe auffressen, der hört sicher am wenigsten zu, weil er unter Selbsthypnose steht, und schrie man ihm jetzt ein Buh ins Ohr, er würde sofort alles zugeben, wie langweilig es sei, zum Verrücktwerden, ginge das auch nur eine Minute weiter. Selbst wenn sie beim feierlichen Festakt sitzen und sich die Rede anhören müssen, dieselbe, die sie schon vormittags anläßlich der Enthüllung der Büste gehört haben und gestern bei der Kanaleinweihung und vorgestern bei der Beerdigung des Obersts, macht es ihnen nichts aus, solange nicht auch noch die verflixten Musiker anfangen mit ihrer zweieinhalbstündigen Katzenmusik, Gott verzeih ihnen, immer fiedeln sie nur ein und dasselbe. Nicht einen Tag möchte ich in ihrer Haut stecken, enge Lackschuhe müssen sie tragen, wo sie doch lieber barfuß laufen würden wie einst, als sie noch Kuhhirten waren. Mir persönlich gefällt es, daß sie sich niemals verweigern, zu tun, was anliegt. Wird Erdbeerzucht angeordnet, dann los damit, auch wenn Köpfe rollen müssen. Sie wissen ja, wie hart Bauernschädel sind, besonders die russischen. Wozu Erdbeeren, sagen sie, wenns nicht mal Kohl, Kartoffeln und Mais gibt – also wer soll sich mit solchen Leuten noch abgeben und abmühen, die wollen und wollen nicht, aber in Wahrheit haben sie im ganzen Leben noch keine Erdbeere gesehen. Viele haben Angst, dieses Wunder würde sie vergiften, mancher ist mißtrauisch, weil die Beere süß duftet, so bekommt sie der Hund, der ihnen leid tut, aber geschehen ist geschehen. Kein Wunder, daß sich das Zentralkomitee zusammenfinden muß und drei Tage darüber redet, denn auch dort sind sie sich nicht einig, es wird extra eine Kostprobe hingebracht, damit jeder sie probiert, und erst danach, wenn alle gemerkt haben, wie nützlich und wohlschmeckend die Beere ist, wird sie im ganzen Land proklamiert, und den Mann möcht ich sehen, der sie dann nicht anpflanzen würde. So was sehe ich mir lieber an, als wenn sich Hedy Lamarr nackt auszieht. Davon hat niemand was, es ist ja nur ein Bild, auch noch aus der Vorkriegszeit. Bedauernswert, die Mutter von Trkulja und den andern, die sich im ganzen Land herumtreiben, heute in einer, morgen in der andern Fabrik sind, danach in einer Schule, dann wieder da, wo etwas gebaut oder ein Denkmal enthüllt wird, überall müssen sie ihren Senf dazugeben, wieso und warum, ihre Zunge ist gewiß schon ausgefranst. Und was sie essen und trinken, eine Kleinigkeit hier, eine Truthahnkeule dort, dann rennen sie wieder los, und so bis in alle Ewigkeit. Deine Kinder kennen dich kaum, die Frau auch nicht, sie sehen dich nur auf dem Photo mit Helm, du betrittst die Lagerhalle, und so sehen auch wir dich und die andern. Nein, keine leichte Arbeit. Obwohl manche das meinen. Der Habenichts und Hungerleider sieht dich nur in der Limousine, Weißbrot ißt du, und Mädchen in Volkstracht bedienen dich, doch das ist nicht alles. Hast du die Reden aufgeschrieben, mußt du beim Betreten der Bühne aufpassen, die Zettel nicht zu verlieren, denn was dann. Mußt auch immer wissen, in welcher Stadt du bist, darfst sie nicht verwechseln. Die Menschen sind nämlich empfindlich, vor allem wenns um Namen geht. Es bringt nichts, wenn der Arbeiter an der Maschine rumfummelt, aber nicht weiß, warum er fummelt und wohin das führt. Darum muß unser armer Mann von Fabrik zu Fabrik gehen, alles schwarz auf weiß erklären, und nicht nur den dummen Hebel, das könnte auch ein Wilder aus Borneo. Außerdem ist es schön, wenn zu unserm Trkulja Bittsteller kommen, weil ihr Dach undicht ist oder jemand sie beleidigt hat. Bei ihm ist es warm, schöne Musik spielt, er bietet ihnen **FREMDLÄNDISCHE RAUCHWAREN** an, es gibt auch ein goldenes Fajercajg und immer frische Blumen, woher mögen die nur sein mitten im Winter, und dann mußt du dich setzen und erzählen, wo dich der Schuh drückt, aber kurz und bündig, er hat noch viele solcher Fälle, muß zwischendurch mal essen gehen, auch er hat einen Magen wie wir anderen. Warum sollte er hungern und dürsten, seine Speisekammer ist voll, er kommt aber zu nichts wegen dem Pöbel, der immerfort etwas will, wo doch sein Geldbeutel auch kein Faß ohne Boden ist. Heutzutage besitzt niemand, der an der Spitze steht, mehr die Schlüssel zur kaiserlichen Schatzkammer wie in früheren Zeiten. Ein Zigarettl, das geht, auch ein Štamperl irgendeines Getränks, aber mehr nicht. Das sollte man ihnen einbleuen, damit die in den blauen Anzügen vorm Eingang ihnen nicht ständig sagen müssen, sie sollten nicht übertreiben. Wie oft habe ich das gesehen. Das sind ja die häufigsten Bilder, ich kenne schon jeden Gobelin, jeden Stuhl und jedes alte Gemälde dort, den Kristallspiegel, die Uhr, die zwölf schlägt, wenn Einlaß ist, alles, alles, als wäre ich schon hundertmal dort gewesen, war aber nicht einmal. Gesegneter Apparat, gäbs dich nicht, könnt ich wahnsinnig werden, daß wir überhaupt nichts besitzen, dabei verhält es sich umgekehrt, denn ich sehe, daß wir in diesem Land alles haben – das Fernsehen bringt es uns. Anfangs dachte ich, wer hat bloß diesem einfachen Lehrer gestattet, mit dem Minister zu sprechen, er kann dem ja nicht das Wasser reichen. Doch wie wunderbar hat der Minister mit ihm gesprochen, als wären sie tatsächlich gleichgestellt. Wie gehts zu Hause, wie kommt er mit dem elenden Gehalt aus, wie vertreibt man sich die Zeit da oben auf der Bergspitze, wo liegt die Schule und ähnliches. Und so, bis der Lehrer frech wurde und zurückfragte, wie es ihm gehe, wie hoch sein Gehalt sei und ob ihm als Minister auch genügend Unterhaltung geboten werde dort unten in der Stadt, die ja viel größer sei als die drei Häuser oben auf dem Berg. Da konntest du die Luft anhalten, denn entweder hatte der Lehrer Tollkirschen gegessen, oder jemand hat ihn beim Abstieg vom Berg aufgestachelt, oder er ist von selbst meschugge geworden, denn was er den Herrn Minister alles fragte, ich sage euch, das war haarsträubend. Und hätte ein Trottel auf dem Ministerstuhl gesessen und nicht er, wie er ist und weshalb er auch gewählt wurde, das hätte einen schrecklichen Schlamassel gegeben, aber so nicht. Der Lehrer biß sich immer mehr fest, konnte nicht aufhören, aber der andere lächelte nur, fragte, wie spät es sei und was für Wetter oben auf dem Berg, obs schadhafte Zähne zu reparieren gäbe und so weiter. Als der Lehrer sah, daß er zu einem Mann, der klüger war als er, nicht so frech sein sollte, kuschte er und antwortete artig, wieviel Uhr es war, wies mit dem Wetter stand und auch mit den Zähnen, die nicht gerade die besten waren, wie sich am Ende herausstellte. Ich bewundere die Geschicklichkeit, mit dem einen anzufangen und mit was ganz anderem aufzuhören, sicher sind sie deswegen unter Tausenden gewählt worden, weil sie sich zurechtfinden, auch wenns ganz dicke kommt. Gern würde ich wieder auf der Schulbank sitzen und noch einmal schreiben, was ich damals schreiben mußte. Wozu die ganze Aufregung um eine Hausaufgabe, der Lehrer weiß die Antwort auf die gestellte Frage sowieso schon. Anders wäre es, wenn er wirklich nicht wüßte, was in der Geschichte passiert ist, wieviel Staaten Europa hat, und er das nun auf diesem Weg erfahren möchte. Aber so blöd ist er nicht, das von diesen Rotznasen zu verlangen, die sowieso nichts wissen. Nein, er hat sich vorher selbst kundig gemacht, die Staaten gezählt und wo welcher liegt und was einst zwischen ihnen gewesen ist in alten Zeiten. Ich weiß nicht, warum er die Kinder quält, die wissen weder, worüber sie schreiben, noch können sie den Namen des Königs erraten. Doch auch ihr, Kinder, gebt euch Mühe, fangt auf der ersten Seite an, nicht beim Ende. Macht keinen Unsinn, verwechselt nicht die Russen mit den Chinesen, die einen haben solche und die anderen andre Augen. So gehts nicht. Alle wissen, die Russen sind in Rußland, die Chinesen in China und wir hier, wo wir sind. Hätte ich das Glück, Lehrerin zu sein, wäre es mein erstes Anliegen, genau einzuteilen, wo ein Volk lebt, in welchem Land und wie es heißt. Genau wie bei allem anderen, den Vögeln, Bergen, Bäumen und Edelsteinen. Und allem, was mit der Stadt zu tun hat. Denn wenn es keine Ordnung bei den Hausaufgaben gibt, wo dann? Wegen dieser Ordnung liebe ich das Schulheft über alles, sie gilt auch für den Acker, die Fabrik, den Beamten im Büro und am Königshof. Ich habe noch die Hefte unserer unglücklichen Verwandten Anka aus dem vorigen Jahrhundert, da steht alles drin, von A bis Zet, und darum durfte sie ihren Aufsatz Franz Josef bei einem Frühstück im Wiener Palais vorlesen. Besonders schön, wo am Rand noch etwas Gezeichnetes ist, daran erkennt man, wie die Ordnung zu Hause und ringsum aussieht. Winzige Gänse, fröhliche Pferdchen und dicke Kühe. Lauter Zufriedenheit, und die Mutter, Ankas Mutter, auch unsere Verwandte, doch eine weiter entfernte, arbeitet mittendrin. Und nie wird nachts gemolken und tagsüber gefaulenzt, nicht bis Mitternacht in der Schule gesessen und vormittags im Café. Alles steht im Heft, auch was ein Bettler erbat, der Briefträger sagte, alles wies war und nicht auf den Kopf gestellt. Das habe ich bis heute behalten. Die kleinen Rotznasen sind die gleichen geblieben, nur lesen sie heute ihre Aufsätze im Fernsehen vor, damit sie jeder hören und in jeder Hinsicht loben kann. Wie die Knöpfe aufknöpfen und sich auf Großmutters lieben Nachttopf setzen. Na mach schon, ja so! Schäm dich nicht, weil zwei Millionen zusehen, die tuns auch, du aber am schönsten von allen, du, Mamas Sonnenschein und Großmutters holder Liebling. Ein Kind ist ein Wunder, es ist ein Mensch und irgendwie auch noch nicht, es weiß genug, und doch fehlt noch viel, und außerdem kannst du dich ständig fragen, wird es zu natürlicher Größe heranwachsen oder nur halb bleiben und ein Zwerg werden. Doch auch dem Zwerg fehlt nichts, er ist genauso klug wie die anderen, kann durchschlüpfen, wo die meisten nicht mehr durchpassen, nur das Heiraten wird schwierig, ein schönes Mädchen von anderthalb Metern ist für ihn schon hoch wie der Markusturm. Das süße Herzl, schreibt auf, was es fühlt, wenn es unsere liebe dreifarbige Fahne flattern sieht. Was ihm alles einfällt bei der Hausaufgabe, darauf käme der größte Schriftsteller nicht. Beschreibt jede Falte dort am Mast und auch sehr genau den Mast selbst. Genau, ganz genau. Den

Schriftsteller ödet es an, die Fahne zu betrachten, doch das Kind hat Sinn dafür. Ein ganzes Heft voll, alle Achtung. Mir stockt der Atem. Armes Herzl, soviel Sorgen in der Familie, und dennoch findet es stets die Kraft, den fröhlichen Reigen inmitten der einstigen Schlacht zu zeichnen. Stellen Sie sich den Kontrast und diese Phantasie vor. Du weißt nicht, woher geschossen wird, jeder, der den Kopf hebt, wird getroffen, und die Seinen tanzen mitten in dem ganzen Elend, als existierte es nicht. Das hat dem Lehrer besonders gefallen. Eine glatte Eins. Und des Herzls gewählter Satzbau. Geht dir runter wie nichts. Warum wird es nur häppchenweise gezeigt, ich wünsche das ganze Heft. Diese kleinen Rotznasen vermögen einen mitten ins Herz zu treffen. Darf im Falle des Verrats die eigene Mutter getötet werden? Das stammt angeblich aus einem ungarischen Buch. Schwer die Antwort, in dem Alter, und wiederum auch nicht. Bei dem, was die schon alles wissen, wundert es mich nicht. Wir haben uns in ihrem Alter noch mit der Schönschrift geplagt. Dann dieser bezaubernde kindliche Ton, so aufrichtig. Manche bauen eine Karriere darauf auf, will jetzt keine Namen nennen. Der soll dieses, jener das gesagt haben, am Ende liefs auf dasselbe hinaus. Sehen Sie nur, was die kleinen Schüler können, man muß ihnen nur die Richtung weisen. Damit sie nicht wie so viele im Lesestoff herumirren, mit irgendwas anfangen und Gott weiß wo enden. Am besten, der Lehrer macht ihnen einen Plan, zuerst die Blumen, dann das Mähen und dann etwas in Liedchenform über das Parlament. Sie müssen nur das dazwischen ausfüllen. Doch auch da kann sich ein Fleißiger hervortun, wenigstens was seine Handschrift angeht. Wenn schon der Inhalt immer gleich ist – die Heftumschläge wenigstens nicht! Nie würde er ihn mit Tinte beklecksen oder Štrudl rankommen lassen, das gibts nicht bei ihm. Würde eher verhungern als drauf essen. Was möchte ich werden, wenn ich groß bin? Wie benimmt man sich im abstürzenden Flugzeug? Ein Ferientag. Werden die Menschen länger oder kürzer als hundertfünfzig J. leben? Wer sich so was ausgedacht hat, ist ein bissl dumm, doch lassen wir das. Aber vieles davon erweitert den Horizont. Der Frühling, meine Familie und die Kriegserinnerungen. Sehen Sie nur diese Themenvielfalt. Wie ich einen Kurzschluß reparierte. Die Hauptteile der Hobelmaschine. Jeder hat die Matura im kleinen Finger, lange vor der Matura. Beachten Sie diese Phantasie. Wem wäre zu unserer Schulzeit so etwas eingefallen. Auf neuen Pfaden. Wir lernen Russisch nach Miljković, Latein nach Smičiklas-Hurm. Die Völker in Raum und Zeit. Unser Körper, von Bukša. Ein offenherziges Buch. Alle Teile, wie sie nun mal sind. Wachsen und Blühen, auch von Bukša-Antoš. Und wir? Wir konnten Stickstoff nicht von Sauerstoff unterscheiden. Meine erste Liebe. War ein Škandal, als ers vorlas, schamhaft, wie er war. Immer der Beste im Lesen, doch irgendwelche Schufte traktierten ihn von hinten mit der Nadel, aus Neid. Und erst das mit der Fabrik. Die Fabrik ist ein Haus wie jedes andere, nur viel größer. Merken Sie, was diese Rotznase alles sieht. Jedes Detail. Er wird bestimmt Schriftsteller. Und was sagen Sie zu folgendem Vergleich: Wir und die Ameisen. Deren Staat und unserer. Und wie jeder eingerichtet ist. Oh, auf was alles diese kleinen Biester kommen. Den Menschen mit der Ameise zu vergleichen ist wahrlich phantasievoll. Wo sie so was nur aufschnappen?

Diese Kinder von heute. Beschreibt eine Maschine von A bis Z und wozu sie dient. Ich spaziere lieber durch Fabriklärm als über öde Felder. So ein kleines Hirn und weiß so früh, was wichtig ist. Die Felder und das Flanieren sind ihm keinen Pfifferling wert. Unsere Familie. Mama, Großmutter und die anderen. Unsere Wünsche, die der jüngsten Generation, die eure, die ältere, erfüllen soll. Verstehen Sie, dies in Briefform an uns alte Gäule. Wenn wir erst ausgewachsen sind, werden wir so groß sein wie ihr und größer noch. Dank der Vitamine. Was sagt ihr dazu? Was der sich alles ausdenkt? Sein Lehrer war so verdattert, daß er mit dem Heft zum Direktor ging. Da war der Direktor perplex, woher er das wohl habe? Nun ja, er bevorzugt die freie Themenwahl. **MEINE GEDANKEN AM DONNERSTAG NACHMITTAG**. Das liebt er über alles. Was erlaubt ist, was nicht und warum nicht. Beachten Sie die Gliederung. Auch ein sehr schöner Aufsatz, nahm sogar an einem Wettbewerb teil, gelangte zu noch höheren Instanzen. Unsere Gespräche. Die Diskussion in meiner Familie, stets über das Schöne und Nützliche, das zitiert er alles. Auch was die sagen, die zu Besuch kommen. Sie erzählen, was wir schon gesagt haben, aber wir tun so, als hätten wir es nicht gesagt. Und antworten, wie sind Sie nur darauf gekommen, ebenfalls ähnliches darüber zu sagen. Und Gott weiß, das ist die Wahrheit und Richtigkeit, aber wir werden doch nicht so verrückt sein und das denen gegenüber zugeben. Unser Anliegen ist es, die Schultore zu öffnen, und zwar allen. Wer nicht kommt, will halt nicht. Aber finden Sie es etwa schöner, Ihr Kind lungert auf der Straße herum, trinkt und raucht bereits, statt ruhig in der Schulbank zu sitzen und zu hören, wie sich die Sterne um den Mond drehen und andere nützliche Dinge? Zuerst müssen sie lernen, was schlecht ist, und dann geht es los. Sollst nicht ins Bett machen, nicht Nägel knabbern, nicht auf den Teppich spucken. Wenn ein Kind das lernt, fällt ihm alles andere leichter. Und wer nicht aufpaßt oder nur aufs Kruzifix starrt, kann das, wenn er nur aufmerksam und fleißig ist, leicht verbessern. Wir arbeiten doch soviel, riskieren genug, und ihr paßt in Erdkunde nicht auf! Wie teuer sind allein schon die Landkarten und der schreckliche Globus, den man zu zweit schleppen muß. Wir haben das alles doch nicht auf der Straße gefunden. Gehört doch keine große Weisheit dazu, sich einzuprägen, wie die Hauptstadt eines Staates heißt und wo sie liegt. Stellt euch vor, was wir euch noch alles beibringen könnten, wären wir nicht so, wie wir sind. So viele Kinder auf einem Haufen, wie Vöglein im Nest, wissen nichts und können sich der schlechten Einflüsse nicht erwehren. Stellt euch vor, wir wären Lumpen und Hochstapler, nicht ordentliche Schulmeister, die das Beste wollen. Wir besitzen Tafel und Kreide und auch sonst noch allerhand. Bedenkt doch nur, was für Dummheiten wir an die Tafel malen und was für schlimmes Zeug wir in die Kinderköpfe stopfen könnten. Wer sieht uns denn zu. Schandhaft, schadhaft und gegen die Gesundheit. Wie man raucht und trinkt. Was gibt es Schönes auf häßlichen Bildern. Was tun die zwei Flittchen in einem Bett. Und so weiter. Nein, statt dessen lehren wir, wie sich die Erde dreht, wie man zu Hause und auf der Straße freundlich zueinander ist und daß jedem Menschen der Staat, in dem er lebt und der ihn ernährt, am meisten am Herzen liegt. Jeder Pauker ist ein Märtyrer in Menschengestalt.

Im Kinderhaufen hat jedes seinen eigenen Kopf, und er muß die Nerven haben, ihnen das Einmaleins einzutrichtern und warum der Fluß von oben nach unten fließt und nicht umgekehrt. Unter den Kinderchen ist stets eins, das absichtlich piesackt und nachbohrt, obwohl ihm alles klar ist. In jeder Schule sind die am schlimmsten, die alles im vorhinein wissen, rauswerfen sollte man sie, und es bleiben nur jene, die sowieso nichts wissen, mucksmäuschenstill sind und alles wie ein Löschblatt aufsaugen. Gäbe doch Gott jeder Schule solche ohne was in den Köpfen, die sind ja da, um mit was gefüllt zu werden, und nicht solche, die mehr wissen als der klügste Lehrmeister und nur Störenfriede sind. Eine Lust, diese kleinen Verbrecher zu sehen, Kinder der Straße und dort geboren, in der Trambahn entwenden sie dir die Handtasche und stoßen dir aus Jux einen Schraubenzieher in den Rücken, aber jetzt sitzen sie im Park, schön gekämmt, lesen ein Buch, das sie vielleicht nicht verstehen, und der Lehrer hat einen Revolver von fünf Kilo, den er Gott bewahre nicht betätigen darf, auch wenn die mit dem Lesen aufhören sollten und wieder werden würden, was sie früher waren. Er hat ihnen gut zugeredet, sie von Kopf bis Fuß abgeseift, ihnen die Nägel geschnitten und gesagt, von jetzt an seid ihr gute Kinder wie die anderen. Und die kleinen Vagabunden haben gleich alles angenommen, den neuen Anzug und das reichhaltige Frühstück, wahrscheinlich dachten sie, das ist ein neuer Spaß, kann nicht lange währen, wollen mal sehen, was dabei rauskommt. Und ehe du dich versiehst, sind sie schon ganz andere Menschen. Viel älter, arbeiten an einer riesigen Maschine, fegen die Straße oder fahren den Brauereilaster und winken jedem, dem sie begegnen, mit der

Schirmmütze zu, auch neu, hier im Heim erhältlich. Ich frage mich die ganze Zeit, woher die vielen neuen Anzüge und Mützen kommen, denn die alten Lumpen mußten ja gleich verbrannt werden, verlaust und schmutzig, wie sie waren. Selber sagen sie, uns gehts jetzt viel besser, nur müssen wir um fünf Uhr früh aufstehen, den ganzen Tag stramm arbeiten, nicht an Straßenecken, unter Brücken und hinter Denkmälern herumlungern, was sowieso zum Verrücktwerden langweilig war. Wäre ich zufällig jemals ein armes Straßenmädchen aus Rußland gewesen, ich hätte mich auch gleich angemeldet, ob sie nicht mein Leben verändern könnten, mich neu einkleiden und mir beibringen, wie die große Druckerpresse geölt wird, statt daß ich mir auf der Straße eine Krankheit einfange, deren Folgen ich mein Leben lang spüre. Warum sollte man nicht das, was sich im Menschen angesammelt und ihn verdorben und nur von innen vergiftet hat, mit einem Schub rauswerfen. Ist doch das Letzte. In einer Sekunde uääh und raus. Uääh! Man sollte nur gelernt haben, breitbeinig und etwas vorgebeugt zu stehen, damit nicht sofort die wunderbaren neuen Hosen und Schuhe Schaden nehmen. Und es sollte nicht gerade an einem öffentlichen Ort passieren, zwischen frühstückenden Kindern oder bei einem Konzert oder im Parlament vor aller Augen. Soviel Zeit ist immer noch, um aufs Klo zu kommen, wo dich niemand sieht und hört. Und findet sich noch eine freundliche Person, die willig ist, dir den Kopf zu halten, damit er nicht eintaucht in den Klumpatsch, um so besser. Jede könnte sich doch ein wenig um so einen kümmern, der kotzt. Drei Minuten nur, dann wär ja wieder Ruhe und Frieden. Auch mein Enkelkind disputiert gern darüber, da kriegst du was zu hören. Er ist der größte Barde unserer neueren Kotzuistik. Wie die Kotze zu Kotze wurde. Ein Liebes-Kotzroman aus dem Leben zweier junger verliebter Kotzbrocken. Gekotzter Tau, Tango Argentino. Die Brücke über die Kotzina. Die endgültigen Resultate der letzten Kotzjahre nach Befund des berühmten Chemikers Kotzvoiser, der alles erfunden hat, frag mich nicht was. Dieses mein obergescheites Kind weiß alles, viel mehr als seine dumme Großmutter. Wie die Hure Kotzemnestra getötet wurde. Ordinär, im Badezimmer. Die Kotzrechenaufgabe, die sich Professor Kotz an der kotzifornischen Kotziversität ausdachte. Ich weiß nur nicht, wer auf die Idee kam, alle diese Leute hinter den verfluchten Stacheldraht zu verfrachten, sie müssen durchgefüttert werden, doch erwirtschaften tun sie nichts, nicht einen halben Dinar. Das ist zu verurteilen, niemand Gescheiter kann so etwas gutheißen. Hören Sie, Herr Wächter, würden Sie bitte diese zwei-, dreihunderttausend Leute nach Hause lassen, öffnen Sie das Tor nur einen Spaltbreit, die werdens schon schaffen, per Pedes oder auf dem Bicikl, auf direktem Weg zu ihrem Warschau oder wo sie sonst herkommen. Warum haben Sie die alle hierher verfrachtet, wenn Sie sie nicht einmal melken können. Wenn es wenigstens Kühe wären. Denken Sie bitte über meinen Vorschlag nach und machen Sie mir Meldung. Ihr werdet sie doch nicht einfach abmurksen wie die Hasen. Ihr habt doch gar nicht so viele Patronen und auch nicht genug Schaufeln, um alle beerdigen zu können. Gott mit euch. Spart die Munition für was anderes auf, wenn ihr schon entschlossen seid, gegen alle und jeden Krieg zu führen. Das kostet, nicht wahr? Versucht euren Chef, den wohlerzogenen

Herrn Himmler, davon zu überzeugen, bei einer Partie Šnapsl oder während seiner Namenstagsfeier. Ich weiß, auf euch wird er hören, soll doch so ein weicher Mensch sein, der über alles nachgrübelt und erst dann etwas unternimmt. Seid ihr denn wahnsinnig geworden, jedem Gefangenen einen Stempel aufzudrücken, was soll denn das, er wird sich die sechzehnziffrige Zahl niemals merken, wer könnte das schon. Und alles nur, damit ihr in Erfahrung bringt, wie viele Menschen es in Europa überhaupt gibt. Besser, jeder meldet sich von daheim mit einer Post- oder Ansichtskarte, und ihr sortiert sie dann. Das geht leichter mit Karten als mit lebenden Menschen, vor allem Alten und Kindern. Kommen Sie, seien Sie so gut, ich werde auch später nachfragen, wie Sie entschieden haben, Sie werden dann ein persönliches Geschenk von mir erhalten, in Form eines Tüchleins, einer Handarbeit meiner Urgroßmutter, für Ihre geschätzte Frau Gemahlin als Tischdeckchen. Ich könnte auch Handschuhe stricken, gegen die Kälte, falls ihr auf eine kalte Reise in wahnsinnig eisige Gebiete geschickt werdet. Ihr müßt mir nur die Initialen zusenden für das Monogramm. Alles auf der Welt läßt sich optimal einrichten. Ich hoffe, auch jetzt wird es nicht anders sein. Und ich bitte andererseits euch, meine lieben Juden, Polen und Lausitzer Sorben, dasselbe gilt für die Franzosen und Tschechen, benehmt euch artig, bis ihr rausgelassen werdet, stürzt nicht alle gleichzeitig zur Tür, wenn sie geöffnet wird, zerkratzt sie nicht und trampelt die andern nicht nieder beim Rauslaufen. Sollte vorher einer erschossen werden, so hat das, müßt ihr wissen, auch seine Gründe, entweder der Betreffende hat geklaut oder war unerzogen gegenüber dem Herrn Leiter, dem gerade ein Bakkenzahn gezogen wurde, er hat gelitten, ihr müßt ihn verstehen, bei solchen Schmerzen geht die Hand von allein zum Revolver, also tummelt euch, haltet euch nicht in seiner Nähe auf, verkriecht euch, bis seine schreckliche Wunde verheilt ist. Ihr wißt doch, es ist immer besser, mit den eigenen Leuten zusammenzusein als mit fremden, von denen niemand weiß, wer sie sind und woher sie kommen. Die rempeln euch nur an auf den Wegen, um euch am hellichten Tag die Brieftasche zu stehlen. Ihr könnt ja nur nicht durch den Draht durch, aber draußen gibts auch nichts Interessantes, und drinnen habt ihr eure Geschäfte, eure prächtige Synagoge, eure Liebsten, die in eurem eigenen Krankenhaus liegen. Alles ist zur Hand, nur mit etwas Gedränge, in jedem Bett schlafen drei, und auf den Wegen Gewimmel wie im Ameisenhaufen. Obzwar ich nicht verstehe, warum sie überhaupt hinausgehen, in den Läden gibt es nichts, und in den Taschen steckt kein Geld für nichts. Das ist dieser Fluch über dem Menschen, auf die Straße zu wollen, auch wenn er da nichts zu suchen hat. Ist es nicht besser für ihn, zusammen mit seinen sechzehn Familienmitgliedern in der netten winzigen Wohnung zu hocken und darüber zu parlieren, was war und was sein wird? Ihr müßt nicht in die Fabrik, weil nirgends gearbeitet wird, ein Schlaraffenland, und wenn nun noch ein gebratener Truthahn im Ofen läge, das wär doch was. Und wieviel den jüdischen oder polnischen Jungs einfällt, der eine schnitzt etwas aus Holz, der andere aus altem, schon schimmligem Brot, sie machen Bauern und andere Figuren für das Schachspiel, und Schach kann jeder, ob jung oder alt, wie die internationalen Großmeister. Dagegen sind Alechin oder Casablanca gar nichts. Ich würde gern den Herrn Steinitz sehen, wie er mit ihnen eine Simultanpartie im Ghetto spielt. Zweitausend zu null gegen ihn ist meine Prognose, mit verbundenen Augen. Es gibt Leute, die kochen Gras für vierundzwanzig Personen. Woher sie das Salz haben, weiß ich nicht, einer hat sicher einen Sack voll versteckt, verkauft das jetzt löffelweise wie pures Gold. Die Banken im Ghetto arbeiten nicht, aber würde ich fragen, was besitzt ihr, mal ehrlich, an Silber und sonstigem, ein Viertel Rockefeller käme sicher zusammen, und zwar aus seiner guten Zeit, nicht von jetzt, wo er schon genug durchgebracht und verbraucht hat. Für nichts und wieder nichts. Die Fremden, na ja, im Krieg verliert jeder die Nerven, weiß nicht mehr, was er tut, doch die eigenen Leute zu quälen, zu töten, aufzuhängen, nein, das verstehe ich überhaupt nicht. Sehen Sie mal die Gesichter der Kolonne im dichten Wald. Obwohl alle in Ketten sind, haben sie was Ehrfurchtgebietendes an sich. Das Singen in dieser eisigen Kälte. Radnoj tovarišć Staljin. Aus vollem Herzen, und er sollte ihnen was antun wollen? Nein, das sicher nicht. Das bedeutet schon etwas. Von der hohen Tribüne sieht er auf sie herunter und winkt, und sie schaffen ihm seine Holzvorräte herbei für den Winter. Aber er verwehrt ihnen auch nicht, sich selber daran zu wärmen in diesem Elend. Soviel, wie sie brauchen, er wird wohl kaum die Holzscheite nachzählen, da sowieso alles ihr eigen ist, das Holz, der Schnee, das ganze Land. Er wird doch nicht persönlich im Schneesturm mit der Axt die hundertjährigen Bäume fällen. Was, wenn ihm einer auf den Kopf fällt? Wessen Bildnis hinge denn dann in der Stube, in der Küche, im Vorzimmer, in der Speisekammer und im Bad? Die drei vorbildlichen Ingenieure Struve, Lipschitz und Rosenthal sollen geplant haben, eine Bank zu überfallen, die Brücke über den Jenisej zu sprengen, und in der Aeroplanfabrik sollen sie eine Bombe deponiert haben, sie ist aber nicht explodiert. Außerdem haben sie das Bild des Genossen Kobe von der Wand genommen und ihre Exkremente drauf hinterlassen und alles zusammen durchs Fenster auf die Erstemaiparade geworfen. Dann wurde die Frau von diesem Struve, dem Direktor der Aeroplanfabrik, angerufen, und die Frau mit Mädchennamen Kocubajeva hat alles bestätigt und hinzugefügt, nicht nur die drei, sondern noch vierundzwanzig andere machten jeden Morgen dasselbe mit Kobes Bild, sie hat es geschworen und sich dreimal bekreuzigt. Wie kommt es, daß eine treue Gattin so etwas erzählt, obwohl sie genau weiß, ihr Gatte hat in der Woche Grippe gehabt, die beiden anderen sieht sie nur einmal monatlich beim Schnapsl, diese Sache ist aber angeblich irgendwann dazwischen passiert und auch nicht im Mai, sondern im Dezember, und weder existiert die Brücke, noch ist in der Fabrik auch nur ein Krümel Schießpulver gefunden worden. Aber nein, so ist es gewesen, und basta. Ich wundere mich über den Ingenieur, er ist ein gebildeter Mann, warum setzt er sich nicht hin und schreibt auf, wie es wirklich gewesen ist, statt wie es nicht gewesen ist. Lieber Genosse Soundso, Du Satan, Du Teufel, ich weiß wirklich nichts von Revolten, Bankraub oder Sprengung einer Brücke, wovon ich schon gar keine Ahnung habe, da ich in einem andern Fach tätig bin, das damit in keiner Verbindung steht. Achtungsvoll Ihr Soundso usw., Nachname, Vorname, Unterschrift. Aber, o Schreck, zu spät, die Polizei hats schon weitergeleitet, seinen Namen, den der beiden andern und was seine liebe Frau gesagt hat. Und was machen wir, wenn Genosse Stalin bei der angeblichen Brücke auftaucht und fragt: Wo zum Teufel ist sie? Alle Bauern wissen, daß es diese Brücke nie gab, aber ihr wißt schon, wie das abläuft, eh, na ja, war mal a Bricke, hör, Trofim Trofimović, gabs diese Bricke wirklich, eh, ja, eh, nein, platzt dann einer raus, sie gabs, aber was dann. Und wenn sie jetzt nicht mehr da ist, so muß Struve sie zerstört haben, wo der schon so einen Namen hat. Und auch die Bankbeamtin, die genau weiß, kein Dinar fehlt – wenn sie gefragt wird, wo die zehn Millionen sind, die der Schuft Lipschitz geklaut hat, muß sie sagen, ich hab sie nicht und schnell mit dem Fuß die Kasse unter den Tisch schieben, damit die Millionen nicht gefunden werden, sonst Gnade ihr Gott. Pah, langsam glaube ich auch, daß die drei Halunken sind, wer weiß, worüber sie beim Šnapsl geplaudert haben, und vielleicht ist die liebe treue Frau Natalija Kocubajeva ja doch bei klarem Verstand und hat kapiert, was die ausbaldowert haben. Ja, ich bin sogar sicher, seitdem ich gehört habe, was das gute alte Bäuerlein Trofim Trofimović gesagt hat und auch das liebe Bankfräulein, welches doch nicht leichtfertig seine Ehre als ordentliche Beamtin aufs Spiel setzen würde. Und daß es dort schon früher eine Brücke gegeben hat, daran ist nicht der einfache Ackermann schuld, sondern die drei Ingenieure, die kommen mir jetzt nicht mehr so vorbildlich vor wie ehedem. Obwohl, manchmal überkommts mich, als hätte jemand auch meinen seligen Dušan angeschwärzt, er habe statt des kranken rechten das gesunde linke Bein des ehemaligen Generals Živković abgesägt. Doch der General ist auf seinen beiden gesunden Beinen in Karlsbad herumspaziert und hat dort zudem noch irgendeine Deutsche verführt, so was ist kinderleicht, wenn du gesund und jung bist und obendrein General. Pah, sieh mal da, diese Geschicklichkeit und Witzigkeit in all den unguten Begebenheiten. Nie kommt jemand wie ein Bettler an deine Tür, ich bin der und der, klaub du deine Lumpen zusammen, ich muß dich, den unverbesserlichen Halunken, abholen zum Arrest. Nein, mit dem stößt du wie zufällig auf der Straße zusammen oder sollst ihm einen Splitter aus dem Aug ziehn. Sollst mitgehen in die Drogerie oder: haben wir uns nicht schon mal gesehen, wollen Sie mit mir ins Kino und den wunderschönen Film ansehen, oder er, wie ein Eisverkäufer im Winter: möchten Sie ein Kornett Tuttifrutti gratis, Bezahlung post festum, aber dann, in der Drogerie, beim Eis und im Kino legen ganz andere, nicht der, der dich hergelockt hat, ihre Hände auf deine Schultern. Sind nicht besonders grob, sagen, sie bringen dich ins Sanatorium, zu einer Herz-Lungen-Nieren-Untersuchung, später kriegst du ein Sandwich mit Butter und Schinken, vielleicht eine Flasche Bier; aber erst nach sechs Monaten, wenn sie etwas Erbarmen zeigen und du schon das gestreifte Kostüm trägst, am verfluchten Berg schippst, wo es keine Krume Erz geben kann und keine Kartoffeln gedeihen, erst da schießt dir durch den Kopf, du bist verhaftet, verurteilt zu neunundneunzig Jahren und weißt nicht warum. Das ist ihre Art und ihre große Geduld mit dir in allen Dingen. Kein Wunder, wenn sie dir treuherzig erklären, du müßtest wegen einem Mißverständnis mit zur Polizei, daß du ihre Höflichkeit anerkennst und ebenso fein bist und so diskret wie möglich. Aber wenn sie leise sprechen, um die Nachbarn nicht zu wecken, würdest du am liebsten schreien, fluchen, brüllen, jeder unglückliche Untermieter müßte hochfahren, selbst im letzten Winkel des Viertels der, den sie erst morgen holen werden. Was ist denn schlecht an mir? Ich bin weder Litauer noch Kroate, noch Ungar. Jude? Ich? Seit sechs Generationen sind wir nur Russen. Der Vater Ivan Ivanović, der Großpapa Ivan Ivanović, man weiß nicht, wer wer ist, so sehr sind wir Russen. Kenne kein Passah, keine Synagoge. Ich soll einen Aufstand geplant haben mit zwei Ingenieuren! Kenne keinen. Bin einfacher Drechsler. Bitte, hört mich an, mein Bruder hat keine Mühle in die Luft gejagt, die Mühle gab es nicht. Nie. Mein Mann soll die Lunte für die schreckliche Explosion gezündet haben und gleichzeitig zehn Millionen aus dem Pfandhaus gestohlen! Er hat ja die Masern, lag bewußtlos darnieder. Wir und eine Verschwörung? Weit gefehlt. Sind gewöhnliche Drechsler. Wir drei, rein wie die Heiligen Drei Könige. Spielen einmal wöchentlich Karten, das ist alles. Besaufen uns manchmal säuisch, aber selten. Im Suff sollen wir gegen unsern Vater und obersten Lehrherrn geredet haben! Nicht mal aus Versehen. Warum wollt ihr uns erschießen, wir sind ganz auf eurer Seite, Ehrenwort. Puh, die sagen das ganz richtig, schön erklären hätte mans ihnen sollen, und die Sache hätte sich erledigt. Hat ja niemand ein so hartes Herz. Nur: wärs ein Fehler gewesen, dann ja. Alles Lotterie. Wenn sie zum Zeitpunkt der Razzia nicht den Laden betreten hätten. Wenn sie Schnupfen gehabt und nicht auf die Straße gegangen oder zu Besuch bei der verkühlten Großmama gewesen wären. Oder es keinen Platz mehr auf dem Laster gegeben hätte, der die Sachen transportierte. Einer hat Glück gehabt. Deshalb kann er jetzt davon berichten, obwohl, er zittert noch heute, als friere ihn. Vor allem sollte immer ein Gesuch eingereicht werden, an die höchste Instanz, ordentlich mit Gebührenmarken beklebt. Die unteren Organe würden es zerreißen oder noch Schlimmeres mit dem Blatt Papier anstellen, aber die oben lesen geduldig, Wort für Wort, da wo sie schon sitzen, im Warmen. Nur dürfen die Kuverts nicht vertauscht werden, sonst ist, was ich eingereicht habe, von einer andern Partei und umgekehrt. Denn einer bittet, seinen paralysierten Vati freizulassen, der andere seine Frau, denn wer gibt den Kindern die Brust. Und was, wenn es zur Verwechslung kommt und er kriegt den paralysierten Großpapa, der keine Milch hat! Viel Gedränge, viel Verurteilte und sehr wenige, die die Gesuche lesen. Sie tun ja, was sie können, aber sie müssen sich auch mal ausruhen. Viel üble Witze auf Kosten dieser Wohltäter, häßlich so was. Karikaturen schlimmster Art von erzbösen Zungen. Am meisten ärgert mich, wie das dann von Mund zu Mund geht und durch das ganze gottverdammte Land. Wer verbreitet das nur? Von Schenke zu Schenke, durch die Fabriken, auf der Straße, ununterbrochen flüstert jemand mit jemandem, und im Nu wissens alle. Schneller als der Telegraph. Sind denn diese Leute ohne Ehrgefühl? Können sie nicht endlich aufhören mit diesem Unsinn, den sich ein letzter Krišpindl in seinem Mauseloch ausgedacht hat, nur weil er mit irgendwas unzufrieden war und deshalb allen die Schuld gab. Warum verhöhnt er nicht seine Mutter oder seine Frau, so er eine hat, statt jene, die für uns alles bedeuten, weshalb ja ihre Portraits in jedem Barbiersalon hängen. Häßlich, die Mitglieder des Politbüros und der Regierung solcher Schweinereien zu beschuldigen. Das hat schon Genosse Maxim Gorki verurteilt, noch im Jahr vierunddreißig. Was bedeutet es schon, wenn bei der Einweihung einer Fabrik ein Präsidiumsmitglied ein anderes Präsidiumsmitglied auf den Mund küßt! Stört das jemanden? Ist das unerzogen? Muß das denn gleich bedeuten, daß sie zusammen ins Bett gehen nach der Enthüllung des Denkmals für den unbekannten Helden des ruhmreichen Oktober? Wo blieben dann ihre wunderbaren korpulenten und couragierten Frauen, denen die unseren nicht das Wasser reichen können? Sollen die auch miteinander schlafen, wie mit den eigenen Männern? Doch haben wir nicht gerade aus diesem Grund auf **DIE SCHÖNSTE REVOLUTIONÄRIN ALLER ZEITEN** verzichtet, auf Genossin Kollontaj? Ihretwegen zieht sich mir noch heute das Herz zusammen. Wir sollten in unseren Reihen doch nicht nur schmalbrüstige und bebrillte Weibsstücke haben. Warum die einzige, die schön ist wie eine Filmschauspielerin, auf die Straße werfen? Aber so ist das Gesetz, so sind die Regeln. Männer mit Frauen oder umgekehrt, aber nicht gleich mit gleich. Wie kann ein Mitglied der Revisionskommission einem Präsidiumsmitglied ein Kind gebären? Aber Kinder müssen wiederum sein, natürlich, wer sonst besiegt in ferner Zukunft den Kapitalismus? Sie haben da auch große Wissenschaftler, wie Pavlov, der den Köter dazu veranlaßte, mit menschlicher Stimme zu sprechen, oder Mitschurin, der Tomate und Kaktus vereinte, aus Verteidigungsgründen, damit nicht jedes Biest fremdes Grincajg klauen kann, ohne sich zu piken. Doch daß der angesehene Genosse aus dem engeren Führungskreis Kinder gebären könnte, das haben sie nicht nur nicht erfunden, sondern geradezu bekämpft, mit Gesetz und Prügel. Die müssen sich schon zusammennehmen, sitzen auf hohen Positionen, jeder, ob Eisengießer, Viehhirt oder Grenzsoldat, blickt auf sie. Der da soll nicht während langer Sitzungen den jungen Delegierten neben sich tätscheln, mag er ihm auch persönlich lieb sein. Ich versteh schon, tagein, tagaus sind sie zusammen und für sich, müssen lauter Akten durchstudieren, von denen die Weltrevolution abhängt, und nirgends eine Frau, ums Verrecken nicht, die hütet daheim die Kinder, auch wichtig. Aber was ist mit dem Ausleben? Bloß nicht in die falsche Richtung, was wäre damit erreicht und was mit all dem Blut, vergossen im Winterpalais? Pah, ich kanns nicht glauben! Wegen eines Stempels mußte der fünfmal aufs Gemeindeamt. Zuerst in den fünften Stock, wies geschrieben steht, dort hieß es, runter in den ersten zum Vorsteher, der trank gerade Kaffee, ihm bot er keinen an, warum auch, man ist ja nicht verwandt, und erst nachdem er den Kaffee runtergeschluckt hatte, der Arme, weil er brühheiß war, fragte er, und wieso ohne Anklopfen rein und worum gehts überhaupt, und das Stempeln findet im vierten statt, dort wird dann eine sein, die nur mit Stempeln hantiert, und der nur sagen, er sei von ihm geschickt, aber freundlich sein mit ihr, die ist ein bißchen komisch, nein verzweifelt, hat kürzlich durch Verkehrsunfall die Tante verloren, aber als er zur Verzweifelten im vierten raufgestiegen war, ohne Lift, was immer passieren kann, niemandes Schuld, daß er feststeckt, ausgerechnet, wenn er den Stempel braucht, da, o lieber Gott, sagte die wirklich tief Verzweifelte, die ganz in Schwarz war und vor Nervosität paffte, und wo ist denn Ihr Formular, das gibts im Parterre, sie könne den Stempel nicht irgendwo draufdrücken, das Formular kann man unten kaufen, nur jetzt nicht, wegen Frühstückspause, und so stieg er wieder zum Parterre hinunter, wartete eine halbe Stunde, was, gemessen an der Ewigkeit, nichts ist, und als dann der geheimnisvolle Amtsdiener kam, Kriegsteilnehmer, šlagirt, zitternd, die ganze rechte Körperseite gelähmt, und ihm schon das Formular verkaufen wollte, aber kein Kleingeld hatte, da mußte er wieder auf die Straße, den Zeitungsfritzen bitten, der wechselte nicht, auch der Blumenhändler nicht, nur der kleine Zigeuner, der Schuhputzer, erbarmte sich seiner, hat ja nichts als Kleingeld in seiner zerbeulten Schachtel, und er dann zurück zum Zitternden und jemand um einen Füller zum Ausfüllen gebeten, doch wer führt einen Füllfederhalter mit sich, im Sommer, ohne Jackett, in das man ihn stecken könnte, und dann wieder hinauf zur verzweifelten Sekretärin in Schwarz, die verzweifelt den Stempel draufdrückt, danach wieder zum Vorsteher zum Unterschreiben, doch da der Teufel im Detail steckt, ist der Vorsteher gerade beim Präsidenten, und so mußte er wegen der Unterschrift nach einer Dreiviertelstunde noch einmal vorsprechen. Pah, das sind auch nicht die Klügsten, denen Gott gegeben hat, sowohl über die Mehltüte als auch über den Marienkäfer zu schreiben, wie er übers Eichenblatt kraucht. Doch später, wenn sie auf die Teufelsinsel, nach Sibirien oder ins hinterste Afrika verbannt werden, dann heißts o weh, o weh! Sie haben doch so wunderbar über Bäume und Singvögel geschrieben, warum denn auch noch über Menschen und ausgerechnet über die rabiatesten? Anstatt sich nützliche Artikel auszudenken, wie Nobel sich das Schießpulver ausgedacht, Henri Dunant das Rote Kreuz und der unglückselige Pierre Coubertin die Olympischen

Spiele, bei denen sich viele Hals und Beine gebrochen haben, obwohl alles zusammen trotzdem Lob verdient. Oder wie der Herr Simplon, der beinah ganz allein nur mit drei, vier Arbeitern den größten Tunnel durch den ärgsten Berg gebohrt hat. Auch Bering ist nicht minder wichtig mit seinem enormen Wissen über die Landkarten, unfaßbar. Darum braucht man sich nicht wundern, wenn später Straßen, Banken und Teile von Kontinenten nach ihnen benannt werden. Ich bin für den Fortschritt, auch wenn er mit viel Gefahr verbunden ist. Sehen Sie doch diese drei Unglücksraben, die ins Weltall geschossen wurden, in einer winzigen Schatulle! Sind doch auch Lebewesen, und jetzt müssen sie da oben sein, im Nichts, für sechs Wochen. Sich fortwährend anstarren und sind nicht mal verwandt. Mich graust bei dem Gedanken, einer könnte zu meiner Mischpoke gehören. Zum Glück nicht, einer ist Deutscher, zwei aus Merika. Von einem, dem Deutschen, tritt hier noch die Mutter auf und sagt, sie habe überhaupt keine Angst. Nur darf sie ihrem Einzigen, da oben, mit einem Bein im Jenseits, nicht verraten, daß ihn in diesem Moment seine Verlobte betrügt, mit einem hier unten, auf festem Boden. Denn wenn sie das durchs drahtlose Telephon melden würde, der da oben würde sich auf der Stelle umbringen, nur womit. Schrecklicher Gedanke, aber trotzdem, von da oben kommen die berühmtesten Personen aller Zeiten. Ich war ja stets für die großen Persönlichkeiten und gegen die kleinen, auch wenn erstere blöd sein können, ein Glas zuviel leeren und letztendlich mehrmals heiraten, was aber ihre Sache ist. Wie soll ein großer Mann die ganze Zeit ein Frauenzimmer aushalten, noch dazu ein kleines. Oder wenn er steif wie ein Kleiderstock wäre und obendrein ein Kostverächter. Teufelskerle, was haben die nicht alles geschrieben. Und zwar auf Klopapier, glattgestrichene Tüten, die Rückseite vom Löschblatt. Der Kampf der Blumen, Tulipan und Tulpe, das sind du und ich, also Blume und Nulpe. Fassen sich an den Händen, verneigen sich. Wo haben sie bloß die Veilchen, Levkojen, den Flieder gefunden! Wirklich viel Sinn für das Schöne in all dem Elend. Wer war Tulipan und wer die Tulpe? Konnten sich austoben, wie sie wollten. Selbst der Direktor applaudierte. Also bravo! Doppelration für beide. Das verringert vor allem die Monotonie im Gefängnis. Männer spielen Frauen und umgekehrt. Eine Art Oper, aber ohne Orchester, was sowieso überflüssig ist. Der Vorhang aus Säcken, die Kostüme aus Säcken und die Kulissen auch aus Säcken. Das Theater «Der Sack». Das Sacktheater Numero soundso. Unter diesem Namen und in diesen Kreisen. Wird später zur Tradition werden. Umwerfend gut. Wie schafft das dieser eine nur, nach zwölf Stunden Bäumefällen pro Tag eine so herrliche Deklamation von vierundzwanzig Strophen hinzulegen. Oder wie er im Schnee einen Zigarettenstummel gefunden, mit Lippenstift dran, aber er weiß, im Umkreis von zweihundert Kilometern gibt es kein Frauenzimmer. Schon gar nicht eins, das sich das Maul schminkt. Auch das bringt er ins Gedicht ein, im Sinne einer Phantasie. Der Kerl hat sich ausgedacht, der Stummel sei aus einem Aeroplan geworfen worden, die einzig denkbare Möglichkeit. Ich sage ja, Teufelskerle, obzwar ihnen sehr kalt sein muß bei diesen minus fünfunddreißig Grad im Monat Mai. Ein Glück, daß überhaupt jemand die Bäume fällt, in Begleitung des übellaunigen Wächters, denn sonst würden keinem solche Lieder einfallen. Du kannst doch nicht in Moskau hocken, im Büro oder in deiner lustigen Wohnung mit den neun Familien, und von den Wundern des fernen Nordens phantasieren. Kannst vielleicht ein nettes Liedchen schreiben, wie der Kocher kaputtging oder der Fahrstuhl, daß man keinen Feldsalat bekommt oder ähnlichen Unsinn, daß jemand deine Zahnbürste mitbenutzt, den du nie erwischst, davon ja, aber nicht über den Hirsch und den Wolf, die mit den Holzfällern in Ketten verbündet sind, darauf käme hier in der warmen Stube kein Mensch. Und wo sind die beiden, die im Sack das Pferd des Direktors gespielt haben? Der Direktor soll am Leben sein und von den beiden im Sack nur noch einer, der andere nicht. Das Los der Kunst und ihre verfluchte Instabilität. Es ist eine Sache, eine Arie über die Erinnerung vor sich hin zu brummen, eine andere, eine Oper von A bis Zet aufzuführen. Und zwar eine neue und ohne daß einer, der etwas weibisch wirkt, sich als Tosca kostümiert und herumjault oder als die unglückliche Japanerin, Madame Butterfly, aber keine Ahnung von Japan hat. Nein, ein ganz neues Stück mit Gesang, zum Ruhm der Polizei und ihrer Abwehrkräfte. Wenn es eine Gerechtigkeit gäbe, so würde es auf weltberühmten Bühnen gespielt und nicht nur so, unter Ausschluß der Öffentlichkeit. Wo ist nur dieser unvergleichliche Autor geblieben? Sollte er während der Strafverbüßung verschieden sein? Was für ein Jammer, denn er hätte noch soviel zu sagen gehabt über sich und seinesgleichen. Was ist Theater in Wirklichkeit? Zwei kommen aus entgegengesetzten Richtungen auf die Bühne und beginnen sich zu rechtfertigen. Dann kommt der dritte, gibt keinem recht und ist selbst für was Drittes. Sie sind verwandt,

Mann, Frau und das undankbare Kind. Sie ermöglichen ihm zu studieren, er will aber nicht, jagt hinter den Weibern her. Die Mutter trinkt heimlich, Vater und Sohn wissen davon, schweigen aber. Der Erzeuger ist auch nicht ohne, hat in jeder Stadt eine Verlobte, aber keine kennt seinen richtigen Namen und keine besitzt eine so wunderbare Familie wie er. Bis das nicht geklärt ist und die angebliche Verlobte, der verzweifelte Professor des Sohns und der Spirituosenbeschaffer nicht auftauchen, hört der Gendarm den Rechtfertigungen zu und denkt, es handelt sich um eine Verschwörung oder im Bad brennts. Die später Gekommenen stehen, die zu Beginn Erschienenen sitzen, wer kann schon drei Stunden auf den Beinen sein und spielen. Dann kommt noch ein Unbekannter mit Revolver, erschießt den völlig unschuldigen Professor und den Polizisten. Fängt an zu klagen, er habe seine Brille verloren und hätte eigentlich den alten Weiberhelden töten wollen, seinen Konkurrenten im Handel mit Erz und Wald. Alle weinen, und wir Zuschauer, denen dieser Blödsinn schnurz ist, wir lachen. Das ist es doch wohl, die Theaterkunst betreffend, nicht wahr? Na ja, das Gesinge im Park, das Gefasse ans Herz, wenns auch dumm ist, das könnte ich noch akzeptieren, doch das mit den Speeren, Krummschwertern, Strick und Brandstiftung, nein, niemals! Und wenn das Theater tatsächlich Feuer fängt? Früher gab es wenigstens den eisernen Vorhang, meinetwegen soll das Orchester samt Operndiven verbrennen, aber doch nicht Mütter, Kinder und Väter im Zuschauerraum! Wenn es jetzt brennen würde, stünden alle in Flammen, da rette sich, wer kann. Das ist nicht vertretbar, und wenn ein Eisenvorhang noch so teuer ist, ich weiß ja, bei den Preisen heute. Ohne mein Teufelsding von Fernapparat hätte ich auch keine Ahnung vom Genuß des Chorgesangs. Früher dachte ich immer, was ist das schon, die stehen auf einem Haufen, machen den Mund auf, und wenn jemand falsch singt oder zu faul ist, grad keine Lust hat, stört das niemand. Doch nein. Es packt sie, wenn der Dirigent das Zeichen zum Auftakt gibt, erst dann beginnt die richtige Freude, jeder denkt, seine Stimme ist aus dem Gebrüll herauszuhören und alles zusammen klingt schön. Der Dirigent bestärkt sie noch darin. Er singt mit ihnen mit, was ich nicht wußte, weil ich ihn bisher nur von hinten gesehen habe. Pah, und die Kuratel oder so, damit ist nicht zu spaßen! Nie die Anklageschrift verlegen, die Sie des Raubes und Mordes bezichtigt, unbedingt innerhalb der gesetzlichen Frist antworten, was ist sonst, wenn die Sie abholen kommen zum Henken, und das verfluchte Schreiben ist nicht da, Sie habens verschludert. Doch Sie sind ja kein Selbstbezichtiger, Sie sagen gleich, daß Sies nicht waren, sondern der Schuster in Ihrer Straße, der leider, obwohl er nicht verwandt ist, denselben Namen hat wie Sie, der sollte gleich verhaftet werden, denn Sie wissen, er hat diesen schrecklichen Raub begangen, hat im Wirtshaus geplaudert, und Sie haben es zufällig gehört, sind irrtümlich rein, wollten nur ein Glas Himbeersaft, wegen der Hitze. Weshalb bescheiden tun, wenn das Recht auf Ihrer und nicht auf der Seite des Schusters ist. Ein anderer aber, tatsächlich eine Bestie in Menschengestalt und zu dreißig Jahren Zuchthaus verurteilt, knurrt seine wirklich guten Wärter an, denen er Hände und Füße küssen sollte, weil sie ihn, wenn sie ihn mit Waschwasser begießen, nicht erschlagen. Er hat aus Jux eine Frau umgebracht oder ein Kleinkind einschließlich

Mutter, oder die Schwiegermutter in den Schwanenteich geschmissen, aber später gejammert: ich wars nicht, oder: ich war verrückt, wußte nicht, was ich tat. Mir alter Frau tut es immer leid, daß auch die von der anderen Seite schreckliche Fehler begehen, jemanden fälschlich aufhängen und sich nachher die Haare raufen, wenn sie merken, der war unschuldig, er sah dem Richtigen nur täuschend ähnlich, und dem haben sie sogar den Weg zur Grenze gewiesen, ihn mit einem gültigen Paß versehen, weil er wirklich allem ähnlicher war als einem dreifachen vorsätzlichen Mörder. Am liebsten sehe ich, wenn er am Ende wegen aller Schweinereien eingefangen wird und auf die Anklagebank zu sitzen kommt, soll er da nun sagen, wies in Wahrheit gewesen ist, damit es jeder hören kann. Wie gerecht und gutmütig der Richter, wie ein Vater und nicht, als sähe er ihn zum ersten Mal. Obwohl er über ihn ruck zuck die Todesstrafe fällen könnte, aber nein, er müht sich ab mit dem Schuft, der in Wahrheit ein unglückseliger Habenichts ist, herzensgut, nur hatte er nichts zu essen, mußte das Schaufenster einschlagen und den Bäcker mit dem Štangerl durchstechen, bei Gott kein Ruhmesblatt. Pah, woher nur der Gewissenswurm und warum sich auf einmal etwas aufbürden, was man nicht im Traum verüben würde. Das muß man weitererzählen, solange die Welt sich dreht. Niemand hat ihn gezwungen, glühende Kohlen auf sein Haupt zu häufen, er hat das gar nicht getan, wessen er sich beschuldigt, hat ihn auch niemand dazu gezwungen. Er hätte die Nerven behalten sollen, bis der erste Sturm im Wasserglas sich gelegt hat, vorher sind die Richter noch zu enerviert, da rollen die Köpfe nur so. Doch ausgerechnet jetzt, wo von allen Seiten Richtersprüche niederprasseln, exponiert sich dieser Mensch mit den unmöglichsten Fragen, man kann nur die Luft anhalten und staunen. Er habe die Stadtkommandantur angezündet, die Flugblätter mit Sauereien bedruckt und in den Läden vertrieben, er will in den Cafés die blödesten Witze erzählt haben, obwohl ich weiß, er hat nie ein Café betreten, sein Onkel habe mit den Deutschen gekungelt und der zweite Trauzeuge aus erster Ehe mit den Russen, beide habe er unterm Bett und hinter der Tür versteckt, die Mädchen im Bus gekniffen, die größten Obszönereien in die öffentlichen Bedürfnisanstalten gekritzelt, und dort haben sie ihn schlußendlich auch geschnappt, denn Gottes Mühlen mahlen langsam, aber stetig. Liebe Genossen Richter, glaubt keinem, der für mich eintreten will, alle sind Mitglieder von ein und derselben Bande, zu der auch ich gehörte mit meinem verdorbenen Herzen, welches in Stücke geschnitten und den Hunden zum Fraß vorgeworfen werden sollte. Bin nicht wert zu leben, sollte nicht zu den Menschen, sondern zu den Bestien in Menschengestalt gezählt werden. Möchte nur bitten, zu ewigem Zuchthaus verurteilt zu werden, im schlimmsten Gefängnis, wo Tropfen um Tropfen auf meinen Kopf fällt, bis er eingebeult ist, die ganze Zeit nur Wasser und Brot, und zum Schluß sollte ich aufgehängt werden, die Beine nach oben, damit alles sein Ende findet. Ach, nun sehen Sie nur dies Gewissen und diesen wunderbaren Menschen. Wer sonst besitzt die Kraft, sich selber den Strick für nichts und wieder nichts um den Hals zu legen! Und seine Verneigung vor den Richtern, als säßen dort Mutter und Vater, nicht der strenge Präsident, der ihm die Finger abhacken könnte, um in einer halben Stunde eine

Suppe daraus zu kochen. Ich bin für den, der das Schlimmste von sich sagt, soll der Richter sehen, was er mit ihm macht, er könnte die Strafe halbieren, das bedeutete dann nur fünfundzwanzig Jahre. Der letzte Augenblick, diesem unserem wahrhaftigen, einfachen Menschen in die Augen zu sehen, der gar so einfach nicht ist, in seiner Unfähigkeit zum Draufgängertum. Wäre er doch ein wenig resoluter, um vor Ihre allmächtige Kamera zu treten. Er bräuchte nur einen, der ihn antippt, nach vorne schubst, die Stimme erhebt, und dann wäre es an ihm, zu antworten oder nicht. Sonst wissen wir nicht, was wir noch tun könnten. Kleiner Mann, was nun! Was machen wir mit Ihnen. Kopf hoch! Reißen Sie sich zusammen, um Gottes willen, sehen Sie denn nicht all die Schönheit um uns her, den grünen Park, der Himmel blau, die Vögel jubilieren? Das wirft man doch nicht einfach weg. Rühren Sie sich vom toten Punkt fort, hier können Sie nicht hocken bleiben bis zum Jüngsten Gericht. Schlagen Sie sich zwei-, dreimal gegen die Brust, das hilft. Atmen Sie frische Luft ein, wenn Gelegenheit ist. Auch Sie sind nicht chancenlos. Ich kenne schlimmere Beispiele von menschlichem Abgrund, aber nach und nach haben sie sich ans Tageslicht hochgerappelt. Raus aus dem letzten Loch. Der Kopf sitzt noch auf den Schultern. Denken Sie an die Beinlosen, die Blinden und Fallsüchtigen. Doch Sie da, wirklich, wenn Sie nur Ihr Gebiß einsetzen würden, Sie wären ein ganz passabler Mann. Vorausgesetzt, Sie befreien sich von Ihrer unmöglichen Verschämtheit und zieren sich nicht so. Sehen Sie, dieses Menschheitselend, Elend über Elend, **VOM ERDBEBEN BIS ZUM UNTERGANG DES PASSAGIERDAMPFERS**, und trotzdem leben wir. Weder ertrinken wir, noch bebt die Erde unter unsern Füßen. Was sind wir für Glückspilze. Würden meine Leute mir erlauben, Lotterie zu spielen, der Hauptgewinn wäre mein, ich bin sicher. Und wissen Sie, Sie erinnern mich an viele Leute, die im Fernsehen auftreten, ohne daß man deren Vor- oder Nachnamen kennt. Weil Sie so verflucht bescheiden sind und niemand weiß, wer Sie sind und woher Sie kommen. Tatsache, der durchschnittlichste Durchschnitt unserer Einheimischen braucht genau deswegen auch keinen Nach- oder Vornamen. Ist ja in allem und jedem unser Mann. Genau Ihr Allerweltstalent. Ein Mensch mit zig Berufen, zig Handfertigkeiten, also ein Tausendkinstler. Sie deklamieren doch vom Sturm überm Meer, dem schrecklichen Untergang und der sterbenden Sonne. Was erzählen Sie, ich erkenne doch Ihren Stil und was sich am Zeilenende reimt. Das könnte nicht mal der verstorbene Herr Dučić, ein Lyriker, den ich bis zum Wahnsinn liebte, wenn er sich eines Themas von Anfang bis Ende annahm. Und Sie, Sie sind doch der, der am besten geantwortet hat, als das Fräulein fragte, wieviel Planeten es gäbe, und dabei den großen Zeiger in Gang setzte. Und als er die Fünfzehn erreichte, da hatten Sie alle vom ersten bis zum letzten genannt, als wären Sie persönlich am Himmel gewesen. Aber warum tragen Sie denn nur diesen künstlichen Schnurrbart. Auf die Art haben Sie einen Zwilling in jedem Kaff. Setzen Sie sich doch richtig hin, nicht nur auf eine Backe, Sie könnten vom Stuhl fallen. Kommen Sie, kein Grund, sich zu schämen. Ein Anagramm zusammenbauen, jedweden historischen Schrecken schildern, als Akrostichon – das kann doch niemand besser als Sie. Oder sehen Sie sich den da an, als erster den glitschigen Stamm hoch, um nach dem Schinken zu grapschen, falls es das gibt. Erster in Mensch-ärgere-dichnicht, Räuber und Gendarm oder beim Drachensteigen. Murmelspiel, Seifenblasen oder Schiffeversenken – das ist ein leichtes für ihn. Oder: unter welcher Blume ist das Zuckerl. Unter der oder der? Šnapsl. Das Kartenhaus. Kreuzworträtsel. Reifen trudeln. Blindekuh. Seilspringen wie als Kind, Patience legen, wozu ich keine Nerven hätte, Schach spielen, Domino, das Taschentuch aus dem leeren Zylinder zaubern, Rebusse, die ich über alles liebe, das Ding mit den Streichhölzern, aus vieren ein Bild machen, das etwas bedeutet, Versteckspiel, wie man Karten liest, wer stirbt und wer nicht, Bildillusionen, der kleine Schüler wird größer als der schreckliche Minister im Frack, Pfänderspiele, Mikado, Monopoly, mit den Fingern verschiedene Tiere vorm Lampenlicht bilden, Brummkreisel, Abzählreime, Ein Ei schwimmt auf dem Wasser, Jojo, das nur wir Alten noch kennen, und vieles mehr – das kennt der alles. Andrerseits ist er verwirrt, ein Dummkopf, Ungeschick läßt grüßen. Herzensgut, kann das aber nicht zeigen. Sondern immer nur so weiter, das und dies, hier und dort, und so bis übermorgen. Aber ich sage noch mal, setzen Sie das Gebiß ein, ist doch keine Affaire, es sind genau solche Zähne wie die richtigen, nur aus einer bestimmten Masse, zur Nacht raus aus dem Mund und in ein Glas Wasser damit. Was dieser Herr alles weiß, trotz seiner Verschämtheit. Über die Russen und ihre Maschinen. Ein Militärgeheimnis, aber jemand hats ihm gesagt. In der Stadt Fantasiekoje im Ural. In Lügenskoje. Einstmals gräflich, heute nicht mehr. Aber nein, gnädige Frau, sehen Sie sich das an. Dieses Kabel läuft unter allem durch, nur weiß man nicht, wem es gehört. Wie Strom oder so was. Sehen Sie sich das an, ich weiß es nicht, aber alles spricht dafür. In alter Zeit, vor fünfhundert Jahren. Als sie für die Wasserleitung gruben, erwischte es jemanden am Bein, eine Art Tier, der Abdruck eines Zahns ist noch sichtbar. Eine Milliarde Trillionen und fünfhundert dazu. Von meinem Stuhl aus nicht zu addieren. Läuft alles über Schweizer Banken. Die haben dort ihren Mann, der unterschreibt, aber wie er aussieht, wissen sie nicht. Falscher Name, würde sonst umgebracht werden. Zum Teufel, hörst du das, Danica, was es unter unseren Füßen alles gibt, ganz unten, in der Tiefe. Greifen in die Mülltonne und haben hundert Millionen in der Hand. Alle bestochen. Ich nicht, für keine Summe, es gefällt mir auch so. Teufelskerl. Kluges Köpfchen. Sie sind unser Don Quijote, das meine ich positiv. Ich lache nicht über Sie. Im Gegenteil. Aber nicht an der Grenze ausplaudern, was Sie gesehen haben. Denn die erfahren das immer. Nur wenn Sie Knoblauch gegessen oder die Hände in Hypermangan gewaschen haben, dann nicht. Sehr lehrreich. Leisten Sie sich doch das verfluchte Gebiß, damit Sie nicht ständig die Hand vor die Nase halten müssen. Man sieht nichts. Ehrenwort. Sie sollten gut honoriert werden, um im Fernsehen über diese Dinge sprechen zu können. Und zwar gegen die, die alles ewig nur schwarz sehen. Bei Ihnen hat das Ganze so schöne Farben, gerade das gefällt mir. Nein, wirklich, geben Sie zu, Sie schreiben etwas, obwohl Sie mit vielerlei Anderweitigem beschäftigt sind. Einmal geben Sie es mir zum Lesen. Ist doch wohl nicht wahr, daß Sie es in der Manteltasche herumtragen. Aber vielleicht ist das doch am besten so, weil es ins Futter eingenäht ist. Sie sollten Nadel und Zwirn dabeihaben zum

Auftrennen, um was dazuzuschreiben, und dann wieder in Ruhe zunähen. Oder wenigstens den Saum anheften, daß er nicht schleppt und damit das Geschriebene drinbleibt. Wär sonst schade. Hätten Sie doch eine Dauerkarte für die Straßenbahn. Wer soll Ihnen so viele Schuhe besohlen, wo Sie überall hinlaufen. Wir bitten jetzt um Ihre Aufmerksamkeit für einen Mann mit Charakter und einer Vergangenheit ohne Fehl und Tadel. Wir wollen nicht behaupten, er sei so oder so, wir stellen ihn nur im besten Lichte dar, und das ist nicht mal die Hälfte von dem, was rühmenswert wäre. Wir empfehlen ihn Ihrer Aufmerksamkeit und einzigartigen Güte. Er ist sehr schüchtern, deswegen verheimlicht er nichts von seinem todtraurigen Schicksal, da war Unglück über Unglück, Pech und noch mal Pech. Bemühen Sie sich um ihn, Sie werden hundertfach belohnt werden. Er braucht etwas Gesellschaft, er sollte ein wenig erzählen, wer hört ihm denn schon zu. Niemand im Gasthaus, da geht er aus Scham nicht hinein, niemand im Bus, da hängt jeder den eigenen Sorgen nach. Seien Sie so gut, haben Sie bissl Geduld. Müssen ihm nichts anbieten, vielleicht ein belegtes Brötchen mit Schinken oder ein Glas Himbeersaft, Alkohol verträgt er nicht. Vor allem aber ein liebes Wort, die Aufmerksamkeit, die alles aufwiegt. Und Ihre Frau Tochter möge ihn bitte nicht, sobald sie ihn erblickt, mit dem Besen rausjagen oder einen Eimer Abwaschwasser über ihm ausgießen, denn er besitzt nur den einen Anzug. Auch sie wird sehen, wie unterhaltsam er ist und wie er ihren tatsächlich schwierigen Charakter mildern kann. Lieber Herr, was Sie tagtäglich aus der Zeitung ausschneiden, allerlei Kluges und Lehrreiches, und später mit Wasser und Mehl ins alte Heft einkleben, ist gescheiter als all das andere! Jederzeit können Sie das Heft öffnen, eine x-beliebige Seite, und jedem zeigen, was da schwarz auf weiß steht. Sie haben wirklich Sinn für Unsinn, der jedes Herz, auch das härteste, erweichen muß. Das soll aus der Tageszeitung sein und nicht aus dem Verrückten Boten? Alle Achtung! Ich schätze jeden, der ein Tagebuch führt, vom ersten bis zum letzten Tag, bis er die Seele aushaucht. So lange, daß den letzten Satz der Arzt dazuschreibt, der ihm die Augen zugedrückt hat. Da ist dann ein ganzes Leben versammelt, von Anfang bis Ende. Besonders, wenn er was erlebt hat, nicht nur zu Hause saß und die Wand anstarrte. Er ist gereist, war im Krieg, hat die Masern überlebt und sich vor dem Hochverratsprozeß gerettet. Da gibts was aufzuschreiben, sei er nun König oder der letzte Dieb. Heute das und das gestohlen, gestern jenes. Nur die Polizei darf nichts davon erfahren, sonst ist er erledigt. Gestern die Krone in Empfang genommen, seit heute König. Doch auch solchen Menschen ist manchmal öd zumute. Bin zwar König, weiß aber nichts mit der Zeit anzufangen. Zum Verzweifeln. Vorgestern nichts, gestern nichts, heute nichts. Ich aber liebe ein Buch, in dem von allem etwas steht, die Lehrsätze der Mathematik, wie man eine Festung baut, um den Feind draußen zu halten, das Rezept für die Zubereitung der wunderbaren Krautfleckerln, welches nur ich besitze und niemandem gebe, dann über den Vogelflug und wozu er dient, über Himmel und Sterne, über Mittel gegen Kakerlaken, über Rebusse, Dichtergedanken und die Symbole alter Medizinmänner, das Auftrennen von Leichen, um zu sehen, was drinnen schlecht, was gut war, über den Deichbau, um das kleine Stück Garten vor dem Ansturm der Herbstregenfälle zu schützen, über die berühmten Schauspieler und wie oft sie sich haben scheiden lassen, über Stammbäume, eigene und fremde, den Schnupfen, die Euphonie, Metonymie und Apflštrudl, darüber, wie der Mensch fliegen könnte, ohne in das furchtbare Flugzeug steigen zu müssen (denn dann fiele es ihm leichter), über Zeichnen und Profilieren vor Lampenlicht, über die Zusammensetzung des Auges, weise Sprüche, die wertvollsten Entdeckungen, Grammelpogatschen und wie man sie ruck zuck macht, darüber, was alles im Fernsehen zu sehen ist, aus welchen Zeiten und weswegen. Und wenn noch Zeichnungen dabei wären, ach, das ergäbe ein Buch für mich, ich würde es nie gegen ein anderes eintauschen wollen. Vor vielen Jahren habe ich selber ein sehr dickes Heft mit einem Faden geheftet, doch die verrückte Danica reißt Blätter raus, verteilt sie in der Nachbarschaft, damit alle erfahren, wie man schnell und billig kocht oder wie man Wanzen los wird, ohne daß die andern es merken. Viele schreiben von früh bis spät, sagen aber nichts davon, sie kommen nicht dazu, feilen nur ewig an ihrer Litanei herum, ihre Hand wird schon steif, und was ist am Ende gesagt, nichts, worüber wurde erzählt, über nichts. Obwohl alles, was geschrieben ist, früher oder später jemandem nützen wird. Auch auf der ältesten Ansichtskarte bleibt nach fünfzig Jahren etwas zu lesen, wie das Wetter war, was ich anhatte, mit wem wir in Gesellschaft waren, denn jeder hat seinen Krakel dazugekritzelt. Wieviel Augenlicht habe ich verschwendet, indem ich den verrückten Herrn Benesch und auch den unglückseligen Hitler schriftlich bat, nicht zu tun, was er getan hat, aber er hat nicht mal geantwortet, erst recht nicht auf mich gehört. Am liebsten sind mir

Briefe, in denen alles bestens ist, das Wetter schön, alle gesund, und wenn sich einer beim Fußball das Bein gebrochen hat, daß es zusammenwächst, so gut es geht. Dann: möge der Schaden, den wir durch die Überschwemmung erlitten, ersetzt werden, so haben wir Geld für das neue Haus. So, in dem Sinn. Nicht ausstehen kann ich Briefe, in denen mich jemand um einen Tausender anpumpt, nicht, weil ich nichts geben möchte, sondern weil es bedeutet, dem andern gehts nicht gut, und das ertrage ich nicht. Warum überspringst du das Unangenehme nicht, melde dich erst, wenn alles vorbei ist, die Sonne wieder scheint und du mitten auf der Chaussee die volle Geldbörse findest, die niemandem gehört, das würde auch mich glücklich machen. Aber schreib nicht, wenn du Fieber hast und meinst, der Teufel werde dich holen oder ein tollwütiger Hund habe dich gebissen. Aber wenn du einen Posten beim Tabakmonopol oder in einem Ministerium kriegst oder dich mit der Tochter des Direktors verlobst, dann melde das sofort, damit auch ich mich freue. Ich würde Briefe verbieten, in denen einer den andern verflucht, beschimpft oder droht, er werde ihm den Kopf abschrauben von wegen unbeglichener Schulden. Kann der Schurke nicht einen Monat warten und erst dann etwas unternehmen, es zuerst mit schönen Worten versuchen, die bekanntlich Eisentore öffnen? Hört, meine Allerliebste, seht doch, um unsere Verhältnisse beneidet uns jeder, ich bin gesund und munter, nur die Beine schmerzen, aber im Fernsehkasten sehe ich nach Herzenslust von morgens bis Mitternacht, was ist und was war, glücklicher kann der Mensch nicht sein. Meine liebe Danica räumt auf, macht mir Essen und hütet mich wie ihren Augapfel, obendrein bleibt ihr Zeit, in der

Stadt herumzuschlendern, bis sie vom Stengel fällt, weiß gar nicht, wo überall sie hinläuft. Ihr lieber Sohn, mein einziger Enkel, bringt uns ständig Erdbeeren, Zeitungen und ein gutes Buch, das er schon vorher durchstudiert hat, so kommt jeder zu seinem, tut etwas, schön anzusehen ists. Die ganze Zeit gutes und warmes Wetter, ohne Regen, Hagel oder Blitzschlag. Die Nachbarn lieben und schätzen uns, kommen mit Geschenken vorbei. Die Tage werden länger, die Nächte kürzer. Der Baum vorm Fenster ist grün, viele Vögel darin, sie haben keine Angst vor dem scheußlichen Lärm oder anderem in der Stadt, sie tirilieren. Ich bin glücklich und zufrieden. All dies könnte ich jemand schreiben, wenn ich jemand hätte, hab ich aber nicht, wie schon gesagt, und so muß ich mich nicht mühen. Sie langweilen sich? Guter Mann! Sie, der soviel weiß, Ihr Kopf ist ja randvoll. Sie müssen doch nicht in die stickigen Kinos, kostet auch Geld, obwohl der russische Zirkus mit den lebendigen Raubtieren, die das Alphabet können, wirklich empfehlenswert ist. Ich versteh nur nicht, wieso diese Russen so gut mit Tieren, aber nicht mit den Menschen umgehen können! Doch das gehört nicht hierher, fest steht nur, daß die kleinen Hunde schön Fußball spielen. Den Fußballplatz können Sie sich auch schenken, es sei denn, Sie wollen sich mit dem feindlichen Lager prügeln und den letzten Knopf verlieren, ehe sie aus dem vermaledeiten Gedränge raus sind. Aber wie wärs mit dem ehemaligen Dampfbad Krsmanović, wie es heute heißt, weiß ich nicht, da können Sie sich im warmen Wasser tummeln, ein Hochgenuß, nur in der Großstadt möglich. Sie können sich glücklich schätzen, daß Sie in jeder Hinsicht normal sind: Sie spielen nicht ein Frauenzimmer, was

Sie ja auch nicht sind, denken nicht, der Trichter sei ein Trompete, und schlafen nicht in der Hundehütte wie jene, die das eigene Haus nicht betreten wollen vor Angst, das Dach könnte ihnen auf den Kopf fallen. Wer einen vernünftigen Kopf besitzt, hat im Grunde alles. Geld ist nicht das wichtigste im Leben, aber das wissen Sie selber am besten. Und noch etwas sage ich Ihnen. Wenn Sie nichts mit sich anzufangen wissen, machen Sie einen Spitalbesuch, der wird Ihnen das Lob der alten Nachbarin einbringen, die sonst niemand aufsucht. Dort ist es fein warm und es gibt genug zu sehen. Besonders sonntags. Allerlei Leute, verschiedenes Volk, jeder spricht, gibt sein Senfkorn dazu, fertig ist der Disput. Die im Sterben liegen, wissen im übrigen nicht, wer sie besucht, doch das Volk redet sich alles und jedes von der Seele.
EINE WUNDERSCHÖNE FERNSEHÜBERTRAGUNG AUS UNSERM SPITAL. Viele Leute in den Betten, einigen geht es nicht so übel, und sie können der armen Schwester zur Hand gehen, sie allein hat achtzig Pfleglinge. Die mit Angina und Ziegenpeter stehen auf und tragen mit der Unglückseligen einen Greis, dem gerade ein Bein abgenommen wurde. Wer könnte denn das allein, doch so, in Gemeinschaft, klappts wie am Schnürchen. Sie ist heiter, lächelt, obwohl ihr die Arbeit über den Kopf wächst. Vorher hat sie aufgekehrt, den ganzen Trupp Unglücklicher versorgt, dazu die schwarzen Käfer rausgefischt, die über Nacht in die Milch gefallen sind. Die Armen mögen nicht auch noch einen Käfer in der Tasse haben, sie haben schon genug an Transfusionen, Operationen und überhaupt von allem. Was sie von sich gibt, ist des Lobes wert, jedem von uns könnte sie als leuchtendes Beispiel dienen. Auch bei

den in drei, vier Tagen zum Sterben Verurteilten gibts noch eine Art Freude von früher, sie winken in die Kamera und sagen, das ist alles nichts. Schön, einmal zur Abwechslung so etwas zu sehen statt ewig diese Fabriken, wo keine Kranken liegen. Deshalb sind auch Sie manchmal so lustlos, andrerseits sind Sie ein lebend Feuer, das weiß ich, Sie könnten alles, wenn Sie nur wollten. Aber ich sage noch einmal, setzen Sie endlich Ihre verfluchten Zähne ein. Genießen Sie das Promenieren auf der Straße, sie gehört ja jedem. Sehen Sie diese Freude und Fröhlichkeit, jeder kostet sie aus. Da könnte auch ein Händler mit Aschenbechern stehen, die eigentlich Fajercajge sind, von der Unterseite sogar Schmuckbehälter, handgearbeitet, klebt noch das Bild einer Filmdiva dran, und alles spottbillig. Kann sein, daß auch weiße Mäuse verkauft werden, nie im Leben würd ich sie in die Hand nehmen oder andere Zauberkünste zum Kleben eines zertöpperten Tellers. Und Sie, mein möglicher Bekannter, könnten doch nie jemandem etwas abschlagen. Lieber Herr, führen Sie mich über die Straße, ich bin blind oder vielleicht auch angesäuselt, ich gebe zu, das ist nicht dasselbe, aber ich bin nicht schuld, ich war in schlechter Gesellschaft, der Wein ist gepanscht gewesen und ich bin am Ende. Nur bis zu der Ecke, weiter kann ich allein, bis zur Haustür meines sehr bescheidenen Hauses. Oder nehmen Sie den verrückten Verkehr heutzutage. Der Arme kommt mit seinem Auto nicht allein aus der Ausfahrt, einer auf der Straße muß helfen und rufen, wenn die schreckliche Trambahn in voller Fahrt angerauscht kommt. Freund und Genosse, warte, bis die Linie Numero sechs passiert hat, sonst bist du ein Palatschinken, doch jetzt, jetzt dürfen Sie, mit Ihrem unglücklichen Kind auf dem Rücksitz, dem, nichts Böses ahnend, eine halbe Minute später das Lebenslicht ausgeblasen wäre. Oder Sie helfen den kaufmännischen Lehrlingen beim Ausladen der entsetzlich schweren Kiste mit den verschiedensten Waren. Sie können die doch nicht im Stich lassen, Sie haben ja eine Seele und außerdem nichts zu tun. Die können doch mit ihren vier Händen nicht alles. Ich seh Sie schon mit anpacken, selbst wenn Sie sich dabei die Hose mit Öl beflecken und den Staub der Mehlsäcke abbekommen, das werden Sie zu Hause schon in Ordnung bringen, aber denen waren Sie eine große Hilfe. Den Anzug betreffend möchte ich betonen, daß es für Sie klüger und besser wäre, in alten Klamotten auf die Straße zu gehen, schon wegen der Arbeiten, die Sie spontan übernehmen müssen, und wo Sie doch jeder im Gedränge mit Farbe beklecksen oder mit der Leiter an Ihnen hängenbleiben kann. Oder Sie begegnen in der Stadt irgendwelchen Halunken, kriegen sich mit ihnen in die Haare wegen des Fußballresultats. Die brauchen einen anständigen, klugen Mann, der ihnen klarmacht, was sie in ihrer Aufregung nicht verstehen. Jemand muß dazwischengehen und Ordnung schaffen. Der Schiedsrichter war nicht bestochen, Sie kennen persönlich einen Funktionär vom Fußballverband, stimmt aber nicht, das Tor fiel regulär, wie auch aus der Zeitung zu entnehmen. Sie müssen nur achtgeben, nicht von denen aus dem gegnerischen Lager geohrfeigt zu werden oder den Anzug in Fetzen gerissen zu bekommen, den Sie gerade erst mit Mühe von Öl und Mehl gereinigt haben. Sie sollten sich mehr an die halten, die so denken wie Sie, und nicht umgekehrt. Aber das liegt bei Ihnen. Sie müssen nur die Stimme erheben und resolut protestieren, Sie kämen justament vom Sportminister, mit dem Sie Kaffee getrunken hätten, und Sie werden sehen, gleich zieht der Gegner den Schwanz ein, und alle verschwinden, wie sie gekommen. Auf der Straße gibts kein Ungemach, das Sie nicht klären könnten, nur keine Angst vor denen, die schlimmer sind als Sie. Sind ja nicht Sie daran schuld, daß der blöde Geldschein zerrissen und fettig ist. Die Postbeamtin wird ihn gegen das Licht halten. Wer hat Ihnen den gegeben, ich rufe den Kontrolleur, eine Schweinerei, so was in der Tasche zu haben, und damit wollen Sie den Strom bezahlen? Dann wird auch der Kontrolleur kommen, er hält mit zwei Fingern den Schein gegen das Licht. Sie müssen mit einem anderen zahlen. Als hätten Sie die Tausender im Überfluß. So werden Sie zur Bank müssen, ihn tauschen, aber dort werden Sie wiederum ausgeschimpft, Sie hätten vom Schein gegessen, fünf Prozent werden sie Ihnen abziehn. Zurück zur Post. Doch die ist schon zu, und bis morgen kommt vielleicht schon einer und schneidet mit der Schere Ihren Strom durch. Sie sollten aber auch nicht unentwegt durch die Stadt rasen, als jage Sie jemand. Sie könnten ruhig mal stehenbleiben, dort an der Ecke beim Theater, gleich neben der Oper, vor der ehemaligen Eisenwarenhandlung Majdan, die, so sagt Danica, bis auf die Grundmauern niedergerissen wurde. Dieses Viertel ist schöner als alle anderen. Eine wunderbare Fassade, drinnen die Szenenbilder, jeder muß hinsehen, jeder kennt jeden, zumindest im dritten Rang. Da sind auch die Fräulein. Grüß Gott, herrliche Ballerinen. Ihr Schritt ist leicht wie der von himmlischen Englein. Wie auf der Bühne, so überall, sogar zu Hause im Badezimmer. Das reine Glück für ihren Herrn Gemahl, von dem andern schweige ich. **STOLZES FRÄULEIN CARMEN, GRÄFIN TOSCA UND MADAME BUTTERFLY**, alles in einer Person. Turteltäubchen in Frauengestalt. Obwohl sie ständig den Schal um den Hals trägt, wegen ihrer Stimme. Sowie die Probe zu Ende ist, eilt sie nach unten zu ihrer glücklichen Familie im Weinlokal. Leider stinkt es dort nach Klo, aber was hilfts. Alles besser als zu Hause sitzen und irgendeinen Punkt anstarren. Obwohl es heißt, die Philosophen sitzen und studieren den imaginären Punkt. Gäbs wenigstens etwas zu sehen an besagter Wand, einen Fleck von einer zerquetschten Wanze oder einen Wasserschaden, aber nein, nichts, du sitzt und glotzt und schreibst später darüber ein Buch. Ich sage Ihnen, besser dort an der Ecke stehen, viel besser. Mit meinem geringen, aber gewieften Verstand könnte ich ein Talent haben, Vorträge zu halten. Im kleinen Saal der Kolarac-Volksuniversität. Viele würden sich darüber freuen. Ich würde nicht über irgendwas reden, sondern über Ihren Fall, als den interessantesten. Verehrte Damen und Herren. Ich möchte meinen Eindrücken zu einer Frage Ausdruck verleihen, und dies mit wenigen Worten. Was ist schon eine bescheidene alte Frau oder ein superkluger Professor gegen solch eine Größe. Nichts. Alles, was über ihn und seine beispielhafte Familie zu sagen ist und dann über sein außergewöhnliches Werk, wurde schon von Berufeneren und Klügeren ausgesprochen. Wir können das nur wiederholen, und das ist eine undankbare Aufgabe. Jeder Vortrag ist geringer als sein Gegenstand. Doch in Ihnen habe ich treue Zuhörer gefunden, das ist für mich die einzige Genugtuung. Auch wenn viele nur wegen des plötzlichen Platzregens in dieses bescheidene Haus der

Vorträge gekommen sind und wegen der Langeweile am Donnerstag nachmittag um fünf. Ich wäre sehr unglücklich, wenn das Fernsehen dies alles nicht übertragen würde. Wie er aus Worten Sätze macht, deren voller Sinn sich erst am Ende entfaltet. Und alles aus dem Kopf. Keiner hat ihm vorher was aufgeschrieben, auch er nicht. Nur ein paar Stichworte, aber die kann er nicht entziffern, die Birne überm Pult ist zu schwach und er, wie man leicht erkennt, sehr kurzsichtig. Aber was er weiß, das weiß er. Einst sprach er über Tulpenzucht, unlängst von schrecklichen Vulkanen, und heute über unseren unsterblichen Dichter, der leider trotzdem gestorben ist. Mit wieviel Glut, mit wieviel Begeisterung er spricht. Vom Schabernack, den der Dichter als kleiner Junge und später mit schönen Mädchen trieb, die ihn anhimmelten. Man sah weder das zu kurze Bein noch das etwas schiefe Auge. Das ist die wahre Kunst: über einen Menschen, den man nie gesehen hat, so zu sprechen, als wäre er der beste Schulfreund gewesen. Gelesen habe er, was ein zweiter Professor schrieb und was der vom dritten gehört hatte. Alles im Zusammenhang mit einem Tumult im Kaffeehaus, wo der verstorbene Dichter angeblich dem Kellner alles ins Gesicht gesagt hatte. Den halben Liter Roten könne er nicht zahlen, aber dafür würde er ihm ein Akrostichon auf die Manschette schreiben, und es läge an ihm, dem Kellner, sie waschen zu lassen oder fürs Museum aufzubewahren. Bei solchen Einzelheiten überläufts mich heiß und kalt. Zum Teufel mit seinem mehr als übermenschlichen Wissen. Ich sehe gern mal einen komischen Film oder Lehrreiches aus der Natur oder die Mondfinsternis, aber das lebendige Wort eines klugen Vortragenden, der vorträgt, ohne sich die Brille zu putzen oder ein Glas Wasser zu trinken, wahrhaftig, das ist für uns alle doch das eindringlichste. Durch solche Menschen erfahren wir etwas, wovon wir gar nicht wußten, daß es da ist. Selbst wenn wir davon gehört hätten, in einem Laden oder bei einem Besuch, es wäre nichts gegen diesen Vortrag gewesen. Ich nehme ihm nur das Thema übel. Warum ständig über große Persönlichkeiten, wenn sie obendrein noch tot sind. Warum nicht lieber über unsere Bekannten, die sind nur klein, aber bei jeder Gelegenheit voll Leben und Freude. Meine Damen und Herren, unser heutiges Thema weicht von dem angekündigten ab. Auf Verlangen der treuen Zuhörer, die uns geschrieben haben und um die Änderung baten. Kleiner Bericht über einen Mann, der weder Forscher ist noch einem Mädchen Gedichte schreibt. In der Tat ein Niemand, der doch seiner Seele wegen unsere Aufmerksamkeit verdient. Auf Vorschlag einer seiner alten Bekannten, obzwar sie schon über neunzig ist. Eine unserer ältesten Mitbürgerinnen, weswegen wir ihre Meinung achten müssen. Das Nichts als höchster Maßstab für den geschätzten Herrn, dessen Name mir nicht einmal bekannt ist. Ich hoffe, das mindert Ihre Aufmerksamkeit und Ihr Mitgefühl ihm gegenüber nicht. Sollte es auch nicht. Wie es ihm gelang, nichts zu werden, obwohl er überall gewesen ist. In der Jugend hat er schön gezeichnet, später war er ein fleißiger Schuhmacher und zuletzt tapferer Soldat im grausamen Krieg. Die Lebensphasen mit dem schicksalsschweren Endresultat. Das Nichts und dessen Bedeutung für sein Leben. Regt er sich auf, weil er nichts ist, oder lebt er ruhig so weiter. In der Gesellschaft beliebt, trotz dieser völligen Wertlosigkeit. Das Nichteingeweihtsein in viele Dinge. Er war bescheiden und ängstlicher als nötig. Niemandem was gestohlen oder ein böses Wort gesagt, das hat sich später gerächt. Die Anständigkeit stand ihm im Weg, an sich ist das sehr traurig. Warum so und nicht umgekehrt. Ja, der Vortrag über unseren lieben Freund könnte so lauten, er war nicht übermäßig hervorragend, genoß aber unsere ungeteilten Sympathien. Nur sollte er nicht zur Unzeit auftreten, wenn ich das Programm unterbrechen muß, weil Danica den Schrank abstauben will. Und sollte er sich vergaloppieren, nicht mehr ein noch aus wissen – mich würde es nicht stören. Wer hätte etwas gegen eine Beichte, wenn sie wahr ist und man zuhören mag. Ich schätze das sehr, hoffentlich auch andere, die eine Seele ihr eigen nennen. Teurer Teufelssatan, ich habe mich wirklich wie der letzte Halunke benommen, als ich das Tintenfaß über die Papiere verschüttete, ohne die Sie keine Einsicht in die Einnahmen und Ausgaben der Firma gewinnen können. Hab mich in Ihrem Büro wie ein Schwein benommen, gewütet und um mich geschlagen, als gehörte es mir nicht. Tuts ja auch nicht. Bin bereit, die Konsequenzen zu ziehen, Tag und Nacht zu schuften, um die ganze Summe zu ersetzen, und dann entscheiden Sie, ob ich entlassen werde oder nicht. Geliebter Führer, wie konnte es nur passieren, daß mir vor dem Polizeistenographen alles über die Zusammensetzung unserer Gruppe und die Pläne zum Attentat auf den Herrn Minister rausrutschte? Nur wegen den verdammten zweieinhalb Gläsern Sliwowitz. Wäre ich wenigstens nur bei unserm Parteinamen geblieben, statt dessen habe ich ihm alle Mitgliedernamen samt Adressen direkt in die Feder diktiert. Was habe ich getan? Wohin wird das noch führen? Ich gestehe außerdem, daß ich den Sliwowitz inklusive den für den Stenographen sowie das ganze Wirtshaus, das ich aus momentaner Schwäche mit Rotem und Weißem freihielt, mit dem Geld aus unserer Kasse beglichen habe, deren veruntreuender Kassier und Sekretär ich in ein und derselben Person war. Jetzt gestehe ich, das würde ich nicht mal meiner Mutter gestehen, aber ich kann mit dieser Last nicht weiterleben. Bin von Kopf bis Fuß ein großer Sünder, das betrifft die Kasse und die unschuldigen Gymnasiastinnen. Ich stehle in jedem Geschäft. Ich spucke auf den Bürgersteig und überallhin, wo ich bin. Ich drängle in der Tram Numero zwei, auch wenn kein Gedränge ist, aber ich muß einfach was Unvernünftiges tun. Trete schuldlosen Leuten auf die Schuhe. Betrete im Park verbotenen Rasen. Bin unmöglich gegenüber allem und jedem. Ich bitte ergebenst um die Höchststrafe, wenn es auch nur um das Abhacken des Kopfes auf dem Hackklotz ginge, denn ich habe mich satt als den, der ich bin. Nein, befördern Sie mich nicht auf einen höheren Posten, ich würde nur Škandal über Škandal anrichten, Sie kennen mich doch. Ich und Sekretär der Kammer und des Komitees, bei meinen miserablen Qualitäten. Lassen Sie sich nicht verführen durch meine zarte Figur mit der Haut eines Mädchens. In mir hockt ein Raubtier, bereit, auch noch das unschuldigste Kind zu zerfleischen. Ihnen, nur Ihnen sage ich das, und Sie können mir, wenn Sie wollen, die Höchststrafe geben. Mein armes Leben liegt in Ihrer Hand. Was, ich soll wieder die Finanzmittel der Gemeinschaftskasse verwalten? Ich, bekannt wegen meiner Passion für Pferderennen und die armen Mädelchen vom Café Casino? Ich mit meiner unbezwinglichen Gier nach neuen Anzügen der glänzenden Firma Anastas Pavlović? Ich soll die Löhne der Ziegeleiarbeiter nehmen und sie ihnen auf dem Hof aushändigen? Aus meiner Aktentasche? Und wenn ein Schein innen klebenbliebe? Bittschön, führen Sie mich nicht in Versuchung. Sie sind für mich wie ein Vater, weil meiner als Bauarbeiter vom Gerüst fiel und Mutter danach seinen besten Kollegen geheiratet hat, dessen Leben auf die gleiche Weise endete. Hören Sie, geben Sie mir einen bescheideneren Posten, jeden Morgen würde ich Ihre Schuhe wienern und das Ziertüchl in der Brusttasche wechseln und dergleichen mehr. Das entspräche meiner Natur am ehesten. Nur nach unten, nie nach oben, das ist mein Lebensziel. Würden Sie mich ab und zu mit Ihrem Gamaschenschuh treten, wäre ich überglücklich, denn das würde in jeder Hinsicht Zuneigung ausdrücken. Geehrter Chef, zum tausendsten Mal die Bitte, ziehen Sie mir das halbe Gehalt ab, mehr verdiene ich nicht. Soll ich, der Tintenfässer umschmeißt und nur Fliegen fängt, soviel erhalten wie Ihre fleißigen Beamten, die schon halb tot sind vom Aktenabschreiben? Und wenn das nicht reicht, sollte man mich aller Eventualitäten wegen einer ärztlichen Untersuchung zuführen. Bitte sagen Sie uns, was Ihnen fehlt und seit wann Sie diese Erscheinungen haben, wie oft haben Sie geträumt, Sie werden auf dem Rost gebraten, woran ist Ihr Großvater gestorben, schwitzt Ihre Hand grundlos oder nicht. Wir sind Ihre besten Freunde, mehr als die Eltern. Uns können Sie auch das Schlimmste anvertrauen, nie würden wir es weitersagen, um nichts in der Welt. Wir schweigen wie das Grab. Legen Sie sich nur auf die Couch und erzählen Sie, was Ihr Herz bedrückt, und die Seele, sie ist ja noch Terra incognita. Sie ist existent, doch was das ist, wissen auch wir Wissenschaftler nicht. Nennen wirs eben Seele, so wissen wir, wovon die Rede ist. Also, wenn ich antworten darf: So wie es meine unglückliche Mutter gibt und auch wieder nicht. In Wahrheit handelt es sich um eine Kollegin aus der Volksschule, nur viel älter. Spricht Spanisch, deshalb versteh ich sie nicht. Ist sogar ein Mann, trägt Hosen und will mich in der Mitte entzweisägen. Aber nicht hier, irgendwo anders. Wir sind in einer Barkasse, die in Wirklichkeit der Schrank meiner verstorbenen Großmutter ist. Es gibt keine Ruder, und der sie nehmen sollte, nimmt eine Schere in die Hand. Der eine Professor hat einen Regenschirm, der zweite Galoschen, der dritte eine Kasserolle ohne was drin. Sie schlafen, Ihre Lider schließen sich, Sie sinken jetzt in einen Tiefschlaf. Wir haben **FÜNFUNDZWANZIG EUROPÄISCHE STÄDTE IN SCHLAF VERSETZT**. Wenn Sie Rocco nicht glauben, glauben Sie seinem Bruder, dem Lügner. Er läßt auch welche einschlafen, in den besten Hotels und sonstwo. Und nun befinden Sie sich wieder im Wachzustand, mit Hilfe unserer Suggestion. Nehmen Sie ein Blatt Papier und schreiben Sie Ihre Eindrücke auf, Ihr Leben im Traum. Einer schreibt nur über Blumen, ein anderer von Blut über Blut und einem abscheulichen Mord, den er beging. Traum ist die Mischung aus allem, was Sie tagsüber in einem Buch gelesen haben oder was Ihnen gesagt wurde oder was Sie gedacht haben, nur jeweils das Gegenteil davon. Jemand oder etwas gibts in unserm verrückten Kopf, das alles durch und durch schüttelt, und schläfst du ein, wirds rausgelassen wie Mäuse aus einer Schachtel, sie rennen los, stoßen sich an, und darum ist alles so vermischt. Und ich, warum träume ich überhaupt? Hab ich denn schon den Finanzer geträumt, der auf dem Pferd daherkommt mit roter Rose und fragt, ob mein Mann schon zurück sei aus dem Krieg oder ob er immer noch die unglückliche Dreiundneunzigjährige in der Wiener Klinik operiert. Was mir dazu einfalle, ob ich meine, der Traum sei Lüge oder nicht. Ich solle mich nur ruhig auf den Ottoman legen, der Herr Doktor werde mir gleich die Medizin auf ein Zuckerwürfelchen träufeln und mir fünfundzwanzig Schläge verabreichen, falls ich nicht sofort alles haargenau erzähle. Ehrlich gesagt, das hätte mein Dušan, der beste Arzt zu seiner Zeit, nie gefragt, er hätte von seiner Patientin gleich was aufs Maul gekriegt und wäre niemals so beliebt gewesen, wie ers war. Für Danica ists leicht, sie träumt tatsächlich viel, alles irgendwie rosarot, mit ein wenig Grün drin, nicht Grellgrün, sondern ein sehr sanftes plus etwas Lila. Nie einen Drachen, nie ein Nashorn oder jemanden, der sie im Traum verfolgt wegen etwas, was sie nicht getan hat. Nichts, nur sie beide, wie sie im Park spazieren, Lazo und Danica, im immerwährenden Glück. Als wollte jemand Sie in die Zwangsjacke stecken und unter den Schlauch mit kaltem Wasser. Wer mag schon den Irren im Spital. Das ist doch nicht leicht. Man muß ihn bedienen, waschen, tragen und füttern. Die können ziemlich schlimm sein und dort noch wilder werden. Ich bin verrückt, und du da ackere nur schön für mich, bis du auch verrückt wirst. Ätsch, nein, mein Lieber, auch wenn du hundertprozentig wahnsinnig wärst. Deshalb erinnert das Narrenkastl heute mehr an eine Fabrik als an ersteres. Herr Verrückter, setzen Sie sich bitte an diese Maschine zur Herstellung von Perlmuttknöpfen, sonst gibts kein Mittagessen. Oder flechten Sie wenigstens Körbe, das kann ja jeder Blinde. Hier der Schraubstock, Hammer, Schraubenzieher, Nägel, Zangen, Schrauben, alles vor Ihrer Nase, Sie werden ja sehen, wer nicht essen will oder wer gern was auf den Kopf bekommt, um ihm den Teufel auszutreiben. Erst wenn alle Irrenanstalten zu Fabriken, Fabriken zu Apotheken, Apotheken zu Kolonialwarenläden und Kolonialwarenläden zu Volksschulen geworden sind, dann wird Milch und Honig fließen, vorher nicht. Hören Sie nun einen kurzen Vortrag unserer einfachen Mitbürgerin, sehr angetan von dieser Art Dingen, obwohl schon hochbetagt. Nur ihre bescheidene Meinung, ausgedrückt in zu nichts verpflichtender Form. Nie würde sie jemand was vorwerfen; das hätten eigentlich andere tun müssen. Ihr Anlaß ist nur ihre riesige Erfahrung, leider immer verbunden mit der unmenschlichen Anzahl von Jahren. Ihr Wort muß nicht das letzte sein, trotzdem könnten Sie ihr wenigstens ein halbes Ohr leihen. Alles in Form marginaler Bemerkungen, die können Sie gleich vergessen oder per Knopfdruck ausschalten. Deshalb gibt es ja die kostbare Möglichkeit des Abstellens, sobald es Ihnen reicht. Ich würde jedem, der eine Bank ausrauben möchte, einen kurzen Vortrag halten, ein Wort, das aus der Seele kommt, und dann soll er machen, was er will. Du Mann, Herr und lieber Genosse, hör mir gut zu. Dieser Ratschlag einer guten alten Frau richtet sich gegen nichts, so auch nicht gegen Sie, den alle hassen wie die Pest. Denken Sie nach, bevor Sie den Revolver ziehen und die kleine Kassiererin überfallen, die im sechsten Monat schwanger ist. Was tun Sie, wenn sie angesichts all des Geldes zu gebären anfängt. Von Geburtshilfe haben Sie ja keinen blassen Dunst. Warum bitten Sie sie nicht schön und auch nicht gleich um alles aus jener schrecklichen Kasse, sondern nur um eine unerläßliche Summe, bis Sie das Päckchen mit den alten Jacken aus Australien erhalten haben, vom unglücklichen Onkel im Exil, und sie verkauft haben, um ihr das Geld zurückgeben zu können. Als wäre die Bank ein Leihhaus, obwohl sie keins ist. Ich weiß, Sie können nicht jedem geben, um Gottes willen, aber bei mir könnte man eine Ausnahme machen. Und ich sage Ihnen, Sie könnten ihr sogar drohen, aber ohne Waffe; kleben Sie ihr eine, oder gehen Sie nicht mit ihr ins Kino, was Sie sonst wohl getan hätten. Kein Blumenstrauß, obzwar Sie gerade in dieser Woche die Absicht hatten. Diese Kassiererinnen sind ja auch nicht aus Stein, ich kenne einige persönlich, man kann etwas erreichen, nicht viel, aber mit ein paar Dinar käme man schon weiter. Wir hatten nie solche Probleme in der Familie, alles geschah immer rechtzeitig, so waren Peinlichkeiten zu vermeiden. Was haben diese Unglücklichen von ihrer Lügerei von früh bis spät? Es kommt sowieso alles ans Licht, und dann stehen sie am Schandpfahl, von allen verlassen. Es wäre doch leichter, gleich zu sagen, was man sieht und weiß, statt diesen Blödsinn ohne Hand und Fuß. Macht nur Mühe. Am Dienstag vier Uhr in der Früh wird die Erdkugel bersten. Das steht im dicken Buch und ist wahr von A bis Zet. Könnte man die Verrückten doch zur Vernunft bringen. Man sollte sie noch einmal richtig fragen, könnten Sie bitte so lieb sein und nicht jedes Ding im Haus zertöppern, nicht die arme Frau anspringen, um sie abzumurksen, sich auf der Gasse nicht nackt ausziehen, wenn grade der König vorbeigeht, und ähnliches. Leider wissen sie nichts von Gut und Böse. Dieselbe Tour mit dem Dieb. Freund und Genosse, bei deinem Grips, klaub nicht jeden Stein auf und pfeffere ihn nicht in den Laden mit Edelsteinen, vor allem nachts nicht, wo es keine Kunst ist, direkt aus dem zertrümmerten Schaufenster jede Menge Gold abzugreifen. Sei wenigstens vierundzwanzig Stunden anständig, wirst sehn, dann blüht auch dir ein Rosengarten. Mußt nur irgendwie das Minimum zusammenkratzen, um die vier Kinder satt zu kriegen, ich weiß, leicht ist das nicht. Machte meine Hand noch mit, ich würde Regeln aufstellen, wie aus einem Dieb und einem Verrückten gute Bürger und Familienväter werden. Wenn mir jemand dazu was zeichnen könnte: das Vorher und das Nachher. Der gräßliche, irre Gesichtsausdruck und der Einbruch. Danach sitzen beide an einem Tisch mit den Gattinnen und essen den köstlichen gebratenen Truthahn. Ich war, was ich war, bins aber nicht mehr. Muß mich nur noch schnell waschen, rasieren und ein wenig nachdenken. Warum soll ich die töten und ausplündern, die mir die Liebsten sind. Hab ja gar keine Waffen, sag das nur so. Mit solchen Worten, in der Art, irgendwie. Oder: wenn doch die Zwerge etwas größer, die Riesen etwas kleiner wären. He, ihr da, nehmt euch gefälligst zusammen, eßt ein bißchen mehr, und ihr da, haltet euch bitte einen Monat zurück mit dem vielen Fressen. Es geht doch nicht, daß ihr solche Krišpindl bleibt, die kaum zu sehen sind, und ihr andern so riesig, daß ihr jedes Haus eindrückt, wenn ihr euch unterstellt bei plötzlichem Regen. Alles ist in Ordnung und auf ein vernünftiges Maß zu bringen, der Mensch muß nur seinen Kopf benutzen und sich voll einsetzen, vor allem wenns aussichtslos ist. Wir unsrerseits wollen euch von ganzem Herzen helfen, nur der Anfangsimpuls muß von euch kommen. Ihr macht den ersten

Schritt und wir das Weitere. Wenn nicht, dann eben nicht. Eure Sache, wenn ihr klein und ungelenk bleiben wollt, wir werden uns keinesfalls in euer Leben einmischen. Ich und meine Tochter Danica bilden ein kleines Komitee aus zwei Mitgliedern. Jeder mit einem Problem sollte sich mit ordentlich frankiertem Bittgesuch melden. An die und die, die und die Adresse, Antwort in acht Tagen. Manchmal arbeiten wir in Minimalbesetzung, das heißt ich allein, und manchmal im Plenum, wenn die unglückliche Danica alles gekehrt und aufgewischt und sich zu mir gesellt hat. Aber nicht, weil sie mir helfen will, sondern umgekehrt, damit eine da ist, die mich enerviert, wie üblich auf Sitzungen. Wir wollen es so, und nun erklären Sie sich Ihrerseits. Mit Achtung vor meinem geschätzten Vorredner, obschon er dümmste Dummheiten von sich gab. Nun können wir zur Abstimmung schreiten, eine für, zwei gegen den Blödsinn, also haben wir eine Zweidrittelmehrheit. Meinen lieben Enkel eingerechnet. Erzdemokratisch und im Einklang mit unserer internen Vereinbarung, alles gemeinsam zu besprechen. Was wir proklamiert haben, daran halten wir uns. Und nicht auf der Sitzung das eine und zu Hause was anderes. Das wäre nicht anständig, und davon nehmen wir ein für allemal Abstand. Schon die Mitwirkung an der Arbeit für die Allgemeinheit schließt jedes Einzelinteresse aus. Bei der gemeinsamen Arbeit gibts nur eins: die gemeinsame Arbeit. Wenn ich gegen was bin, dann gegen Krieg, Tuberkulose und Verrückte. Denn ist es nicht viel schöner, im Café zu sitzen, Milchkaffee oder sonst etwas zu trinken und aus dem Fenster zu sehen, auch auf das schlimmste Elend draußen, als im Büro Gemeinheiten zu schreiben, vor allen Leuten die Hosen runterzulassen und den Orden des heiligen Sava vorzuzeigen, der jetzt keinen Pfifferling mehr wert ist. Hat man je gesehen, daß einer von den herrlichen Menschen, die über Lautšpreher sprechen, so etwas getan hätte? Sich mitten in der Rede auszuziehen und auf Stellen an sich zu zeigen, auf die man nicht zeigt? Nein, niemals. Er sagt nur, was zu sagen ist, verneigt sich höflich, und alle applaudieren wie im großen Theater, und dann geht er gemessen wie ein Herr vondannen. Oder was, wenn eine Sängerin, so eine dicke, beim Singen der höchsten Töne furzt. Wer ertrüge solche Vulgarität für das teure Geld, das die Kassiererin verlangte. So etwas kann ja jeder Sängerin passieren, bei etwas Unaufmerksamkeit und ohne unseren heimischen Šlif, doch es gibt welche, die tun das auch aus reiner Verrücktigkeit, nur weil man im Narrenkastl nachgiebig war und den Entlassungsschein ausgefüllt hat, bevor eine vernünftige Frist verstrichen war. Die Verrückten dieser Erde können doch nicht alle draußen herumspazieren und furzen wie die Pferde, obendrein an einem großen Feiertag oder Staatstrauertag! Oder: die außerehelichen Mütter sollten heiraten. Schön und gut. Was aber tun mit dem Wickelpaket, das sie bekommen hat, ohne zu wissen wie? Mutter und Vater wollen davon nichts hören, wegen des Bauchs hat sie sowieso schon den Posten in der Kartonfabrik verloren, wohin also nun? Doch ein Armer, der nie eine Frau ohne Kleid gesehen hat, würde sich schon mühen, solch eine zu bekommen, samt dem fremden Kind, wenn ihn nun mal keine andere will. Sie ihrerseits wird auch nicht nur auf sein kürzeres Bein und das verfluchte schiefe Auge blicken. Ich brächte das alles binnen fünf Minuten in Ordnung, mit Kleinanzeigen und einer Anordnung seitens des Gemeindepräsidenten. Die ein Kind hat, aber keinen Mann, soll den und den heiraten, der keine Frau hat und auch keine in Aussicht. Trassbumm, Stempel drauf, und alles ist in Butter. Wirst schon sehen, wie dann beide Elternpaare angekrochen kämen, natürlich nur, wenn der Arme überhaupt so was wie eine Familie hat. Und nach neun Monaten noch ein Kindlein, das eigene. Ein Kind allein ist sowieso nichts, zu schnell bricht ein Unglück herein, Scharlach, Diphtherie, oder es purzelt einfach aus dem Fenster, doch deshalb hast du ja das zweite in der Hinterhand. Das alles würde ich richten, so gut es geht, vielleicht ordnet sich manches auch so, aber ich bin eben extraordentlich, möchte jeden Trottel zufrieden sehen mit seinem Leben. Jeder hat gesund zu sein und nicht wegen nichts herumzuhusten und zu niesen. Ist doch nicht schwer, den Arzt aufzusuchen und um eine Schachtel Aspirin zu bitten oder, wenns sein muß, sich ein Bein absägen zu lassen, das sowieso zu nichts mehr zu gebrauchen war. Wozu gibt es Ärzte auf der Welt, wenn nicht, um dem zu helfen, ders nötig hat, auch im allerschlimmsten Fall. Mein unglückseliger Dušan ist nachts um drei aufgestanden, nur um einem eingebildeten Kranken das Fieber zu messen, das ist ihm nie schwergefallen. Sie sind da, um darauf zu achten, ob einer von uns mit hängendem Kopf rumläuft oder Muskelkater hat, damit sie beizeiten mit der Reparatur beginnen können. Für jeden ist es ja leicht, eine Pille zu verlangen oder eine grauslich bittere Medizin. Herr Doktor, bitte helfen Sie mir, überall tut es weh, ich muß aber morgen fürs Gemeinwohl arbeiten. Besondere Aufmerksamkeit ist bei denen geboten, die auf einmal Unsinn reden und gegen alles sind. Gegen die Mutter, die eigene Frau und auch gegen den Staat, waren aber noch vor einer halben Stunde wie wir alle. Denen kann nicht mal die Medizin helfen, keine noch so bittere Pille, außerdem wären zwei, drei starke Kerle nötig, die sie festhalten, wenn sie alles Glas auf die Straße schmeißen wollen. Hat denn eine Familie dreißig Jahre lang die herrlichsten Gläser und Teller gesammelt, damit ein verrückter Schwiegersohn oder was er schon ist, das alles in einer halben Minute zunichte macht? Der braucht tatsächlich den besten Arzt, der stets das treffende Wort für solche wie ihn parat hat, statt ihm sofort fünfundzwanzig auf den Po zu klatschen, dann könnten wir ja sehen, ob er das je noch einmal tun würde. Ich habe Respekt vor dem, der in der Lunge rumwühlt, Zähne zieht, den Blinddarm rausnimmt, schon wegen der Erinnerung an meinen Dušan, aber am meisten bewundere ich den Doktor, der aus dem Irren einen Normalen macht: er hat ihn nur ein bissl durchgeboxt, mit kaltem Wasser begossen und ihn verschreckt mit der Drohung, ihn für immer hinter Gitter zu bringen. Und sieh dir, in Anführungsstrichen, die Narren an; sobald sie die Rute sehen, setzen sie sich in die Ecke und murmeln den Rosenkranz, dem zu Ehren, den sie gerade vorher verwünscht hatten. Ich möchte, daß der, den der Teufel geritten hat, was Verbotenes zu sagen oder Großmutters venezianischen Krug zu zerschlagen oder den ruhig im Salon seinen Kaffee trinkenden Gemeindepräsidenten zu ohrfeigen, daß der schon vorher, so schnell die Füße ihn tragen, zum Arzt läuft und ihm alles beichtet. Lieber Herr Doktor, die Sache steht so und so, ich wollte den und den ohrfeigen, das und das zerschlagen, grundlos, das überkam mich ganz plötzlich. Bitte tunken Sie mich ins kalte Wasser, hauen Sie mir auf den Kopf, damit ich zu mir komme. Der Arzt ist ja auch kein Bösewicht, warum sollte er ihn nicht erhören. Nur schön ruhig halten, bis die **RIESENSPRITZE GEGEN WAHNSINN** verabreicht, der Tee ausgetrunken, die Hände für sechs Stunden auf dem Rücken gefesselt sind und er danach ruhig nach Hause gehen kann. Nur müßte unser verrücktes Volk einwilligen, zu gestehen, was jedem einzelnen fehlt, damit sofort mit dem Kurieren begonnen wird und nicht erst, wenn es zu spät ist und man nirgends mehr eine Medizin dagegen bekommt. Gänsehaut macht mir der große Pasteur, er läßt sich absichtlich vom tollwütigen Hund beißen und gibt sich gleich danach die Antitollwutspritze, und gelingt es, gut, wenn nicht, laufen Sie weg, denn obwohl er ein großer Mann und Wissenschaftler ist, könnte er Sie beißen. Die Qual der Erwartung: wird der größte Arzt in der Geschichte tollwütig oder nicht! Setzt er sich dem aus, warum dann nicht ein Habenichts, der sowieso nichts hat und schon im Elend ist, die Frau hat ihn verlassen, das Kind erlag der Tuberkulose, aus der Wohnung wurde er delogiert, weil er nicht zahlte und schon dreimal auf der Polizei verhört wurde wegen zweifelhafter, im Schuhkarton gehaltener Papiere, und obendrein ist er noch meschugge. Das mindestens läßt sich heilen und verhindern, und wegen des andern sollte er nach dem Gesetz abgeurteilt werden. Glaubt denn jemand, der Doktor genießt es, das Bein mit stumpfer Säge abzusägen, um dann seelenruhig nach Hause zu gehen zum Abendbrot im Kreise der Familie? Auch ihm kommts hoch bei Tisch, ausgerechnet bei der Namenstagsfeier des jüngsten Kindes, aber er nimmt sich zusammen und vermeidet eine Schweinerei. Nun drückt ihm auch noch die närrische Frau (ich bin nie so gewesen!) das Messer zum Zerlegen des Truthahns in die Hand, denn er könne das am besten. Der Arzt erliegt mehrmals täglich der Versuchung, sich zu übergeben, trotzdem ist er stets adrett, nie ein Blutfleck auf dem Anzug, dabei reden sie hinter seinem Rücken, er sei ein Metzger, der sein Handwerk in der Wurstfabrik Gavrilović in Petrinja erlernt und erst später das Staatsexamen nachgeholt habe. Keiner käme doch auf die Idee, der Narr habe es besser im Narrenkastl, der Verbrecher besser im Arrest als draußen. Ich wußte das auch nicht, trotz der Jahre, die ich auf dem Buckel habe. Doch als ich schwarz auf weiß las, daß dem so ist, habe ich gleich zugestimmt. Niemand darf sich wie ein Tier benehmen, auch nicht gegen sich selbst, und sich alle naselang die Pulsadern aufschneiden, sich mit dem Hammer auf die Birne hauen oder sich vor den Schnellzug werfen. Das hat ihm keiner gestattet, auch wenn er vielleicht Krach hatte mit der Verlobten oder ihm die über alles geliebte Mutter gestorben ist. Das sind seine Angelegenheiten, geht niemand was an, doch gleich aus dem dritten Stock springen und unten ein Murmeln spielendes Kind zu Tode bringen, das war noch nie erlaubt. Und was, wenn er zur Armee muß, aber unauffindbar ist, weil er mit der Rasierklinge im Badezimmer sein Urteil an sich selbst vollstreckte. Wird wohl nicht der trottlige Vater statt seiner hingehen, der längst in Pension ist und linksseitig gelähmt, oder sein unschuldiger Bruder, neunjährig. Jeder will nur seine Sache durchziehen, ich versteh nicht, warum die Welt so selbstsüchtig ist und überhaupt nicht an andere denkt. Aber etwas gibt es, das freut mich über alles. Die kleine Rarität des alten Buchhändlers in unserm geschätzten Antiquariat.

Schöne Landschaften und Menschen, eine Art Kurzfassung aller Wohltaten. In dieser unseren sonst so schmutzigen Welt, die zur Vergänglichkeit neigt. Pantarei. Ein Verzeichnis aller schönen Orte überhaupt, wie sie am besten zu erreichen sind, und in der Beilage steht alles über die günstigsten Bedingungen, von denen es nur sehr wenige gibt. Am Ende eine Rubrik für die schönsten Personen unserer unglücklichen Zivilisation, und eine kleinere für alle, denen im Leben etwas geglückt ist (denn Schönheit ist nicht alles, das Glück hat einen großen Anteil): Johnny Weissmuller wegen seiner Kraft, Lenin wegen des Staates, Hedy Lamarr hinsichtlich ihres Aussehens. Auch der junge Herr Vanderbilt, wegen der hohen Anzahl der Verlobten, die er später alle, außer einer, enttäuscht hat. Edison, als Entdecker von allem und jedem, und der verrückte Charlie Chaplin wegen seines Watschelgangs. Dann der Suez, der Kanal La Manche, voll schrecklichster Wellen und stiller Wüstenoasen, wo man bei großer Hitze wunderbar jausen kann. Die liebe Frau Simpson, wegen ihrer Wahnsinnstreue, und der fröhliche Clemenceau mit seinem Talent, jeden Friedensvertrag zu unterschreiben. Der unvergleichliche Doktor Halupka mit seiner Antikrebsmedizin und der schwarze Trompeter, der blasen kann bis zum Jüngsten Gericht. Marschall Mannerheim, der einen Strich zog, ohne mit der Wimper zu zucken. Unsere Heldin Ita Rina und der nur ihr eigene Stil. Schön, wunderschön, nur bleiben am Ende zu viele Seiten leer, es gäbe noch genug zu schreiben. Was das Glück betrifft, kann es nie zuviel sein. Sehen Sie doch, die Herrlichkeit des Weltalls und die außerhalb. Jeder Stern an seinem Platz, keiner stößt mit dem andern zusammen oder bricht ab und fällt runter, dahin, wo nichts ist. Überall Harmonie und göttliche Ordnung. Soviel Faulpelze, soviel Fleißpelze und Besessene, die alles machen wollen, obwohl es ihnen nie jemand danken wird. Die anderen schweigen, sind fröhlich und zufrieden, daß man sie in Ruhe läßt. Links so viele wie rechts, sonst würde alles auf eine Seite kippen, es gäbe einen Knall und riesigen Schaden. Was nicht in dem einen ist, befindet sich sicher in dem anderen, irgendwo muß es ja sein und nicht nirgends. Wenn nicht heute, dann morgen, wenn nicht morgen, dann übermorgen, hundertprozentig, einmal muß es ja sein und nicht nie. Wo die Vernünftigen sind, dort sind auch die Unvernünftigen, ohne sie würde man die anderen gar nicht bemerken; doch dann sind da noch die dritten, von denen es am meisten gibt, sie sind rein gar nichts, halten aber irgendwie das Gleichgewicht zwischen den einen und den anderen. Ein völlig Irrer neben einem ganz Weisen, das wäre nicht gut, ein schrecklicher Kontrast, darum haben sie am besten einen ganz Flachen zwischen sich stehen, der sagt nichts Gescheites, zerschlägt nicht gleich die Fenster, zerkratzt sich nicht das Gesicht. Der dient als Isolierband, damit du keinen Stromschlag kriegst, weil der Narr und der Weise mehr als zweihundertzwanzig Watt stark sind. Ein Gleichgewicht in allem, zu Hause wie in der Welt. Glajgeviht. So heißt ein Kuchen. Man nehme gleich viel Mehl, Zucker und Milch, von allem eine halbe Tasse, nur weniger Salz, das ist ja normal. Konferenzen, Assistenzen, Konsistenzen, Referenzen. So viele Schachteln, eine in der andern, bis zur winzigsten, in der Platz ist für eine noch kleinere. Wenn ich eine Lupe hätte, zwei Finger dick, könnte ich noch sagen, was in der kleinsten ist.

Wie würde das alles aussehen, wenn plötzlich ein Sturm losbräche? Kannst blasen, soviel du willst, wenn wirs nur wissen und unsere Schachteln vorher ordentlich wegräumen. Alles liegt im Besprechen und Vereinbaren, sonst ginge zum Teufel, wo wir sind und was wir sind. Dies zu Ihrem Trost, damit Sie sich nicht so aufregen, daß nichts gut und alles schlechter ist als das, was Sie früher einmal gewollt haben. Was noch nicht ist, wird einmal sein. Was es nicht gibt, wird man erhalten. Wer nicht da ist, wird noch kommen. Das unterschreibe ich blindlings. Und dann die, die uns das Wetter von morgen erklären wollen und ob wir den Schirm mitnehmen müssen, jene zumindest, die einen haben und wenn die überhaupt rauswollen bei dem abscheulichen Regen. Lieber öfter über die schöneren Erscheinungen und fröhlicheren Jahreszeiten. Nicht die einstigen Verrücktigkeiten des unglücklichen Herrn Silberschlag, der auf die Berge geklettert ist, um das entsetzliche Brockengespenst zu sehen, nur weil er auf dem Felsen seinen eigenen, furchtbar vergrößerten Schatten erblickt hat. Und der arme, auch sehr gescheite Herr Uloa aus dem wilden Spanien und der ebenfalls verstorbene Herr Wimper, berühmt wegen dramatischer Szenen vom selben meteorologischen Fach. Nein, keine Orkane, Sandstürme, keine gräßliche Windhose, die alles aufsaugt, der Schamsin in Ägypten, der Maestral bei den Franzosen, der unerträgliche Samum in Afrika, und bei uns hier nichts. Wir sind sehr weit weg von jedem Monsun, was aber auch unser Glück ist. Nein, nur schöne Wölklein, zum Zeichnen fein, der zarte Regenschauer, der das Tiefste der Seele weckt, und der erste Schnee, die Freude der fröhlichen Volksschüler. Schön, wunderschön. Bel tempo und šenes

Veter, wies kommt. Jede Generation einen Schritt vorwärts, bis die allerletzte so gut ist, daß sie selber den Revolver nehmen muß, um sich wegen all des Guten umzubringen. Zum Glück werde ich das nicht mehr erleben, muß mich deshalb also nicht sekkieren. Früher waren die Menschen subtil und bis ins Mark verdorben, heute sind sie größer, dicker und ihre Seele ist besser. Einst hinter jeder Ecke ein Mörder oder Dieb, heute nur, wenn einer nichts zu essen hat und stehlen muß, oder die Verhältnisse haben ihn so an die Wand gedrückt, daß er aus Notwehr jemand umbringt. Alles schreitet voran, in jeder Hinsicht, es ist ein Vergnügen, heute zu leben und nicht früher. Außerdem, uns gibts noch, aber die von einst, sogar die Könige, liegen unter der Grabplatte oder im anonymen Loch, was aufs selbe hinauskommt. Wie das Ganze um uns herum nur allem standgehalten hat, in der ganzen langen Zeit nicht zugrunde gegangen ist, nichts unter sich begraben hat oder zerrissen wurde. Stellen Sie sich doch vor, was es auf dieser Welt alles gibt, Menschen und Raubtiere, von Flüssen und Wäldern ganz abgesehen, dann alle die anderen Dinge, Mebl, Escajg, Autos und Dampfer, Häuser und Fabriken, da und dort eine Brücke oder Bahngleise. Alles liegt in irgendwelchen Schubladen, ordentlich nebeneinander, das Kleine in der großen, das wiederum in einer noch größeren, und alles ist mit Bindfaden zusammengebunden. Außerdem steht auf jeder Lade geschrieben, was drin ist und wieviel, wie in der Spezerei für Mehl, Waschblau und Fruchtzucker. Wie das alles geordnet ist, darin misch ich mich nicht ein, doch alles ist bis zum letzten Krumen aufgeräumt, das stimmt, sonst gäbs das ja nicht. Niemand kann sagen, die Unordnung herrsche, oder eins paßt nicht ins andere, oder überall sei allgemeine Verwirrung und Hast. Das kommt nicht einmal im Krieg oder in den Zeiten der Cholera vor. Links die Lebenden, rechts die Toten, hier die Gesunden, dort die Infizierten. Nichts Halbes, kein Hinundher. Und wirklich besser, zwei aus schwerreichen Familien verbinden sich, als daß einer nackt ist und ihm der ganze Überfluß durch die Finger rinnt. Außerdem würden die einen stets auf die andern herabsehen oder umgekehrt, hinge davon ab, wer der Jammerlappen ist. Mimi und Howard, die sind wunderschön anzusehen. Kein Fussel auf ihrem Kleid, kein Fleck an seiner Hose. Beide wie aus dem Ei gepellt. Ein Kinderspiel, ins Ritz zu gehen, auf Krenvirštl, Eis oder was anderes. Ich, Mister Vanderbilt, spendiere eine Saalrunde Bier, weil ich so glücklich bin anläßlich der Bekanntschaft mit der wunderschönen Joana Benet, Gertrude Nisen und Eleonore Jung. Das größte Vergnügen ist für mich, wenn sich die Reichen so maskieren, als besäßen sie nicht viel, sie tragen eine Sportjacke oder Pumphosen und eine Schirmmütze, um nicht erkannt zu werden, lungern in Beisln herum, essen ordinäre Würstl, die schmecken ihnen am besten, aber das dürfen sie nicht zugeben. So was ist mir unbeschreiblich sympathisch und angenehm. Oder wenn sie radeln wie andere Sterbliche. Erst wenn einer stürzt, sich das Knie aufschlägt oder noch schlimmer, erst dann, im Krankenhaus, würde herauskommen, wer er tatsächlich ist, und dann geht das Gerenne los nach den besten Ärzten der Welt, obwohl ihm nichts fehlt, er kehrt ja auch gleich bepflastert nach Hause zurück, zieht sich um und ist wieder ein Herr. Warum kann nicht alles so sein wie auf dem wunderschönen Bild der Vereinigten Ingenieure von England und der ganzen Welt. Unten, über zwei Stockwerke verteilt, die fleißigen Handwerker: Tišler, Šloser und Kemiker, einer schmiedet das Eisen, der andere mixt Arzneien, der dritte will das komplizierteste Schloß öffnen, alles zum Wohle der Bevölkerung. Nirgends Streit, oder der Apotheker will nicht das Rad erfinden, der Špengler nicht das Aspirin. Das gab es noch nicht, das fehlt auf dem Bild in meinem Kalender aus dem vorigen Jahrhundert, den ich stets bei mir habe. Ich vergaß zu sagen, was sich seitlich neben dem Haus noch befindet: ein Bahnhof und eine Eisenbahn, in der Ferne Fabriken, rechts ein Dampfer, er tutet fröhlich, weil er glücklich daheim angekommen ist. Obendrüber ein Wappen: ein Vogel in Flammen, unversehrt, piepst nicht, obwohl er von unten geröstet wird, er flattert mit den Flügeln, glücklich, weil er noch kein Braten ist. Noch höher drei große und sehr gescheite Mannsbilder, die das Ganze ausgedacht und bezahlt haben. Seitlich stehen zwei und brechen einzelne Stöckchen, eben nicht sieben auf einmal. Dann überreichen ein Soldat und ein schönes Mädchen im Namen des Justizministeriums zweien auf der Treppe oben einen Hammer und eine Papierrolle, könnte ein günstiges Steuergesetz sein, weshalb die zwei überglücklich sind, vornehme Leute, doch sie tragen Schürzen wegen der schweren Arbeit. Noch wieder darüber steht auf einem Gefäß voller Blumen und Früchte ein Engel in Ballettschuhen und setzt den zweien einen Kranz auf. Am allerhöchsten noch ein Vogel, hält eine Feder zum Unterschreiben des Ganzen, und dann ist Šlus. Oh, sollte sich dies Bild aus meinem Kalender bewahrheiten, und ich denke, das könnte bald sein, wäre ich glücklich, überglücklich, das noch mitzuerleben. Am schönsten, wenn sich

Gleiche mit Gleichen photographieren lassen. Barbiere mit Barbieren, Jäger mit Jägern, Feuerwehrmäner mit Feuerwehrmännern. Hält dann jeder noch sein Werkzeug in der Hand, Rasierklinge, Gewehr oder Schlauch, siehst du sofort, wer sie sind, was sie tun, und überlegst nicht, ob sie in der Bank oder einem andern Büro arbeiten. In den Büros gibt es nichts Spezifisches, nur Halter und Feder, und wer ist schon so verrückt, sich mit diesen Dummheiten ablichten zu lassen. Zuerst sind alle fleißige Schüler, später arbeiten sie in der Fabrik, ihr Rücken krümmt sich unter den schweren Lasten, dann schließen sie ein Studium ab, werden Professoren und können dir in fünf Minuten den Verstand nachmessen. Vom Sklavenzeitalter ins kapitalistische. Welches, obwohl von langer Dauer, in ein neues Regime übergeht, in dem jeder sein eigener Herr ist. Sie müssen nur aufpassen, wie es weitergeht, denn später will niemand an irgendwas schuld gewesen sein. So wie der Sklave kaum das Ende der Sklaverei erwarten kann, um sich dem Kapital und seinen Interessen zu verschreiben, so fleht auch der verderbte Kapitalist – denn wohin mit dem Geld, bei Gott und allen Heiligen –, er möge aufsteigen in eine höhere Klasse, wo Sozialismus herrscht, für seine Begriffe ganz was Neues. Nu mach doch mal Platz, Danica, damit die Welt unsere Küche sieht, unseren Šparherd und darüber das wirklich einzigartige Bild. Es ist aus jenem Kalender ausgerissen, eins der allerschönsten, nur etwas fleckig, weil Danica es überm Herdringl angeklebt hat und jeder Ölspritzer draufkommt. Eine Stadt, in der alles von A bis Zet stimmt, die Kaufleute haben ihre Läden auf der Straße, nie würden sie betrügen; für eine Bagatelle verkaufen sie irgendwelche Tütchen, die Mädels winken aus den Fenstern, andere tanzen wie närrisch auf dem Platz, sogar barfuß, weil das Wetter schön, schöner, am schönsten ist, und dann gibt es auch Maurer, die das Haus von außen herrichten, innen sind sie wohl schon fertig, der Gemeindepräsident grüßt von seinem Balkon herüber. Er ist auch nicht faul, streckt nicht alle viere von sich, sondern unterzeichnet etwas an Ort und Stelle, und auf der anderen Seite der Mauer sind auch viele fleißige Menschen am Werk, sie säen, ernten, pflücken, obzwar alles gleichzeitig unmöglich ist, das weiß ich selber am besten, doch dort ist die Natur wahrscheinlich entsprechend eingerichtet, die Tiere grasen, doch nicht um zu schädigen, sondern um satt zu werden, auch schießt niemand auf sie aus irgendeiner Laune, nur wenn er zum Überleben einen unglücklichen Hasen braucht. Feingekleidete Personen gehen in der Stadt ein und aus, haben sich satt gesehen an Maurern, Kaufleuten, Mädchenreigen, ein wenig dem Präsidenten auf dem Balkon applaudiert, und das Mädchen, das sie auf einem Esel begleitet, ist wunderschön, und niemand wagt es, ihr an den Hintern zu greifen, niemals, sie achten nur auf sie, dort auf dem Weg, wo alle ihr Vergnügen suchen, mit oder ohne Reigen. Wenn man überlegt, was das für eine wunderbare Szene ist, ohne Fehl und Tadel, nichts darin, was Ekel erregt! Aber Danica hat das natürlich genau überm Herd angeklebt, wo jeder Dreck aus dem Topf hochspritzt, geradewegs auf den Mund des schönsten Madchens. Sie hat einfach keinen Sinn für so etwas, macht sich aber wichtig damit, wieviel sie gelesen hat und daß sie sich beinah alles Gelesene merkt. Wenn sie etwas nicht mag, kann auch der liebe Gott nicht dagegen an, und das alles nur, weil ich es war, die das unglückselige Bild aus einer Illustrierten ausgeschnitten hat; wäre sie es gewesen, so wär ja alles in Ordnung. Die Zusammensetzung von Gut und Schlecht, obzwar die Zusammensetzung von Gut viel schöner ist als die von Schlecht. Sehen Sie nur, das menschliche Gehirn ist wie die feinste Maschine konstruiert, Schraube an Schraube, Haken neben Haken, einer greift in den andern, der in den dritten, dann erinnerst du dich in einer halben Minute an deine tote Großmutter und welchen Hut sie an einem gewissen Tag, dem Namenstag unserer lieben Patin, trug und daß es nach dem Frühstück regnete und der Postbote eine herrliche Schachtel brachte, darin der goldene Ring, den mir mein lieber Dušan aus der Ferne geschickt hat. Das ist beinah siebzig Jahre her, von keinem ist mehr ein Knöchelchen übrig, nur ich lebe noch und erinnere mich wie eine Verdammte an alles. Nur weil mich eine Borte dort am Vorhang an eine ähnliche bei der Patin **AM TAG VOR DER JAHRHUNDERTWENDE** erinnert hat, die am Saum ihres Kleides befestigt war. Hundertmal hab ich mir gesagt, ich will mir dieses Blutvergießen nicht mehr ansehen, doch irgendein Teufel reitet mich und ich tus wieder. Das ist mein Schicksal, hier in diesem Stuhl sitzen und mir alles ansehen, Schönes oder Häßliches, an dem ich persönlich nicht schuld bin. Im Gegenteil. Ich hätte gern alles schön und ordentlich und aufgeräumt und an seinem Platz, doch der Teufel ist ein Eichhörnchen, ständig wird alles verwirrt, zerzaust, umgeworfen und verschmutzt, und du sitz dann und ertrage das, wenn du einen guten Magen hast und dem Ganzen nicht ausweichen kannst wie ich. Dabei könnte die gesamte Historie so schön sein und ordentlich und aufgeräumt wie meine Schublade, da weiß ich, wo Zwirn und Nadeln sind und die Lupe fürs feine Gobelin. Jeder Herrscher sitzt auf seinem Stuhl, die Minister auf ihren, die auch sehr schön, nur kleiner sind, damit man weiß, wer wer ist, wer der Reihenfolge nach der zweite. Die Arbeiter in der Fabrik arbeiten acht Stunden, freuen sich, wenn sie den Lohn in der Hand haben, gehen dann nach Hause und küssen die schöne Frau und die zwei Söhnchen. Die andern, wies eben so ist, spielen Tennis auf einem Extraplatz, stempeln Formulare in einer Bank oder fahren wegen irgendeiner Arbeit mit der Eisenbahn. An jeder Ecke ein Polizist, der nicht weiß, warum er da steht, niemand stiehlt, keiner hat die unschuldige Stenotypistin abgemurkst wegen der zwei Kreuzer in ihrer Tasche. Nie würde einer die Tochter eines Fremden begehren, um sie im Hausflur zu mißbrauchen und danach derangiert und gequält liegenzulassen. Und nie würde sich ihr Verlobter, ein gehobener Büroangestellter, von Kollegen und den unglücklichen Eltern geliebt, wegen des Vorfalls im Hausflur vor den Zug werfen. Nie könnte der Lokomotivführer so besoffen gewesen sein, daß er den Unglücklichen auf den Schienen nicht sah und deshalb nicht im letzten Moment die Bremsen zog. Und der Richter? Müßte er ihm deshalb nicht eine schreckliche Strafe aufbrummen, daß es nur so kracht? Sehen Sie, was für Blüten meine verfluchte Phantasie hervortreibt, ich möchte das ideale Königreich des Jahrhunderts heraufbeschwören, doch beim besten Willen, es geht nicht. Ich wiederhole noch einmal, es ist schön, hier zu sitzen und zu sehen, was alles in dieser verrückten Welt geschieht, besser, als im Wirtshaus zu saufen oder irgendwelche harte Erde vergeblich umzugraben, auf der sowieso nichts gedeiht, oder Vieh zu züchten, das dir sowieso krepiert, oder Schuhe zu machen, die sowieso keiner kauft, und am Ende mußt du dich noch in einem verräucherten Saal dafür rechtfertigen, warum nichts wächst, das Vieh krepiert, die Schuhe sich nicht verkaufen, und dann noch der Zeitverlust! Mein ganzes Leben lang habe ich mir nur gewünscht, mit Bekannten Gespräche zu führen, mit Gescheiten, Heiteren, Weisen, nicht mit mißgelaunten Idioten; ernst ja, und auch fröhlich, gern im schattigen Haus, besser noch im eigenen Garten, während die Böttcher die Fässer reparieren, Rauchfangkehrer die Rauchfänge putzen und die Tagelöhner den ganzen Tag an unserm Hang die Trauben ernten. Nichts von dem ist mehr da, und doch sitze ich noch immer in meinem Zimmer und sehe mir an, was auf der Welt passiert, vielleicht tritt auch irgendein Menschenwesen ins Zimmer, und wenn auch vielleicht nicht das klügste, so kann doch jeder, selbst der Dümmste, etwas zum besten geben, worüber du lachen kannst, oder gar etwas Weises, du wunderst dich nur, woher der das hat. Nur soll dieser Teufel von Fernsehapparat am Leben bleiben, der Strom nicht versiegen und ich nicht delogiert werden, bloß das nicht, bitte! Mehr brauche ich nicht. Aber wenn ich vielleicht noch einmal meine Liebsten und Teuersten sehen könnte, im rechten Licht und in den schönsten Farben. Wunderbare Zeiten, eine vorbildliche Familie. Jeder erzählte etwas, die anderen hörten zu oder nicht, je nachdem. Er sagte zu ihr, sie solle nicht in den verflixten Zähnen rumstochern, und sie zu ihm, er könnte mal nach Hause kommen ohne die schreckliche Flüssigkeit im Leib. Dahinein wußte sich auch ein unglücklicher Onkel mit einer Bemerkung über die

Frauen einzumischen und hinterdrein noch der alte Großvater, der es noch nie ausgehalten hat, nicht das letzte Wort zu haben. Das Gerede und die viele Arbeit im Haus, du wußtest eigentlich nicht, warum und weswegen. Und wer wohl die ganze selbsteingekochte Marmelade auffrißt und wie du auf dem Dachboden getrocknete Schoten aufheben mußt, wenn von irgendwoher der verdammte Wind reinweht. Fenster putzen, Bettzeug wechseln, sein weißes Hemd waschen, damit er sauber im Laden erscheinen kann, und alles mit der Freude und Fröhlichkeit, die es nirgendwo anders gegeben hat. Wäre nur nicht immer ein Trottel auf dem Bicikl gekommen, mit einem Zettel, oder einer, der was verkaufen wollte, was keinen Pfifferling wert war. Obendrein die Nachbarin von oben mit einer leeren Tasse, ob ich Reis, Kaffee oder Zucker für sie hätte. Dann irgendein Patenonkel oder alter Bekannter aus einer entfernten Gegend, die niemand kannte oder je gesehen hatte. Alle immer nur ihrs und ausnahmslos mit etwas, was uns gar nichts anging. Zudem ein Rohrbruch im Badezimmer, die Leitungen verstopft, im Vorzimmer die 25-Watt-Birne aus, und um sie zu wechseln, hoch auf die schreckliche Leiter. Mit der kannst du ein Service für zwölf Personen zerschlagen, den herrlichen Krug und die wunderschönen Gläser auf der Kredenz, weil Danica sie dort schon in den Weg gestellt hatte, oder du triffst den Großvater damit. Außerdem kann eine Fledermaus oder ein Kartoffelkäfer reinfliegen und gegen die Wände klatschen, ein entsetzlicher Anblick. Und die Möbel können ins Schwanken geraten vom Erdbeben oder weil eine Verwirrung im Haus ist oder die über uns einen wilden Reigen tanzen. Ein Gerenne und Getöse, doch alle sind trotzdem glücklich, gesprächig und niemand hat sich über etwas geärgert. In Frieden, Einigkeit und unserer damaligen Zufriedenheit. Immer bereit, photographiert zu werden, ob bei der Arbeit oder einer Feier. Der unglückliche Lazo mit einer leeren Flasche, aber gekleidet wie ein Vorkriegsgraf. Mein trauriges Kind Dragomir, das damals noch am Leben war, hier sitzt er sogar mit einem Mädchen, das ihm nichts bedeutet hat, dann der verwirrte, verwackelte Blažo, mit all seinen Mucken. Da ist auch Danica, hat einen ganz anderen Gesichtsausdruck, nicht ärgerlich, nicht unglücklich, sondern umgekehrt, weil man ihr gestattet hat, ihr eigenes Gedicht über ihr damaliges Leben aufzusagen. Bei Tisch sind alle glücklich und zufrieden, an der Stirnseite unser vergessener Pope Teodor, er predigt nicht, kritisiert nichts, hebt nur schweigend das Glas, für die Lebenden und die Toten, und da, in dem Augenblick, öffnet sich die Tür zum Špajzcimer und die freundlichsten aller Kellner beginnen unsere damaligen Lieblingsgerichte hereinzutragen, Šmirvurst, Grieben, Krenvirštl und vier Finger dicken Speck, die wunderbare Pariser und die original Gavrilovićsalami, herrliche Sandwichs, die wir mit allem und jedem zu belegen wußten, Sülze und Schinken mit viel Kren, Pfifferlinge und Pilze, aber ohne einen giftigen, Senfsuppe für die, die nachts zu tief ins Glas geguckt hatten, Rindsuppe mit Leberknedln, Ajngemahtes, Krautfleckerln zum Fingerablecken, gefillte Paprikaschoten, Gulasch mit Wurstscheiben, Porree und Kohl auf ganz leichter Mehlschwitze, Kürbis mit saurer Sahne, Špinat mit Spiegeleiern, Karotten mit Faširtem, Gepökeltes, Sekeljigulaš und Sarma, Gerstl und Schupfnudeln zum Durchatmen, Hase à la Wild mit großen tschechischen Knedln und Preiselbeeren, Hühnermägen und -leber, gebackene Hühnerbrust, Čevapčići und Ražnjići, Debrecziner und Hirn gebacken, dazu Maisnockerln, Erdäpfelpüree und weichgekochte Eier, Milchreis, Milchgrieß, Liptauer, Zwetschgenknedl, und nicht alles irgendwie durcheinander, sondern schön aufgereiht auf dem Tischtuch der unglücklichen Tante Kata, handgearbeitet, und das Silberbesteck, die Kerzenleuchter von einst, die Teller, keiner ist heute mehr ganz, aber damals ja, und beladen mit Palatschinken, Buchteln und Išler, Pischingerschnitten, herrlichen Schneenockerln, Pfefferkuchen, Damenkaprice, Prinzeßkrapfen, Kaiserschmarrn, Mafisch, Kürbiskuchen und frischem Gugelhupf, dazu die Torten, die neuen und die altmodischen, die Linzer, Stephanie, die Sacher, die Weiße von Tante Anka, mit zwölf Eiweiß, die herrliche Marmelade, Weinchaudeau, Kittenkäs und die Pflaumen in gesponnenem Zucker. Und unsere haben nicht gedrängelt, wer zuerst was ergattert, und unser seliger Dragomir ahmte nicht den nach, dem schlecht geworden war, denn vom Nachahmen wär ja jedem von uns schlecht geworden. Alles geht der Reihe nach vonstatten und in Ruhe, jeder hat die Serviette um den Hals geknotet, das Messer in der Rechten, die Gabel in der Linken, und wartet, bis die Reihe an ihm ist. Und das Warten sollte sich gelohnt haben. Denn nach der ganzen Fresserei und nachdem alle bis oben hin gefüllt waren, öffnet sich die Küchentür noch einmal, und im Paradeschritt kommt unser damaliger Bekannter Jovo Akst herein, klein, dick, eingezwängt vom Gürtel, mit Orden behängt, sanft und streng in einem, sein Augenausdruck, als sollte er geschlachtet werden, als suche er Streit, wollte das aber nicht, und ich wiederhole, herein kommt unser lieber und guter Nachbar und trägt in den Händen eine wundervolle Torte in Form des Kopfes der wirklich größten Persönlichkeit des zwanzigsten Jahrhunderts, und wenn das nicht der abgeschnittene Kopf von Stalin war, dann weiß ich nicht, von wem sonst, aber in dem Augenblick dachte ich, er lebt und befindet sich mitten unter uns. Und das mit Hilfe von Schlagsahne und zubereitet vom besten Zuckerbäcker. Danica war da schon fertig mit ihrem närrischen Gedichtaufsagen und hat mit dem Messer, scharf wie eine Rasierklinge, dem lecker gefüllten Kopf das abgeschnitten, was ihr am schmackhaftesten schien, will sagen die Nase. Dragomir und dessen vorbildlicher Kollegin fielen der Schnurrbart und die Augen zu, das war auch nicht wenig, dem bescheidenen Lazo das Ohr, während sich Blažo auch diesmal aus vielerlei Gründen zierte. Und mein stets aufmerksamer Enkel, der ja damals noch gar nicht dabei war und der achtungsvoll ist gegenüber jedem, ob ders verdient oder nicht, hätte den Löffel genommen und dort tief reingebohrt, wo das Gehirn sitzen muß, nur lebendig hätte es sein sollen und nicht eine Torte. Mir hat niemand etwas angeboten, ich hätte aber auch nichts genommen, wußte ja, das ist zu süß und zu geil, deshalb interessierte es mich nicht. Und das wär nun das Ende des Films, koloriert und in Farbe natürlich, voll Verzweiflung, Verfolgung, Lachen, Aufregung und Freude, randvoll mit Streitereien, Rechtfertigungen und Nachdenken, diesem Irrwitz aus Nörgelei und Echauffieren, Defilieren, Moderieren, Wichtigtuerei, Schmeichelei, Unterhaltung, dem Essen und Überfressen.

Natürlich muß ich noch ein großes Lob für meinen lieben Enkel anfügen, der es geschafft hat, die ganze Krakelei abzuschreiben, die ich mein Leben lang gekritzelt habe, weil er mich damit wahrlich aus dem Grab aufstehen ließ, und ich, geboren achtzehnhundertsechsundachtzig, im fünften Monat, am zehnten Tag, wäre heute schon dreimal tot ohne seine Güte, mich immer noch bei euch zu behalten, und ohne seine Mühe, aus all diesen Dummheiten so ein Buch zusammenzurühren. Ich muß ihm danken, daß er sich mit mir beschäftigt hat, statt etwas Unterhaltsameres und Lohnenderes auszuwählen, etwas Interessanteres als mich alte Baben, die den Menschen auf die Nerven ging und die ihr noch viel mehr. Mit welch unterhaltsamem Lesestoff hätte er seine Zeit verbringen können, auch er ist nicht mehr jung genug, um von Blüte zu Blüte zu fliegen, auch er muß sich auf etwas Wertvolles konzentrieren, und daß ich das sein könnte, hat mich wirklich sehr gefreut und gerührt. Nur sollte das, was er mit so viel Mühe zusammengefügt hat, nicht jemand zerreißen, als wärs gewöhnliches Papier zum Einwickeln von Feldsalat, und ein Anstreicher sollte sich aus diesen Blättern nicht eine Papiermütze falten oder irgendein Schuft sich damit nach Lust und Laune den Hintern abwischen, obwohl damit viele zufrieden wären und mit ihnen gemeinsam auch ich. **FINIS OPERIS**

INVENTURLISTE